图1 《苏尔诗海》抄本中的喜庆黑天出生插图(The birth of Krishna),18世纪早期,印度拉贾斯坦,现藏于美国克利夫兰艺术博物馆(The Cleveland Museum of Art)

图2 《苏尔诗海》抄本中的小黑天学走路插图（Krishna takes his first steps），18世纪早期，印度拉贾斯坦，现藏于美国耶鲁大学美术馆（Yale University Art Gallery）

图3 《苏尔诗海》抄本中的黑天诛妖插图（Krishna as the destroyer of demons），18世纪早期，印度拉贾斯坦，现藏于美国克利夫兰艺术博物馆（The Cleveland Museum of Art）

图4 《苏尔诗海》抄本中的顶礼莲花足（莲花足即指黑天）插图（Bowing in praise before the Lord's sacred feet），18世纪早期，印度拉贾斯坦，现藏于美国圣地亚哥艺术博物馆（The San Diego Museum of Art）

图5 梅瓦尔王公贾伽特·辛格欢庆灯节，观看“黑天情味本事剧”(Maharana Jagat Singh attending the Raslila, to celebrate the New Year festival of Diwali)，1736年，印度拉贾斯坦，现藏于美国克利夫兰艺术博物馆(The Cleveland Museum of Art)

图6　携婴儿黑天渡叶木拿河的富天石雕（Slab showing Vasudeva carrying baby Krishna in basket across Yamuna），约公元1世纪，印度北方邦马图拉，笔者2013年拍摄于北印度马图拉博物馆（Government Museum, Mathura）

图7　冥想中的毗湿奴——四臂坐姿施禅定印石雕(Seated four armed Vishnu image in meditation),中世纪,印度北方邦马图拉,笔者2013年拍摄于北印度马图拉博物馆(Government Museum, Mathura)

本书为教育部人文社会科学研究青年基金项目
“印度‘早期现代’黑天文学研究”
（项目批准号：19YJC752030）
研究成果

教育部人文社会科学重点研究基地
北京大学东方文学研究中心

北京大学“东方大文学”研究丛书

神圣戏者与世俗狂欢

——印度《苏尔诗海》研究

王 靖 著

中西書局

图书在版编目(CIP)数据

神圣戏者与世俗狂欢 ： 印度《苏尔诗海》研究 / 王靖著. -- 上海 ： 中西书局, 2024. -- (北京大学“东方大文学”研究丛书). -- ISBN 978-7-5475-2351-3

Ⅰ. I351.072

中国国家版本馆CIP数据核字第2024JL8139号

SHENSHENG XIZHE YU SHISU KUANGHUAN
——YINDU《SUER SHIHAI》YANJIU

神圣戏者与世俗狂欢
——印度《苏尔诗海》研究

王　靖　著

责任编辑　孙本初
装帧设计　梁业礼
责任印制　朱人杰

出版发行　上海世纪出版集团
中西書局(www.zxpress.com.cn)
地　　址　上海市闵行区号景路159弄B座(邮政编码：201101)
印　　刷　浙江天地海印刷有限公司
开　　本　700毫米×1000毫米　1/16
印　　张　22.75
插　　页　8
字　　数　335 000
版　　次　2024年10月第1版　2024年10月第1次印刷
书　　号　ISBN 978-7-5475-2351-3/I·259
定　　价　118.00元

丛书总序

1945年8月27日下午四时，北京大学文学院在云南昆明才盛巷二号召开了教授谈话会，汤用彤等11位教授出席。会上提出了文学院要添设东方语文学系、考古系，发出了中国学术界的时代呐喊，即“要取日本在学术界的地位而代之”，使中国成为亚洲学术研究中心。经胡适、傅斯年、汤用彤、陈寅恪等学者的努力，1946年8月北京大学宣告设立了东方语文学系，聘请留德十年归来的季羡林为教授兼系主任。这是中国教育界的一个创举。该系当时的主要师资有季羡林、马坚、王森；学科方面则设立梵文、阿拉伯文、蒙藏文三组。此后，金克木、于道泉等先生陆续加盟，逐步壮大了学科的力量。历经东方语文学系、东方语文系、东方语言文学系、东方学系、外国语学院的多个阶段，70多年来，经季羡林、马坚、金克木、刘振瀛、韦旭升、张鸿年、陈嘉厚、叶奕良、仲跻昆、刘安武等前辈和数代学人的苦心经营，北京大学的东方语言文学学科一直是国内该学科的引领者。2000年成立的北京大学东方文学研究中心是教育部人文社科重点研究基地之一，也是国内该学科唯一的国家级科研与国内外东方学学术交流的平台。在王邦维教授的领导下，中心培养了一批人才，各项工作都取得了长足的进步，发扬光大了季羡林等老一辈学者开创的中国东方学研究的传统，再创中国东方学研究的辉煌。中心连续13年举办的全国东方文学研究生暑期学校，已经培训了来自国内外120余所高校的1 500名研究生与青年教师，不少人已经成为国内东方文学界的中坚力量。

近年来，面临百年未有之大变局，在全球化趋势反复拉锯的过程中，东方文学创作及其研究迎来了前所未有的新状态与新问题。国内兄弟院校的发展也越来越快，优秀的东方学和东方文学研究人才及其成果也越来越多。我们的体会是,学如逆水行舟,不进则退,要想有更新更大的发展,唯有持续不断地奋斗与努力。

开新局,走大路,我们提出“东方大文学”的研究理念。一方面,呼吁东方文学研究者不再局限于文学这个单一的领域内自弹自唱,必须尽可能地扩大自己的关注视野,广泛利用传世文献(书面与口头)、出土文献与图像史料,融合文学、历史、宗教、社会、美学、哲学等多个学科的相关知识,在东方作家文学、民间文学、文艺理论、文学图像研究等学科分支开拓出更多有意义的新领域。另一方面,契合国家“一带一路”倡议,以文化为根本维度,深入国别和区域研究的层面,推动中国与东方各国和地区的文明交流互鉴,为建构人类命运共同体做出基础性、前瞻性的工作。

为了实现“东方大文学”研究的目标,北京大学东方文学研究中心在北京大学外国语学院、中西书局的大力支持下,设立“北京大学‘东方大文学’研究丛书”,资助中心与学院青年教师优秀的东方学与东方文学研究专著的出版。我们希望青年学者弘扬学科的优秀传统,勇猛精进,努力开创学科的美好未来。本丛书计划每年推出2—3本专著。我们还希望,本丛书的出版,不仅可以展现北京大学新一代东方学学者的风采,还能引领国内东方学学科的进一步发展,支持国家“一带一路”倡议的实施,为国家的建设做出更大的贡献。

中国的东方学和东方文学的研究从来不只是个人的学术兴趣,而是与国家的教育和学术息息相关。青年学人宜牢记使命,奋发图强。学海无涯,前路漫漫,唯有大家共同努力!

北京大学东方文学研究中心 **陈明**

2021年

序

王靖博士的《神圣戏者与世俗狂欢——印度〈苏尔诗海〉研究》一书即将与读者见面，可贺，欣然作序。

《苏尔诗海》是印度中世纪最为重要的文学名著和宗教经典，用伯勒杰语书就；它与史诗《摩诃婆罗多》及梵语宗教文学经典《薄伽梵往世书》渊源颇深，后两者是前者的源头。《苏尔诗海》是一部带有叙事诗色彩的抒情诗歌集，规模宏大。该部诗集以《薄伽梵往世书》中的黑天故事为蓝本，描画了黑天一生的人间功行，包含婴儿可人、儿童捣乱、少年恋爱、青年立国等传说故事，其间伴有其降妖除魔、保护牧民及天下苍生的超凡业绩。据目前已有的印地语文学史所载，《苏尔诗海》的作者苏尔达斯是一个盲人，也是一位民间艺人，常年在北印度马图拉地区吟游，主要传唱黑天故事，深受当地人民喜爱。黑天是印度教大神毗湿奴的主要化身之一，由于史诗及民间传说的作用，印度教信徒对他敬奉有加、膜拜有余。因此，苏尔达斯的吟诵行为及内容具有跨越地区的能量，在整个北印度都有影响；苏尔达斯拥有众多的追随者，正是他们记述了其传唱内容，形塑了《苏尔诗海》。

《苏尔诗海》是一部优秀的文学作品，虽然取材于《薄伽梵往世书》，但创新颇多，更接地气，成为北印度马图拉地区脍炙人口的吟诵类诗歌，兼具抒情性和叙事性，是中世纪北印度最重要的文学经典之一，不仅对印度中世纪文学，对后世乃至当今印度文学也有重要影响。《苏尔诗海》也是一部印度教的宗教典籍，其蕴含并宣扬的宗教哲理如“梵我合一”“神我一如”等理念深入人心，对黑天形象的塑造超越了《摩诃婆罗多》和《薄伽梵往世书》。可以说，如果没有《苏尔诗海》，黑天信仰就不可能有今天的状况，印度教就会缺失很多内容。《苏尔诗海》还是一部社会改革著述。公元十五六世纪，印度处于德里苏丹国末期及莫卧儿王朝初期，伊斯兰教得到中央统治者的持续重视，印度教则受到持续排挤和打压，较为弱势，印度教信仰处于风雨飘摇之中。在这种情况下，以苏尔达斯为代表的虔信印度教大神毗湿奴化身黑天的虔诚诗人们担负起维护印度教信仰的职责，在马图拉地区宣传黑天神迹，鼓励信徒坚守印度教传统、继续膜拜印度教大神。在较为艰难的生存环境下，《苏尔诗海》中的诗歌把“梵我合一”的理念具象化为人间的各种情感，比如母子之爱、恋人之爱、邻里之爱等，把至高的人神之爱和宗教解脱吟唱成世俗的具象情境，比如母子相聚、恋人相依等，使世人能在苦中见甘、悲中见喜，以新形式、新心态坚守印度教社会传统，坚信印度教大神，以致相关内容被传唱至今。因此，研究《苏尔诗海》具有相当高的学术价值和现实意义。

我国对《苏尔诗海》的研究始于刘安武先生。刘先生是继季羡林先生和金克木先生之后当代中国的第二代印度学大家的代表，他精通中西文学，专攻印度文学，尤以印地语文学为研究核心，《苏尔诗海》和苏尔达斯自然是他的重点研究对象。《印度印地语文学史》（人民文学出版社，1987年）是刘安武先生的匠心之作，是我国第一部印地语文学史专著。在这部著作中，刘先生以专章专论对《苏尔诗海》进行了研究，介绍了苏尔达斯的生平、著述和活动，评析了《苏尔诗海》的成就和影响，填补了我国在苏尔达斯研究方面的空白。1991年出版的《印度古代文学史》一书有“苏尔达斯”专章，也出自刘先生之手，与《印度印地语文学史》中的相关内容大体相似。《印度中世纪宗教文学》（2011年）、《印度近现代文学》（2014年）、《印度文学论》（2016年）以及《印地语文学史》（2021年）等著作中都有相关研究，内容均出自笔者，与刘先生的大处有同，小处有异，也是一份贡献。

2011年，“《苏尔诗海》翻译与研究”获批为教育部人文社会科学重点研究基地重大项目。继之，笔者与自己的硕博士研究生一起开始了紧张的翻译和研究工作，成果见于三卷本译著《苏尔诗海》及散发的相关文章。翻译过程亦苦亦乐，王靖是主要参与者之一，她既是老师，也是我的博士研究生，翻译自是勤奋不辍。译著《苏尔诗海》是

“十三五”国家重点出版项目“中印经典和当代作品互译”项目的成果之一，由中国大百科全书出版社于2016年推出初版、2020年正式出版。笔者在“译后记”中有言：“译稿虽有主译，却仍是大家的集体成果，不好说这是某某独立翻译的。一般而言，我们每周集体工作四次：周一下午、周二下午、周五上午和周六全天。”总体而言，我们的翻译张弛有度，大家共同研讨，相互争论，常常沉浸于句斟字酌的“游戏”之中，现在想来依然回味无穷。

也就是在这种苦中作乐的翻译过程之中，王靖对《苏尔诗海》中的黑天形象产生了浓厚的研究兴趣，并决定以此为自己的博士学位论文题目。她翻译与研究并举，聚焦黑天的主要“功行”，溯源寻流，孜孜以求，花费数年时间，不仅助力完成了三卷本的译著《苏尔诗海》，还写就了十数万字的博士学位论文，获得了文学博士学位。不过，摆在读者面前的著作计有三十余万字，可见王靖又有新的斩获，也可见她在过去数年中的勤奋与努力。

王靖是一位优秀的年轻学人，她于2000年入北京大学学习，先后获得学士、硕士、博士学位，现为北京大学南亚学系的老师，可谓纯正的科班和专业学者。作为见证者和先行者，我目睹甚至参与了她这二十余年的学习和工作历程，其旅途虽无荆棘，却也勤苦；她在印度研究领域不断求索，持续进步，取得了令人满意的成绩，读者在本书中可以窥见她的毅力和功底。本书分“绪论”“印度黑天文学传统与《苏尔诗海》述要”“黑天形象原型探析”“《苏尔诗海》黑天形象分析与解读”“《苏尔诗海》黑天形象的基本特征与后世影响”“黑天形象意涵与印度民间文化”“结语”等七个部分，从简述至溯源，至探究，再至结语，从文学至神话，至人物表现，再至民间文化，等等，步步攀升，层层递进，可读性学术性兼顾，立论立意兼具，新意创意兼有，值得研读。特别需要提出的是，王靖全程参与了译著《苏尔诗海》的翻译工作，但本书引用的许多译诗并非来自译著，而是她的新译，这些诗歌没有收入译著，但就黑天形象研究而言非常重要，她不得不花费大量心血重新翻译。这些新译是本专著的锦上之花、点睛之笔，也是对译著《苏尔诗海》的有益补充，颇有欣赏价值。

总体而言，我国于《苏尔诗海》的研究领域，刘安武先生是首行者，取得了开创性的成就；作为先生的学生，笔者有幸承接衣钵，也有一定收获；王靖是我的学生，她更上一层楼，完成了该领域的第一部专门性研究著作，可喜。

作为王靖的同行和师父，笔者舒畅。

是为序。

姜景奎

于北京双清苑

2024年10月9日

谨以此书献给刘安武先生

目 录

绪论

一、研究对象及旨趣

印度是一个诗歌的国度，她的诗歌源远流长、博大精深、姿态万千。诗歌一直是印度文学的主要形式和社会文化的重要载体，在印度文学文化发展的历史进程中，起到了重要的引领作用。作为生活的映射，它既审视着生活，又仿效着生活，可以映照出人类生活和社会变迁的文化长河。印度诗歌是印度人民生活和社会文化发展的历史缩影，其中展现了丰富多彩的印度文化。众所周知，印度文化具有很强的多元性，但其文化河流中仍蕴藏着一些思想主流，黑天信仰就是其中重要的一支。千百年来，印度人民创作了无数文学作品来描绘和赞颂黑天，由此形成了极富印度文化特色的黑天文学。黑天文学的体裁主要以诗歌为主，这些黑天诗颂不但建构和强化了民间文化中的黑天信仰，同时亦化为了印度民族性格和精神内涵的重要组成部分，目前印度流传的主要黑天文学经典有《摩诃婆罗多》《薄伽梵歌》《诃利世系》《神童传》《薄伽梵往世书》《十化身传》《牧童歌》《维德亚伯迪诗集》《黑天颂》《乐章五篇》《黑蜂歌》《苏尔诗海》等。

《苏尔诗海》(*Sūrasāgara*)是印度黑天文学的集大成之作，它成书于16、17世纪，在印度影响深远，时至今日仍然广为流传，深受印度人民喜爱。迄今为止，印度共出版了数十种全本和选本《苏尔诗海》，内容大同小异。其中以瓦拉纳西出版的规模最大，包含4 936首诗歌。加上民间流传的托名之作，其全部诗歌超过5 000首甚至更多。[1]这部诗

1 刘安武：《印度印地语文学史》，中国大百科全书出版社，2015年，第52—54页。

歌集以颂扬黑天为主，黑天故事所占的分量占本诗歌集总篇幅的“五分之四以上”。这些故事主要表现毗湿奴大神（至高者大梵）凡间化身黑天在人间的游乐本事及功行事迹。相比于以往的黑天文学作品，《苏尔诗海》重新塑造和展现了黑天作为“世俗人”及作为“超俗神”的形象，在印度社会文化，尤其是印度民间文化中起到了前承古代、后启现代的关键作用；同时，它对印度社会黑天信仰的世俗化和“现代化”也作出了不可磨灭的贡献。[1]

据《八十四毗湿奴信徒传》记载，《苏尔诗海》的作者是苏尔达斯（Sūradāsa），他在拜师婆罗门瓦拉帕（Śrī Vallabhācārya）之后，在继承古典梵语文学黑天故事叙事传统的基础上，运用伯勒杰方言在《苏尔诗海》中塑造出了与印度平民大众感情亲密无间的黑天形象。[2]黑天与罗摩同为印度毗湿奴大神在凡间的重要人类化身，但两者却有不同。罗摩是宫廷的王子，出生和成长都在宫廷之中，作为王公贵胄，其言行举止自然也是一派君主风范，在宫廷中无论言行举止，还是衣食住行，都与民间百姓有云泥之别。而黑天则不同，他虽然是王室的血脉，却因避难而被送往农村牧人家庭长大成人，他出生在舅舅刚沙王的监狱之中，成长在牧村平民家庭中，他的日常生活和衣食住行，以及言行举止都与平民家庭中的孩童无异。黑天的出身也许是显赫的，可他的成长过程却与印度平民百姓紧密地联系在一起。比起罗摩，黑天对于印度百姓来说更为亲切，尤其童年黑天和少年黑天的形象更是备受印度人民的喜爱和崇拜。

本书主要选取印度学界公认权威版本瓦拉纳西印度天城体推广协会（Nāgarīpracāriṇī Sabhā）1964年出版的《苏尔诗海》两卷本，同时参照《苏尔诗海》（2020）汉译本，通过对其中黑天形象的多方位立体解析，试图从语文学（philology）的角度来呈现印度传统文化和哲学思想与民间百姓日常生活的有机交融，挖掘黑天形象所承载的重要的印度社会文化意义。希冀读者能够通过本书深入了解印度人民的风俗情

---

1 姜景奎：《印度文学论》，中国大百科全书出版社，2016年，第199页。

2 Gokulanātha, *Caurāsī Vaiṣṇavana Kī Vārtā*, Mumbaī: Rakṣmīveṅkaṭeśvara Chāpekhānā, 1919, pp. 272–290.

感，把握印度社会及其民族特征，促进中印两国人民之间友好和谐的文化交流；亦希望本书的研究能够有益于我国印度文学、东方文学以及民间文学研究的深入发掘，同时本书亦将结合现代印度社会情状，凸显文学研究的“当下性”意义。

二、相关研究状况

印度本国对于黑天文学、黑天形象和《苏尔诗海》的研究成果可谓汗牛充栋。印度学者拉姆·金德尔·修格尔（Rāmacandra Śukla）在其专著《印地语文学史》中，对印度中世纪虔诚文学时期主要的诗人和诗作进行了系统的研究。之后，他在专著《伟大诗人苏尔达斯》（*Mahākavī Sūradāsa*）中对帕克蒂[1]思想的发展进行了详细介绍和梳理，对苏尔达斯的导师室利·瓦拉帕大师进行了详细介绍，对苏尔达斯的生平进行了介绍，并详细地评析了苏尔达斯的诗歌。另外，他对苏尔达斯所作的《黑蜂歌精选》（*Bhramaragītasāra*）也进行了校勘。印度穆斯林大学的赫勒本希拉尔·夏尔马（Harabaṃśalāla Śarmā）于1964年在专著《苏尔和他的文学》（*Sūra Aura Unakā Sāhitya*）中对苏尔达斯的生平及苏尔文学中人物形象、虔诚思想等各个领域进行了深入研究，并细致分析了帕克蒂运动及早期黑天文学对苏尔文学的影响。印度阿格拉学院的帕格沃德斯瓦卢普·米希尔（Bhagavatsvarūpa Miśra）和维希沃姆帕尔·阿伦（Viśvambhara Aruṇa）于1969年10月出版了《苏尔文学评论汇编》（*Sūra Ki Sāhitya Sādhanā*），其中收录了印度印地语学界如赫贾利伯勒萨德·德维韦迪（Hajārīprasāda Dvivedī）、戈沃尔坦纳特·舒格拉（Govarddhananātha Śukla）、维内莫亨·夏尔马（Vinayamohana Śarmā）等诸多学者的有关苏尔文学的评论文章，内容主要涉及：苏尔达斯生平及其作品真伪的考证研究、苏尔达斯与布什迪教派、苏尔作品情味和语言艺术特色的分析研究等。难陀杜拉

1 帕克蒂，Bhakti的音译，亦意译作“虔诚”或“虔信”，有学者认为从原典及实际情况看，“虔诚”或“虔信”涵盖不了音译“帕克蒂”的所有意义。参见姜景奎：《一论中世纪印度教帕克蒂运动》，《南亚研究》2003年第2期，第72—76页。

雷·瓦杰帕伊(Nandadulāre Vājapeyī)于1973年在其主编的《苏尔之瑰丽》(*Sūrasuṣamā*)中选取了苏尔达斯诗歌作品中的151首诗歌进行了品评和赏析,探讨了《薄伽梵往世书》等早期黑天文学对苏尔达斯诗歌的影响。德里大学的纳艮德尔(Nagendra)于1979年出版了《苏尔达斯再评价研究》(*Suradasa: A Revaluation*),书中收录了众多印度学者探讨和研究苏尔达斯及其作品新价值的论文。韦陀·伯勒卡什·夏斯德利(Veda Prakāśa Śāstrī)于1979年出版了专著《〈薄伽梵往世书〉对苏尔达斯的影响》(*Śrīmada Bhāgavata Kā Sūradāsa Para Prabhāva*),但此书却没有按照其书名的内容做出完整的研究,只对《薄伽梵往世书》进行了详细的介绍和研究。曼内杰尔·庞德耶(Mainejara Pāṇḍeya)出版的专著《帕克蒂运动与苏尔达斯诗歌》(*Bhakti Āndolana Aura Sūradāsa Kā Kāvya*)也是印度学术界公认的优秀的学术研究专著,自1993年以来已多次再版。他在书中深入细致地研究了帕克蒂虔诚文学、《苏尔诗海》之前的黑天文学传统、苏尔达斯作品中的黑天本事和功行、苏尔达斯的帕克蒂观念以及苏尔诗歌与农村生活的关系等问题。克里希纳·P. 巴哈杜尔(Kṛṣṇa P. Bahādura)于1999年出版了专著《苏尔达斯诗歌》(*The Poems of Suradasa*),书中详细介绍了苏尔达斯的生平,并选取了苏尔达斯的一些著名诗歌,将其翻译成英语并加以详细解释,之后对诗歌中所蕴含的思想进行了归纳分析。赫贾利伯勒萨德·德维韦迪在专著《苏尔文学》(*Sūra Sāhitya*)中就"黑天""罗陀"形象的发展、女性对毗湿奴大神的敬拜与信奉、帕克蒂思想、中世纪印度社会状况、虔爱思想、苏尔达斯虔诚观及其作品受到的影响等问题进行了深入的研究和分析。伯勒杰什沃尔·沃尔马(Brajeśvara Varmā)在专著《苏尔达斯》(*Sūradāsa*)一书中对苏尔达斯及其文学作品、艺术特色、人物形象、哲学思想等各方面作了详细论述和深入研究。

与此相关的学术研究成果还有,杰格迪什·帕勒德瓦吉(Jagadīśa Bhāradvāja)的专著《黑天诗歌中的本事描写》(*Kṛṣṇa-Kāvya Meṃ Līlā-Varṇana*)、杰耶·纳拉扬·高希格(Jaya Nārāyaṇa Kauśika)的专著《黑天故事与民间文学》(*Kṛṣṇa-Kathā Aura Loka Sāhitya*)、苏雷士金德尔·恰·基格尔(Sureśacandra Jhā Kikara)的专著《黑天虔诚诗歌》

（*Kṛṣṇa Bhakti Kāvya*）以及阿巴斯·阿里·克·达伊（Abbāsa Alī Ke Tāī）的专著《印地语诗歌中黑天的多样形象》（*Hindī Kāvya Meṃ Kṛṣṇa Ke Vividha Rūpa*）等。此外，印度学者关于苏尔达斯的比较文学研究成果也十分丰富，此不赘述。

近年来，与印度黑天文学研究相关的西方学者亦有不少。美国学者肯内斯·E. 布莱恩特（Kenneth E. Bryant）在专著《献给童神的诗》（*Poems to The Child-God*）中对苏尔达斯的诗歌进行了详细的解读和探究。美国学者戴维·R. 金斯利（David R. Kinsley）在专著《神圣戏者》（*The Divine Player*）中对印度的黑天本事剧进行了详细介绍和研究。美国学者格拉赫姆·M. 施威格（Graham M. Schweig）在专著《神爱之舞——〈薄伽梵往世书〉中的黑天情味本事》（*Dance of Divine Love: The Rāsa Līlā of Krishna from the Bhāgavata Purāṇa*）中从叙事、主题、意涵等层面对黑天与牧女之间的情味本事剧进行了深入探讨。美国学者约翰·斯卓坦·霍利（John Stratton Hawley）在专著《有关黑天的戏剧》（*At Play with Krishna*）中对印度黑天信仰圣地沃林达温地区的有关黑天本事的戏剧进行了考察和探究。他的相关专著还有《传唱在彼时和此时的帕克蒂三音：米拉巴伊、苏尔达斯、格比尔》（*Three Bhakti Voices: Mirabai, Surdas, and Kabir in Their Times and Ours*）、《印度教人生》（*The life of Hinduism*）。与此同时，约翰·斯卓坦·霍利与肯内斯·E. 布莱恩特完成了《苏尔诗海》全本的校勘和英译工作，该英译本于2015年由哈佛大学出版社出版。

此外，美国学者埃德文·弗朗西斯·布莱恩特（Edwin Francis Bryant）于2007年出版了《黑天资料汇编》（*Krishna: A Sourcebook*）。此书收录了22位专门研究印度黑天崇拜的西方学者的论文，对印度的“黑天文学”进行了比较全面的介绍和研究。这些学者有英籍印裔学者维德尤特·阿克卢吉卡尔（Vidyut Aklujkar）、澳大利亚学者保罗·阿内（Paul Arney）和理查德·巴兹（Richard Barz）及美国学者克卢尼（Francis X. Clooney, S.J.）等。

国外有关印度黑天文学经典的翻译和研究开始较早，已有大量成果，但良莠不齐。一些印度学者的研究成果因其与生俱来的虔诚感情而具有一定程度的主观性；西方学者常基于某个特定作家或某种文学体裁进行研究，只在论述中涉及与黑天相关的文学创作，缺乏对黑天形象所承载的印度文化和印度人民精神生活的整体性深入观照。

与印度和西方学界相比，中国对印度黑天文学的翻译和研究是将其放置在印度本土文化的历史谱系中考察，视角相对客观公正。目前在国内，一些重要的黑天文学经典已被陆续译出，主要分为两类：一类是依据原典进行翻译的汉译本，有徐梵澄的《薄伽梵歌》(1990)、张保胜的《薄伽梵歌》(1989)、黄宝生等的《摩诃婆罗多》(2005)和《薄伽梵歌》(2010)、葛维钧的《牧童歌》(2019)、姜景奎等的《苏尔诗海》(2020)等；另一类是依据帕布帕德(Prabhupada)所注英译本转译的汉译本，有《博伽梵歌原义》(1994)、《博伽梵歌原意》(2007)、《博伽梵往世书》(2013)等。

20世纪八九十年代，以徐梵澄、季羡林、刘安武、黄宝生等为代表的学者在翻译黑天文学经典作品的同时进行了一些介绍、梳理和初步研究。例如刘安武的论文《十六世纪印度大诗人苏尔达斯》(1983)、《苏尔达斯和他的〈苏尔诗海〉》(1984)及专著《印度印地语文学史》(1987)，黄宝生的论文《胜天的〈牧童歌〉》(1984)，金鼎汉的论文《印度虔诚文学与中国明清文学之比较》(1994)等，对印度中世纪有形派虔诚文学作了系统的梳理和比较，对这一时期的著名诗人及其作品做了初步研究。

21世纪以来，国内进行相关研究的学者有薛克翘、邓兵、姜景奎等，他们对黑天文学及虔诚诗人进行了述评性考察，肯定了虔诚文学在印度帕克蒂运动中的重大作用。姜景奎认为以《苏尔诗海》为代表的黑天文学经典的流传推动了黑天信仰的“现代化”。[1]随之，一些与《苏尔诗海》翻译和研究相关的论文成果陆续出现，从韵律学、翻译学等多个角度对苏尔达斯及《苏尔诗海》进行了评介和研究。邓兵在论文《印度帕克蒂运动与黑天文学》中首次提出“黑天文学”这一概念，

1 参见姜景奎：《简论苏尔达斯》，《北大南亚东南亚研究》第一卷，中国青年出版社，2013年，第177页。

他将黑天文学定义为描写黑天的印度文学作品，介绍和梳理了此类文本从印度古典梵语时期到中世纪时期的流变，涉及多个方言语种的文本。[1]我国学者的研究具备对黑天文学的宏观研究意识，虽尚处于初步阶段，缺乏有关《苏尔诗海》和黑天形象研究的系统性与专门性论著，但为本研究的开展奠定了基础，提供了参考。

三、研究方法与文献参照说明

本书的研究将从语文学的视角出发，运用文本细读、比较研究和跨学科研究的方法，对文本进行深入解读和剖析，比较、辨析不同文本、文本与图像、文本与社会生活中黑天形象的异同及其关系，从多个层面呈现文学文本与社会文化之间的互文与对话，以跨学科的多重视野，从各类经典、史料和社会现象的关系中找到因果线索，将黑天文学置于印度社会历史发展的整体脉络中加以考察。本书依据印度权威机构出版的精校本文学作品和传记文献，以及目前国内已有的从原典译出的汉译著作，结合印度社会、文化背景，对黑天形象进行整体性、历时性的宏观把握，对《苏尔诗海》与印度社会之间的互动关系进行考察和阐释，展现黑天文学经典作品的艺术价值、思想价值、历史价值和审美价值，探析其对古今印度社会和民族文化产生的重大影响。

关于《苏尔诗海》研究版本的选择，笔者主要依据印度学界公认权威版本瓦拉纳西印度天城体推广协会1964年出版的《苏尔诗海》两卷本，同时参照提兰德尔·沃尔马（Dhīrendra Varmā）编著的《〈苏尔诗海〉精选注释》（*Sūrasāgara Sāra Saṭīka*）、赫勒德沃·巴赫利（Haradeva Bāharī）和拉金德尔·古玛尔（Rācandra Kumāra）编注的《〈苏尔诗海〉注释》（*Sūrasāgara Saṭīka*）、伯勒杰什沃尔·沃尔马（Brajeśvara Varmā）编写的《苏尔诗海》（*Sūrasāgara*）、德温德拉·阿尔耶（Devendra Ārya）和苏雷士·阿格尔瓦尔（Sureśa Agravāla）编注的《〈苏尔诗海〉精选注释》（*Sūrasāgara Sāra Saṭīka*）以及基绍利·拉尔·古普塔（Kiśorī Lāla

---

1 参见邓兵：《印度帕克蒂运动与黑天文学》，《解放军外国语学院学报》2008年第1期，第111—116页。

Gupta）编写的《苏尔诗海全集》（*Saṃpūrṇa Sūrasāgara*）五卷本。书中所使用译文均选自笔者与姜景奎教授及其他同门一起译出的《苏尔诗海》汉译本。[1]此外，有个别诗歌选自天城体推广协会的《苏尔诗海》原文本，笔者对此进行翻译时，遵循姜景奎主持“《苏尔诗海》翻译与研究”所确定的翻译原则，采取对译为主、注释为辅的方式。[2]

除主要研究对象《苏尔诗海》外，本研究主要参照的传记类文献有：“牛村主”所著伯勒杰语本《八十四位毗湿奴教圣徒传》（*Caurāsī Vaiṣṇavana Kī Vārtā*，德里大学藏本，下文亦简译作《八十四毗湿奴圣徒传》）、Hindī Sāhitya Sammelana的印地语本《八印诗人与瓦拉帕派》（*Aṣṭachāpa Aura Vallabha-Sampradāya*）。此外，在黑天形象探源和解析部分涉及的一些印度古代典籍有：德里梵语权威出版社Chaukhambha Sanskrit Pratishthan的梵语本《薄伽梵往世书》《摩诃婆罗多》《薄伽梵歌》《牧童歌》等，这些文献中已有从原典译出的汉译本，如徐梵澄、黄宝生、张保胜、葛维钧等人的译本亦为本书所参考。

四、天城体字母拉丁化转写说明

本书中出现的天城体（Devanāgarī）梵语、现代印地语和伯勒杰文字母转写成拉丁字母的标准主要参考梵语天城体转写的IAST标准[3]，同时，由于中世纪伯勒杰文文献涉及的字母和语素较梵语更多，所以个别特殊字母的转写与IAST标准稍有不同，特殊字母分别为字母ऋ使用转写r̥（r下方加一个空心点），而非IAST中的ṛ（r下方加一个实心点）；不送气闪音ड़转写为ṛ，送气闪音ढ़转写为ṛh；半鼻音◌̐（anunāsika）转写为ṁ，区别于◌ं（anusvāra）转写为ṃ。论文所引用的西文文献书名、人名或专有名词中出现的天城体字母拉丁化转写如有不符合上述标准的，为忠实引用文献，仍采用引用文献中原本的转写方法。

1　苏尔达斯著，姜景奎、王靖等译：《苏尔诗海》，中国大百科全书出版社，2020年。

2　参见姜景奎：《〈苏尔诗海〉六首译赏》，《北大南亚东南亚研究》第一卷，第257页。

3　IAST，全称International Alphabet of Sanskrit Transliteration，国际梵语转写字母，是学术界对于梵语转写订立的标准，亦成为出版界的标准。

五、术语说明

1. 印度

古代印度，是一个地理概念，指印度次大陆；现代印度，指1947年独立后成立民族国家的印度。

2. 印度中世纪

印度历史的中世纪一般指自公元6世纪笈多王朝统治结束始，至1757年普拉希战役英国开始殖民印度止。这一时期以伊斯兰教民族于1206年建立德里苏丹国为限又可分为前后两个时期。[1]有关使用“中世纪”还是“中古”的说法，目前国内学界存在不同意见，因本书涉及印度文学，故本书依据薛克翘、姜景奎等学者有关印度中世纪宗教文学的观点采用“中世纪”的说法。[2]

3. 印度早期现代

历史学家费尔南德·布劳德尔（Fernand Braudel）[3]、约翰·理查兹（John Richards）[4]以及森吉耶·苏布拉赫马尼亚姆（Sanjay Subrahmanyam）[5]

---

1 参见姜景奎：《一论中世纪印度教帕克蒂运动》，《南亚研究》2003年第2期，第72页。

2 相关讨论详见王汝良《“中古”还是“中世纪”？——东方文化研究两术语辨略》一文（《中国社会科学报》2018年4月17日版）、薛克翘等著《印度中世纪宗教文学（上卷）》一书（昆仑出版社，2011年，第4页）及姜景奎《一论中世纪印度教帕克蒂运动》一文（《南亚研究》2003年第2期）。

3 Braudel, Fernand. *Civilization and Capitalism, 15th–18th Century*. 3 vols. New York: Harper and Row, 1981–84.

4 Richards, John. *Early Modern India and World History*. Journal of World History, Volume 8, Number 2, Fall 1997, pp. 197–209.

5 Subrahmanyam, Sanjay. *Notes towards a Reconfiguration of Early Modern Eurasia*. Modern Asian Studies, Vol. 31, No. 3, Special Issue: The Eurasian Context of the Early Modern History of Mainland South East Asia, 1400–1800. Cambridge University Press, 1997, pp. 735–762.

等人，在20世纪末对南亚地区的研究中引入了“早期现代”(early modern)的概念。他们认为，南亚历史不应孤立存在，而应被纳入全球历史进程。同时，他们认为亚洲在全球历史上为文化和贸易交流作出了巨大贡献。早期现代的启蒙不仅存在于欧洲，而且也存在于亚洲。也就是说，在全球现代意识的启蒙，即人类平等、自由和幸福意识的觉醒中，尽管觉醒的程度极其有限，但亚洲永远不应该缺席。因此，他们尽最大努力改变南亚历史分期的旧观念，将中世纪晚期称为早期现代，即1500年至1800年左右。南亚历史学家，特别是莫卧儿帝国历史学家，2007年亚洲研究杰出贡献奖获得者约翰·理查兹写道：“从15世纪末到19世纪初(1500年—1800年)，人类社会共同经历了几次范围广大和强度空前的世界性变革，这些变革对人类社会产生了极大的影响。我和其他许多历史学家一起，将这一时期称为早期现代。”[1]此后，印度宗教和文学研究也开始采用早期现代的概念。例如，在霍利的《传唱在彼时和此时的帕克蒂三音：米拉巴伊、苏尔达斯、格比尔》一书中，他写道：“‘早期现代’这个术语的使用本身就指明了一个引人关注的研究新领域。谢尔登·波洛克(Sheldon Pollock)和森吉耶·苏布拉赫马尼亚姆等国际学者强烈呼吁我们给予全球流动真正的认可，正是这些流动将16世纪的印度与世界上其他地方发生的事情联系起来。以欧洲的这一时期为例，将印度历史上的该时期同样视为即将到来的现代性的前续，而不把它贬入被称为‘中世纪’的布满尘土的壁橱中，这不是更好吗？”[2]基于理查兹、苏布拉赫马尼亚姆和霍利等学者的观点，本书所涉及的印度早期现代的起止时间为16世纪初至19世纪初，即从德里苏丹国解体到莫卧儿帝国灭亡。笔者认为“早期现代”概念的引入，可为南亚地区的社会历史文化研究提供新的视角和框架，有利于打破欧洲中心论的旧有研究体系，有利于印度文学、东方文学、比较文学和世界文学的新兴研究；同时，在印度文学研究中运用早期现代概念，有

---

1 Richards, John. *Early Modern India and World History*. Journal of World History, Volume 8, Number 2, Fall 1997, p. 197.

2 Hawley, John. *Three Bhakti Voices: Mirabai, Surdas, and Kabir in Their Times and Ours*. New Delhi: Oxford University Press, 2012:Preface to the Paperback Edition, p. ix.

利于将在欧洲话语体系中曾经缺席的中世纪晚期印度帕克蒂文学(虔诚文学)纳入世界文学的研究领域。

4. 虔诚文学

虔诚文学(bhakti literature),亦音译为“帕克蒂文学”,公元6世纪前后,印度教自下而上开始了自我革新的过程,兴起了后来持续十多个世纪的帕克蒂运动,伴随着这一运动,中世纪印度文学被打上了深深的虔诚烙印,虔诚文学成为这一时期印度文学的主体,而帕克蒂运动成为这一时期虔诚文学的标志和灵魂。[1]

5. 黑天文学

黑天文学实际上是指以信爱黑天为主旨的虔诚文学。按照叙事情节和主题侧重的不同,黑天文学一般可分为“黑天功行(Kṛṣṇa charit)”和“黑天本事(Kṛṣṇa līlā)”两类。

在印度文学经典中,黑天功行作为一种重要的文学作品类型,以描述和歌颂印度教中备受崇敬的至上人格神黑天的生活和功绩为主旨,其文学载体是诗歌,描述的故事涵盖了黑天一生从幼年到成年的各种情节,展示了他的神圣属性、英雄事迹、浪漫情事和道德说教。黑天功行文学的经典作品有《苏尔诗海》《米拉巴依诗选》等,这些印度文学经典作品奠定和塑造了黑天丰富多样的经典形象。

在印度,“本事(līlā)”是一种独特的文艺叙事类型,其本意是“神圣的活动”“游戏”,其载体除了诗歌之外,还有戏剧、音乐、舞蹈等多种文艺形式。从故事情节的文学从属层面来讲,黑天本事故事被包含在黑天功行故事中;但从“本事”这一极具特色的经典叙事类型来讲,黑天本事特指黑天与牧人牧女之间的游戏、娱乐情节和他与神魔之间的超自然互动情节所构成的文艺叙事作品。因此,在印度文学中,黑天本

1 参见薛克翘、姜景奎等:《印度中世纪宗教文学》,第36页。

事能够独立于黑天功行之外，成为一种特定的文学作品类型。

黑天功行涵盖黑天生平的完整叙事，展现了他一生的故事、功绩和神圣说教，更强调他作为领袖和宣扬“正法”教义的神圣性；而黑天本事则注重描述黑天与家人、朋友、牧人牧女奉献者以及众神、妖魔和其他神话生物之间的神圣游戏、情感互动和狂喜之爱，突出黑天的游乐意愿及其在超自然神迹层面的神圣属性，以彰显神爱和奉献为主旨。

第 一 章

印度黑天文学传统与《苏尔诗海》述要

黑天在印度人民心目中是最具吸引力的一位大神，是“爱”与“美”的化身。与黑天信仰相关的文献和文学广义上统称为黑天文学。黑天文学源远流长，成为连贯印度文化历史长河中的一条主流。

第一节　印度黑天文学传统

黑天形象在“吠陀”“森林书”“梵书”和“奥义书”中均有出现，但都十分粗疏，在“佛本生经”和耆那教的一些经书中也有对黑天故事的记述，但尚不能称之为黑天文学。在《摩诃婆罗多》《薄伽梵歌》《诃利世系》中，黑天故事记述十分详尽，黑天形象十分完整，且具有一定的文学性，因此《摩诃婆罗多》与其中的《薄伽梵歌》及其附录《诃利世系》能够被称作广义的黑天文学中的文献类作品。在以《薄伽梵往世书》为代表的“往世书”作品中，对于黑天故事的描述与之前相比，叙事结构较为精巧，但其主要目的是宣扬和突出吉祥黑天的神性和至高性，缺乏文学艺术特色，对于人物形象的塑造和人物性格的刻画十分薄弱。

公元1世纪佛教学者马鸣（Aśvaghoṣa）的《佛所行赞》（*Buddhacarita*）（1.5）中记述了关于牛护黑天的几节诗颂，但主要是从《诃利世系》中摘引的。[1]公元1世纪的哈拉（Hāla Sātavāhana）创作的俗语抒情诗集《七百咏》（*Gāhāsattasaī*，印地语名 *Gāthā saptaśatī*）（1.29，2.12，2.14，5.47）中，有些诗作取材于《诃利世系》中的故事情节，主题多为黑天与

1　季羡林、刘安武编：《印度两大史诗评论汇编》，中国社会科学出版社，1984年，第36页。

牧女的爱情故事，也有一些关于黑天和耶雪达的故事描写。这说明黑天与牧女的爱情故事在公元1世纪之前就已经在民间流行了。在诗集中，黑天的形象只是个普通青年，没有任何作为大神以及被虔诚崇拜的痕迹。在此时的民间俗语艳情文学中，黑天是个凡人，没有任何神迹。这些诗集中的诗作，只能诵读，不能歌唱。此外，跋娑（Bhāsa）的五幕剧《神童传》（*Bālacarita*）也取材于民间流行的黑天故事。[1]此时的黑天文学开始具有纯文学性和艺术性。

真正能够称得上文学形象完整又兼具宗教性和文学艺术特色的黑天文学，是从公元5世纪至9世纪前后南印度信奉毗湿奴大神的阿尔瓦尔（Ālavāra）虔诚诗人的颂神诗歌开始的。南印度阿尔瓦尔诗人创作了大量诗歌（Gīta）唱颂黑天，展现对毗湿奴、那罗延、婆薮提婆子以及他们的化身罗摩和黑天的虔诚信爱。在唱颂诗歌中，他们对黑天本事进行了详细描述，主要表现的是牛护黑天与牧女的爱情故事，其中的女主角是一位名叫娜毗纳耶（Nāppinnāya）的牧女，她被认为是黑天的爱人和毗湿奴配偶吉祥天女的化身。有推测说这就是北印度黑天文学中罗陀文学形象的原型，黑天罗陀古老的爱情故事在泰米尔文学中早已存在。南印度阿尔瓦尔诗人对于牛护黑天本事的艺术创作，在题材和体裁以及宗教虔诚情感方面都对北印度中世纪的黑天文学（虔诚诗歌）产生了很大的影响。[2]在南印度的黑天文学中，黑天的形象是人性与神性兼而有之的。

公元8世纪至10世纪，不少诗集及戏剧作品都描写了黑天与罗陀和牧女的爱情，以及与耶雪达的母子亲情，例如民间俗语大诗《诛高德》（*Ga'uḍavaho*）及梵语诗集《诗人之王语集》（*Kavīndravacana Samuccaya*）。在《诛高德》中，黑天被称作“毗湿奴”大神本尊、吉祥天女的夫主。在《诗人之王语集》中，黑天是罗陀和牧女最爱的情郎。这个时期的黑天文学中，黑天的形象已经十分完备，作为牧人的黑天与耶雪达、牧童和牧女之间展现慈爱、友爱和情爱的故事受到诗

1　季羡林主编：《印度古代文学史》，北京大学出版社，1991年，第263页。

2　Dhīrendra Varmā, *Hindī Sāhitya Kośa*, Vol.2, Vārṇasī: Jñānamaṇḍala Limiṭeḍa, 1963, p. 95.

人和剧作家的重视，其中黑天与牧女的爱情游戏以及黑天与罗陀的爱情故事最受他们的青睐。公元10世纪的诗作中罗陀对黑天的虔爱之情已经初露端倪，马腊婆之王（Mālavādhīśa）波罗摩罗王朝国王牟阇（Muñjaparamāra）曾题写颂诗，赞颂吉祥黑天是与毗湿奴同一不二的大神，并且还描写了与黑天分离的罗陀的痛苦情状。

公元10世纪至11世纪，北印度西部地区诗人戈希门德尔（Kṣemenadra，意译为安主）创作了诗歌集《十化身传》（*Daśāvatāracaritam*），其中描述了相对完整的黑天故事。这部诗歌集最大的特色在于首次运用了民间流行的玛德利歌韵律（Mātrika Chanda），不过该韵律并没有得到广泛使用，只有一首描述牧女离别之苦的诗歌运用了这种韵律。黑天去往马图拉城之后，饱受离别之苦的牧女在戈达瓦里（Godāvarī）河边思念黑天，唱出了赞颂和奉献牛得（Govinda，黑天的名号之一）的歌词。这部诗歌集在内容和形式上很可能对胜天的《牧童歌》（*Gītāgovinda*）产生了影响。

公元12世纪，黑天文学的发展趋于成熟，黎拉修格（Līlāśuka）的梵语诗集《黑天耳中甘露》（*Kṛṣṇakarṇāmṛtastotra*）、伊士瓦尔普利（Īśvarapurī）的梵语诗集《吉祥黑天本事甘露》（*Śrīkṛṣṇalīlāmṛta*）和胜天（Jayadeva）的《牧童歌》（*Gītāgovinda*）在此时期最为著名，展现艳情味的黑天爱情故事依然是这个时期黑天文学的主要题材。公元12世纪之后的梵语黑天文学作品仍然以歌颂牛护黑天本事为主，主要是黑天的童年和青少年时期的故事。其中以公元13世纪初的梵语诗集《耳中甘露嘉言》（*Saduktikarṇāmṛta*）、公元13世纪至14世纪的梵语诗集《诃利本事》（*Harilīlā*）和《殊胜雅度裔》（*Yādavābhyudaya*）较为有名。但这些黑天文学作品的艺术水平都在胜天的《牧童歌》之下。胜天的《牧童歌》代表了公元12世纪至14世纪黑天文学的最高水平，其艺术成就最为突出。胜天被称作"最后的古代诗人和最早的现代诗人"，在他之后，梵语古典文学彻底衰亡，梵语文学的生命走向终结，他开启了中世纪新兴方言文学中虔信诗歌的先河，后世几位杰出的黑天文学诗人如维德亚伯迪（Vidyāpati，公元14—15世纪）、钱迪达斯（Chandidās，公元15世纪）、苏尔达斯和米拉巴依（Mīrābāī，公元16世纪）等，都受到他的影响。这部富于戏剧性和音乐性的长篇抒情诗《牧童歌》，既符合梵语古典文学中艳情诗传统和梵语长诗的格式，又具有自身的独创性，这种独创性主要表现在内容和形式上。在内容上，胜天在《牧童歌》中将之前黑天爱情故事中罗陀的零星形象加以丰富，塑造出了完整饱满的罗陀形象，突出她与黑天之间的爱情，将这样一个简单的爱情主题描绘得跌宕起伏、绚丽多彩、淋漓尽致，情人之间的热恋、妒忌、分离、相思、嗔怒、求情、和好、合欢等应有尽有，惟妙惟肖。在形式上，胜天受到前人的启发，将梵语古典诗歌韵律与俗语阿波伯仑什语和新兴方言诗歌的韵律相结合。这种与民间歌唱艺术相结合的诗歌方式对后世的诗歌创作产生了深远的影响。[1]

公元13世纪始，随着北印度帕克蒂运动（Bhakti Āndolana）的盛行，印度文学被注入了新的生机和活力，之前的梵语文学已经进入了强调繁复的装饰和炫技的窠臼，毫无真情实感，充满了矫揉造作的人工斧凿痕迹。虽然胜天的《牧童歌》出现了新的转机，但是随着穆斯林的入侵和掌权，伊斯兰教文学传入，梵语被束之高阁，梵语文学的衰亡之势并没能被逆转。此时，帕克蒂运动的传入挽救了已经进入穷途末路的北印度本土文学，为之增添了清新自然的美感，转为以情感动人，以情趣取胜。与之前严重脱离人民生活的陈腐梵语文学相比，帕克蒂文学[2]贴近人民生活，简易生动。这与其倡导用方言来创作文学有很大的关系。各地新兴的方言具有深厚的群众基础和强大的生命力，因此公元13世纪之后，各地开始用方言来创作黑天颂诗，北印度的黑天帕克蒂文学形成并日趋成熟。

其中最有名的是公元14世纪至15世纪迈提拉地区的维德亚伯迪的《维德亚伯迪诗集》（*Vidyāpati Padāvalī*）、钱迪达斯的《黑天颂》（*Śri Kṛṣṇa Kīrtan*）、南德达斯（Nandadās）的《乐章五篇》（*Rāsa Pañcādhyāyī*）和《黑蜂歌》（*Bhramar Gīta*）等，这些诗歌集仍然以展现艳情味为主，黑天在诗歌中的形象仍是一个风流恣意的俊美少年。

1　参见黄宝生：《梵学论集》，中国社会科学出版社，2013年，第27—37页。

2　帕克蒂文学，bhakti literature，亦意译为虔诚文学。

公元13世纪之后，北印度黑天文学形成了三个传统：一是以《薄伽梵往世书》为蓝本对黑天本事进行诗歌创作以赞颂吉祥黑天的传统；二是用各地方言创作黑天文学；三是诗歌颂词的传统，即宗教颂神诗歌（Gīta）与民间唱词（Geya Pada）形式结合后衍生出的新型"歌诗"（Gīta Kāvya）传统。

公元15世纪至16世纪，北印度印地语黑天文学始自苏尔达斯的《苏尔诗海》。苏尔达斯以《薄伽梵往世书》为蓝本，在继承之前黑天文学传统的基础之上，受到民间文学、民间音乐和民间生活的滋养，在精通梵语文学和帕克蒂宗教哲学的婆罗门师尊瓦拉帕的指点下，融入自身丰富的情感和宗教体验，创作出了黑天文学中的不朽名篇《苏尔诗海》。《苏尔诗海》具有极高的艺术价值和永恒的审美价值，其后的黑天文学系列中再无作品能够出其右。

第二节 《苏尔诗海》的创作与箭垛式人物苏尔达斯

有关《苏尔诗海》的具体创作时间，学界莫衷一是，但大致范围是在公元15世纪至公元16世纪之间。此时印度处在"后中世纪"时期，即公元13世纪以后，开端于伊斯兰教统治起始的德里苏丹时期，即1206年，终于莫卧儿帝国走向解体，即1757年。因穆斯林的侵入和统治者对伊斯兰教的推行，印度本土的宗教受到严重的挑战和威胁。由于之前佛教与耆那教的势力遭到了伊斯兰教的重创，此时印度教成为能够与伊斯兰教抗衡的主要力量，这主要得益于印度教帕克蒂运动的盛行和帕克蒂文学的发展。

一、社会文化背景

1. 社会状况

德里苏丹国时期，伊斯兰教和印度教之间之所以没有爆发激烈的冲突，是因为这两大群体之间存在着一种巨大的调和力量，即苏菲派和帕克蒂运动中的宗教大师在民间所作的努力。莫卧儿时期，印度教徒和穆斯林之间的隔阂在逐渐缩小，在阿克巴睿智和宽松的统治下，建立了一种和谐的氛围。在民间百姓中，两个宗教的信众友好相处，学习和吸收对方的优势所在，在思想领域和社会行为方面相互影响。尽管如此，两大宗教的上层之间始终存在着权力和利益的争斗。两教的教义与习俗也存在许多直接抵牾之处，这些不可调和的矛盾始终存在于印度社会中，随着不同政治掌权者为谋求自身利益所施行的不同宗教政策，两个宗教之间时而和平相处，时而表现出剑拔弩张的状态。

种姓制度这一印度独有的社会结构在穆斯林王朝统治时期遭到了一定程度的打击。受到影响较多的是社会的上层和中层，下层的群体和底层民众大都继续遵循传统的方式继续生活。总体上，印度教婆罗门的权威已经今非昔比，刹帝利的地位也因穆斯林统治权的建立受到影响，他们中有不少人由于失去权力和财源，经济地位下降，被迫从事低级种姓的职业。两者势力的削弱对种姓制度是个沉重的打击。再加上低级种姓大批改宗，而帕克蒂运动又公开广泛地批判种姓歧视，因而此时种姓制度受到质疑和挫折。但是，其根基并未受到撼动。

印度妇女地位在印度历史发展的任何一个时期都没有得到太大改善，在穆斯林统治下仍然如此。无论在印度教内还是伊斯兰教内，妇女都受到歧视。她们深居简出，地位低下，在家庭中普遍处于依附地位，很少或基本不能与男子一样参加社会活动和宗教祭拜活动。

2. 帕克蒂运动

印度教帕克蒂运动对整个南亚次大陆都产生了重大影响，在印度历史和文化中具有非常重要的意义。“它对印度教、印度文化以及印度社会有着常人难以想象的影响，它动摇了印度社会绵延了几千年的社会传统，影响一直延续至今。”[1]这次宗教改革运动是中世纪印度教谋求生存和发展的一场旷日持久的宗教革新运动，发端于公元6世纪前后

1　薛克翘、姜景奎等：《印度中世纪宗教文学》上卷，第43页。

的南印度，公元10世纪前后在南印度逐渐衰微，此后由帕克蒂宗教大师传入北印度，公元13世纪至14世纪在北印度得到进一步发展，公元15世纪至17世纪在北印度达到顶峰。

“帕克蒂”的原文是“Bhakti”，前人常把它意译为“虔诚”，但实际上，该词的词义与内涵远大于此。从它的词根“Bhaj”可以看出，它包含了“奉献”“遵从”“享受”“服务”“崇拜”“膜拜”“喜欢”“身体享受”“热爱”“成为……的追随者”“限于一种人自身无力改变的境况”等多重涵义。[1]“帕克蒂”理论本源可以追溯至印度古代“奥义书”哲学，但帕克蒂真正的理论源头主要存在于《薄伽梵歌》《薄伽梵往世书》和多部“帕克蒂经”中。在《薄伽梵歌》中，黑天是唯一的至高的尊神，他遍及宇宙万物，无所不知，是人们皈依的绝对的神。“《薄伽梵歌》标志着（印度宗教）多神论向一神论发展，由祭祀向皈依发展。”[2]它为有形和无形虔诚信仰都提供了充分的理论来源和依据，其中“信瑜伽”（Bhakti Yoga）的详细理论、“虔信”理论的提出，是对印度教的重要革新，即简化繁杂的印度教祭祀仪式，使教徒能“崇拜得起”神灵。[3]《薄伽梵歌》中的黑天既有形又无形，既有品又无品，有形有品指的是黑天本事和功行故事中的主人公黑天，无形无品指的是至上圆满梵，黑天既是大梵在人间的化身，也是至上圆满梵本身。

《薄伽梵往世书》是中世纪印度教帕克蒂运动中的主要文学性宗教经典，被帕克蒂运动的各派奉为宗教圣典。关于该书的成书年代，学界众说纷纭，有说公元12世纪前后，有说公元13世纪等，一般认为该书不属于古老的往世书，但也不会晚于公元10世纪。[4]《薄伽梵往世书》为帕克蒂运动提供了主要的理论依据和主题内容。其中描述的黑天故事成为后世宗教文学的创作蓝本，其中的黑天形象已经体现了人性与神性的混合，神性黑天的崇拜价值和人性黑天的亲近价值合而为一，为

---

1 参见姜景奎：《一论中世纪印度教帕克蒂运动》，《南亚研究》2003年第2期，第72页。

2 季羡林：《〈薄伽梵歌〉汉译本序》，毗耶娑著、张保胜译《薄伽梵歌》，中国社会科学出版社，1993年，第3页。

3 姜景奎：《一论中世纪印度教帕克蒂运动》，《南亚研究》2003年第2期，第74页。

4 薛克翘、姜景奎等：《印度中世纪宗教文学》上卷，第51页。

有形梵黑天信仰提供了成熟的宣传题材和理论依据。

各种“帕克蒂经”也被认为是“虔信理论”和帕克蒂运动的理论来源之一，著名的“帕克蒂经”有《商底利耶帕克蒂经》(*Śāṇḍilya Bhakti Sūtra*)和《那罗陀帕克蒂经》(*Nārada Bhakti Sūtra*)。这些“帕克蒂经”为帕克蒂运动提供了主要的理论依据和详尽的理论指导。

帕克蒂运动的发展可以分为前中世纪时期和后中世纪时期两个部分。在前中世纪时期，即公元6世纪前后至公元13世纪初，此时帕克蒂运动在南印度兴起。公元6世纪前后，南印度王朝更迭频繁，政治社会均不稳定。佛教与耆那教势力强大，统治者主要信奉佛教，一般工商业者信奉耆那教，而被排斥在婆罗门教之外的下层百姓则推崇流行在民间下层的古老信仰。此时社会中享乐主义的价值观盛行。南印度社会群体中，首陀罗是主体，数量最大，但在宗教上没有拜神的权力，处于社会底层。[1]由于经济地位的上升，首陀罗需要争取宗教拜神权，而婆罗门则需要借助社会主体势力复兴自身宗教，打击佛教和耆那教。因此，两者结合起来，掀起了帕克蒂运动的思潮。南印度帕克蒂运动的成果主要有四个：一是确立了毗湿奴与湿婆在帕克蒂运动中的主要地位，形成了毗湿奴教派和湿婆教派，其中毗湿奴教派崇尚黑天和罗摩两位化身；二是宗教改革大师们反对繁琐的祭祀仪式，宣扬简明的符合未受过教育的广大中下层民众实际情况的教理教规；三是作为运动主体的首陀罗群体争取到了自身的宗教拜神权；四是涌现了大批圣徒诗人和宗教思想家。

南印度的帕克蒂运动中，信奉毗湿奴教派的阿尔瓦尔派(Ālvārs)圣徒诗人和信奉湿婆教派的那衍纳尔派(Nāyanārs)圣徒诗人创作了大量优秀的宣扬皈依思想和虔信思想的帕克蒂文学作品。除了圣徒诗人之外，以商羯罗(Ādi Śaṅkara)和罗摩奴阇为代表的宗教改革家四处传教并著书立说，为帕克蒂运动奠定了成熟深厚的理论根基，为印度教整体思想的统一作出了不可或缺、举足轻重的贡献。商羯罗出身于信仰湿婆的婆罗门家庭，却致力于宣扬毗湿奴教的思想，他改革陈旧的吠檀

1　参见薛克翘、姜景奎等:《印度中世纪宗教文学》上卷，第54—55页。

多思想，建立了绝对一元论思想体系，提出“上梵、下梵”“上智、下智”的学说，用无形的“梵”的概念将印度教中信奉不同神明的分散的宗教统一为一体，增强了印度教思想和文化的凝聚力。他四处传教，仿效佛教，创立了僧侣社团，结束了印度教一盘散沙、毫无组织的历史，增强了印度教的组织凝聚力。此外，他还建立寺院，在印度东南西北部建立了四座著名的寺院，宣扬和普及宗教知识。商羯罗的吠檀多一元不二论哲学思想对帕克蒂运动产生了重要深刻的影响，在中世纪乃至后来的印度教哲学理论和意识形态中一直占据主导地位。

罗摩奴阇则是帕克蒂理论的直接奠基人，他是商羯罗之后对前中世纪帕克蒂运动影响最大的人物，也是帕克蒂运动北上的关键性人物。[1]他将商羯罗的吠檀多不二论与帕克蒂思想结合起来，创立了吠檀多制限不二论。与商羯罗的种姓等级观念不同，他主张个体灵魂在神面前是平等的，反对种姓高低之见。他认为无论何人，通过帕克蒂（虔信）都可以实现与神的结合。罗摩奴阇的有限程度的进步思想扩大了毗湿奴派的发展和影响，众多低种姓群体和妇女都成为该派信徒。不过他并不反对种姓制度本身，也不要求取消种姓制度。正是这些宗教改革大师的努力，使帕克蒂运动获得了强大的思想基础和理论依据。

公元10世纪前后，随着帕克蒂运动的深入开展，加之穆斯林的侵入，南印度宗教状况发生了极大改变，佛教衰微，耆那教式微，经过改革之后的印度教焕发新的光彩，得到很大发展。但同时，帕克蒂运动在南印度失去了继续发展的动力，至公元13世纪初，南印度的帕克蒂运动逐渐归于沉寂，帕克蒂运动中的宗教改革大师们为寻求发展，将帕克蒂的理论成果和进步思想传向北印度。

在后中世纪时期，即1206年至1757年，帕克蒂运动获得了新的动力和活力，盛行于北印度。此间，北印度一直处于穆斯林的统治之下，统治者对于伊斯兰教的极力推行又为帕克蒂运动的发展注入了一针强心剂。在印度教帕克蒂运动与伊斯兰教抗衡的同时，两者不可避免地相互影响。北印度的帕克蒂运动思想与伊斯兰教苏菲派的宗教思

1 薛克翘、姜景奎等：《印度中世纪宗教文学》，第60页。

想有某些相似之处，因此，伊斯兰教苏菲派与印度教宣扬帕克蒂思想的教派成为北印度民间的主要信仰对象。在后中世纪时期，北印度帕克蒂运动主要分为两大派别：有形派和无形派。在结合各支派宗教信仰理论和教义主张，同时借鉴印度学者修格尔在《印地语文学史》中关于宗教文学“两派四支”划分的基础上，[1]笔者认为北印度帕克蒂运动中“有形派”与“无形派”应包含如下派别：有形派分为黑天支和罗摩支，无形派分为明理支和泛爱支。在黑天支中主要的教团有宁巴尔卡派（Nimbārka Sampradāya）、摩陀伐派（Madhva Sampradāya）、瓦拉帕派（Vallabha Sampradāya）、耆坦亚派（Caitanya Sampradāya，又名高迪亚派，Gauḍīya Sampradāya）。在罗摩支中主要的教团有罗摩难陀派（Rāmānanda Sampradāya）。在明理支中主要的教团有格比尔派（Kabīr Sampradāya）和锡克派（Sikkhī）。在泛爱支中主要的教团有苏菲派（Ṣūfī）。

有形派的信仰学说主要建立在罗摩难陀、瓦拉帕以及耆坦亚的哲学理论和宗教实践基础之上。罗摩难陀主张二元不二论（Dvaitādvaitavāda），认为至高者梵与世界是真实存在的，但却是两个不同的存在。他的弟子杜勒西达斯（Tulsīdāsa），主张以虔信“史诗”与“往世书”中正统文化（礼法至上，正法为王）的有形罗摩来净化心灵和治世。瓦拉帕则致力于宣扬虔爱有形黑天。他致力于推广黑天本事，主要宣扬黑天作为充满爱与情味的恩泽至上主形象。孟加拉地区的耆坦亚及其弟子来到沃林达林（Vṛdāvana），致力于推广甜蜜的情爱味。他创办了高迪亚派，主要宣扬通过牧女对黑天的情爱来奉爱黑天。这些宗教改革大师的理论和实践推动了帕克蒂运动在北印度的深入发展，使得中世纪帕克蒂运动盛行于整个印度。

印度中世纪帕克蒂运动对文学产生了巨大影响，这段时期在文学史上被称作帕克蒂文学（或通常称为“虔诚文学”）时期。无形派虔诚文学宣扬通过“理性”和“泛爱”来达到与无形至高者的合一，信仰至

---

1 Ācārya Rāmacandra Śukla, *Hindī Sāhitya Kā Itihāsa*, Vārāṇsī: Nāgarīpracariṇī Sabhā, 2001, pp. 34–128.

高者无形的信众出身低贱阶层，了解人民疾苦，认为至高者无形“梵”是“全人类的，超越宗教，具有团结一切力量的能力，具有建立一个没有差别的公平社会的能力”[1]。对他们来说，虔敬神灵、追求解脱并不是最终目的，倡导平等、实现社会和解和统一才是现实目标。他们抨击社会不公，以自身知识和社会经历感知认识神灵，认为至高者梵是超越宗教、超越族群的，他们所感知的至高者是绝对真理，是高于一切有形神的。他们信爱于无形至高者，对其奉献身心，通过理性和明知来感知绝对真理，通过泛爱来敬拜至上存在。“无疑，他们的感知神的行为具有很强的社会现实意义，他们实际上是希望自己虔敬的神灵能拯救自己，拯救社会，拯救人类。”[2]有形派虔诚文学主要宣扬大神的化身理论，信仰至高者有形的各个教派致力于编撰和宣扬大神化身下凡的故事。闻听和沉思大神本事即为信徒的修行方式。大神在不同的化身本事中具有各种名号，唱颂和念诵这些名号也是非常必要的修行方式。各个教派围绕大神在凡间的化身故事不断构想并编撰了众多的人物关系和故事情节。同时，每个教派都致力于将其他教派崇拜的神纳入到自己的神谱体系中，成为其教派主神之下的次属神。因此，“往世书”时期大神的化身学说依然是帕克蒂信仰的根基。同时，有形派虔诚文学也发展和丰富了大神的化身故事。

二、瓦拉帕与“八印”诗人

在北印度有形派黑天支派中，苏尔达斯的师尊瓦拉帕大师创办了瓦拉帕派，又称布什迪派（Puṣṭi Mārga Sampradāya）。由瓦拉帕派的命名可以看出，该派崇尚恩泽之道（Puṣṭi Mārga，音译作“布什迪之道”），主张信徒通过大神吉祥黑天的恩泽获得解脱。该派的教义建立在瓦拉帕大师的纯净不二论（Śudhādvaitavāda，或称纯净一元论）的理论基础上。瓦拉帕大师接受黑大兼具有形与无形之说，

---

1 薛克翘、姜景奎等：《印度中世纪宗教文学》，第77页。

2 薛克翘、姜景奎等：《印度中世纪宗教文学》，第78页。

也接受对黑天奉爱的五种虔诚[1]，但他推崇的却是对有形黑天的崇拜和对童年黑天的慈爱虔诚。瓦拉帕大师的主要著作有《薄伽梵往世书》的注疏《妙觉注》(*Subodhinīṭīkā*)、《小疏》(*Aṇubhāṣya*)、《十六书》(*Ṣaḍaśagrandha*)、《至上者千名录》(*Puruṣottamasahastranāma*)以及《真灯缚》(*Tattvadīpanibhandha*)等。

瓦拉帕大师的纯净不二论的理论源头相传继承自南印度帕克蒂宗教大师毗湿奴·斯瓦米(Viṣṇu Swāmī)[2]的学说。师从毗湿奴·斯瓦米之后，瓦拉帕建立了成熟的纯净不二论理论体系，他认为大梵与现象世界都是真实存在且同一不二的。他在著作中详细阐释了大神的本事(Bhagavān Kī Līlā)，大神具有“游乐的意愿”，世间万物由此产生，由大神(Bhagavān，主神薄伽梵)的游戏创造出了世间所有(有生命的和无生命的)。当处于自己的无边居所并沉浸在永恒喜乐中的完满至上梵产生“一个生出许多”的愿想时，这个具“真”“知”“乐”的大梵的形象就显现了。同时，他倡导“布什迪之道”(Puṣṭi Mārga)的虔爱理论。

瓦拉帕认为，对应世间的三种命，有三种修道方式，分别为：纯净恩泽之命，例如仙人圣修，这些纯净圣洁的命，只依赖大神恩泽而生，与大神所居同处，与大神一起行永恒的本事；礼法恩泽之命，例如国王武士刹帝利阶层，需以履行礼法(正法)奉爱大神，以获得恩泽；流转(轮回)恩泽之命，中下层百姓、普罗大众都属于这个命，需要在世俗生活中奉爱大神，以获恩泽。瓦拉帕派的恩泽之道，即是以全身心奉爱于大神，获得大神的恩泽与爱，仅此而已，与传统吠陀经典法规并无关系。

虽然瓦拉帕建立的布什迪之道对应的是社会的各个阶层，但该派主要是以民间普通的居家之人为宣传对象的，该派致力于为他们获得欢喜、福乐与解脱找到一个合适的方法和有效的途径。相对于离家弃世、流浪隐世的苦修者和遵从礼法王道的王公贵胄，民间百姓更青睐瓦拉帕派的恩泽和福乐之道。

1　在帕克蒂理论中，五种虔诚分别为：平静(śānta)、侍奉(dāsya)、友爱(sakhya)、慈爱(vātsalya)和甜蜜(mādhurya)。

2　相传毗湿奴·斯瓦米曾受黑天大神的启示，修造了少年(童年)黑天大神的塑像，该塑像由瓦拉帕继承。

瓦拉帕大师在北印度广泛传播黑天信仰，广收弟子，不论种姓出身。他的弟子中有首陀罗，有吠舍，也有婆罗门。他在伯勒杰地区的牛增山上主持修建了室利纳特（Śrīnāthaji）神庙，供奉黑天的神像，并精挑细选了一些弟子在庙中担任唱颂和侍奉黑天神像的工作。瓦拉帕大师逝世后，他的小儿子维特尔纳特（Viṭṭhalanātha）成为该派领袖。维特尔纳特同样招收了不少弟子。在他主持室利纳特庙期间，他在父亲瓦拉帕大师和自己的弟子中，挑选出最优秀的八位在黑天庙中担任唱颂职位的诗人，并将他们的作品进行编订，集结成集。后人将瓦拉帕派的这八位虔诚诗人称为“八印”诗人（Aṣṭachāpa Kavī），简称“八印”（Aṣṭachāpa）。“八印”诗人用伯勒杰语创作黑天颂歌，深受印度人民喜爱并广为流传。其中，苏尔达斯（Sūradāsa）、贡朋达斯（Kumbhadāsa）、巴尔玛南德达斯（Paramānandadāsa）和克里希纳达斯（Kṛṣṇdāsa）四位是瓦拉帕的弟子，奇达斯瓦米（Chītasvāmī）、哥温德达斯（Govindadāsa）、查多尔帕奇达斯（Chaturabhujadāsa）和南德达斯（Nandadāsa）四位是维特尔纳特的弟子。在《八十四位毗湿奴教圣徒传》中，苏尔达斯被评价为“众虔诚信徒中最为殊胜的一位”（barama kṛpāpātra bhagavadīya）[1]。

三、箭垛式人物苏尔达斯

据《八十四毗湿奴信徒传》的记载，瓦拉帕派领袖维特尔纳特将苏尔达斯的口颂诗歌编纂成集，将之命名为《苏尔诗海》。目前学界普遍认为《苏尔诗海》的作者是苏尔达斯，印度学者对作者苏尔达斯的卓越创作才能赞誉有加，拉姆·金德尔·修格尔在其专著《印地语文学史》中如是评价：“在慈爱与艳情的领域，苏尔达斯的视角与呈现无人能及。”[2]修格尔还赞誉他是印度“印地语诗歌天空的太阳”[3]。苏尔达斯，又名苏尔吉达斯，关于他的生卒年、出生地点、家庭种姓以及先天

---

1 Gokulanātha, *Caurāsī Vaiṣṇavana Kī Vārtā*, p. 290.

2 Ācārya Rāmacandra Śukla, *Hindī Sāhitya Kā Itihāsa*, p. 92.

3 Ācārya Rāmacandra Śukla, *Hindī Sāhitya Kā Itihāsa*, p. 92.

盲还是后天盲的问题，学界各执一词，争论不休，尚无定论。目前能够确定的是他在世的时间大约是在公元15世纪的七八十年代到16世纪的七八十年代，出生地在印度今北方邦的农村，有说出生于贫穷婆罗门家庭，有说出生于民间说唱艺人家庭。苏尔达斯刻意弱化种姓的差别，他在作品中宣扬和强调的是在黑天大神面前信徒人人平等的具有一定进步意义的思想。苏尔达斯一生创作颇丰，据说有25种之多，[1]有《苏尔诗海》(*Sūrasāgara*)、《苏尔精选集》(*Sūrasārāvalī*)、《文学之波》(*Sāhitya Laharī*)、《〈苏尔诗海〉之宝石》(*Sūrasāgara-Ratana*)、《戈沃尔屯本事》(*Govardhana Līlā*)[2]、《黑蜂歌精选》(*Bhramaragītasāra*)、《苏尔恭顺诗》(*Sūrakṛta Vinaya*)、《苏尔百首》(*Sūraśataka*)、《苏尔〈罗摩衍那〉》(*Sūra Rāmāyaṇa*)、《孩童本事》(*Bāla Līlā*)、《苏尔五宝》(*Sūra-Pañcaratna*)等。在众多作品中，赫贾利伯勒萨德·德维韦迪认为除了前三部作品外，其他作品均为伪作。[3]但拉姆·金德尔·修格尔则认为除了上述三部作品，《黑蜂歌精选》也是苏尔达斯的创作。印度学界对这些苏尔作品的真伪至今尚无定论，但可以肯定的是《苏尔诗海》《苏尔精选集》和《文学之波》是苏尔达斯的作品，《苏尔诗海》是其最为著名的代表作。

关于苏尔达斯的生平，在瓦拉帕派的传记文学《八十四位毗湿奴教圣徒传》(*Caurāsī Vaiṣṇavana Kī Vārtā*)、《两百五十二位毗湿奴教圣徒传》(*Dosaubāvana Vaiṣṇavana Kī Vārtā*)以及其他一些教派传记中都有记载。在室利·戈古尔纳特(Śrī Gokulanātha)[4]所作的《八十四位毗湿奴教圣徒传》中，记述了苏尔达斯由于双目失明，少时便离家出

1 参见姜景奎：《简论苏尔达斯》，《北大南亚东南亚研究》第一卷，第175页。

2 亦意译作“牛增山本事”。

3 Hajārīprasāda Dvivedī, *Hajārīprasāda Dvivedī Granthāvalī*, Vol. 3, New Delhi: Rājakamala Prakāśana Prā. Lī., 1998, p. 356.

4《八十四位毗湿奴教圣徒传》的作者室利·戈古尔纳特是瓦拉帕大师的孙子，戈斯瓦米·维特尔纳特的第四个儿子。

走，四处流浪。[1]据诃利拉易（Harirāya）[2]的《感情之光》（*Bhāvaprakāśa*，《八十四位毗湿奴教圣徒传》的注疏本）记载，他18岁时落脚于希黑村（Sīhī）附近的湖边，因准确地告诉了当地地主其丢失母牛的所在地，被该地主视为具有通神的圣人（Swamī，音译作"斯瓦米"）供奉，为他在湖边修建茅草屋安身，并派仆人服侍他。之后，他的这件神奇事迹被四处传诵，越来越多的人前来供奉他，成为他的信徒，为他修建了更大的房子。苏尔达斯就是在这个时期学习了虔敬大神的音乐唱颂（Bhajana），并因其天赋异禀而很快成为个中翘楚。之后，他开始教授前来供奉的人们颂神唱诵，因而也就拥有了更多的门徒和信众，他因此变得富有财力和威望。如此生活持续日久之后，他觉得事事虚幻，看破红尘，决定"离欲"出家，他从农村接来父母并将房子与财富交予他们。一天晚上，他带着几位亲近门徒离开浮华，去往伯勒杰地区。最后，他在马图拉和阿格拉之间叶木拿河岸边的一个叫作戈卡德（Gokhāṭa）[3]的地方停驻。[4]

在投入瓦拉帕门下之前，苏尔达斯就已经是当地远近闻名的信奉各种有形神的虔诚出家人，是有名的圣人歌者，其创作的颂神诗歌广受欢迎，好多人慕名而来，拜在其门下学习唱颂。据《八十四位毗湿奴教圣徒传》记载，在遇见瓦拉帕之前，苏尔达斯的唱颂技艺已经相当成熟，只是唱颂的内容和情感单一，诗歌中充满仆役恭顺之情，内容皆是苦苦祈求大神庇佑，充满了悲情色彩。虽然他颂神歌唱得有名，但内容却与黑天本事关系不大。苏尔达斯是在受到瓦拉帕大师的指点和传授之后，才开始创作描述黑天本事的颂诗的。基本上，《苏尔诗海》是苏尔达斯在投入瓦拉帕门下之后创作的，这部诗歌集中的"福乐"与"欢喜"的主旨与基调受到了瓦拉帕大师的指点。

一次，瓦拉帕大师因牛增山的室利纳特神庙落成一事途经戈卡

---

1 先天盲还是后天盲的问题，不予讨论，争论不出结果，多数传记中是先天盲，这个细节不重要，重要的是他因失明，不受家人重视，有可能因遭受冷遇而愤怒离家出走。参见Dr. Dīnadayālu Gupta, *Aṣṭachāpa Aura Vallabha-Sampradāya*, Prayāga: Hindī Sāhitya Sammelana, 1947, p. 199。

2 诃利拉易是戈斯瓦米·维特尔纳特家族中人，室利·戈古尔纳特的学生。

3 Gokhāṭa，意思是"牛堤"。

4 参见Dr. Dīnadayālu Gupta, *Aṣṭachāpa Aura Vallabha-Sampradāya*, p. 199。

德。在此歇脚之时，他听闻此地有一位“斯瓦米”，名叫苏尔达斯，创作颂神诗歌并演绎得十分精妙，广受欢迎，有很多信徒慕名而来，投入其门下学习。同时，苏尔达斯的门徒也对其讲述了南印度瓦拉帕大师来到此地的事。瓦拉帕与苏尔达斯相互倾慕，因此，瓦拉帕大师派弟子去请苏尔达斯之时，苏尔达斯立即答应并欣然前往。瓦拉帕大师请苏尔达斯在其近旁就坐，然后邀请他演唱几首颂神诗歌。苏尔达斯便应声唱颂起来：“胜尊啊，众沉沦中吾翘楚，其他皆只四日沦，我乃自从出生始。阿阇密罗卑鄙者，妓女毒乳亦得度。你既舍我救他人，心中伤痛如何消？无人罪重与我同，咧嘴微笑且告知。苏尔言，将因你之错误死，沉沦无人堪比我。”[1]苏尔唱颂的内容都是祈求大神将堕落沉沦的自己解救出来的诗歌。瓦拉帕听后说道：“你的名字是苏尔[2]，怎么能唱如此哽咽哀苦的诗歌呢？接下来请你唱颂大神的游乐本事吧！”苏尔达斯对黑天的游乐本事一无所知，便请教瓦拉帕。

瓦拉帕请苏尔沐浴并让其敬奉大神黑天，之后将《薄伽梵往世书》的第十章传授予他，并将九种虔诚的知识[3]也讲授于他。由此，苏尔达斯唱出了第十章开篇的第一首梵语诗颂，成为黑天大神的虔诚歌颂者。此后，他用伯勒杰方言创作出了受教于瓦拉帕之后的第一首诗歌：“鸯鸟且去神足湖，彼处没有爱别离。黑夜迷惑不复存，彼处福乐若海洋。天鹅嬉戏在湖中，湿婆大神萨纳格。水中鱼若牟尼化，趾甲日轮放光芒。无须惧月莲绽放，尼笈摩经馨香嗡。湖有虔诚美珍珠，复有功德甘露饮。笨鸟抛弃如是湖，驻留此地为哪般？吉祥天女相伴随，无限游戏光辉现。苏尔吉达斯言，俗味小塘黯失色，如今追求彼海洋。”[4]这是他以《薄伽梵往世书》为蓝本的第一首诗歌，瓦拉帕听后很满意，赞扬了

1　苏尔达斯著，姜景奎等译：《苏尔诗海》，第38—39页。

2　苏尔，原文sūra，意思是“太阳，高兴，愉快”，参见北京大学东方语言文化系印地语言文化教研室等编：《印地语汉语大词典》，北京大学出版社，2000年，第1608页。

3　九种虔诚分别为聆听（Śrvanam）、歌颂（Kīrtanam）、忆念（Smaranam）、侍足（Padasevanam）、敬拜（Arcanam）、礼敬（Vandanam）、服侍（Dāsyam）、友爱（Sakhyam）及自我奉献（Ātma-nivedanam），参见Dhīrendra Varmā, *Hindī Sāhitya Kośa*, Vol.1, Vārṇasī: Jñānamaṇḍala Limiṭeḍa, 1958, p. 369。

4　苏尔达斯著，姜景奎等译：《苏尔诗海》，第77页。

他，称他已经很好地掌握了第十章的精妙涵义。

之后，瓦拉帕指导苏尔达斯创作有关赞颂难陀家因黑天诞生而欢乐喜庆的诗歌。苏尔达斯按照师父的要求开始唱颂："光辉海洋无边际，充溢欢喜难陀家……"（《苏尔诗海》中有关黑天诞生牛村福乐喜庆的组诗）[1]。瓦拉帕大师闻听后十分欣喜，赞扬苏尔达斯的诗歌惟妙惟肖，如同身临其境一般，便把苏尔达斯收入门中，苏尔达斯之前的三位门徒也跟随他一起皈依了瓦拉帕派。

随后，瓦拉帕将《至上者千名录》传授给苏尔达斯，接着把整部《薄伽梵往世书》从第一章到第十二章所有的诗颂都讲授于他。瓦拉帕大师十分喜爱苏尔达斯，因此特意在戈卡德多停留了几日，为苏尔达斯传授知识。之后，苏尔达斯跟随瓦拉帕前往伯勒杰（Braja）地区。

瓦拉帕先将苏尔达斯带至伯勒杰的牛村（Gokula），在那里，他让苏尔达斯五体投地敬拜圣地。苏尔达斯在牛村获得了童年黑天本事的知识。经过师父的传授与实地采风，苏尔达斯对于牛村的黑天童年本事了然于胸，从黑天的诞生开始创作，并唱颂了大量关于牛村黑天童年本事的诗歌。

瓦拉帕十分满意和欣赏苏尔达斯的音乐天赋与创作才华，因此将他带到牛增山的室利纳特（黑天神）庙中，指派他专司唱颂大神一职（Kīrtanam）。苏尔达斯此时唱颂出："牛护啊，我现在已起舞久，穿着情欲愤怒衣，脖上俗尘之项链。大迷惑之脚镯响，诅咒辱骂甜蜜辞。迷惑如粉敷心鼓，笨拙舞步相伴随。陶罐中奏渴求声，节奏旋律各不同。摩耶裤带腰间系，贪婪符志额上点。装饰展现千万分，水土之中已忘时。苏尔达斯言，所以一切众无明，难陀之子祛远去。"[2]他借此首诗歌表达他经过在红尘俗世间长久流浪，粉墨人生，寻寻觅觅，终于找到了祛除痛苦无明而使身心灵安宁的所归处——"难陀之子"黑天。

瓦拉帕大师听后十分欣慰，又将瓦拉帕派的教义传授给苏尔达斯，

---

1 参见苏尔达斯著，姜景奎等译：《苏尔诗海》，第101—105页。

2 苏尔达斯著，姜景奎等译：《苏尔诗海》，第40页。

教授他布什迪即“爱”的真义，并指出大神对于众信徒的爱与恩慈；还为他讲述了黑天诛灭毒乳怪、旋风怪等诛妖故事，以及他们被诛杀之后获得解脱进入天国的事迹，将大神黑天的“自在”“恩慈”等特性解释给他听；还对他细细描述了伯勒杰的妇人们对黑天充满母性的慈爱，她们如此关切热爱小黑天，以至于忘记了他是大神，而把他当作寻常人家的可爱孩童来宠爱。

苏尔达斯根据师父所传授的这些知识和故事创作了数千首诗歌，这些诗歌经瓦拉帕派内弟子收集整理，编纂成了《苏尔诗海》而闻名于世。当时的皇帝阿克巴也听闻了苏尔达斯的诗歌才华，心生钦慕，一次外出途中，恰好路经伯勒杰，便到牛增山去拜访苏尔达斯。阿克巴请苏尔达斯如宫廷诗人一般赞颂他的功绩和伟大，苏尔达斯应声唱颂的却是关于心献黑天的诗歌。阿克巴心生惊奇，再次请求苏尔达斯唱颂一首赞扬他丰功伟绩的诗歌，苏尔达斯并没有改变诗歌主题，依旧唱颂黑天大神。阿克巴大帝闻听之后，心内思量：苏尔达斯真是一位纯粹的黑天信徒啊，他不留恋尘世的荣华富贵，对于宫廷王公贵胄也丝毫不进献溢美之词！阿克巴接着又好奇地询问苏尔达斯说：你双目失明，为何还要唱诵出双眼对于见到大神的渴望呢？你又怎么能够奉献和赞颂出如此惟妙惟肖的场景呢？苏尔达斯便回答说：我的双眼已经奉献给了大神，双眼在大神近旁，自然能够看到一切和描述一切。阿克巴本欲赏赐给苏尔达斯一些财物，但转念一想，觉得他是对世俗之事物皆无欲无求的虔诚信徒，所以作罢，告辞离开了。

苏尔达斯一直在室利纳特神庙中服务，并常常前往牛村朝拜。他再次去到牛村朝拜并采风之时，在那里获得了黑天偷奶油的故事灵感。之后，他创作了大量黑天偷奶油的诗歌。那时，寺庙主持已经是瓦拉帕的儿子维特尔纳特，他听了这些诗歌之后，十分高兴，当即颂出了一句梵语诗颂——premaparyyaṅke śayanaṃ，描述黑天在摇篮中沉睡。苏尔达斯听到这句短颂之后，内心的创作灵感再度被激发，又创作出了大量赞颂“摇篮中的黑天”的诗歌。

苏尔达斯在神庙中服务良久，年事已高，他感到大限将至，并感应到大神的召唤，于是前往黑天行永恒本事的圣地波拉索里（Parāsolī）驻足，[1]相传那里是黑天行情味本事的地方。那里是叶木拿河和沃林达林的所在，苏尔达斯晚年一直居住在那里，创作了大量有关黑天情味本事的诗歌。

在苏尔达斯弥留之际，维特尔纳特大师带领贡朋达斯、哥温德达斯、查多尔帕奇达斯和罗摩达斯，前去波拉索里看望他。维特尔纳特称赞苏尔达斯对大神的恭敬和虔诚，但查多尔帕奇达斯却质疑苏尔达斯一辈子都只歌颂大神，从来没有歌颂师尊，就请他唱些新的内容，歌颂师尊。苏尔达斯回应说所有歌颂黑天的诗歌也都是在歌颂师尊，不过随后他也唱诵了几首直接赞颂师尊瓦拉帕的诗歌。[2]这应该就是《苏尔诗海》中“师尊至大”组诗的创作契机。之后，苏尔达斯在身心奉献黑天的唱颂中与世长辞了。

苏尔达斯一生致力于创作黑天赞歌。成为瓦拉帕大师的弟子之后，他全身心地投入对黑天的虔信和敬奉之中。[3]他以《薄伽梵往世书》为蓝本，以师尊瓦拉帕的教导和瓦拉帕派的教义为主旨进行诗歌创作。他的诗歌主题十分明确专一，即赞颂黑天，歌颂黑天在人间的充满福乐和欢喜的情味本事。苏尔达斯在继承前人优秀文学传统和思想文化遗产的基础上，用伯勒杰方言创作出了不朽名著《苏尔诗海》。他被尊奉为伯勒杰语第一诗人，开创了伯勒杰语作为北印度文学语言的新纪元，在同时期用伯勒杰语创作黑天颂诗的虔诚诗人中，苏尔达斯无疑是其中最为殊胜的一位，他是北印度中世纪黑天文学的集大成者。[4]

事实上，从民间文学的角度来看，《苏尔诗海》的作者苏尔达斯是一位箭垛式的人物，被视为代表和象征民间诗人群体的一个符号。《苏尔诗海》的整个创作和成书过程绝非苏尔达斯一人之功，其创作具有

---

1 一说是黑天庙的领导权曾一度被克里希纳达斯从维特尔纳特手中篡夺，因此，苏尔达斯离开了神庙，去往波拉索里。参见 Dhīrendra Varmā, *Hindī Sāhitya Kośa*, Vol.2, p. 74。

2 参见 Gokulanātha, *Caurāsī Vaiṣṇavana Kī Vārtā*, p. 288。

3 姜景奎：《简论苏尔达斯》，《北大南亚东南亚研究》第一卷，第177页。

4 参见 Hajārīprasāda Dvivedī, *Hajārīprasāda Dvivedī Granthāvalī*, Vol. 3, p. 352。

明显的群体特征。从民间诗人口头创作的“苏尔诗歌”[1]到瓦拉帕派编纂成册并以“苏尔诗海”命名的流传民间的抄本，再到天城体推广协会编校发行的权威刊本，《苏尔诗海》的成书是群体智慧的结晶。总的来说，其成书创作主要有三类群体在发挥作用：一是以苏尔达斯为代表的口头创作“苏尔诗歌”的民间诗人群体；二是以瓦拉帕为代表的为“苏尔诗歌”注入思想灵魂并编纂出《苏尔诗海》的印度宗派学者；三是以杰格纳特达斯·勒德纳格尔[2]和南德杜拉雷·瓦杰帕伊[3]为代表的以规范伯勒杰语语法，提升伯勒杰方言作为正统文学语言和加强古代印地语文学[4]经典性，对《苏尔诗海》进行重新书写和叙事重构的近现代印度文人学者。

学界考证苏尔达斯生平的一手资料主要有三类：第一类是“苏尔文学”作品，如《苏尔诗海》(*Sūrasāgara*)、《苏尔精选诗集》(*Sūrasārāvalī*)和《文学之波》(*Sāhitya Laharī*)等；第二类是记述有苏尔达斯生平轶事及其诗歌的“传记文学”(Vārtā Sāhitya)和“教派文学”(Sampradāya Sāhitya)，如室利·戈古尔纳特的《八十四位毗湿奴教圣徒传》(*Caurāsī Vaiṣṇavana Kī Vārtā*)、诃利拉易的该传的注疏本《虔诚之光》(*Bhāvaprakāśa*)、戈斯瓦米·雅度纳特(Goswamī Yādunātha)的《瓦拉帕：威镇十方》(*Vallabha-Digvijaya*)和《八印》(*Aṣṭachāpa*)等；第三类是“苏尔文学”同时期的其他文学类和历史文献类作品，如纳帕达斯(Nābhādās)的《信徒花环》(*Bhaktamāl*)及其文学评注、布利雅达斯(Priyādās)的《信爱甘露菩提》(*Bhaktirasa-bodhinī*)、阿布勒·法兹勒(Abu'l Fazl)的《阿克巴本纪》(*Akbarnāmā*)、《阿克巴则例》(*Āīn-i-Akbarī*)等。不同学者依据上述不同的文献资料，考证出历

1 早期在民间流传的“苏尔诗歌”，主要指民间颂神诗，配合颂神曲(Bhajana)演唱。

2 杰格纳特达斯·勒德纳格尔(Jagannāthadasa Ratnākara，1866—1932)，印度近代著名伯勒杰语诗人。

3 南德杜拉雷·瓦杰帕伊(Nandadulāre Vājapeyī，1906—1967)，印度著名文学家、评论家，曾主编瓦拉纳西天城体推广协会出版的《苏尔诗海》(*Sūrasāgara*，Vārāṇsī: Nāgarīpracariṇī Sabhā, 1964)和Gita Press出版的《罗摩功行之湖》等。

4 此处印地语文学，指广义的印地语语言文学，包含伯勒杰语文学和其他印度西部和北部的方言文学。

史上存在数位“苏尔达斯”。[1]《苏尔诗海》中收录的诗歌不是某个人的创作，而是数个“苏尔达斯”的创作合集。印度印地语文学史中的“苏尔达斯”仅是一个符号，是民间诗人群体的象征。

四、《苏尔诗海》黑天故事概述

《苏尔诗海》主要描写黑天从降生到成年这一时期的若干情节，通过反复赞颂和吟唱，形成了数千首、若干组诗歌，每组诗歌都描写了黑天成长中的一个细节，把这些组诗连接起来，就构成了大体连贯的故事情节：

黑天入世降生为人，一出生便受到舅舅刚沙王的迫害，其生身父亲连夜将他送给一对牧人夫妇收养。之后他从一个非凡可爱的婴儿成长为一个淘气顽劣、爱偷吃奶油、喜与同伴游戏的牧童，并在沃林达林中度过了与众多牧女谈情说爱的风流少年时期。之后，黑天前往马图拉除掉刚沙王，解救出生身父母并与他们生活在一起，又派出使者乌陀前往伯勒杰地区看望安抚众亲友和牧女们。为了保护雅度族人免受摩揭陀国的侵袭，黑天带领雅度族离开马图拉，迁至印度西海岸的德瓦尔卡定居。黑天作为雅度族的军事首领和精神领袖，为了捍卫雅度族的利益四处征战，其间迎娶了一万六千零八名妻子。黑天的同窗好友，贫穷婆罗门苏达玛携带四个糙米饭团来到德瓦尔卡王宫拜访黑天，黑天依礼行事，热情周到地欢迎了他，并赐予他无边的财富。之后在俱卢之野，黑天与养父母难陀、耶雪达夫妇及伯勒杰的牧人牧女重逢，共叙旧

1 在已有研究成果中，值得一提的是，日本学者長崎広子通过考察《八十四位毗湿奴教圣徒传》和该时期的文学评注《信爱甘露菩提》中对于苏尔达斯生平及其诗歌的不同记述，得出了阿克巴大帝时期存在两位苏尔达斯（一位是早期的苏尔达斯 Sūrdās，另一位是稍后期的苏尔达斯・摩丹莫罕 Sūrdās Modanmohan）的结论。她认同印度学者米塔尔（Mītal）的观点，认为后世所传苏尔诗歌，多是两位苏尔达斯的创作合集。印度学者基绍利・拉尔・古普塔（Kiśorī Lāla Gupta）也认同历史上存在两位苏尔达斯的观点，但他认为另一位苏尔达斯不是苏尔达斯・摩丹莫罕，而是阿克巴大帝的宫廷诗人拉姆达斯（Rāmadās）的儿子，同为宫廷诗人的大婆罗门苏尔・纳温（Sūr Navīn, 1590—1690）。参见長崎広子:「ムガル皇帝アクバルとふたりのスールダース: 聖者伝文学の記述をとおして」,『印度民俗研究』17(2018)，第43—63页；Mītal, Prabhudayāl, *Sūrdās Madanmohan: Jīvanī aur Padāvalī*, Mathura: Agravāl Press, 1958; Kiśorī Lāla Gupta, *Saṃpūrṇa Sūrasāgara*, Ilāhābāda: Lokabhāratī Prakāśana, 2008, p. 13。

情后再次分别。黑天带领众王后和雅度族人于日食之时在圣地俱卢之野沐浴（Kurukṣetra Meṃ Sūryagrahaṇ Kā Snānārtha），所有的国王和他们的王后都前去拜望黑天，所有圣仙也齐聚那里赞颂黑天。朝圣回来，母亲提婆吉[1]恳求黑天让她与被刚沙杀死的六个儿子见一面，黑天从阴间（Pātālapurī，地下世界）带回了六个哥哥。见到儿子，提婆吉奶汁满溢，给六个儿子喂奶。六子吃完奶后，向父母与黑天致礼，升入毗恭吒天国（Baikuṇṭha）。

第三节 《苏尔诗海》对黑天文学传统的继承与发展

一、《苏尔诗海》对黑天文学传统的继承

《苏尔诗海》不仅是黑天文学中一个重要的新成员，还是黑天文学得以继续发展的重要依据，是黑天"现代化"过程中的重要基石。[2]在《苏尔诗海》之前的黑天文学中，《摩诃婆罗多》与包含在其第六篇中的《薄伽梵歌》提供了黑天人神兼具的文学形象的原型，在《摩诃婆罗多》的附录《诃利世系》中，有关黑天的神话体系已经形成，黑天的出身、前世、今生和后世的传说故事业已完整。黑天传说从此在民间更加流行，在信徒们心中积淀下来，成为印度教神话体系中固有的部分。[3]这些重要的黑天文献为之后的"往世书"提供了丰富的题材来源。公元10世纪前后形成的《薄伽梵往世书》是毗湿奴教派最为重要的经典之一，也是各种往世书中内容最连贯集中的一部，是所有黑天神话作品中叙事性、故事性最强的一部。[4]因此，它被黑天崇拜者奉为圣典，黑天传说由此定型，它成为后世黑天文学的典范与蓝本。当然，在《苏尔诗海》之前的黑天文学中也不乏优秀的诗篇，在这些优秀诗篇中，胜天的《牧童

---

1 提婆吉（Devaki）又译为提婆启，参见徐梵澄译：《五十奥义书》，中国社会科学出版社，2007年，第99页。

2 姜景奎：《简论苏尔达斯》，《北大南亚东南亚研究》第一卷，第177页。

3 薛克翘、姜景奎等：《印度中世纪宗教文学》上卷，第180页。

4 薛克翘、姜景奎等：《印度中世纪宗教文学》上卷，第181页。

歌》、维德亚伯迪的《维德亚伯迪诗集》以及钱迪达斯的《黑天颂》等作品在艺术表现手法上对《苏尔诗海》产生了直接的影响。

在内容和思想主题方面,《苏尔诗海》取材自《薄伽梵往世书》,同时也借鉴了《牧童歌》和《维德亚伯迪诗集》等优秀作品中黑天与罗陀的爱情故事。在黑天下凡故事中,黑天主要具有两种形象:一种形象是英雄婆薮提婆子,他是人杰,是诛杀妖王的正义维护者和正法至上者;另一种形象则是牧神牛护,他是福乐的赐予者,是众牧女的情郎,是在林中与罗陀幽会的充满欢喜情味的恩泽至上者。第一种形象在史诗《摩诃婆罗多》中早已确立,后一种形象是在"往世书"时期发展成熟的。

《薄伽梵往世书》的开端部分描述了这样一个故事,作者毗耶娑(Vyāsa)的儿子苏迦德瓦(Śukadeva)在娘胎里就闻听了吠陀经典知识,所以是一个内在和外在都绝对纯净的婆罗门行者,他明了俗世的虚无,厌弃俗世,往森林中奔跑。他的父亲毗耶娑出于天然的父爱情感一直在后面追逐他,呼唤他,让他回家。无论毗耶娑怎么劝说儿子,都不能打动他,最后毗耶娑唱颂出了《薄伽梵往世书》,描述了大神毗湿奴的化身在凡间的各种本事和功行,这些充满情味的多姿多彩的故事终于打动了苏迦德瓦,他感受到了俗世间的美妙之处,最终回了头。由此可见,《薄伽梵往世书》宣扬的是大神的"爱"与"情味",这个思想主题对《苏尔诗海》产生了直接影响。

在语言和形式方面,公元10世纪之后,北印度的文学形式和语言都发生了变化,文学形式由韵散结合逐渐转变为以韵文为主,诗歌体裁占据文学的主流,而文学语言则由繁复难解的梵语转变为民间流行的简朴易懂的方言。方言文学的兴起,使得文学的语言、语法和情感都产生了新的变化和发展。胜天的《牧童歌》在这种转变中起到了承前启后的重要作用。公元10世纪至11世纪,北印度民间就已流行用玛德利歌韵律[1]来演唱黑天本事的颂词,公元12世纪的梵语诗人胜天吸收了

---

1 玛德利歌韵律,Mātrika Chanda,该韵律包含Dohā和Caupāī等律。Dohā韵律一般为两行,每行13+11音拍。Caupāī韵律一般为四行,每行16个音拍。玛德利歌韵律是一种形式相对自由的韵律,没有刻意的矫揉造作,不为刻意押韵而押韵,适合表达自由的情感和内容。这种韵律被引进印地语文学之中并被广泛使用,成为北印度帕克蒂诗歌中主要使用的韵律。

这种玛德利歌韵律的唱词方式，在《牧童歌》中创作了“歌诗”的新形式。这种以玛德利歌韵律演唱的民间歌曲形式在《维德亚伯迪诗集》中也可以找到。这种民间歌曲的韵律和“歌诗”的形式对《苏尔诗海》产生了直接影响。[1]

二、《苏尔诗海》对黑天文学传统的发展

虽然在北印度早已经存在唱颂黑天大神的文学传统、成熟的歌曲理论及词曲形式，但这些诗歌文学内容仅限于艳情和宗教恭顺。在受到瓦拉帕大师的指点之后，苏尔达斯为北印度虔诚文学增添了新的内容和情感，极大地丰富和发展了宗教文学中的人神关系。苏尔达斯的《苏尔诗海》对黑天文学的发展与贡献表现在以下几点：

第一，在诗歌形式方面，苏尔达斯在玛德利歌韵律基础上根据音声和乐曲的特点对这种Caupāī律的基本形式进行了一些变革，除了常见的每行16个音拍，《苏尔诗海》中还出现了每行14或15个音拍。

第二，在诗歌内容方面，苏尔达斯全面描绘了黑天本事，最完整地展现了黑天的人性与神性。《苏尔诗海》之前的黑天诗歌文学主要展现黑天在俗世的艳情故事，苏尔达斯却跳出窠臼，为黑天本事添加了更多贴近民间风俗和牧民生活的情节内容。《苏尔诗海》描述了黑天从幼年到成年的完整形象，在这个过程中，苏尔达斯着力描绘出一幅幅展现慈爱、友爱和情爱的栩栩如生的画卷，为陷入艳情窠臼的黑天文学注入了清新气象。

第三，在诗歌情感方面，除了之前黑天文学作品中单一的艳情与恭顺之情，苏尔达斯在《苏尔诗海》中增添了更多丰富的情感。他将对黑天的亲情、友情和爱情展现得淋漓尽致，并在诗歌中展现了黑天的至高性与“自在”神性，宣扬了对吉祥黑天的五种全面的崇拜情感[2]。其中，苏尔达斯创作的展现慈爱情感的黑天本事诗歌是举世无双的。苏尔达

1　参见Hajārīprasāda Dvivedī, *Hajārīprasāda Dvivedī Granthāvalī*, Vol. 3, p. 311。

2　五种情感分别为平静、恭顺、慈爱之情、友情以及甜蜜爱情。

斯凭借他细致入微的描绘，对童年黑天的一举一动都进行了精妙绝伦的刻画，精确地把握了孩童狡黠机灵的特性，这是最能激发慈爱情味的关键点。苏尔达斯将自己全身心奉献给了对黑天的爱，已到达沉醉忘我的境界，他沉浸在诗歌中，他就是诗中的耶雪达，给黑天关爱，并享受黑天带来的福乐。比起之前的黑天文学作品，苏尔达斯以更加全面、亲切、真挚的虔诚情感，将世俗之情与神爱之情结合起来，丰富、发展了北印度帕克蒂文学，将帕克蒂文学情感推向了高潮。

第四，在诗歌主题方面，苏尔达斯在《苏尔诗海》中宣扬和展现了黑天作为至高者具有的六种德性（Guṇa）[1]。由于黑天本事强调游乐性，因此黑天的“离欲”之德性是难以展现的。在其他黑天文学作品中，黑天的“离欲”德性是缺乏的，而在《苏尔诗海》中，黑天的“离欲”德性被苏尔达斯成功地描绘和展现出来，这是苏尔达斯的独创。同时，苏尔达斯对于“乌陀送信”故事进行了再创作，使其具有了不同于《薄伽梵往世书》的新立意。

第五，在诗歌艺术手法方面，苏尔达斯不仅擅长创作展示离情的诗歌，而且对与黑天会面的描绘也是既具情味又不失清新与虔诚的。很多诗人都善于描写与黑天分离的诗歌，因为信徒很容易感受到与大神的距离，所以描写离情是最为真挚的。但他们对于与黑天会面的颂歌却描写得不尽人意，或是太过流俗于男女之情而体现不出黑天的神性，或是描述的爱过于神秘而失去了情味。苏尔达斯在黑天与罗陀的情爱描写中加入了童年黑天本事的内容，从两人青梅竹马的恋情开始描写，慢慢铺垫出之后两人的情爱故事，显得顺理成章。苏尔达斯对黑天作为情人求爱与被爱的描绘不落俗套，而是展现了黑天伟大的神性，使黑天这种情爱事迹的目的伟大高尚起来。

《苏尔诗海》完整继承了之前的黑天文学传统，同时结合民间文化和瓦拉帕派教义对黑天形象进行了创新，将黑天本事和功行以及黑天

---

1 六种德性分别为自在（aiśvarya）、精勇（vīrya）、名誉（yaśa）、吉祥（śrī）、知识（jñāna）以及离欲（vairāgya）。

的人神形象完美融合在诗歌中，自然流畅，让人们在崇拜黑天大神的同时更亲近于他的人性。《苏尔诗海》重点描绘了黑天的凡人形象，将黑天塑造成“爱”与“美”的化身，重点突出至高人格神吉祥黑天的人格化，奠定了黑天信仰与黑天文学“现代化”的基石，将“往世书”等宗教文学经典内容生活化，语言地方化，思想大众化，展现了中世纪印度文学在印度社会大背景之下的平等思想的萌芽。

第四节　《苏尔诗海》的民间性

《苏尔诗海》是印度中世纪虔诚文学作品中的一块瑰宝，印度传统文学将《苏尔诗海》与《罗摩功行之湖》相提并论，突出其正统的文学经典地位，强调其对古典梵语文学传统的继承，凸显《苏尔诗海》作为文人作品的正统性和经典性。[1]然而，从文本内容来看，虽同为印度中世纪有形派虔诚文学经典，与宣扬“罗摩之治”、理想国家、恪守正法、完美社会的文人作品《罗摩功行之湖》不同，《苏尔诗海》更贴近百姓生活，刻画、描绘的多是印度百姓的日常生活，其创作群体、受众、人物形象和艺术形式都与印度民间文化息息相关，更多地体现出民间性特征。本节将依据印度天城体推广协会刊印的《苏尔诗海》原典文本[2]及中国大百科全书出版社的汉译本[3]，在文本细读的基础上，结合黑天支派瓦拉帕派教派传记的内容和思想，从创作者、作品受众、凡人黑天及艺术表现形式四个方面对《苏尔诗海》的民间性特征进行考察和论证。

一、《苏尔诗海》的创作群体

民间流行的“苏尔诗歌”并非是某人的独创，称其为“苏尔文学传统”更为合适。目前已知“苏尔诗歌”的最早抄本是印度Fatehpur地

1　参见Ācārya Rāmacandra Śukla, *Hindī Sāhitya Kā Itihāsa*, pp. 87–95。

2　Nandadulāre Vājapeyī, *Sūrasāgara*, Vārṇasī: Nāgarīpracāriṇī Sabhā, 1964.

3　苏尔达斯著，姜景奎等译：《苏尔诗海》，2020年。

区1582年的本子，其中只有239首诗歌；在Ghānorā地区1640年的抄本上，首次出现了“苏尔诗海”这个书名，其中有795首诗歌；其后的19世纪的抄本中，存有近10 000首诗歌。[1]从这个不断增长的诗歌数目上，我们可以推测，“苏尔诗海”犹如印度两大史诗一样，是被后人不断增补、修订而成的。其中每首诗歌结尾处的“苏尔言”“苏尔达斯言”成为一种口头创作民间颂神诗的传统格式，民间诗人假托“苏尔”或“苏尔达斯”之名赞颂黑天的诗歌创作，形成一种“苏尔传统”(Sur Tradition)[2]流行于世。

从早期民间流传的“苏尔诗歌”到以“苏尔诗海”命名的抄本出现，这其中，以瓦拉帕为代表的宗派学者起到了至关重要的作用。约翰·斯卓坦·霍利通过搜集、整理、考察1582年至1862年间的28种抄本发现：在十六七世纪的早期抄本中，只是标明了“苏尔达斯诗集”(*The Padas of Surdas*)，并没有“苏尔诗海”(*Sūrasāgara*)这个书名，其中只有表达恭顺和自我虔诚的诗歌(Vinaya Ke Padas)；直到1640年，以“苏尔诗海”命名的抄本中才出现了对黑天本事进行描述赞颂的诗歌和瓦拉帕派传统规制中赞颂师尊(Guru)及说教的诗歌，[3]而这些诗歌占现行《苏尔诗海》“全诗五分之四以上”[4]篇幅。这说明，《苏尔诗海》的出现，与瓦拉帕派有直接、密切的关系。

《八十四位毗湿奴教圣徒传》中记载了苏尔达斯皈依瓦拉帕派之后，在瓦拉帕大师的指点和传授下，依照《薄伽梵往世书》创作黑天颂诗以及在诗歌中唱颂瓦拉帕派“欢喜”“福乐”解脱主旨的内容。[5]该

---

1 参见John Stratton Hawley, “Introduction”, in Kenneth E. Bryant ed., John Stratton Hawley trans., *Sur's Ocean*, Massachusetts: Harvard University Press, 2015, p. 12。

2 参见John Stratton Hawley, “Introduction”, in Kenneth E. Bryant ed., John Stratton Hawley trans., *Sur's Ocean*, p. 12。

3 参见John Stratton Hawley, “The Early Sūrsāgar and the Growth of the Sur Tradition,” in *Three Bhakti Voices: Mirabai, Surdas, and Kabir in Their Times and Ours*, New Delhi: Oxford University Press, 2005, pp. 194–207。

4 刘安武：《印度印地语文学史》，第89页。

5 参见Gokulanātha, *Caurāsī Vaiṣṇavana Kī Vārtā*, pp. 272–290。

书还记载了《苏尔诗海》命名的由来：瓦拉帕及其继承人维特尔纳特对闻名于民间的苏尔诗歌极为推崇，瓦拉帕将“苏尔诗歌”称为“虔爱之海”（Bhakti Samudra），将苏尔达斯依照《薄伽梵往世书》创作的诗歌赞誉为“苏尔诗海”，[1]而维特尔纳特则把“苏尔诗歌”称为“修行布什迪之道，渡虔爱之海的舟乘（Jahāja）”，[2]在维特尔纳特创建瓦拉帕派规制时期编纂出的“苏尔诗歌集”被称为《苏尔诗海》。[3]由此可见，《苏尔诗海》抄本的出现，主要是瓦拉帕宗派学者努力的结果，他们为了宣扬本派思想，创建瓦拉帕教派的规制，突出其教义在民间文学书写中的话语权，依托“苏尔诗歌”在民间备受推崇和广泛流行，在“苏尔诗歌”的基础上进行编纂、整理，推出了《苏尔诗海》的本子。

在从《苏尔诗海》抄本到现行刊本的演进中，一些近现代印度文人学者起到了不可或缺的作用。印度现行《苏尔诗海》刊本，是由后世文人学者依据文学传统的要求，在民间流行“苏尔诗海”抄本的基础上，依据《薄伽梵往世书》的篇章结构和黑天成长的过程进行整理和编撰的。[4]印度天城体推广协会编撰的《苏尔诗海》就是依据《薄伽梵往世书》的篇章结构编排的，该刊本所选诗歌的重要依据是近代印度著名伯勒杰语诗人杰格纳特达斯·勒德纳格尔整理和加工的抄本。该刊本的主编，印度学者南德杜拉雷·瓦杰帕伊在序言中，直言不讳地承认了在编纂《苏尔诗海》的过程中，主要依据的是杰格纳特达斯·勒德纳格尔对民间流传的老抄本以规范的文学语言进行重新书写的《苏

1 Gokulanātha, *Caurāsī Vaiṣṇavana Kī Vārtā*, p. 301.

2 Gokulanātha, *Caurāsī Vaiṣṇavana Kī Vārtā*, p. 287.

3 Muṃśīrāma Śarmā, *Sūra-Saurabha*, Kānapura: Granthama Priṇṭiga Press, 1970, p. 105.

4 印度学者基绍利·拉尔·古普塔认为后世所传规模为三千多首诗歌的《苏尔诗海》最早刊本出现在1799年，由克里希纳南德·维亚斯德沃（Kṛṣṇānanda Vyāsadeva）编纂。这个本子集中表现了两位苏尔创作的表现黑天情味本事的诗歌，其中并没有任何关于表达恭顺和自我虔诚的诗歌（Vinaya Ke Padas）。参见Kiśorī Lāla Gupta, *Saṃpūrṇa Sūrasāgara*, p. 13。日本学者坂田貞二在肯内斯·E. 布莱恩特和约翰·斯卓坦·霍利对于早期抄本搜集研究的基础上，进一步收集、考察了《苏尔诗海》早期抄本与刊本的区别，他认为后期的刊本都经过了文人和学者的增补、改写和修订。参见坂田貞二:「*Sūr Sāgar* の原形と諸刊本」,『印度學佛教學研究』34–2（1986），929–922。

尔诗海》抄本，他说："他（杰格纳特达斯·勒德纳格尔）对伯勒杰语语法进行了专门研究，并按照自己的观念和语法规则对古老伯勒杰语的老抄本《苏尔诗海》以一种普及化的书写方式，进行了改良和修订。"[1]由此可见，正是出于规范伯勒杰语语法并将伯勒杰语从民间方言提升为文学语言和文学经典书写语言的目的，近代文人学者对民间广泛流传的《苏尔诗海》抄本进行改写，并用规范的伯勒杰语语法进行重新书写，增强了其作为文学作品的经典性。此后，现代学者在出版刊印时，采用了经由近代文人加工过的用规范的文学语言重新书写的抄本，由此，《苏尔诗海》从纯粹的民间文学跻身印度中世纪文学经典之列。

二、《苏尔诗海》的民间受众

《苏尔诗海》是瓦拉帕派宗派学家在民间口传"苏尔诗歌"的基础上加入"福乐"与"欢喜"解脱的主旨编纂而成的中世纪印度虔诚文学经典，它的主要受众是追求"福乐"解脱的印度民间居家生活的百姓群体。中世纪的印度并非一方乐土，"这里有侵略，有反抗，有剥削，有压迫，充满贫穷"[2]。在印度北方本土割据势力相互争霸的同时，一些穆斯林也不断进入印度，从掠夺财富开始，进而侵占领土和征服当地民族，建立了伊斯兰教的统治。此时南印度诸国夺取霸权的战争也没有止息，稍晚西方列强也纷纷在印度建立殖民地。整个南亚次大陆上，兼并战争此起彼伏、多年不息，统治者加强盘剥，加重赋税，百姓的生活困苦不堪。在这一大背景下，宗教传播反而在民间更加兴盛，以《苏尔诗海》为代表的中世纪印度虔诚文学集中反映了百姓的精神需求。诗歌中主要唱颂内容都是百姓能够感知和体会到的富有情趣和欢乐的生活景象，诗歌中宣扬的解脱方式亦是适用于普通饮食男女的欢喜和福乐之道。例如《苏尔诗海》中描绘的黑天与牧女们在迷人秋夜欢爱共舞

---

1 Nandadulāre Vājapeyī, *Smpādakīya Vijñpti*, *Sūrasāgara*, Vol.1, Vārṇasī: Nāgarīpracāriṇī Sabhā, 1964, p. 2.

2 姜景奎：《译序：简论苏尔达斯》，苏尔达斯著、姜景奎等译《苏尔诗海》，第31页。

的场景：

仿若闪电云中间

闪电中间有云彩，云彩中间有闪电，
伯勒杰地多情女，复有诃利光辉现。
叶木拿畔妙秋夜，迷人可爱茉莉花，
美德美色情爱海，美月周身悦人女。
共舞偕同风流王，有德村女皆陶醉。
黑子美云美色藏，女悦其心使怡然。
鹡鸰孔雀鱼鹁鸪，情态不同行如象。
苏尔言，
何述共伴莫亨状，情欲已然迷妙女。[1]

在民间生活的黑天代表着永恒的欢喜与福乐，这正契合了印度广大人民群众的信仰需求，符合广大民众在俗世生活中所处的实际环境和具体状况。《苏尔诗海》中还有描绘黑天与众人共享美食的诗歌：

莲眼诃利吃早饭

新制酸奶奶油饼，各式各样之果子：
椰枣葡萄豆腐果，杏仁白椰葡萄干，
苹果干枣番石榴，西瓜开心果为名。
复有果子诸多种，六种滋味之甜食。
苏尔达斯言，
胜尊黑子聪慧者，吃着早饭欢欣喜。[2]

在《苏尔诗海》中，诗人摒弃所有痛苦，只歌颂自由奔放的爱和福乐。“我们看不到痛苦，看不到贫穷，看到的是潺潺的流水、青青的草地

1　苏尔达斯著，姜景奎等译：《苏尔诗海》，第374页。
2　苏尔达斯著，姜景奎等译：《苏尔诗海》，第152页。

和茂密的树林以及生机盎然的大地，看到的是幸福充实的母亲、衣食无忧的邻居和顽皮淘气的牧童以及渴望爱情的少女。”[1]这对于艰辛世道中的印度普通百姓来说无疑是一剂精神良药，“人民从中找到了自尊、自信和自足，从而忘却了现世的痛苦，获得了生活的兴趣和信心”[2]。通过对美好生活景象的描述和欢唱，诗人给居家生活的民间百姓带来了爱的福音、自由的世界和自信的人生。

编纂《苏尔诗海》的瓦拉帕派崇尚与黑天在一起的恩泽与福乐的解脱之道，其主要宣传对象就是居家生活的民间百姓。相对于离家弃世、流浪遁世的苦修者和遵从礼法王道的王公贵胄，民间百姓更青睐于恩泽和福乐之道。这种认知方式与其群体身份有很大关系，他们主要是印度的中下层群体，也有一些不愿避世苦修、过着世俗居家生活的婆罗门。

苏尔达斯的师尊瓦拉帕富于改革精神，反对正统吠檀多哲学所倡导的解脱之道，反对禁欲苦行，主张享受世俗欢乐，提倡享乐主义和幸福之道，因而创立了瓦拉帕派，崇尚福乐之道，宣扬大神的恩泽之道。他认为崇拜神灵不是靠裸露身体和虐待体肤，而是靠华丽的衣着和佳肴美餐；不是靠独身禁欲和克制情感，而是靠世俗的享乐和与黑天在一起的尽情欢乐。他认为一个人只要崇爱神，顺从神意，就可以得到神的恩泽和慈爱。[3]瓦拉帕自己就放弃了苦行生活，结婚生子，他门中的弟子也多数过着居家生活（Grhastha），比如农民贡朋达斯（Kumbhadāsa）和婆罗门奇达斯瓦米（Chītasvāmī）在担任唱颂之职的同时，依然过着家庭生活，贡朋达斯与其子查多尔帕奇达斯（Chaturabhujadāsa）除了在室利纳特神庙服务之外，平时还居家种地，养活一家老小。[4]

《苏尔诗海》所宣扬的主旨并无任何秘法存在，并无任何“高贵的知识”，并无任何身份限制，而是仅仅凭借对黑天的奉爱和虔诚就能获

1 苏尔达斯著，姜景奎等译：《苏尔诗海》，第31页。

2 苏尔达斯著，姜景奎等译：《苏尔诗海》，第31页。

3 参见刘建、朱明忠、葛维钧：《印度文明》，福建教育出版社，2008年，第321页。

4 参见Dīnadayālu Gupta, *Aṣṭachāpa Aura Vallabha-Sampradāya*, pp. 240, 273。

得恩泽与解脱，这种简便易行的方式最受普通中下层群体的欢迎和喜爱。不同于正统吠檀多不二论枯燥无味的吠陀经典知识或禁欲苦行及"无忧无喜"的解脱方式，《苏尔诗海》中的信仰主张是充满喜悦福乐和极致情味的，是顺应人性的根本欲求的。韦伯曾评价说："作为一种感情性的救世主宗教意识，这自然是无学识的中产阶层所偏好的救赎追求的形态。"[1]

正统吠檀多知识的传承对于继承者的种姓和家族等方面都有严格的要求，这种做法将中下层民众拒之门外。作为正统的吠檀多不二论的代表人物，商羯罗在其哲学著作《示教千则》(*Upadeśasāhasrī*)中主张，在传授吠陀经典知识之前，要对弟子的素质进行检验，对其种姓、职业、品行、吠陀知识及其家族进行检验，必须是(内外皆)清净的婆罗门，且要遵从圣典的要求而近师。[2]这种严苛的要求使得中下层民众无法通过学习知识证得解脱，而《苏尔诗海》正满足了被正统吠檀多宗教排除在外的下层种姓和居家民众的信仰需求。在《苏尔诗海》的"黑蜂歌"篇章中，牧女对乌陀说：

且明心智将此瞧：意糖可除谁饥饿？
谁人会为黑蜂你，抛弃黑子筛米糠？[3]

这首诗歌中，"意糖"(man lāṛū)，指思想上的甜食，虚幻无形，徒有其名却无法充饥，牧女用"意糖"比喻的是一元论说的虚妄。她们不会傻到舍弃优质精良的大米而去做筛米糠的无用之功，喻指一元论的吠陀知识和瑜伽苦行之说就像不能充饥的米糠皮，是被人丢弃的无用之物，而信仰黑天则如同进食质地精良的大米，能够满足她们的信仰和需求。在她们看来，能够恩赐福乐和情味的有形至上者黑天比虚无缥缈、无形无性、无情无味、无忧无喜的大梵更加殊胜。

1 马克斯·韦伯著，康乐等译：《印度的宗教：印度教与佛教》，广西师范大学出版社，2013年，第429页。

2 参见商羯罗著，孙晶译释，《示教千则》，商务印书馆，2012年，第384页。

3 苏尔达斯著，姜景奎等译：《苏尔诗海》，第1163页。

《苏尔诗海》所面向的受众群体是居家生活的民间百姓，它描述的是老百姓喜闻乐见的生活场景和自然风光，它倡导、宣扬的充满福乐和欢喜的虔爱方式非常适合家居生活的百姓。其中宣扬的对有形黑天的虔爱和皈依的主张，既满足了中下层民众狂热的信仰需求，又不妨碍他们正常的世俗生活，让他们在离欲的精神生活与世俗享乐的家居生活之间找到了平衡点。从这个角度来说，《苏尔诗海》是对印度世俗居家民众的精神关怀及对备受困苦生活与传统伦理压迫之人的人性解放。

三、《苏尔诗海》中的凡人黑天

《苏尔诗海》的文本以描绘和赞颂黑天为主，其中最具特色的是对黑天凡人形象的塑造和表现，诗歌在赞颂黑天的同时也表现出了朴素的平等观，这是《苏尔诗海》民间性的另一体现。

《苏尔诗海》通过对黑天的唱颂和对黑天形象的刻画，把大神从祭坛上请到了广大信徒中间，使之成为信徒们的亲密伙伴。文本中着力描绘的是黑天在世功行中的牧村生活，即黑天的婴儿、童年和少年时期。这几个阶段最能体现瓦拉帕派的教派思想，即对大神全身心奉献，神与人的关系不只是主仆关系和救赎关系，更重要的是慈爱关系、情爱关系和伙伴关系。《苏尔诗海》中关于牧童黑天的诗歌是最富艺术特色，也最为动人心弦的部分。这些诗歌主要通过慈母的视角，以感人至深的慈爱情来塑造和展示童年黑天形象。养母耶雪达以及那些嬉笑怒骂的牧女与黑天的互动故事使得大神黑天的人性形象更具人情味和烟火气。例如牧女登门向耶雪达告状的诗歌，将黑天机灵、顽劣的孩童形象刻画得惟妙惟肖。牧女告状的主要原因之一是小黑天屡次到牧女家中偷吃奶油，大搞破坏，像猴子一样上蹿下跳，翻箱倒柜，洗劫所有的酸奶、牛奶和奶油，大吃大喝不说，还随手乱丢。不仅如此，他还欺负牧女家中的小孩，然后得意洋洋，嬉皮笑脸地跑走了。

牧女向耶雪达告状的另一个原因是小黑天在村子里对她们撒泼耍赖。在《苏尔诗海》的“汲水岸”和“施舍”本事中，黑天在村里的道路上，在汲水的河岸边，肆意恶作剧，戏弄牧女。在村中狭窄的巷子里，黑天衣冠不整，歪戴着头巾在那里要“无赖”、要“流氓”，趁牧女没有防备，他竟然伙同众伴把她们的胸衣和项链都撕扯掉了。[1]不仅如此，他还肆无忌惮地在河岸边，将牧女头顶上垫在水罐下面的布垫圈抢走扔进叶木拿河中。面对黑天的无赖泼皮，牧女们愤怒至极，一起去向耶雪达告状。耶雪达忍无可忍，将小黑天绑在木臼上，要惩罚他。小黑天被绑木臼的故事也被刻画得异彩纷呈，充满了戏剧冲突，情节跌宕起伏，将生活中的真实场景与黑天的游乐本事结合起来，让民间百姓能够真切感受和体会到“黑天本事”的美妙“情味”。

《苏尔诗海》中黑天之所以被刻画成狡黠无赖的形象，正是为了使人们在参与黑天本事的过程中尝尽喜怒哀乐百般滋味，获得福乐。通过这些诗歌的描绘和传唱，黑天大神走下神坛，融入民间百姓的生活之中，充分展现了他“情味头上宝”(rasik-siromani)[2]的名号与形象。[3]小黑天不仅具有天真可爱、顽皮狡黠的孩童模样，同时还有一副令人气恼、匪性十足的“地痞无赖”面孔。

《苏尔诗海》中的黑天形象更凸显大神的人性，而非传统的神性，其形象丰满而令人亲近。在诗歌中，牧童黑天的形象栩栩如生，他从天真可爱的婴儿、淘气顽劣的孩童，成长为风流俊美的少年，他好像就在印度普通民众的身边，是他们可爱的孩子、忠实的朋友和亲密的爱人。唱颂或闻听这样的诗歌，民众就能深切感受到黑天与他们同在的福乐，这正是黑天信仰的主旨所在。由此，《苏尔诗海》成为黑天信仰“‘现代化’过程中的重要基石”[4]。

四、《苏尔诗海》的民间艺术形式

民间艺术形式的使用是《苏尔诗海》民间性的又一体现。作为一

1 苏尔达斯著，姜景奎等译：《苏尔诗海》，第207页。

2 情味头上宝，原文rasik-siromani，通rasik-śiromaṇi，rasik意思是“有情味的，风流的”，śiro-maṇi意思是“头上宝石”，即头顶上所佩戴的珍宝摩尼珠，rasik-siromani此处译为“情味头上宝”，是黑天名号之一。

3 参见苏尔达斯著，姜景奎等译：《苏尔诗海》，第213页。

4 姜景奎：《简论苏尔达斯》，《北大南亚东南亚研究》第一卷，第177页。

部带有叙事诗色彩的抒情诗歌集，[1]《苏尔诗海》正是通过对具有即兴性、通俗性以及与日常生活紧密相关的民间艺术形式的使用，完成了对宗教经典故事的重新书写。这种艺术形式具体表现在抒情形式的即兴化和叙事方式的民间娱乐化两个方面。

与《牧童歌》《罗摩功行之湖》和《薄伽梵往世书》等拥有完整叙事结构框架的文学经典不同，《苏尔诗海》是带有叙事诗色彩的抒情诗集，从创作结构来说，它的抒情形式具有即兴性。《苏尔诗海》中"某几首抒情诗构成一组，就这一组来说具有叙事性质，各组之间又有先后时间顺序，这样组与组相连，就构成了具有大体连贯的故事情节，黑天从出生到童年到少年的过程就显现出来了"[2]。但作者主要"是以抒情诗的方式咏唱黑天事迹的"[3]某一情节，诗集重抒情而非叙事。尤其早期的《苏尔诗海》抄本中的诗歌是零散的，没有完整的结构框架，故事叙述也并不连贯，只是作者对一个个独立情节的反复描述、反复吟唱而创作出的组诗。作者按照不同的民间场景、时节或场合，依据现场的情绪和实际情景，挑选黑天故事中的某一情节进行反复创作和演唱。每个情节的创作都完全依照民间生活的情境，充分表达了当时当地的情绪，这些创作形成不同的诗组，每组诗歌描写的是黑天生活的一个侧面。后人依据《薄伽梵往世书》的结构将这些诗歌进行整理、汇总，并按逻辑编纂成了《苏尔诗海》这部诗歌集。[4]

在印度，《苏尔诗海》不只被当作文学作品诵读，它更多是以民间音乐的形式被表演。时至今日，《苏尔诗海》仍被印度百姓广为传唱，其中描述的"黑天本事"在民间各种节日、仪式等场合不断被演绎，而黑天和牧女们的"情味本事"（Rāsa Līlā）在民间最为流行。此外，在印度百姓的日常生活娱乐中，无论男女老幼，都能讲述或歌唱牧童黑天的故事。

《苏尔诗海》作为深深植根于民间的文学经典，其叙事方式具有民

1 刘安武：《印度印地语文学史》，第91页。

2 姜景奎：《简论苏尔达斯》，《北大南亚东南亚研究》第一卷，第179页。

3 姜景奎：《简论苏尔达斯》，《北大南亚东南亚研究》第一卷，第179页。

4 约翰·斯卓坦·霍利认为，现存的按《薄伽梵往世书》的篇章结构编纂的以"苏尔诗海"为名的最早抄本出现在1696年，于此，印度学者基绍利·拉尔·古普塔亦有不同意见，详见前文及相关脚注。

间娱乐化的特征，主要表现在三个方面：一是对民间音乐的使用；二是诗歌语言的通俗性（从梵语到方言创作）；三是对神话故事的世俗生活化表达。

《苏尔诗海》主要使用“歌诗体”（Gīta Kāvya）进行创作，印度的“歌诗”就是可以加上曲调、乐器伴奏进行演唱的诗歌，既符合诗的格律，又跟随音乐的曲调，“说它是歌词或曲更恰当”[1]，其具体形式是“颂诗”（Kāvya Pada）加上“拉格”曲调（Rāga）。公元10世纪至11世纪，北印度民间就已流行用玛德利歌韵律来演唱黑天本事的颂词，公元12世纪的梵语诗人胜天吸收了这种玛德利歌韵律的方式，在《牧童歌》中创作了“歌诗”的新形式。这种以玛德利歌韵律演唱的民间歌曲形式在《维德亚伯迪诗集》中也可以找到。这种民间歌曲的韵律和“歌诗”的形式对《苏尔诗海》产生了直接影响。[2]《苏尔诗海》在玛德利歌韵律基础上根据音声和乐曲的特点对其中的四行诗律（Caupāī）的基本形式进行了一些变革，其创作更具民歌的自由性，不像古典梵语诗那样严格遵守格律的要求，而是将每行音拍数丰富为14、15、16或17个不等，更适合民歌艺术的创作。同时，每首诗都配有固定的“拉格”曲调，按照民间传统的要求，在不同的季节、一天中不同的时间，固定演唱不同的“拉格”，以表达不同的情绪，体会与“黑天”同在的情感。例如《苏尔诗海》中常用Sāraṅga的拉格曲调来配合赞颂牧童黑天的诗歌，Sāraṅga的意思是“染色、着色”“多彩、五光十色”“美丽、华美”“光彩、光辉”以及“色彩斑斓（美丽）的东西或动物（如天体、云、水、珍珠、荷花、孔雀、鹿、马、蜜蜂、杜鹃和苍鹭等）”。[3]从词义可看出，这种民间的拉格曲调正适合描绘俊美的牧童黑天。此外，《苏尔诗海》还使用民间歌谣的形式来描绘赞颂黑天，“耶雪达为诃利摇摇篮”[4]一诗，就采用了印度民间自古以来就流行的摇篮曲的形式创作，[5]生动鲜活地展现了民间普通

1　刘安武：《印度印地语文学史》，第88页。

2　参见Hajārīprasāda Dvivedī, *Hajārīprasāda Dvivedī Granthāvalī*, Vol. 3, p. 311。

3　北京大学东方语言文化系印地语言文化教研室等编：《印地语汉语大词典》，第1560页。

4　苏尔达斯著，姜景奎等译：《苏尔诗海》，第106页。

5　苏尔达斯著，姜景奎等译：《苏尔诗海》，第12—14页。

家庭中的母子亲情。

除了对民间音乐艺术的使用,《苏尔诗海》还以通俗的民间方言伯勒杰语描绘了黑天作为凡人的生活,用民间百姓的日常生活和普遍情感来描绘神话故事,将宗教神话故事世俗生活化。

自公元13世纪始,随着北印度帕克蒂运动的开展,深受民间文学艺术影响的方言文学逐渐占据印度文学主流,以民间方言取代梵语进行文学创作的方式契合了当时印度教文化在民间广泛传播的需求,为印度教文化的发展扎下了坚实的民间根基。《苏尔诗海》正是这种民间方言文学的优秀代表,下面这两首诗"妈妈,辫子何时长?"和"妈,哥哥经常惹我恼"生动形象地展示了《苏尔诗海》以通俗的民间方言描绘黑天作为凡人的日常生活和孩童情感的创作特色:

妈妈,辫子何时长?

喂我牛奶何其多,如今它仍短又细!
大力发辫长又粗,你言会与它一样,
散开编拢洗澡时,犹如黑蛇蜷地上。
回回喂饮生牛奶,不予奶油与大饼。
苏尔言,
长命百岁两兄弟,诃利持犁这一对![1]

妈,哥哥经常惹我恼

对我言说乃买来,耶雪达何曾生你?
因为此怒不去玩,我还能做什么呢?
遍遍言说母为谁,你的父亲是何人?
耶雪达白难陀白,为何你身却青黑?
牧童屡屡弹响指[2],使起舞蹈皆嘲笑。
你只晓得将我打,从来不生哥的气。

---

1 苏尔达斯著,姜景奎等译:《苏尔诗海》,第142页。

2 弹响指,原文cuṭakī dai,意思是"打响指,弹响指",对着人弹响指是挖苦讽刺挑逗的意思,此处指嘲笑捉弄小黑天。

莫亨口中此嗔语，耶雪达闻欢欣喜：
黑黑且听力贤[1]啊，嚼舌根子生来黠，
苏尔言，
黑子我以牛群[2]誓，我为母亲你为儿。[3]

为了能够使民众沉浸在“黑天本事”的故事世界，诗人将人物黑天的情感移接到普通百姓家庭的母子亲情之中，将大神的故事用民众居家生活的细节表现出来。让小黑天化身成一个可爱又调皮的孩子向妈妈撒娇、抱怨、告哥哥的状，这种口语化的表达和日常而又本真的细节描写最为动人。

《苏尔诗海》是瓦拉帕派将印度教经典《薄伽梵往世书》与以民间书写为主要特点的“苏尔诗歌”相结合的产物，实现了以民间文学的形式来达到其为宗教服务的目的。民间艺术形式和百姓生活浸染和熏陶了以苏尔达斯为代表的“苏尔诗歌”的创作者们，其后，瓦拉帕派宗派学家和近现代印度文人学者基于自身的思想和意图对这些流行于民间的、口头的、零散的、不成体系的“苏尔诗歌”进行加工、整理，最终编纂出《苏尔诗海》。正是宗教经典《薄伽梵往世书》与民间流行的“苏尔诗歌”的结合以及近现代文人的改造，塑造出了《苏尔诗海》兼具经典性和民间性的鲜明特征。它将宗教经典《薄伽梵往世书》与民间艺术融为一体，既宣扬了黑天信仰，又反映了印度社会百姓的生活景象和最基本的审美情感，具有很高的印度民间文学价值和永恒的审美价值。因此，我们通过挖掘《苏尔诗海》的民间文学价值，考察蕴藏其中的印度民间文化的基本特点，能够感受印度百姓丰富的生活和情感，理解他们对人神关系的思考和寻求解脱的宗教体验。

1　力贤，原文balabhadr，意译为“力贤”，指大力罗摩。

2　牛群，原文godhan，印度社会认为牛群是财富的象征，耶雪达以牛群起誓，即是以拥有的财富起誓，如果说谎话，就将一无所有，一文不名。

3　苏尔达斯著，姜景奎等译：《苏尔诗海》，第154页。

第 二 章

黑天形象原型探析

提起黑天，我们自然会想到印度史诗《摩诃婆罗多》，正是在这部史诗中，黑天不仅被描述成一位英雄，而且被塑造成了印度教中至高无上的大神，是毗湿奴最为重要的化身之一。也是在这部史诗里，黑天向英雄阿周那[1]传授了印度教最为崇高的圣典《薄伽梵歌》，这部宗教圣典对千百年来的印度社会、文化产生了难以估量的影响。

第一节　印度黑天形象的起源与嬗变

黑天这一形象，并不是在史诗《摩诃婆罗多》中才出现的。实际上，早在印度最古老的典籍《梨俱吠陀》中，黑天的名字就出现了。当然，这时的黑天与史诗中的形象有很大的差别。黑天是印度教极其重要的宗教形象，在从"吠陀"到"史诗""往世书"的这一漫长历史时期中，黑天形象是如何演变、如何生成的，考察并分析这一问题，对我们认识印度宗教文化具有重要意义。

在《梨俱吠陀》中，黑天的形象是矛盾的。一方面，他是阿修罗（魔），是与天神对立的一方；另一方面，他又是婆罗门仙人，是天神的赞美者。显然，这是一种悖论，它表明黑天形象的起源是非常复杂的。

《梨俱吠陀》第一卷第101歌第一首颂诗（*Ṛgveda*,1.101.1）赞美天帝因陀罗，其中描述因陀罗的伟大业绩之一便是杀死了阿修罗首领黑天和他的妻子们，包括他怀孕的妻子。这表明天帝因陀罗不仅杀死了

1　阿周那，被认为是黑天最亲密的伙伴和虔诚信徒。

黑天，而且没有让黑天有任何后代存活下来。[1]《梨俱吠陀》第一卷第130歌第八颂诗（*Ṛgveda*,1.130.8），描写的也是天帝因陀罗与黑天的战斗：黑天不仅不举办祭祀敬神，而且与天神作对，他带着一万阿修罗大军行进到安殊马迪（Aṃśumatī）河岸，他们在那里肆意破坏，直到天帝因陀罗发射梵箭（Bṛhaspati），黑天才被打败，其黑色的皮肤也被撕裂。[2]显然，这里的“克里希纳”与其说是“黑天”[3]，不如说是黑魔。

上述吠陀颂诗中的黑天，指的是黑色皮肤之人，代表古代印度的土著人，被入侵者称作“达斯”（Dāsa）或“达休”（Dasyu）。他们反抗入侵的雅利安白人（Ārya），但最后被打败，被征服，并在《梨俱吠陀》中被丑化成了阿修罗。与此同时，入侵印度河流域的雅利安人被美化为天神，天帝因陀罗便是雅利安人至高无上的代表。

而在《梨俱吠陀》中，又出现了另一个黑天，与野蛮的土著部落首领即阿修罗黑天形成了鲜明对照，这便是婆罗门仙人黑天。《梨俱吠陀》第一卷第116歌第二十三颂诗（*Ṛgveda*,1.116.23）和第117歌第七颂诗（*Ṛgveda*,1.117.7）描述黑天的儿子维世沃格（Viśvaka）举办祭祀赞美双马童神（Aśvins）：双马童神救死扶伤，使维世沃格的儿子维湿纳普（Viṣṇāpu）死而复生。第八卷第85歌和第86歌（*Ṛgveda*,8.85,86）的唱颂者（即作者）是黑天，诗歌赞美的也是双马童神；再者，第86歌第三颂和第四颂诗（*Ṛgveda*,8.86.3,4），直接描述黑天召唤双马童神，畅饮苏摩（甘露）。而第十卷第42、43、44歌（*Ṛgveda*,10.42,43,44）则是对天帝因陀罗丰功伟绩的赞美，唱诵这些颂诗的作者便是黑天。

这里的黑天及其子孙，不仅举办祭祀，敬拜、赞美吠陀天神双马童和天帝因陀罗，而且还是吠陀颂诗的作者。《梨俱吠陀》的作者共有414位，他们是正宗的婆罗门，被称作仙人（ṛṣi），他们不仅是吠陀颂诗的作者，而且被看成是婆罗门文化传统的创造者，其地位如天神一般崇

---

1 *Ṛgveda Samhitā*, Vol.1, trans. by H.H. Wilson and Bhāṣya of Sāyaṇācārya, edited & revised by Ravi Prakash Arya and K.L Joshi, Delhi: Parimal Publisications, 1997, p. 243.

2 *Ṛgveda Samhitā*, Vol.1, trans. by H.H. Wilson and Bhāṣya of Sāyaṇācārya, edited & revised by Ravi Prakash Arya and K.L Joshi, p. 338.

3 黑天（Kṛṣṇa），音译克里希纳，其本义是“黑”或“黑色”。“黑天”这个名字中的“天”，是传统汉译加进去的，表示他是神（Deva）。

高。由此可见，出现在这些婆罗门仙人之中的黑天，与不举办祭祀、反抗吠陀天神的阿修罗部落首领黑天可谓天壤之别。

显然，黑天形象在《梨俱吠陀》中是矛盾对立的，或者更准确地说，《梨俱吠陀》中至少出现了两个形象完全不同的黑天。"吠陀"之后出现的"梵书"和"森林书"，沿袭了《梨俱吠陀》两个黑天的说法，并有所发展。

在《乔尸多基梵书》(*Kauṣītaki-Brāhamaṇa*)(30.9)中，出现黑天·安吉罗(Kṛṣṇa Āṅgirasa)这个名字。《乔尸多基梵书》是对《梨俱吠陀》的叙述和阐释，学界由此推论《梨俱吠陀》中的仙人黑天便是仙人黑天·安吉罗。[1]印度学者彭达尔格尔(Bhṇḍārakara)依据历史文献推测，在吠陀时期存在着一个名为黑天(Kārṣṇāyana)的婆罗门家族，这个家族的祖先便是受人敬拜的黑天即黑天·安吉罗仙人。[2]

而《百道梵书》(*Śatapatha Brāhamaṇa*)、《爱达雷耶梵书》(*Aitareya Brāhamaṇa*)提到的黑天，则依旧是一个部族首领，不过黑天不再被描述为阿修罗，而被明确为苾湿尼族(The Vṛṣṇis)的首领。[3]苾湿尼族是雅度族(The Yādavas)的一个分支；雅度族便是"史诗""往世书"中黑天所属的刹帝利部族，史诗中的黑天是这一部族的首领。

从雅度族的族系上看，黑天明显是从一个刹帝利部族首领发展、演化而来的，与婆罗门仙人安吉罗没有什么交集。"梵书""森林书"中，仙人黑天与部族首领黑天各自存在，并没有什么交融。

到了"奥义书"时代，情形发生了变化。部族首领黑天与仙人安吉罗虽属不同的家族，但两者却逐步融为一体。较为详细地记述了苾湿尼族黑天的文献是公元前600年前后的《歌者奥义书》(*Chāndoya Upaniṣad*)。在这部奥义书中，在仙人考罗·安吉罗(Ghora Āṅgirasa)[4]的指引下，部族首领黑天超越了黑暗与光明，超越诸神，走向了不可毁

---

1 参见 Dhīrendra Varmā, *Hindī Sāhitya Kośa*, Vol.2, p. 93。

2 参见 Mainejara Pāṇḍeya, *Bhakti Āndolana Aura Sūradāsa Kā Kāvya*, Delhi: Vāṇī Prakāśana, 2011, pp. 55–56。

3 参见 Sunil Kumar Bhattacharya, *Krishna-cult in Indian Art*, New Delhi: M.D. Publications Pvt. Ltd., 1996, p. 128。

4 考罗·安吉罗(Ghora Angirasa)又译为歌罗·安吉罗萨，参见徐梵澄译：《五十奥义书》，第99页。

灭的、永不消失的梵光，成为至高无上的存在。《歌者奥义书》(3.17.1—7)记载，黑天是婆罗门仙人考罗·安吉罗的入室弟子，是提婆吉(Devaki)的儿子。考罗·安吉罗基于人性为本的立场，向黑天传授具有一定反祭祀、反吠陀倾向的知识："饥，渴，不娱乐，这是他(至高存在)的净化仪式。然后，吃，喝、娱乐，这是他的准备仪式。然后，笑，吃，交欢，这是他歌唱赞歌和颂歌。然后，苦行，布施，正直，不杀生，说真话，这些是他付给祭司的酬金。"[1]显然，奥义书时代，吠陀繁琐复杂的祭祀仪式已退居次要地位，人们更多追求的是"梵""我"的奥义。正是在这种奥义的追求中，"正统"与"非正统"之间的禁锢被逐步打破，神魔之间的对立发生了转化，高贵的雅利安人与低下的土著部落之间也不再截然对立；随之，"吃喝玩乐"与"苦行布施"之间产生了关联。在这里，安吉罗仙人将"饥、渴、苦行"与"吃、喝、玩乐"，将"布施、正直、不杀生、说真话"与"笑、吃、交欢"等奇特地联系在一起，打破了"享乐"与"苦行"两个极端之间的对立，并指出：一切都会毁灭，只有大梵才是永恒。这种思想在本质上与后来《薄伽梵歌》所倡导的"一切无差别"的精神境界是相类相通的："智者面对痛苦和快乐，一视同仁……没有不存在的存在，也没有存在的不存在，那些洞悉真谛的人，早已察觉两者的根底。这遍及一切的东西(指梵)，你要知道它不可毁灭；不可毁灭的东西，任何人都不能毁灭。"[2]

《梨俱吠陀》中截然对立的两个黑天，被《歌者奥义书》加以改造和串联，从而消解了神魔之间的对立，黑天形象由此发生了嬗变，经由婆罗门仙人的指引，或者说，经由部族首领(刹帝利)黑天与仙人婆罗门黑天的融合，后来史诗中的黑天在奥义书时代已经孕育成熟，黑天从一个部族首领逐步演变成了不可毁灭的至高存在。因此，印度学者拉易乔特利(Rāyacaudharī)认为，上述提婆吉子黑天与之后印度史诗《摩诃婆罗多》中的婆薮提婆子黑天(Vāsudeva)[3]应该是同一人，身份很有

1 毗耶娑著，黄宝生译：《奥义书》，商务印书馆，2010年，第162页。

2 毗耶娑著，黄宝生译：《薄伽梵歌》，商务印书馆，2010年，第16—17页。

3 黑天的父亲名叫婆薮提婆(Vasudeva，意译富天)，其母名为提婆吉(Devaki)，所以黑天被称作婆薮提婆子(Vāsudeva，意译富天之子)或提婆吉之子。

可能是刹帝利,他作为仙人考罗·安吉罗的入室弟子学习奥秘知识,并在《摩诃婆罗多》中向英雄阿周那宣讲揭示宇宙和人生奥义的《薄迦梵歌》。[1]印度学者彭达尔格尔进一步论证说,在《歌者奥义书》中向黑天传授知识的考罗·安吉罗便是《梨俱吠陀》中黑天·安吉罗的后人。“藉由考罗·安吉罗,黑天家族的黑天与婆薮提婆子的形象相结合,形成了婆薮提婆子黑天。”[2]英国学者嘉文·弗拉德(Gavin Flood)也认为,黑天·安吉罗与婆薮提婆子形象融合在一起时,黑天的形象才真正生成。[3]

不过,黑天形象的生成,并非体现了部族首领黑天对婆罗门教的单纯皈依,而是体现了新兴势力群体对婆罗门教的改造与发展。换句话说,部族首领婆薮提婆子黑天,看似受到婆罗门黑天·安吉罗的教化而归于正统了,但实际上,黑天形象的生成,更多表现为对正统婆罗门教的冲击。一方面是正统婆罗门对黑天魔性的驯化,并使之皈依;另一方面则是部族首领黑天对婆罗门教的批判,从而催化了婆罗门教的改革与发展。因此,黑天形象从一开始便不是单一的,其生成过程是复杂多面的。在仙人婆罗门黑天和部族首领黑天相互交融、相互变化的过程之中,到底是谁占据着支配地位,并不能简单地加以判断,下文的分析将试图厘清这个复杂的问题。

显然,黑天形象的生成与发展是当时印度社会中各种宗教文化相互碰撞、相互发展的结果。在《歌者奥义书》中,黑天通过婆罗门仙人的教化而发生了转变并皈依婆罗门教,这是正统婆罗门文化传统文献的记载,而在反婆罗门教义的佛教中,有关黑天的记载则是另一种情形。

奥义书之后,佛教文献(公元前6世纪至公元前4世纪前后)关于婆薮提婆子黑天故事的记载主要有两处。一处是《大隧道本生经》(*Mahā Umagga Jātaka*),讲述婆薮提婆子黑天沉浸于爱欲以及他娶金达尔(Cantāla)之女姜巴沃蒂(Jāmbavantī)为王妃的故事;另一处是

---

1 参见 Mainejara Pāṇḍeya, *Bhakti Āndolana Aura Sūradāsa Kā Kāvya*, p. 55。

2 Mainejara Pāṇḍeya, *Bhakti Āndolana Aura Sūradāsa Kā Kāvya*, pp. 55–56.

3 参见 Gavin Flood, *An introduction to Hinduism*, Cambridge: Cambridge University Press, 1996, p.119。

《罐本生经》(*Ghata Jātaka*),记述了婆薮提婆子(Vāsudeva)黑天是一位富有魅力、风流潇洒的人。佛教文献中记载的黑天,沉迷于爱欲,青少年时代更是风流成性,这实际上沿袭了吠陀文献中部族首领黑天的说法,是魔性黑天的典型特征。不过,吠陀时代的黑魔,在佛教文献中表现的更多是其风流的人性,这与奥义书中被神化为"不可毁灭者"的黑天是大相径庭的。正是这种风流的本性,在后来出现的《摩诃婆罗多》《薄伽梵往世书》《牧童歌》、《苏尔诗海》等印度教典籍中成为黑天形象最典型的世俗化的特征,世俗化与崇高化奇妙地结合在一起,使黑天形象兼具神性和人性,充分显示了黑天形象的复杂性与多面性。

在此,特别值得关注并思考的一点是《罐本生经》的偈诵中提到,黑天有一个名号叫"盖沙婆"(Keśava)。[1]这个名号由"盖沙"(Keśa,意为"头发")演化而来,意思是"有着浓密长发的人",因此,常被译作"美发者"。与这个名号密切相关的,黑天还有一个名号叫Keśin,这个词也是从Keśa而来,意思也是"美发者"。这两个名号(Keśava和Keśin)在《摩诃婆罗多》和《薄伽梵往世书》中经常出现,代表了黑天形象的一个突出特征:俊发飘逸。

不过,若结合古老的吠陀文献来看待"盖沙婆"这一名号时,我们会发现,这一名号与"美发"或"俊发飘逸"并不相干,相反,吠陀文献中的Keśin一词,表示的是"披头散发、蓬头垢面"的意思,可译作"长发圣人"。《梨俱吠陀》第十卷第136歌共七颂诗(*Ṛgveda*,10.136),专门颂扬"长发圣人",因此,这首歌也以"长发圣人歌"(the keśin hymn)之名而闻名。"长发圣人"披头散发,赤身裸体,餐风露宿,有点儿类似于后来佛教中出现的、为人熟悉的头陀(苦行僧)。"长发圣人"也被称作牟尼(muni,圣人),他们不像正统的婆罗门仙人那样注重祭祀和祈祷,而是专注于自我的苦行。因此,相对于"吠陀"中婆罗门的仙人传统,他们代表的实际上是非雅利安人的印度土著传统,这一传统也被称作"牟尼传统",更注重人自身的圣洁化。因为苦行和瑜伽密切相关,

---

1 参见Benjamín Preciado-Solís, *The Kṛṣṇa Cycle in the Purāṇas: Themes and Motifs in a Heroic Saga*, New Delhi: Motilal Banarsidass, 1984, p. 53。

苦行被认为是瑜伽的源头，因此，学者们也将吠陀时代的“长发圣人”（keśin）看成是瑜伽行者（yogin）的前身。[1]黑天在《薄伽梵歌》中所宣讲的宇宙和人的奥秘，也被称为瑜伽哲学，至今，《薄伽梵歌》依旧是瑜伽行者的“圣经”。如果说瑜伽传统在印度源远流长，那么，黑天作为“美发者”（或更准确地翻译为“长发圣人”）的形象同样也是古老而常新的。

此外，作为“美发者”，黑天也与那罗衍-毗湿奴大神密切联系，因为这一名号不仅属于黑天，而且也属于那罗衍-毗湿奴。约公元前4世纪出现的《跋蹉衍那法经》（*Baudhāyana Dharmasūtra*）[2]记述了毗湿奴大神的12个名号，其中也有美发者（Keśava）这一名号。约公元前3世纪出现的《摩诃那罗延拿奥义书》（*Mahānārāyaṇa Upaniṣad*）中，也有一首偈颂提及“婆薮提婆子”，并将该名字与“那罗延”和“毗湿奴”相提并论，一起赞颂。[3]正是因为“盖沙婆”与那罗衍-毗湿奴结合在一起，在《摩诃婆罗多》中，毗湿摩在“和平篇”中向坚战阐述了盖沙婆（美发者）真实本质：“按照他（毗湿摩）的看法，盖沙婆或黑天是毗湿奴或原人本身。”[4]

原人和那罗衍主要出现在《梨俱吠陀》第十卷，如果说《梨俱吠陀》前九卷更为注重天帝因陀罗、火神阿耆尼以及太阳神等拥有自然属性的神灵，那么第十卷则更为注重原人和那罗延等拥有人的属性的神灵。显然，前者主要表现为外在的自然力量，后者则更为注重人的内在潜能。黑天与毗湿奴、原人、那罗延发生关联，揭示的同样也是非雅利安人的印度土著传统。

---

1 长发人，keśin，也可译作“披头散发者”，一般认为他们便是苦行僧。参见Georg Feuerstein, *The Encyclopedia of Yoga and Tantra*, Boston: Shambhala Publications, 1997, p. 189, pp. 415–420。

2 《跋蹉衍那法经》，从属于《黑夜柔吠陀》中的泰帝利耶（Taittiriiya）一支，也有说出现于公元前7世纪到公元前6世纪前后。

3 参见Edwin F. Bryant, “Introduction”, in *Krishna: The Beautiful Legend of God*, London: the Penguin Group, 2003, p.71. 另见Swami Vimalanand, *Mahanarayanaopnisad*, Madras: Sri Ramakrishna Math, 1968, p. 45。

4 黄宝生：《〈和平篇〉内容提要》，毗耶娑著、黄宝生等译《摩诃婆罗多》卷5，中国社会科学出版社，2005年，第45页。

自吠陀时代开始，雅利安婆罗门与印度土著文化便一直处于相互冲突、相互发展、相互融合的状态之中。当黑天与安吉罗仙人家族发生联系时，表现的是雅利安婆罗门传统对黑天的包容与教化；而当黑天作为“长发圣人”与那罗衍–毗湿奴结合在一起时，则更多地表现为印度土著文化即苦行文化传统对雅利安文化传统的改造与发展。显然，后者更能代表黑天形象的本质，它更为注重人的“圣化”，强调的是人的“自我”融入“大我”（即梵我或神我）之中，而非祭拜、祈祷神灵；它宣扬的是人性，而非神性；信仰的是“梵我”，而非天神。正是在对正统婆罗门神性文化的不断抗争中，黑天作为中下层种姓的代表逐步树立起自己的光辉形象和权威，从而形成了崇拜黑天、宣扬“以人性自由为本”的薄伽梵教（Bhāgavata-dharma）。[1]

薄伽梵教是印度毗湿奴教的前身，是当时印度社会变革的产物，其起源非常古老，甚至早于公元前6世纪前后出现的佛教和耆那教。该教反对吠陀祭祀、反对暴力杀生、反对婆罗门教以神性的名义而对人性所实行的宗教禁锢。它不像佛教与耆那教那样对“吠陀”和婆罗门教进行尖锐激烈的批判，而是以平和却坚定的方式在婆罗门教内部进行抗争。早期薄伽梵教主要在婆罗门之外的民间群体中传播，黑天作为被崇拜的英雄神也仅仅局限于民间信仰之中。到了公元前4世纪至公元4世纪这段时期，随着印度社会的变化，正统婆罗门教所维护的严格的种姓等级制以及他们所精心制造的伦理和道德规范不断地受到冲击，婆罗门教不得不进行改革以适应社会发展的要求，开始吸纳更受欢迎的民间信仰。正是在这样的社会背景下，薄伽梵教中的婆薮提婆子黑天和吠陀文献中地位不高的神明毗湿奴，被正统婆罗门和民间群众所共同承认和接纳，从而上升为大神。那罗延–毗湿奴大神借助黑天信仰扩大和增强了影响力，提升了地位；黑天则借助那罗延–毗湿奴，从一位部族首领上升为大神，进而成为至高的宇宙存在。与此同时，吠陀时代的因陀罗虽然依旧是天神，但其地位大大下降。史诗《摩诃婆罗多》正是在这样的社会背景下产生的，它反映的是人们在宗教思想

1　参见Dhīrendra Varmā, *Hindī Sāhitya Kośa*, Vol.1, pp. 536–537。

观念上发生的巨大变化。

《摩诃婆罗多》描述的是婆罗多族内部即般度族和俱卢族的一场大战，黑天作为雅度族首领参与其中，扮演的是般度族“军师”的角色，突出表现其智谋和智慧。表面上，阿周那是史诗英雄，实际上，黑天不仅驾驭着阿周那的战车，而且也驾驭着阿周那的思想和行动，没有黑天，阿周那便无法成为英雄。所以说，这部史诗表现的与其说是阿周那的英勇，不如说是黑天的智慧，这种智慧的最高体现便是《薄伽梵歌》。

《薄伽梵歌》主要从宗教哲学的角度来揭示宇宙、社会、人生的正法，即达磨(dharma)。但“正法”究竟如何理解，即使在史诗《摩诃婆罗多》中也表述得模糊不清。这是因为史诗中，“大战发生的时间定位在‘二分时代和迦利时代之间’，也就是‘正法’(即社会公正或社会正义)在人类社会已经不占主导地位的时代。这样，《摩诃婆罗多》充分展现了人类由自身矛盾造成的社会苦难和生存困境。……‘正法’也非万能，有时在运用中需要非凡的智慧”[1]。在史诗中，黑天作为智慧的化身，身处正法已经扭曲的时代，只能将智慧化作计谋、阴谋甚至诡计，常常以“非法”的手段来维护“正法”，是迫不得已而又不得不为。《薄伽梵歌》倡导业瑜伽、智瑜伽和信瑜伽，主张通过智慧和信仰去行动，而不要太多地顾及正法与非法：“你的职责就是行动，永远不必考虑结果；不要为结果而行动，也不固执地不行动。”[2]

虽然黑天在《薄伽梵歌》中被神化了，但这种神化与奥义书抽象化的“至高存在”不同，黑天是“至高存在”的具像化，表现为至高人格神。《薄伽梵歌》所弘扬的“正法”，既不表现为崇高的“神启”，也不表现为抽象的宗教哲学，而更多表现为人性的复杂和“行动”的智慧，它强调的并不是对神灵的祭拜，而是瑜伽修行式的自我心性的净化。

其后出现的《薄伽梵往世书》则进一步从神话的角度将黑天神化为宇宙的创造者、维持者和毁灭者。一方面，比起“吠陀”神话来，“往世书”神话意象更加宏大，意境也更为深远，神话的想象也更加丰富多

1 黄宝生：《译后记》，毗耶娑著、黄宝生等译：《摩诃婆罗多》卷6，第747页。

2 毗耶娑著，黄宝生译：《薄伽梵歌》，第25页。

彩；另一方面，伴随着宗教哲学的发展，"往世书"神话也更加注重世界观和本体论。《薄伽梵往世书》主要是通过数论哲学和"奥义书"智慧来表现宇宙和自我的物质构成与精神本质，更强调的是"梵我合一"的精神追求，是以"神话"的方式将"奥义书哲学"故事化了。

然而，尽管其形式被神话故事化了，但《薄伽梵往世书》宣扬的毕竟是深奥的宗教哲学，难免抽象、虚幻。于是，《薄伽梵往世书》第十卷通过集中描写少年黑天与牧女们的艳情故事，使普罗大众生动具体地体味到黑天的魔幻般的魅力。人们通过唱颂和聆听黑天与牧女们的艳情游戏，从感情和心理甚至是生理上，真心体味出"虔信瑜伽"的奥秘，亲身感受到对黑天的虔诚与奉献。第十卷中，黑天既是至高无上的神明，同时又是一个多情种或风流少年，在黑天与牧女们的艳情游戏中，黑天的神灵形象被世俗化、生活化，神性的黑天回归于人性。黑天世俗的艳情游戏使得信徒将自身虔诚的宗教感情转化于日常的生活之中，消弭了崇高与低下、宗教与世俗之间的界限。正是其第十卷中的风流黑天形象，使得《薄伽梵往世书》成为风行印度各地、影响深远的伟大经典。

印度教黑天信仰是古印度正统的婆罗门教的神灵崇拜和多重民间信仰相互融合的产物，黑天形象是人性、魔性、神性的高度凝聚，既揭示了印度瑜伽文化的深邃性，又呈现出印度世俗社会的狂欢性。黑天形象的生成经历了从阿修罗式的部族首领到英雄神，再到至高人格神的复杂嬗变，一方面，黑天是人性的神格化、抽象化、崇高化，另一方面，他又是神性的人格化、具像化、世俗化，这深刻体现了印度文化和民族心理的独特性：宗教并不是抽象的存在，也不是虚无的崇高，而是人们的生活方式。

第二节　关于黑天形象与黑天信仰的争论

黑天[1]是印度教毗湿奴大神在凡间的主要化身之一，是备受印度人民喜爱和信奉的至高人格神。黑天的完人形象几乎满足了所有印度人

1　黑天，是梵文原名Kṛṣṇa的意译，英文写为Krishna，亦有中文音译名"克里希纳""奎师那"等。

的信仰需求。印度学者S.拉达克里希南(S. Rādhākṛṣṇan)曾这样评价黑天:"他是一位罕见的完美且仁慈宽容的神,他几乎可以满足所有人的需要。作为一个神圣的孩子(the divine child),他满足了印度女性温情的母性本能。作为一个神圣的爱人(the divine lover),他实现了在一个仍然备受古老行为规范严格桎梏的社会中能够自由进行性爱表达的浪漫愿望。作为俱卢之野战场上英雄阿周那的驭手,他是任何有求于他的人的得力助手;即便是罪人,只要对(黑天)神有足够虔诚的信仰,黑天也会将他从邪恶的轮回转生中拯救出来。"[1]黑天信仰最早盛行于印度古代的新兴刹帝利统治阶层,在其漫长的发展过程中经过不断嬗变,融会了毗湿奴(Viṣṇu)、那罗延(Nārāyaṇa)、婆薮提婆子(Vāsudeva,又译为"富天之子")、牛护(Gopāla)等印度神祇信仰,最终在印度发展成为信众庞大、深受印度各阶层人民虔信和喜爱的宗教派别。由此,黑天被认为是最能代表印度民族精神的人物。[2]

学界对于"黑天形象的前身"的推测和研究主要有两类观点。一类观点认为黑天最初就是一位大神,后被降为人,成为部族英雄。西方学者E. W.霍普金斯(Edward Washburn Hopkins)认为,黑天"从神降为人,而不是从人上升为神……他作为太阳神被祭司们承认为与毗湿奴一体……是般度族的保护神……是部落的英雄"[3]。

另一类观点则认为黑天在印度历史上确有其人,他是一位部族英雄或刹帝利领袖,后被看成是毗湿奴–那罗延的化身,其形象的演变是一个由人上升为神乃至最高神的过程。这类观点以印度学者苏克坦卡尔(V. S. Sukthankar)和奥地利学者M.温特尼茨(M.Winternitz)为代表。[4]

以印度学者D.D.高善必(D.D.Kosambi)为代表的不少学者认为,

---

1 S. Radhakrishnan, *Hinduism, A Cultural History of India*, edited by A.L. Basham, Oxford: Clarendon Press/Oxford University Press, 1975, p. 81.

2 苏克坦卡尔:《论〈摩诃婆罗多〉的意义》,季羡林、刘安武编《印度两大史诗评论汇编》,中国社会科学出版社,1984年,第150页。

3 苏克坦卡尔:《论〈摩诃婆罗多〉的意义》,季羡林、刘安武编《印度两大史诗评论汇编》,第192页。

4 参见季羡林、刘安武编:《印度两大史诗评论汇编》,第194、366页。

最早的黑天信仰开始于英雄崇拜。[1]黑天所属的雅度族是古老的游牧民族，[2]雅度族是由几个部落组成的一个联盟，实行共和国的政体形式。[3]在印度大史诗《摩诃婆罗多》最古老的原始核心故事中，记载了有关黑天故事的最原始的传说：最开始，黑天还不是一个神，而是原始游牧民族中的一位英雄。他是雅度族中一个古老的支系苾湿尼族或称萨德沃德部族（The Sātvatas）的后代，[4]他的亲生父亲婆薮提婆（Vasudeva，意译为"富天"）属于苾湿尼族的直系。

雅度部落组织主要是由萨德沃德族、苾湿尼族、安陀迦族、阿毗罗族（The Abhīras，今称The Ahīra，译为"阿希尔"，牧人族群）四个主要部落以及古古罗族（The Kukkuras或The Kukuras）、博遮族（The Bhojas）等数个支系部落构成。在从部落到共和国政体的过渡时期中，原来的部落民主模式转变为半民主模式（semi-democracy），联盟内部通过一个代表部落的会议来统治管理。该会议是各部落代表或各家族族长的集会（Bharī Sabhā），在共和国的公民会堂（Moot Hall）内举行。该会议由众多代表中的一员主持，他被称为"罗阇"（Rājā）。"罗阇"一职在共和国的政体形式中不是世袭的，并且他的权力更多是一名酋长而非一位国王的王权，但"罗阇"也被称作"国王"。该政体中社会和政治的权力为议会中的"罗阇"和会议代表们共同所有，他们一般是"刹帝利"出身。[5]但这时的"刹帝利"身份，作为新兴阶层，更多强调其

---

1 参见季羡林、刘安武编：《印度两大史诗评论汇编》，第194页。持有此观点的还有德国学者，一说还有奥地利学者M. 温特尼茨和英国学者C. N. E. 埃利奥特等。参见C. N. E.埃利奥特著，李荣熙译：《印度思想与宗教》，贵州大学出版社，2013年，第9页。Maurice Winternitz, *A History of Indian Literature*, Vol.1, Delhi: Motilal Banarsidass Publishers Private Limited, 2015, pp. 438–439.

2 黑天传奇的基础是，他是最古老的吠陀中提到的五个主要雅利安人部落之一的耶杜部落的英雄，后来成为半神。参见D. D. 高善必著，王树英等译：《印度古代文化与文明史纲》，商务印书馆，1998年，第129页。

3 Romila Thapar, *A History of India*, Vol.1, London: Penguin Books Ltd., 1968, p. 50.

4 有关苾湿尼族的传承关系，往世书中说法不一。据《诃利世系》（95.5242）、《毗湿奴往世书》（4.13）称，苾湿尼是萨德沃德的儿子，是婆薮提婆的曾祖父，黑天的高祖父。据《林伽往世书》（4.5）称，苾湿尼是摩豆（Madhu）的儿子。但无论哪种说法，都称苾湿尼是雅度（Yadu，迅行王Yayati之子）的后代，摩豆的后代。

5 参见Romila Thapar, *A History of India*, Vol.1, pp. 50–52.

职业能力的从属群体（Jati），而并非是被严守吠陀经典的保守传统的婆罗门阶层所划分的严格的“纯净刹帝利种姓”出身。[1]

在“黑天故事”中，黑天铲除刚沙（Kaṃsa），帮助老国王乌格尔森[2]恢复了王权。之后，他带领雅度族人离开马图拉（Mathurā），迁徙到印度西海岸德瓦尔卡（Dvārikā，意译为多门岛）建立新城，并帮助般度族战胜俱卢族，赢得胜利。学者刘安武认为，黑天是雅度族的精神领袖。[3]从黄宝生等学者所译的《摩诃婆罗多》汉译本里，可以进一步得知黑天是雅度部落联盟中萨德沃德族、苾湿尼族、摩豆族（The Madhus）、安陀迦族（The Andhakas）、古古罗族（The Kukkuras或The Kukuras）、博遮族等部落共同的军事领袖和精神领袖。[4]学界普遍接受温特尼茨的观点，[5]认为“《摩诃婆罗多》现存形式的产生不会早于公元前4世纪，也不会晚于公元4世纪”[6]。由此推断，历史传说中黑天故事发生的时代不会晚于公元前4世纪。[7]但事实上，黑天故事的流传和黑天信仰更早于此。

---

1 黑天被认为是苾湿尼族或萨德沃德民族（Jati）的刹帝利英雄。萨德沃德族在波尼你的《八章书》（4.1.114）中被称作刹帝利，但在《摩奴法论》（10.23）中，则被认为是不愿加入婆罗门教的吠舍种姓。在《摩奴法论》（10.23）中被称为“出自弗罗提耶（vrātya）吠舍”，即因为不发愿持戒而不入婆罗门教的吠舍种姓。参见蒋忠新译：《摩奴法论》，中国社会科学出版社，2007年，第207—208页。

2 乌格尔森，原文为Ugrasena，据《风神往世书》（*Vāyu Purāṇa*，96.132–134），属雅度部落联盟中的古古罗族，是刚沙王的父亲，原是马图拉的国王。该王国是由一系列包括苾湿尼族和博遮族等在内的众多部族结合的部落联盟建立的，国王由各联盟部族共同推举产生，并非世袭制，通常由军事技能和人品卓越者担任。乌格尔森后被其子刚沙夺权并被软禁在监狱中，黑天杀掉刚沙王以后使他再次获得王权。学者本杰明则认为乌格尔森及其子刚沙属于安陀迦族，他的依据是波颠阇利（Patañjali）在《大疏》（1.1.114）中所注的内容，参见Benjamín Preciado-Solís, *The Kṛṣṇa Cycle in the Purāṇas: Themes and Motifs in a Heroic Saga*, p. 23。

3 刘安武：《印度两大史诗评说》，辽宁大学出版社，2001年，第126页。

4 《摩诃婆罗多》（12.82.28）中提到摩豆族、古古罗族、博遮族、安陀迦族和苾湿尼族，全都依靠大臂者黑天，乃至整个世界和世界统治者们都依靠他。参见毗耶娑著，黄宝生译：《摩诃婆罗多》第5卷，第153页。

5 参见季羡林主编：《印度古代文学史》，第49—50页。

6 Maurice Winternitz, *A History of Indian Literature*, Vol.1, p. 446.

7 此观点亦为印度学者D. D. 高善必的论断基础：“我们暂且仅将黑天故事追溯到公元前4世纪。”参见D. D. 高善必著，王树英等译：《印度古代文化与文明史纲》，第128页。

第三节　印度黑天信仰的形成与嬗变

最早的黑天形象可以追溯到公元前15世纪前后的《梨俱吠陀》(*Ṛgveda*)中。黑天，作为人物形象最早出现在《梨俱吠陀》的颂诗中，诗中记述了两个黑天。在《梨俱吠陀》的第一篇(1.116.23，1.117.7)和第八篇(8.85.1—9，8.86.1—5)中提到了一位祭祀仙人黑天，他以祭祀呼唤双马童神，举行这祭祀可以获得“不死甘露”，并使病患得到医治；文中还记载了他的儿子维世沃格也曾举行祭祀念诵咒语呼唤双马童神，并请求神带回他(死去)的儿子维世尔纳普。学者麦克唐奈(A. A. Macdonell)和基斯(A. B. Keith)认为“这个黑天可能就是《乔尸多基梵书》(*Kauśītaki Brāhmaṇa*)(30.9)中提及的黑天・安吉罗”[1]。《乔尸多基梵书》是后吠陀时期出现的文献，它从属于《梨俱吠陀》，是对《梨俱吠陀》的叙述和阐释，基于此，两位学者提出了上述观点。此外，印度学者彭达尔格尔依据历史文献推测在吠陀时期存在一个名为Kārṣṇāyana的婆罗门家族，这个家族的祖先是黑天，黑天・安吉罗最早是作为这个婆罗门家族的祖先受到敬拜的。[2]由此来看，黑天信仰有可能起源于Kārṣṇāyana这个婆罗门家族的祖先崇拜。

在《梨俱吠陀》的第一篇(1.101.1)中还出现了另一位阿修罗首领黑天，他率领一万阿修罗的军队驻扎在安殊马迪河岸(Anśumatī)，屡次与因陀罗作战，因陀罗曾杀害了他怀孕中的妻子。学者格里菲斯(R. T. H. Griffith)认为这个在《梨俱吠陀》中被称为阿修罗的黑天就是抗击雅利安人的原始土著居民的英雄领袖。[3]印度学者高善必将描述阿修罗黑天怀孕的妻子的颂诗中的“krṣṇagarbhāh”一词解释为“诞生黑色(之人)的子宫”(bearing black [people] in the womb)，由此，他认为这个屡次抗击因陀罗的阿修罗黑天很可能与《摩诃婆罗多》中的英雄

---

1 A. A. Macdonell, A. B. Keith, Vedic Index of Names and Subjects, Delhi: Motilal Banarsidass, 1967, p. 184.

2 Mainejara Pāṇḍeya, *Bhakti Āndolana Aura Sūradāsa Kā Kāvya*, pp. 55–56.

3 R. T. H. Griffith, *The Hymns of the Rig Veda*, Delhi: Motilal Banarsidass, 1973, p. 7.

人物黑天相关，进而认为早期的黑天信仰源于那些抗击雅利安人的土著部落的英雄崇拜。[1]然而，学者本杰明则持不同意见，他认为这个阿修罗黑天有可能属于雅利安部落，因不愿与因陀罗代表的所谓“正统”合作，而成为因陀罗的敌人。他提出，Asura一词在《梨俱吠陀》的最早期内容中并不代表与白肤色的雅利安人相对的黑色土著“阿修罗”，而更有可能指被称作Asura[2]的雅利安人，《梨俱吠陀》中出现的Kṛṣṇa只是意为“黑色、黑暗”的名词。他认为黑天信仰中的婆薮提婆子黑天最早出现在后期吠陀文献《歌者奥义书》中。[3]

其实，早在《歌者奥义书》之前的《百道梵书》[4]和《爱达雷耶森林书》(*Aitareya Āraṇyaka*)[5]中，就已分别提及“黑天”是苾湿尼族[6]的后代[7]。不过较为详细记述苾湿尼族黑天的文献是公元前600年前后的《歌者奥义书》。《歌者奥义书》(3.17.1—7)中记载，黑天是婆罗门仙人考罗·安吉罗的入室弟子，是提婆吉的儿子。考罗·安吉罗向他传授以人性为本的具有一定进步思想的祭祀知识，这种知识与铺张浪费、暴力杀生的吠陀祭祀相左，是对人本身的观照和对人性自由的回归。其中，考罗·安吉罗向提婆吉子黑天传授道：“饥，渴，不娱乐，这是他的净化仪式。然后，吃，喝，娱乐，这是他的准备仪式。然后，笑，吃，交欢，这是他歌唱赞颂和颂歌。然后，苦行，布施，正直，不杀生，说真话，这些是他付给祭司的酬金。因此，人们说：‘他将压榨苏摩汁。’他榨出[8]了苏摩汁。确实，这是他

1 D. D. Kosambi, *An Introduction to the Study of Indian History*, Bombay: Popular Book Depot, 1956, pp. 93–94.

2 在早期吠陀语中，Asura通古波斯经典《阿维斯塔》(*Avesta*)中的Ahura，意思是“精神，精灵，神”。参见H. D. Griswold, *The Religion of the Ṛgveda*, Delhi: Motilal Banarsidass, 1999, p. 21.

3 Benjamín Preciado-Solís, *The Kṛṣṇa Cycle in the Purāṇas: Themes and Motifs in a Heroic Saga*, pp. 14–17.

4《百道梵书》从属于《白夜柔吠陀》。

5《爱达雷耶森林书》，是《爱达雷耶梵书》的附录，从属于《梨俱吠陀》。

6 亦译为瓦利施尼，与婆罗门苾力瞿家族相关，该家族从属于萨德沃德部族。萨德沃德族后与雅度族融合，随之，部族信仰也融合在一起，与安陀迦族、阿毗罗族等都归属于雅度部族联盟。

7 参见Sunil Kumar Bhattacharya, *Krishna-cult in Indian Art*, p. 128。

8 压榨，su，也可以解读为生殖。参见黄宝生译：《奥义书》，商务印书馆，2016年，第161页。

的再生。祭祀完毕后的沐浴是死亡。”[1]闻听师尊讲述之后，黑天成为“摆脱欲望者”，随后，考罗·安吉罗又对黑天讲授，要在临终时皈依“不可毁灭者”“不可动摇者”“气息充沛者”，“到达至高的光”[2]。[3]

印度学者拉易乔特利（H. C. Raychaudhuri）认为提婆吉子黑天与之后《摩诃婆罗多》中的婆薮提婆子黑天应该是同一人，身份很可能是刹帝利，作为仙人考罗·安吉罗的入室弟子学习奥秘知识，并在《摩诃婆罗多》的《薄迦梵歌》中向阿周那宣扬宇宙奥义。[4]但也有学者提出异议，认为除了两位黑天的母亲都叫提婆吉之外，目前没有更多的证据表明这两位黑天就是同一人。他们还举出了反证：《歌者奥义书》中黑天的师尊是考罗·安吉罗，而《摩诃婆罗多》及之后的“往世书”故事中黑天的师尊是光明仙人（Sāndīpani Muni），而他的家族婆罗门师尊是格尔伽（Garga Muni），其中并没有任何关于黑天跟随仙人考罗·安吉罗学习的记载。[5]但这种反证不足为信，因为不同家族的圣人学者编纂文献时都会按照自己的意志对前人的身世和故事进行增减、编造和篡改，所以同一个事件在不同的经典文献中产生情节和名称上的差别是不足为奇的。印度学者进一步推测在《歌者奥义书》中传授提婆吉子·黑天知识的师尊婆罗门考罗·安吉罗很可能是《梨俱吠陀》中仙人黑天·安吉罗的后人，并借由考罗·安吉罗，Kārṣṇāyana家族的名字黑天与婆薮提婆子的名字相结合，形成了婆薮提婆子·黑天。[6]

无论学者们争论如何，无论婆薮提婆子——黑天形象直接来源于《梨俱吠陀》中的阿修罗英雄黑天还是《歌者奥义书》中的提婆吉之子黑天，从上述对黑天形象起源的分析中，我们可以推测，原始的黑天信仰有可能源于婆罗门仙人黑天家族的祖先崇拜和早期刹帝利部族英雄崇拜两者的融合。黑天·安吉罗与婆薮提婆子形象融为一体，成为婆

---

1 黄宝生译：《奥义书》，第161页。

2 黄宝生译：《奥义书》，第161—162页

3 参见王靖：《人神之间：论印度教中黑天形象的起源和嬗变》，《世界宗教文化》2017年03期，第136页。

4 Mainejara Pāṇḍeya, *Bhakti Āndolana Aura Sūradāsa Kā Kāvya*, p. 55.

5 参见 Edwin F. Bryant, “Introduction”, in *Krishna: The Beautiful Legend of God*, p. 71。

6 Mainejara Pāṇḍeya, *Bhakti Āndolana Aura Sūradāsa Kā Kāvya*, pp. 55–56.

薮提婆子——黑天，[1]这个黑天就成为后来《摩诃婆罗多》中黑天的主要形象。融合了仙人家族祖先崇拜的黑天信仰于公元前6、7世纪前后逐渐在当时的印度社会产生影响，即是以崇拜婆薮提婆子（Vāsudeva）为主的"薄伽梵教派"（Bhāgavata-dharma）[2]信仰。

"薄伽梵派"信仰的主神婆薮提婆子黑天频频出现在后来的宗教文献和文学经典中。公元前6世纪前后耶斯迦（Yāsaka）的《尼禄多》（*Nirukta*）以及公元前4世纪前后考底利耶（Kauṭilya）的《政事论》（*Arthaśāstra*）中，都有关于"婆薮提婆子黑天"故事的记载。[3]在约公元前4世纪的波你尼的《八章书》（4.3.98）中，作者以"Vāsudevārjunābhyāṃ vun"为例阐释"vun"的用法和意义，该颂的意思为"婆薮提婆子和阿周那两人"，词末的vun表示两者之间的关系为"婆薮提婆子是阿周那的挚爱信仰（devotion）"。[4]由此可见，来源于苾湿尼族的"婆薮提婆子"信仰，在当时已经很流行，他作为大神被人们顶礼膜拜，以他为主要人物之一的《摩诃婆罗多》中的核心故事已在民间流传，据此，可以进一步推测，婆薮提婆子所在的苾湿尼族和阿周那所在的般度族，彼时已是结合非常紧密的联盟。

公元前6世纪前后至公元前4世纪前后，"薄伽梵派"中的婆薮提婆子黑天崇拜，又与作为牧人族群的阿毗罗族的部族神"牛护"崇拜相融合[5]。[6]佛教文献（公元前6世纪至公元前4世纪前后）中也有关

---

1 参见Gavin Flood, *An introduction to Hinduism*, p. 119。

2 薄伽梵教派，印度毗湿奴教派的前身，其起源非常古老，甚至早于公元前6世纪前后的佛教和耆那教。该教反对暴力杀生的吠陀祭祀以及反对婆罗门正统对人性自由的宗教禁锢，信仰大神Vāsudeva，主神被称作Bhagavat，印度语言中Bhagavān（大神，世尊）这个词汇有可能来源于此；薄伽梵派信徒被称作Bhāgavata。参见Dhīrendra Varmā, *Hindi Sāhitya Kośa*, Vol.1, pp. 536–537。

3 参见Edwin F. Bryant, "Introduction", in *Krishna: The Beautiful Legend of God*, p. 71。

4 参见Rama Nath Sharma, *The Aṣṭādhyāyī of Pāṇini*, Vol. Ⅳ, New Delhi: Munshiram Manoharlal Publishers Pvt. Ltd., 1999, pp. 310–311。

5 参见Gavin Flood, *An introduction to Hinduism*, p. 120.

6 自公元前1000年前后开始，雅度族在印度西部、南部和东部流动，阿毗罗族后期融入雅度族内，在雅度联盟内从事放牧的职业，其地位最低，有说是首陀罗种姓。参见刘欣如：《印度古代社会史》，中国社会科学出版社，1990年，第45页。另见Benjamín Preciado-Solís, *The Kṛṣṇa Cycle in the Purāṇas: Themes and Motifs in a Heroic Saga*, p. 31。

于风流黑天故事的记述：一处是在《大隧道本生经》(*Mahā Umagga Jātaka*)中，记载了婆薮提婆子·黑黑(Vāsudeva Kanha)沉浸爱欲以及他娶了金达尔(Cantāla)女儿姜巴沃蒂(Jāmbavantī)为王妃的故事，其中还提及姜巴沃蒂是婆薮提婆子·黑黑心爱的妃子。另一处是在《罐本生经》(*Ghata Jātaka*)中，记述了乌布萨格尔(Ubasāgara)和提婆戈帕(Devagabbhā)有两个儿子婆薮提婆子(Vāsudeva)和巴尔提婆(Baladeva，即力天)，其中，婆薮提婆子·黑黑是一个富有力量、风流潇洒、任性贪玩的人；偈诵中还提及了婆薮提婆子·黑黑的名号Keśava(美发者)和Kanha(黑黑)，并释义Kanha是牧人家族的姓氏。《罐本生经》中的黑天故事与《薄伽梵往世书》中的黑天故事几乎一致。[1]这个任性贪玩、风流潇洒且富有力量的婆薮提婆子·黑黑此时很可能已经与牧人家族的牛护(Gopāla)[2]形象融合。

公元前4世纪前后，婆薮提婆子黑天作为大神与“那罗延”和“毗湿奴”并列。融合了牛护形象的婆薮提婆子黑天开始被纳入毗湿奴—那罗延信仰体系中。约公元前4世纪前后出现的《跋蹉衍那法经》(*Baudhāyana Dharmasūtra*)[3]记述了毗湿奴大神的12个名号，其中包含Keśava(美发者)、Govinda(牛得)和Dāmodara(腰绳者)，[4]这3个名号与婆薮提婆子·黑黑的故事形象相关。这说明在公元前4世纪前后，黑天信仰与毗湿奴信仰已然融合并在民间流行。

除了印度本土文献的证明之外，公元前4世纪前后，希腊古国驻印

---

1 Benjamín Preciado-Solís, *The Kṛṣṇa Cycle in the Purāṇas: Themes and Motifs in a Heroic Saga*, p. 53. 另见Dhīrendra Varmā, *Hindi Sāhitya Kośa*, Vol.2, p. 93。

2 曾有欧洲学者认为黑天牧童神的形象与基督信仰相关，还有学者认为《薄伽梵歌》是受到《圣经》的影响，黑天的原型来源于耶稣基督，他们认为是阿毗罗族从海外迁入印度次大陆时将基督的形象带到了印度。以拉易乔特利(H. C. Raychaudhuri)为代表的印度学者对此进行了批驳，他们从“吠陀经”等古老的经典中找到证据，认为黑天及其牧童形象均来源于印度本土，阿毗罗族跟随般度族早已经在南印度存在，比基督出现要早数个世纪。参见Benjamin Preciado-Solis, *The Kṛṣṇa Cycle in the Purāṇas: Themes and Motifs in a Heroic Saga*, pp. 30–31.

3《跋蹉衍那法经》，从属于《黑夜柔吠陀》中的泰帝利耶(Taittiriiya)一支，也有说出现于公元前7世纪到公元前6世纪前后。

4 参见Edwin F. Bryant, “Introduction”, in *Krishna: The Beautiful Legend of God*, p. 71; Georg Bühler, The Sacred Law of the Āryas, pt.2, Max Müller, *The Sacred Books of The East*, vol.14, Oxford: Clarendon Press, 1884, p. 254。

使节麦伽斯提尼（Megasthenes）[1]在其著作《印度记》（*Indika*）中也记载了黑天信仰的流行。他在著作中记述了一个名为Sourasenoi的部落，该部落居于Methora和Kleisobora两座城市并且附近有一条Jobares河，其信仰的神名为Herakles。据学者考据，Sourasenoi应指苏罗塞那人（Śauraseṇī），Herakles应指大神"诃利黑天"（Hari Kṛṣṇa），而Methora可能指马图拉，Kleisobora可能指黑天城（Kṛṣṇapura），Jobares可能指叶木拿河。[2]麦伽斯提尼记载的Sourasenoi部落应该是印度"列国时代"著名的十六强国（Mahā-jānapada）之一的苏罗塞那国（Shurasena，亦译苏罗娑），该国以马图拉为都城，是由雅度部落联盟建立的共和国。

黑天信仰在公元前4世纪前后与毗湿奴信仰相融合并在民间流行，黑天最终的人神兼具的形象在《摩诃婆罗多》（公元前4世纪至公元4世纪）中得到确立。约公元前3世纪的《摩诃那罗延拿奥义书》中有一首偈颂提及"婆薮提婆子"，他与"那罗延"和"毗湿奴"并列，一起被赞颂。[3]约公元前2世纪的波颠阇利（Patañjali）在梵语语法注疏《大疏》（*Mahābhāṣya*）（3.1.26）中提及了"婆薮提婆子"诛灭刚沙（Kaṃsavaddha）和制服钵利（Balibandha）的故事，还有黑天与刚沙的亲属关系（asādhur mātule kṛṣṇaḥ）。[4]

在《摩诃婆罗多》"毗湿摩篇"的《薄伽梵歌》中，黑天已被神化为宇宙至高存在，此时黑天信仰最终成型。而在更晚出的《摩诃婆罗多》的附录《诃利世系》中，关于黑天的神话故事已经十分完整了。《诃利世系》中的黑天是一个淘气顽皮的俏牧童，是一个多情风流的美少年，是一位保家护国的大英雄，是一位向英雄阿周那宣教新法新论的思想家，同时他也是圆满至高的大梵，是对信徒施予恩泽的救世主。这种人

1 麦加斯梯尼（Megasthenes，公元前350—前290年），古希腊塞琉古王朝使节，曾在孔雀王朝旃陀罗笈多一世时期多次游历北印度，其撰述的《印度记》被认为是研究印度历史的权威著作之一。

2 参见Edwin F. Bryant, "Introduction", in *Krishna: The Beautiful Legend of God*, pp. 12–13。

3 参见Edwin F. Bryant, "Introduction", in *Krishna: The Beautiful Legend of God*, p. 71；Swami Vimalanand, *Mahanarayanaopnisad*, p. 45。

4 参见Benjamin Preciado-Solis, *The Kṛṣṇa Cycle in the Purāṇas: Themes and Motifs in a Heroic Saga*, pp. 21–22。

神兼具的特性是在黑天从人上升为神的过程中不断发展形成的。学者张保胜认为:“克里希纳在《摩诃婆罗多》的一些故事里远不是什么神的形象,他所属的雅度族在许多地方被描写为粗俗的游牧民族,克里希纳也被敌手骂为‘奴隶’或‘牧民’,他没有丝毫神的灵光,只不过是一位游牧民族的英雄。然而在《诃利世系》中却成了毗湿奴的化身、成了至高无上的尊神。”[1]《诃利世系》作为最早的“往世书”,开启了“往世书”的时代。[2]

在“往世书”时代(公元7世纪至12世纪前后),融合了毗湿奴信仰的黑天信仰更为盛行,不仅在民间流行,而且受到了婆罗门阶层的承认和接纳,大量的“往世书”作品中都有关于黑天故事的完整记述,其中以《薄伽梵往世书》(公元10世纪之前就已出现)描述的黑天故事最为完整,其对于黑天形象的刻画也趋于成熟。《薄伽梵往世书》中的黑天已跃然成为与毗湿奴“同一不二”[3]的至高人格神,此时有关黑天的神话体系已完全定型。

目前已知的与早期黑天信仰相关的考古资料非常稀少,仅有印度中央邦西北部贝斯那加(Besnagar)地区所存建于公元前1世纪的“贝斯那加石柱”(Besnagar column),或称“赫利奥多罗斯石柱”(Heliodorus column)。这根石柱是为供奉“众神之神”(the god of gods)婆薮提婆子而修建的,柱身雕刻有毗湿奴大神的坐骑“迦楼罗”(Garuḍa)。据柱身碑文所示,这根石柱是由希腊使节赫利奥多罗斯(Heliodorus)所建。作为薄伽梵派信徒,他在碑文中赞颂了众神之神,并祈求大神保佑他的国家繁荣,还阐述了升入天堂所必须遵守的三个修行要素:宽容、自制、警醒。[4]贝斯那加地区还存有另一根供奉婆薮提婆子的石柱,建于公元前1世纪,其上亦刻有迦楼罗。据推测,该石柱的所在地原为一座供奉婆薮提婆子的神庙,由一位信奉薄伽梵教派的

---

1 毗耶娑著,张保胜译:《薄伽梵歌》,第20页。

2 季羡林主编:《印度古代文学史》,第67—68页。

3 葛维钧:《毗湿奴及其一千名号(续三)》,《南亚研究》2006年第2期,第64页。

4 在印度拉贾斯坦邦的吉多尔格尔(Chitorgarh),也发现了同样内容的两段碑文,其时间据推测是在公元前1世纪下半叶。

国王修建。此外，在马哈拉施特拉邦的塔纳地区（Thānā），也发现了赞颂婆数提婆子的石刻碑文（建于公元前1世纪下半叶）；在北方邦的马图拉地区出土了一些相关的石刻雕像（建于公元1世纪以后）。[1]

综上所述，黑天信仰最早可追溯至《梨俱吠陀》，而最终成型于《摩诃婆罗多》《薄伽梵歌》和《诃利世系》中，黑天的神话体系定型于"往世书"时代。由于缺乏足够多确切的考古资料及完整可信的史料支撑，现下主要是依据相关文献的记载进行逻辑推测，尚不能为黑天形象及黑天信仰的源头下确切的结论。但可以肯定的是，黑天信仰的形成是印度历史文化中多族群文化和多种族身份形象交织融合的结果。黑天信仰的多样性与统一性凸显了印度文化的多元性、包容性与一致性。黑天所代表的"法、利、欲与解脱"的印度教文化要素以及宽容[2]与调和、皈依与奉献、"梵我"与自制的印度教民族文化精神，使得印度文化具有了强大的族际聚合力，为以印度教文化为主体的印度民族国家的建构提供了坚实的依托核心和生生不息的精神凝聚力。

1 参见Benjamin Preciado-Solis, *The Kṛṣṇa Cycle in the Purāṇas: Themes and Motifs in a Heroic Saga*, pp. 23–24。

2 这种宽容是有限度的宽容，以印度教为主体的印度文化的包容性是有前提条件的，即承认印度教的神学体系及哲学精神，并有与之融合的可能。

第 三 章

《苏尔诗海》黑天形象分析与解读

《苏尔诗海》的黑天故事主要来源于《薄伽梵往世书》，但其中体现的艺术价值和蕴含的虔诚思想已经超越了之前的经典。它将《薄伽梵往世书》中的基本主题不断演绎，结合印度百姓民间生活元素，通过大量丰富的诗歌描绘，塑造出了传世的经典黑天形象。时至今日，《苏尔诗海》依然是印度黑天文学和艺术作品中不可逾越的一座高峰，是黑天支派的永恒经典。

第一节　牧童黑天："奶油小偷"与"内控者"

瓦拉帕派编纂的《苏尔诗海》以《薄伽梵往世书》为纲，着重歌颂大神黑天化身降生牧村的"童年本事"。其所描述的牧童黑天形象集中体现在《苏尔诗海》的"牛村本事"和部分"沃林达林本事"中。这部分内容主要可以分为"黑天出世""婴幼儿功行""偷奶油""木臼上被绑""放牛""汲水岸"以及"梵天偷牛与牧童""托举牛增山""诛杀妖怪"等主题故事。其中，"黑天出世"叙述了黑天被送往牧区的经过，说明了王子黑天被送往牛村的缘由，由此，伯勒杰牧区与马图拉的城市宫廷有了联系。"黑天出世"本事开启了大神下凡的世俗生活。随后，按照凡人成长的轨迹，"婴幼儿功行""偷奶油""木臼上被绑""放牛"等本事依次讲述了黑天在牧人首领难陀及其妻子耶雪达的精心抚育下长大，无忧无虑、肆意活泼的童年故事。"汲水岸"本事和"施舍"本事虽然发生在黑天的童年时期，但黑大行本事时展现的却是少年相，苏尔达斯有意如此安排。"梵天偷牛与牧童""托举牛增山"和"诛杀妖怪"等本事则讲述了童年黑天作为至高大梵化身的大神事迹。

关于童年黑天的诗歌是《苏尔诗海》中最富艺术特色，也最为动人心弦的瑰宝。在诗歌中，童年黑天的形象栩栩如生，聪明伶俐、淘气顽皮又惹人爱怜，以至于人们忘记了他是大神，是宇宙至高存在。然而，它并没有忽略黑天的神性，在《苏尔诗海》中所描述的“梵天偷牛与牧童”“托举牛增山”“诛杀妖怪”，以及童年黑天暂时幻化少年相作“汲水岸”和“施舍”等本事，正是对黑天所具神性的呈现，在描画黑天孩童习性的同时，亦赞颂他至高的神性，念诵他的名号，以此展现印度民众对他的虔诚情感。

童年黑天的形象按照其成长的轨迹，主要分为四个部分，分别是：呈现异相的神奇婴孩、予众福乐的可爱稚儿、偷奶油的泼皮“内控者”、保护牧区的儿童牧神。《苏尔诗海》中童年黑天的形象体现了黑天人神共融的大神特性，体现了黑天形象源流的多重性，体现了新宗教对于旧有宗教的批驳和反抗，体现了瓦拉帕派虔信黑天大神的教义和主张。同时，考察《苏尔诗海》童年黑天形象，可以体会出其将大神本事与世俗凡人品行完美融合的艺术特色。

一、显现异相的神奇婴孩

黑天的降生本身就是一件神奇的事迹。虽然他是作为毗湿奴大神化身下凡，但黑天在《苏尔诗海》中降生的形象却与毗湿奴的其他化身大不相同，其地位也明显高于其他化身，而与毗湿奴大神本尊地位相同。在“往世书”的传统中，黑天信仰与那罗延—毗湿奴信仰融合后，成为了毗湿奴大神的主要化身之一。尽管如此，在苏尔达斯皈依的瓦拉帕派看来，黑天才是宇宙的至高存在，是圆满的至上大梵。黑天大神的具体形象是与那罗延—毗湿奴大神的形象融合在一起的。考察下面这首描述“黑天出生”的诗，就可以看出黑天形象与毗湿奴形象的融合。

内心诧异提婆吉[1]

为何不来看儿面，何处亦未见此神：
四臂黄巾头上冠，婆利古足胸口具。
诃利[2]言说前世事：此装乃为你所求，[3]
镣铐已开看守睡，大门门扉亦打开，
即刻送我至牛村[4]。言此立持婴儿装。
彼时听此富天[5]起，欣喜即去难陀[6]家，
苏尔言，
放下孩儿携神女[7]，复又来至摩图城。[8]

---

1 苏尔达斯著，姜景奎等译：《苏尔诗海》，第96—97页。

2 诃利，原文hari，此处指大神的名号，在那罗延—毗湿奴信徒看来，指代毗湿奴大神的名号，在虔信黑天者看来，指代黑天大神的名号。毗湿奴信仰与黑天信仰融合后，两者的神话故事也随之融合为一体。

3 诃利言说前世事：此装乃为你所求，原文pūrab kathā sunāi kahī hari, tum māṁgyau ihiṁ bheṣ kare。其中，pūrab通pūrava，意思是“先前的”，bheṣ意思是“装束，打扮”，指上句中婴儿呈现出的神奇相貌和外观。这句字面意思是诃利对富天和提婆吉言及了前世之事，告诉他们这样的儿子正是他们所祈求的。根据《薄伽梵往世书》，主要故事是说毗湿奴化作具有四只手臂等神奇相貌的男婴，对提婆吉说道：“在Swayambhu摩奴时期，富天是生主Sutapa，你是他的妻子Prishni。你俩对我十分虔诚，故我问你们有什么愿望，你们说希望以我为子，于是我便化作了你们的儿子Prishnigarbh。此后一生，你俩是迦叶波（Kashyap）和阿底提（Aditi），我便是你俩的儿子乌波因陀罗（Upendr）。今生，我也将作为你们的儿子降世。”

4 牛村，原文gokul，地名，是毗湿奴大神下凡的化身黑天幼年和童年成长的地方，是牧人放牧牛群聚集的村落，其牧人群落的族长是难陀（Nand）。

5 富天，原文basudev，通vasudeva，是黑天生父的名字。

6 难陀，原文nand，是黑天在牛村的养父，为牛村牧人部族的首领。

7 神女，原文suradevī，是难陀和耶雪达夫妇刚出生女儿的名字，sura意思是“神”，devī是“女神”，此处译为“神女”。根据《薄伽梵往世书》，神女是女神瑜伽摩耶（Yogamāya），也就是杜尔迦的化身。她降世为难陀夫妇的亲生女儿，便是为了在黑天出生时保护他。富天用小黑天换取了难陀和耶雪达的女儿suradevī，将她抱回马图拉城。刚沙得知富天与提婆吉的孩子出生之后便命人将她取来摔死。就在摔死女婴之际，女婴化作了杜尔迦女神，痛斥了刚沙，并预言了他的死亡。

8 放下孩童携神女，复又来至摩图城，原文bālak dhari, lai suradevī kauṁ, āi sūr madhupurī ṭhae。根据《薄伽梵往世书》，主要故事是说富天受到大神的指引，将刚出生的黑天带到牛村，用黑天换取了牧人难陀和耶雪达夫妇刚出生的女儿，并带其回到马图拉城。富天这样做是为了使小黑天免于黑天的舅父马图拉国王刚沙的迫害。刚沙王是富天妻子提婆吉的兄长，他是一个残酷的暴君，有预言说他将会被妹妹生出的儿子所杀，他得知后便把富天和怀孕的提婆吉关进监牢，并传令待他俩的孩子一出生，即刻将其杀死。

黑天从提婆吉的子宫中降生后，身陷囹圄的富天（音译为婆薮提婆）和提婆吉看到了婴孩的奇异形象：他的身体具有四只手臂，身上覆着黄色披巾，头上戴着雀翎冠，胸口具有婆利古仙人的足印。在夫妇两人百思不得其解之时，由大神变化的具有神相的男婴突然开口对两人言道："我向你们展示了我的神性。你俩在前世曾希冀以我为子，现在这神奇的婴孩正是我的降世化身，正是你们所祈求的儿子啊！你们的孩儿马上要大祸临头了，刚沙下令让看守一有孩子出生的消息就即刻杀死我。我已经施展神力让看守熟睡，并打开了你们手脚的镣铐和牢房的门扉，为避灾祸，你们此刻就把我送到牛村难陀夫妇家！"大神言毕，便又化作普通男婴的形象。

黑天从降生于世开始，就展现了神相与神力。刚诞生的婴儿会开口说话，所言的是大神的前世之事，这是《薄伽梵往世书》中毗湿奴大神的事迹，体现出黑天作为毗湿奴的化身被归入了毗湿奴教派这个大的体系中，黑天信仰从属于毗湿奴教派。但在神相上，黑天形象与毗湿奴形象混合在一起，难分彼此。黑天从提婆吉子宫出来便显现出了大神本相。《苏尔诗海》中的黑天代表了毗湿奴大神本尊，他不同于"大鱼""人狮"等毗湿奴大神的部分化身，而是完满的大神本尊的降世。

婴孩所显现的"四臂相"，身覆"黄巾"，"头上冠"，以及胸口所具"婆利古足"印，这些特征混合了婆薮提婆子黑天、牛护黑天、那罗延—毗湿奴信仰中的各个形象。在《苏尔诗海》中，苏尔达斯着重描绘的是承载着毗湿奴教派信仰的黑天所表现出的种种形象和行为举止，同时也处处表达出自己对大神黑天的热爱与虔诚信奉。因此，在婴儿黑天的形象中，除了凡人所具有的各种行为特征外，苏尔达斯会同时描绘黑天的奇异神相和举止，例如以婴儿的形象降服毒乳怪、天行怪、牛车怪等。这既是苏尔达斯对黑天叙事传统和信仰传统的继承，也是他融入自己的情感体验、思想观念和艺术才华之后的再创造。

二、予众福乐的可爱稚儿

在继承前人的黑天信仰和文学传统的巨大宝藏的基础上，苏尔达斯在《苏尔诗海》中融入民间艺术和生活元素，凭借自己对于现实生活的敏锐观察、丰富细腻的内在情感以及对黑天虔诚的热爱与信奉，运用最生活化的语言描绘最生活化的场景，展现出了人神共时的独特的艺术魅力。苏尔达斯在诗歌中既描绘了普通百姓家庭生活中孩儿的天真可爱、活泼美丽，又表达了大神黑天赐予众生福乐的大爱。

我们在苏尔达斯描述童年黑天事迹的诗歌中可以看到，“福乐”（Sukha）与“欢喜”（Ānanda）是出现频率很高的词汇。每一个主题故事最终都要回归到众神、众仙及众人通过观看和听闻童年黑天的事迹获得了“欢喜”“福乐”的结局之上。这是因为，苏尔达斯所属的瓦拉帕派认为，大神以“游乐”的意愿和目的创造了世界，大神在人间的一切本事活动都是娱乐游戏，他在人间进行本事游戏的唯一目的就是“喜悦”与“福乐”，所以观看听闻大神的本事得到的就是福乐，除此之外，不会产生其他任何业果。[1]

大神黑天在人间游戏时分为两种形象。一种是充满情味的恩泽至上者，他下凡至伯勒杰行游乐本事，只为散播福乐。另一种是礼法至上者，在这种形象中，他在伯勒杰作出了诛杀妖怪及消灭妖王的功行。礼法至上者的形象将在本节之后的其他章节中详细论述，这里主要分析黑天的恩泽至上者形象。

在伯勒杰，大神黑天的游乐本事表现出的情味可以分为四类：侍奉、慈爱、友爱和甜蜜情爱。其中，侍奉的祈求之爱实际上与俗世的荣华富贵、物质享乐相关，并且只能展现大神“自在”的单一属性，而不能显现其他五种属性，因此黑天信仰支派承认但不太看重这种侍奉之爱。而其他三种充满情味的本事，不仅能体现大神的自在属性，而且还能展现大神的其他属性，所以表现慈爱、友爱和甜蜜情爱的黑天本事对于崇拜有形黑天的信徒来说是更为重要的。黑天的童年本事主要展现慈爱，同时也展现了牧童伙伴的友爱，之后隐秘的少年本事则主要展现情爱。虽然瓦拉帕派的创始人瓦拉帕承认上述所有类型的虔爱，但他主要推崇慈爱味，主张虔爱童年黑天。

---

1 参见 Dhīrendra Varmā, *Hindī Sāhitya Kośa*, Vol.1, p. 684。

瓦拉帕规定，弟子在牛增山的室利纳特神庙中对大神（黑天）的虔诚供奉行礼，应在每天的八个时段进行，分别为：晨礼（mṅgalādarśana）、装扮（śṛṅgāra）、放牛（gocāraṇa）、午饭（rājabhoga）、唤醒（utthāpana）、奉食（bhoga）、晚祷（sandhyā）、睡眠（śayana）。同时，弟子在每个时段都需对大神进行相应的阿尔迪礼和唱颂仪式。

在庙中主司唱颂一职的苏尔达斯对于童年黑天形象的描绘也是按照这八个时段依次展开的，但他并不拘泥于传统形式与内容，而是在其中融入了更多的生活细节和母子真情，极大丰富了赞颂的内容，使其颂神诗歌充满情味与趣味，因而能够广受民间群众的爱戴和传唱，甚至当时的阿克巴大帝都慕名而至。在诗歌中，他通过描绘童年黑天天真烂漫的言行举止、美妙绝伦的外在形体，刻画了童年黑天的可爱稚子形象，借助文学艺术的魅力，赞颂和宣扬了黑天作为赐予信徒福乐的恩泽至上主的形象。

幼儿黑天形象是惹人喜爱的童年黑天形象中最能引发人类慈爱之情的部分。通过听闻《苏尔诗海》中有关描绘幼儿黑天形象的诗歌，听众能够被激发出内心的慈爱之情，能够从中体会难以言表的美妙情味，进而获得欢喜和福乐。所以说，幼儿黑天形象可用“予众福乐的可爱稚儿”来概括。在《苏尔诗海》中，难陀、耶雪达、牧人和牧女所爱的童年黑天永远是充满慈爱味的恩泽至上主。虽然众人对童年黑天都展现出慈爱，但其中最为动人的却是耶雪达与黑天的母子深情，耶雪达与幼儿黑天母子之间的互动也是最为印度人民津津乐道的内容之一。苏尔达斯对黑天作为予众福乐的可爱稚子形象的描绘，主要是从美妙形体、言行举止和母子情深这三个方面进行的。

《苏尔诗海》中，幼儿黑天拥有美妙的形体。他拥有极具北印度人民审美特色的完美形体，以下面两首诗为例：

手拿新鲜奶油光辉耀[1]

双膝爬行满身土，奶油涂抹脸蛋上。
面颊俊美眼灵动，牛黄符志被点上。

1 苏尔达斯著，姜景奎等译：《苏尔诗海》，第126—127页。

发辫垂若醉蜂群，饮用醉人蜂蜜浆。
项圈[1]金刚狮甲饰，胸前闪耀美迷人。
苏尔言，
此福一瞬亦幸运，纵活百劫[2]又如何？

苏尔达斯在这首诗歌中描述了还只会在地上爬行的小黑天贪吃奶油的可爱迷人模样。小黑天双膝使力，爬向盛有奶油的罐子。他脖颈佩戴的小项圈和金刚狮甲饰在胸前熠熠生辉，身上沾满的灰尘和嘴角的奶油把额头点缀有吉祥牛黄符志的面颊衬托得俊美且闪耀迷人。美丽的莲花眼忽闪忽闪，溜溜直转，四下瞧看，生怕被妈妈撞见。在确认周围没人后，他开始更加尽情享受美味，四散垂落的卷曲发辫上沾染了许多奶油滴。苏尔达斯将这些沾上奶油滴的黑黝黝的发辫比喻成"贪吃的黑蜂群"，沉醉于吸食甜美的蜂蜜浆。其中，脖颈的小项圈，原文kaṭhulā-kṇṭh，kaṭhulā通kaṭhora，意思是"坚硬的"，kṇṭh通kṇṭhā，意思是"项圈，项饰"。金刚狮甲饰，原文bajr kehari-nakh，bajr通vajra，意思是"金刚"，kehari意思是"狮子"，kehari-nakh是"狮子爪甲"，意通baghaniyāṁ，即"虎甲"，[3]均是指用坚硬锋利的猛兽爪甲制成的饰品。这里，小项圈和金刚狮甲饰都具有坚不可摧的特质，因而成为印度民间家庭给小孩子佩戴的护身符。此外，额头点抹的牛黄符志也是印度民间特有的风俗，莲花眼和卷曲的黑发都是印度人民对美丽形体的特有认知。

下面的这首描述为了向妈妈讨要饭食，小黑天在地上耍赖打滚的

---

1 项圈，原文kaṭhulā-kṇṭh，一种护身符。

2 百劫，原文sat kalp。sat意思是"百"。kalp，音译"劫波"，亦称"劫"，印度古代人指称宇宙时间的概念。在印度教和佛教中，一劫波的时间长度不同。印度教认为一劫波就是大神梵天的一个白昼，即43.2亿年，两个劫波构成大神梵天的一昼一夜，梵天在一劫波中创造出一千个四分时期（four yugas）的循环，一个四分时期的循环为432万年，四分时期包括圆满时期（satya-yuga，期限为172.8万年）、三分时期（tretā-yuga，期限为129.6万年）、二分时期（dvāpara yuga，期限为86.4万年）和迦利时期（kali-yuga，即争斗时期，期限为43.2万年）。佛教认为劫波分为小劫、中劫和大劫，一小劫为1 679.8万年，一中劫为3.359 6亿年，一大劫为268.768亿年。

3 印度方言中，有时存在狮虎不分的情况。

形象的诗歌，更加清晰地体现了印度文化中审美情趣与宗教信仰相结合的特性。

描述穆罗敌[1]的孩童装束[2]

天神牟尼[3]停各处，视难陀子[4]众呆滞。
未曾行过剃发礼[5]，头发散开垂四方，
仿若头上顶发髻，三城之敌[6]作童色。
藏红花痣与符志，美丽额上熠生辉，
仿若将敌来焚烧，愤怒血红第三眼。
脖颈装饰莲花环，蓝色宝石之项圈，
胸前头骨与毒项，这般好似欲神敌[7]。
诃利胸前曲狮甲，女子欢欣喜悦瞧，
此恰宛若彼月亮，自额摘下来放置。
家中尘土黑子[8]身，光彩闪耀美如斯，

1 穆罗敌，原文murāri。mura是一个恶魔的名字，音译为“穆罗”。ari意思是“敌人”。mura和ari构成murāri，即“穆罗之敌”，毗湿奴的名号之一。黑天信仰融入毗湿奴教派之后，该名号也用作黑天的名号，此处译为“穆罗敌”，指称黑天。印度神话中，穆罗通过修炼严苛的苦行取悦梵天，梵天欢喜，恩准他的愿望：在战斗中如果他用手触碰到任何人，不论对方是人是魔还是神，都会即刻死去。获得这个恩准后，穆罗称霸三界无敌手，众天神都惧怕他，只好求救于大神毗湿奴，毗湿奴凭借智慧巧妙地诛灭了穆罗这个恶魔。

2 苏尔达斯著，姜景奎等译：《苏尔诗海》，第139—140页。

3 牟尼，原文muni，指印度教中的苦修者、圣仙。

4 难陀子，原文nand-lāl，意思是“难陀的孩子”，此处意译为“难陀子”，指黑天。

5 剃发礼，原文bapan，意同muṁḍan，印度教剃婴儿胎头的仪式。

6 三城之敌，原文tripurāri。tripura意思是“三城”，ari意思是“敌人”，意译为“三城之敌”。印度神话中，大神湿婆曾用一支神箭摧毁了阿修罗王在天上地下分别用金、银、铁铸就的三座号称永固的城池要塞，又称“三连城”，因此三城之敌即指大神湿婆。

7 欲神敌，原文madanāri。madana，即“欲神”（kāmadev）的另一个称号。kāmadev之前常被译为“爱神”，但kāma指的是情欲、性欲，因此kāmadev译作“欲神”更准确。在印度神话中，“爱神”多指精通爱情技艺的黑天。madanāri意思是“欲神之敌”，印度神话中，欲神施法力要使湿婆大神动情欲，却被湿婆大神额头上第三只眼喷发出的神火焚毁了形体。此处简译为“欲神敌”，湿婆的名号之一。

8 黑子，原文syām，意思是“黑色，青黑色”，黑天的名号之一。

彼诛摩图者[1]宛若,祭灰湿婆身闪耀。[2]
三十之主之主人,[3]为饭对妈极耍赖。
苏尔达斯言,
亲自以己四张口,造者[4]念颂祈祷他。

这首诗歌的精彩之处在于苏尔达斯以湿婆大神的形象作比,来描述孩童黑天在地上撒泼打滚时身体各处的光彩动人。这种比拟是苏尔达斯颂神诗歌中的一大特色,既符合宗教颂神诗歌的形式和目的,又符合了民间群众的世俗认知和审美情趣。只见小黑天在地上来回打滚,头发已经不再整齐,他与生俱来的胎发浓黑卷曲,头上梳着的厚厚发髻虽然还在,但已松散凌乱,有好多小碎发四下散落开来,如同头顶挽着散乱发髻的湿婆大神的孩童形象。苏尔达斯将小黑天额头上点着的藏红花痣和由牛黄、杜巴草制成的吉祥符志,比作湿婆大神为焚烧敌人而睁开的愤怒血红的第三只神眼;将小黑天胸前佩戴的长长莲花环,比作湿婆大神胸前的骷髅头骨链;将他脖颈上紧紧箍着的蓝宝石项圈,比作湿婆大神装有毒药的青颈;将他胸前佩戴的弯曲的狮甲饰品,比作湿婆大神摘下来放在胸前的原置于额旁的那弯新月;将小黑天沾满尘土的光彩闪耀的身体,比作湿婆大神涂满祭灰的熠熠生辉的身体。

苏尔达斯将印度普通婴孩的美妙外形特征与对大神的崇拜赞颂完

---

1 诛摩图者,原文madhuhāri。madhu是一个阿修罗的名字。hāri为“打败,消灭”之意。此处意译为“诛摩图者”,最初是毗湿奴的名号,后与黑天共用该名号,此处指称黑天。

2 祭灰湿婆身闪耀,原文aṅg-bibhūti-rājit smbhu。aṅg意思是“身体”。bibhūti,意通bhasma,意思是“烧尸架化成的灰,祭火烧成的灰”。据《往世书》中神话故事,湿婆神把此灰涂抹在自己身上,因此印度教湿婆神信徒将此灰涂在额上,修行出家人则涂于全身,是光辉圣洁的行为。rājit意思是“光辉,闪耀”。smbhu是大神的称号,此处指湿婆。

3 三十之主之主人,原文tridas-pati-pati。tridas意为“三十”,虚指三界的“三十三重天”,即天、地、空三界共三十三位神,此处指诸神。pati意为“主人”。tridas-pati意思是“诸神之主”,指因陀罗。tridas-pati-pati此处指黑天,意思是“三十三天主人的主人”,即“因陀罗之主”。印度毗湿奴教派黑天支派认为,因陀罗之主是黑天。

4 造者,原文virañci,通birañci,即virañc karane vālā,字面意思是“创造者,造物者”,指大神梵天。

美融合。他的形象和装束令众神和圣仙们纷纷瞧看，不知不觉沉迷其中。妈妈耶雪达也是满心喜悦与怜爱，站在一旁观瞧这聪明狡黠的孩儿。看到这样俊美可爱、机灵狡黠、光彩夺目的小黑天，苏尔达斯在诗末忍不住赞叹道：观看小黑天的这些本事，从中能够得到极大的福乐。他赞颂说："亲自以己四张口，造者念颂祈祷他。"意为大神梵天张开自己的四张口来赞颂黑天，亲自为他祈福。由此可见，在苏尔达斯的心目中，大神黑天的地位是高于湿婆与梵天的，黑天是印度毗湿奴教派黑天支派虔信和赞颂的主神。同时，苏尔达斯将小黑天比作"三城之敌作童色"，将小黑天的形象想象成头顶挽着散乱发髻的湿婆大神的孩童形象。湿婆大神的形象在民间是耳熟能详、喜闻乐见的，百姓对其接受度甚高，所以，从这个比拟可以看出，苏尔达斯将孩童黑天与湿婆的形象联系在一起，使得孩童黑天的形象既具有普通世俗孩童美妙可爱的形体与举止，又具有唯一无二的神圣性。

苏尔达斯对于幼儿黑天言行举止的描绘也是一幅幅打动人心、充满情趣的五彩画卷。下面这两首诗歌中，一首描述小黑天童言无忌，向妈妈抱怨因为不给他吃奶油、大饼致使发辫长得短的情形，另一首描述小黑天独自在家中庭院玩耍的情形。诗歌中，予众福乐的大神化身可爱稚子，其聪明狡黠、天真烂漫的形象跃然纸上。

妈妈，辫子何时长？[1]

喂我牛奶何其多，如今它仍短又细！
大力发辫长又粗，你言会与它一样，
散开编拢洗澡时，犹如黑蛇蜷地上。
回回喂饮生牛奶，不予奶油与大饼。
苏尔言，
长命百岁两兄弟，诃利持犁[2]这一对！

1 苏尔达斯著，姜景奎等译：《苏尔诗海》，第142页。

2 持犁，原文haladhara，意思是"持犁者"。这是黑天兄长大力罗摩的名号。

小黑天抱怨妈妈总喂他牛奶，抱怨辫子没长长，其实是找借口向妈妈讨要奶油和大饼吃。幼儿黑天可爱耍赖的伶俐模样，让苏尔达斯情不自禁祝愿恩主诃利和持犁这对兄弟长命百岁！听者与读者亦会如苏尔达斯一般，充满喜悦并表达祝愿。

诃利在自家庭院唱些歌[1]

小小双足起舞蹈，内心欢乐又喜悦。
举起手臂大声唤，奶牛小黑与小白。
时而呼唤难陀爸，时而来到家屋中。
自己小手取奶油，放入小小嘴巴中。
时而瞧见柱上影，拿着奶油来喂食。
躲藏观看此本事，耶雪达之喜乐增。
苏尔言，
喜爱日日来观看，黑子孩童之功行。

阳光灿烂，小黑天在家中庭院独自玩耍。阳光把庭院照得金光闪闪，小黑天一人并不觉无聊和孤独，他在美丽的庭院中找到了一些特殊的朋友和乐趣。只见他欢欣喜悦地举起手臂招呼院中的奶牛小黑和小白，为它们哼唱美妙的歌曲，手舞足蹈逗弄它们，两头小奶牛也蹦蹦跳跳地回应他。小黑天高兴极了，紧忙呼唤爸爸难陀来看这两头欢乐的奶牛。跟奶牛玩耍逗弄一会儿后，他突然觉得饿了，嘴馋了。他立刻跑到屋子里，找到装奶油的小罐子，伸出小手抓一把奶油，即往小小的嘴巴里送。他一边大吃一边还不时环顾四周，担心妈妈会突然出现并阻止他吃这么多奶油。突然，他瞧见了阳光照耀下自己映射在屋柱上的影子，正在盯着自己看。他刚开始被吓了一跳，后来靠近仔细瞧后，认为这应该是跟自己差不多高的一个沉默的小伙伴，于是他爽快地抓把奶油送到那位影子伙伴的嘴边喂他吃。

关于这个“影子”伙伴的描述细节实在让人拍案叫绝。在婴幼儿

---

1 苏尔达斯著，姜景奎等译：《苏尔诗海》，第143页。

通过照镜子获得自我意识的成长阶段中，存在一个“伙伴阶段”，这个阶段的孩子看到镜像中自己的影子时，会把他当作能与自己游戏的伙伴来看待，会对之做出拍手、欢叫、亲嘴等游戏动作，还包括分享食物。如果不留心，不在意，孩子这些生活的细节很容易便会被忽略。而苏尔达斯竟然能捕捉到孩童如此细微的举止，并把这个成长细节刻画得栩栩如生，极具情味。听闻这诗歌，听者即刻仿佛身临其境，小黑天的可爱举止即在眼前，心中即会充满无限慈爱与欢喜。苏尔达斯在诗末画龙点睛，道出了虔爱黑天的功果：信徒们看到小黑天美妙可爱的孩童功行，这使他们的福乐得到极大的增长。

母子之间的深情，是人类最原始、最天然的基本情感，也是最不能被割舍的永恒情感，苏尔达斯在《苏尔诗海》中对于小黑天与耶雪达的母子深情的描述可谓精妙。黑天在母亲的悉心哺育抚养下日渐成长，母子之间有众多充满趣味的互动与联系。小黑天与母亲朝夕相处的日常生活故事成为恩泽至上主黑天赐予信徒福乐的众本事中的经典故事之一。本节注重考查耶雪达与婴幼儿黑天之间的日常故事，以及婴幼儿黑天“予众福乐”的可爱形象，因此，对于描述黑天其他成长阶段中母子之情的内容及其意蕴的阐释，笔者将在之后的章节中展开。

在苏尔达斯创作的“婴幼儿功行”故事中，小黑天与耶雪达的生活互动是双向的，但慈爱情感却是单向的。以耶雪达为代表的父母亲朋单方面对黑天展现出慈爱，这种爱与友爱和情爱不同，它是无私的，不求任何回报的。在所有展现慈爱情味的诗歌中，从未描述过黑天对父母表现出任何孝顺的举动。与世俗之情一样，父母之慈爱都是无私奉献的，甘愿为儿献出一切的。这是最纯粹的、毫无索求的情感，因而，成为瓦拉帕大师最为推崇的情感，成为瓦拉帕派中主要倡导的情感，也是苏尔达斯创作的两大基石之一。苏尔达斯之所以将母子情描述得如此精妙，是因为他将自己化作了诗歌中的耶雪达，使用耶雪达的视角和口吻来描写小黑天，展现出了对小黑天最纯粹的虔爱之情。这种情感虽然不求回报，但最终的功果却是能够通过与小黑天的日常相处获得福乐。

对耶雪达而言，与之朝夕相处的小黑天是赐予她福乐的“恩泽至上主”。苏尔达斯所描述的母子深情更侧重于对世俗母子关系的展现，其情节场景均是普通家庭中常见的景象和场面。但苏尔达斯在具体描述时又时常会将背景环境扩大为整个三界，将视角丰富为众神、众仙和众人，不单单局限于人间与凡人的视角；同时，他还将大神黑天时时展现出的异相与母子日常故事结合起来，在对世俗常情的亲切描述中凸显黑天的神性。

诃利在耶雪达肩头欢叫[1]

口中三界显现出，惊异不安难陀妻。
挨家奔走示手相，虎甲[2]饰品戴脖颈。
苏尔言，
黑子奇异之本事，众多牟尼亦不知。

小黑天一时高兴，展现出了他的神性，张嘴欢叫时在口中显现出了三界众生相。耶雪达看到这般景象惊异不安起来，不知儿子为何会显出这样神奇的异象来，是中了什么妖术魔法吗？她立刻带着小黑天在牛村四处奔走，挨家挨户询问，期盼有人能解开她心头的疑惑和担忧。耶雪达向人们述说她看到的儿子的异象，向人们展示儿子的手相，却没人知道小黑天为何会显出这般奇相。耶雪达多方奔走打听此般缘由，结果却一无所获，为求平安，她又向婆罗门大师求来虎甲制成的饰品，作为护身符戴在小黑天的脖颈上。诗中“挨家奔走示手相，虎甲饰品戴脖颈”的情节描写更加凸显出耶雪达作为一个普通印度农妇对于孩儿特有的关切方式与呵护疼爱。苏尔达斯在诗末插入自己的解释，道出这是黑天大神在游戏人间时展示出的神迹。他说道：黑天大神这般神奇的本事，圣者仙人们都不知晓，更别说我们这些凡夫俗子了。

在母亲精心养育和照料下，孩子一天天成长，成长过程中一点一滴的进步，成长中的每一个“第一次”都会给母亲带来许多纯真的欢乐和

1 苏尔达斯著，姜景奎等译：《苏尔诗海》，第120页。

2 虎甲，原文baghaniyāṁ，意思是“老虎爪甲”，意通kehari-nakh，“狮子爪甲”，即指上文诗中提到的小黑天脖颈佩戴的护身符“金刚狮甲饰”。

惊喜。比如小黑天三个半月大的时候第一次翻身，苏尔达斯描写道："夫人喜悦来翻身，随后亲脸吻面颊：长命百岁我宝贝，我有福气好幸运！"[1]又比如小黑天长出第一颗乳牙时，耶雪达乐开了花："欣然欢喜见乳牙，沉迷爱中身失觉。"[2]

再比如瞧见小黑天第一次自己走路，耶雪达十分欢喜：

看见走路，耶雪达得福乐[3]

地上顿足蹒跚走，看见妈妈予展示。
行走去至门槛处，复又折返回此处。
屡次摔倒不能越，致使天神牟尼虑，
千万梵卵[4]瞬间造，毁灭亦不需多时。
难陀之妻带着他，各式游戏逗弄耍。
手扶黑子耶雪达，彼时步步向下走。
苏尔达斯言，
天神牟尼与凡人，瞧看胜尊[5]忘智慧。

小黑天刚刚学会走路，在屋子里高高兴兴地要展示给妈妈看。只见他在地上一步一顿足迈开了脚步，走得还不是很稳当，摇摇晃晃，蹒跚踉跄。耶雪达看到儿子能够独自行走，十分喜悦，但看到儿子走路还是有些蹒跚，时时摔倒，心疼不忍。于是她上前来拉着小黑天的手，与他一边做各种各样的游戏，一边拉着他慢慢向屋门外走去。走到门槛处，耶雪达小心翼翼地扶着小黑天的身体，帮助他越过门槛，又扶着他一步一步走下台阶，走向庭院中。

在这首诗中，苏尔达斯展现了黑天作为大神的化身，一举一动都饱受天神和圣仙的关注，并追忆了他的非凡伟业，同时还表达了耶雪达作

---

1 苏尔达斯著，姜景奎等译:《苏尔诗海》，第115页。

2 苏尔达斯著，姜景奎等译:《苏尔诗海》，第119页。

3 苏尔达斯著，姜景奎等译:《苏尔诗海》，第132页。

4 梵卵，原文brahmṇḍ。印度教认为梵卵是宇宙的胚胎，意为"宇宙，世界"。

5 胜尊，原文prabhu，意思是"国王，主人，尊者，自在，尊贵位"，有译作"自在、大自在、殊胜主"等，多用于指称至高存在。此处意译为"胜尊"，指信徒对黑天的尊称。

为一位平凡的母亲对于儿子的关注和疼爱。

小黑天在耶雪达的关爱下不断成长，他学会说话，第一次叫妈妈，第一次离家出门玩耍，第一次向妈妈告哥哥的状……所有这些生活情节的描述都极富情趣。例如下面这首：

妈，哥哥经常惹我恼[1]

对我言说乃买来，耶雪达何曾生你？
因为此怒不去玩，我还能做什么呢？
遍遍言说母为谁，你的父亲是何人？
耶雪达白难陀白，为何你身却青黑？
牧童屡屡弹响指[2]，使起舞蹈皆嘲笑。
你只晓得将我打，从来不生哥的气。
莫亨口中此嗔语，耶雪达闻欢欣喜：
黑黑[3]且听力贤[4]啊，嚼舌根子生来黠，
苏尔言，
黑子我以牛群[5]誓，我为母亲你为儿。

这首诗歌是赞颂童年黑天诗歌中的经典代表作之一。小黑天跑到母亲身边，气鼓鼓地告哥哥的状，说哥哥经常烦扰他，说他不是亲生的，还挑拨教唆其他牧童一起欺负他，每次跟他们一起玩耍时，他们都嘲弄他，跟耍猴一样！耶雪达看着小黑天一副又气恼又惹人怜爱的小模样，听着他讲出的这些小大人般口吻的话语，感受着孩儿的天真无邪，心中自是欢喜无限，她怜爱地抱起他来劝解，还以家中的牛群起誓："黑子我以牛群誓，我为母亲你为儿。"苏尔达斯在诗末以母亲的视角和口吻来

1 苏尔达斯著，姜景奎等译：《苏尔诗海》，第154页。

2 弹响指，原文 cuṭakī dai。意思是"打响指，弹响指"。对着人弹响指是挖苦、讽刺、挑逗的意思，此处指嘲笑捉弄小黑天。

3 黑黑，原文 kānh，意译为"黑黑"，黑天的名号之一。

4 力贤，原文 balabhadr。意译为"力贤"，即指大力罗摩，黑天的哥哥。

5 牛群，原文 godhan。印度社会认为牛群是财富的象征。耶雪达以牛群起誓，即是以拥有的财富起誓，如果说谎话，就将一无所有，一文不名。

叙述这个小故事，直接体现了苏尔达斯对于小黑天的慈母般的虔爱。

对于母亲来说，养育孩子的过程是辛苦琐碎却充满快乐的，个中的酸甜苦辣都会在孩子一点一滴的进步、一言一行的举止、一颦一笑的表情中全部消融，化作甘露，滋润身心。苏尔达斯在《苏尔诗海》中对于母子日常生活的描摹，对于小黑天成长中所表现出的言行举止及心理活动的刻画是鲜活而妙趣横生的。

虽然黑天是毗湿奴大神的化身，作为予众福乐的恩泽至上主，他的成长过程必定是超俗的，但苏尔达斯在关于慈爱情味本事的创作中，并没有刻意描述强调黑天的神性，而是借由只将小黑天看作自己亲生儿子的耶雪达的视角，描述了可爱稚子的美妙形体、言行举止及母子日常，尽显平凡普通的母亲对于儿子的深情与无私奉献。苏尔达斯以耶雪达的视角和情感来描述和赞颂黑天，以广阔的三界为背景，既体现了传播黑天崇拜与黑天信仰的宗教意图，又展现了平凡却动人的母子深情，使得《苏尔诗海》具有震撼人心的力量，体现了文学和文化的魅力，从而超越了作者原本的宗教意图，超越国界与时空，成为永恒的文学经典。

三、偷奶油的泼皮“内控者”

“偷奶油”和“木臼上被绑”的故事历来是童年黑天传统本事中最为经典的内容，在印度传统舞蹈及黑天本事剧中都有关于此故事的经典表演，在印度传统音乐中也有关于此内容的经典唱颂，而他们的表演和唱颂多以苏尔达斯在《苏尔诗海》中创作的相关诗歌为剧本。在“偷奶油”和“木臼上被绑”的故事之中，还穿插有小黑天幻化成少年形象在外耍无赖的故事，这些故事主要集中在“汲水岸”和“施舍”本事里。但就文本编排来说，“偷奶油”与“木臼上被绑”本事的联系更为直接和密切，所以在印度学者编注的《苏尔诗海》中，这两个本事是被编连在一起的，同属于“牛村”本事。而在同一时段发生的“汲水岸”与“施舍”本事则被编在之后的沃林达林本事中，这主要是依据故事发生的不同地点来编排的。

虽然《苏尔诗海》的内容是按照《薄伽梵往世书》中的内容来创作的，但苏尔达斯在唱颂时，并没有依据《薄伽梵往世书》故事发生的顺序，而是依据身处的时间、地点、环境要求、被接受程度及其自身当下的情感体验来唱颂的。他不受成书逻辑和书写模式的限制，自由创作和唱颂一组组诗歌。《苏尔诗海》中的诗歌形式是在一个大的主题故事下有很多组诗，从不同方面、多角度来描述同一个主题故事，大主题下又套小主题故事。后人所编《苏尔诗海》都是在参照《薄伽梵往世书》故事顺序的基础上，按照编者自身的理解和逻辑将各组诗歌进行编校的，并非诗人的本意。

诗歌内容显示偷奶油和被绑木臼时黑天只有五岁，因为小黑天的各种“劣迹”，牧女们忍无可忍，纷纷登门向耶雪达告状，让她好好管教小黑天。牧女登门告状时不只抱怨小黑天偷奶油的事，还细数他在外作泼皮少年郎的奇异之事。因此，五岁的孩童黑天在外戏耍时，幻化成少年相，持少年相在外所作的与牧女调笑的“汲水岸”本事和“施舍”本事与“偷奶油”和“木臼上被绑”本事是在同一时段发生的，即黑天五岁之时。

苏尔达斯不按凡人正常的成长阶段来描述，而是将黑天的童年相与少年相放在同一时段来歌颂，如此安排，既可以展现黑天神性，即大梵下凡游乐时可以随心所欲，尽情游戏，黑天本事是超脱世俗，独一无二，不能被仿效的；同时又为之后黑天与牧女之间的情味本事进行铺垫。

印度学者认为，“偷奶油”和“木臼上被绑”的故事展现了牛村人民的慈爱之情，[1]这是片面地将“偷奶油”和“木臼上被绑”本事与“汲水岸”和“施舍”本事割裂开来论述的结果。在考察孩童黑天的形象时，应该将此时的孩童相与少年相结合起来分析，从中就可以得出丰富饱满、富有情味的“内控者”黑天的形象，与此同时，其中还蕴藏着一些值得挖掘的印度宗教哲学内涵。

黑天被绑木臼的原因有两个：一个是在牧女家偷奶油，搞破坏，欺负小孩子；另一个是在外无赖，耍流氓，调戏牧女。黑天在“偷奶油”

---

1 参见 Dr. Śāhīna jamādāra, *Sūradāsa Kā Vātsalya Bhāva*, Vārāṇasī: E. Bī. Es. Publication, 2012, pp. 106–108。

本事中是个顽皮机灵的狡黠孩童，而在“汲水岸”和“施舍”本事中是个泼皮无赖，但泼皮黑天对牧女的调戏表现出的是懵懂少年的顽劣，而非风流少年的情事，所以牧女还是把他当作一个孩童来看待。在这几个有关五岁小娃黑天的本事中，苏尔达斯描绘出的是一个偷奶油的泼皮“内控者”黑天的形象。

在“偷奶油”本事开篇的一首诗歌中，苏尔达斯在诗末赞颂了黑天的一个名号——“内控者”(antarajāmī)。笔者认为，这正表明黑天的“偷奶油”本事体现了他作为“内控者——大梵”的形象，苏尔达斯通过这个名号点明了“偷奶油”本事发生的缘由及目的。

妈啊，我喜爱奶油[1]

油炸食品与干果，你所言及非我爱。
后站伯勒杰一女，黑子之言听仔细，
心下言道于何时，自家观其食奶油，
彼时我掩藏一处，其坐搅乳棒近旁。
苏尔达斯言，
胜尊乃是内控者，通晓明了牧女心。

这是偷奶油故事开端的一首诗歌，它描述一位伯勒杰牧女偷听到小黑天向妈妈撒娇讨要奶油吃，便心下暗自思量，浮想联翩：希望小黑天能到她家中吃奶油，如果他来了，自己肯定会在家中某处躲藏起来，悄悄欣赏他纵情享用美味奶油的可爱模样。苏尔达斯在诗末颂道：“胜尊乃是内控者，通晓明了牧女心。”之后，黑天为了满足牧女的心愿，以孩童相跑进她的家中偷吃奶油。

黑子去到彼女家[2]

门旁瞧看无一人，四下张望溜入内。

1 苏尔达斯著，姜景奎等译：《苏尔诗海》，第168页。
2 苏尔达斯著，姜景奎等译：《苏尔诗海》，第170页。

牧女知晓诃利来，独自躲藏在一处。
无人住所悄悄进，搅乳棒之近旁坐。
一见奶油满陶罐，取之即始食不停。
宝石房柱映身影，瞧见与其耍聪明。
今我首次来偷食，便交得个好同伴。
自食还请影子食，奶落言说为何故？
若欲整罐皆予你，如此甜蜜缘何弃？
给予你后我甚喜，你心究竟作何想？
听闻黑子口中言，伯勒杰女醉心笑。
苏尔达斯言，
胜尊瞧见牧女面，穆罗之敌逃夭夭。

苏尔达斯将小黑天的顽皮可爱、机灵聪慧的孩童形象刻画得栩栩如生。这充满情趣的画面展现了大神黑天为满足信徒心愿，赐予他们福乐，下凡与他们游戏行本事的仁慈之爱。

在以上引诗中，苏尔达斯赞颂黑天乃是内控者。内控者，原文antarajāmī，通antarayāmī，字面义为“通过里面来控制的”。antara意为“里面”，指代“内心”。yāmī意为“控制的”。因此，antarayāmī一词的引申义为控制内心者、知晓内心者，这个名号体现了黑天的全知全能。因为牧女热爱他，奉爱于他，所以他实现牧女心中所愿，使隐藏在牧女身上的“乐”性显现出来。不仅如此，对奉爱于他的所有伯勒杰子民，他都会施予恩泽。

诃利首次偷奶油[1]

既已实现牧女愿，伯勒杰巷只身逛。
诃利心中此思量，伯勒杰户俱前往。
生于牛村此福因，挨家挨户奶油食。
耶雪达知稚童相，吾会牧女喜乐享。

1 苏尔达斯著，姜景奎等译：《苏尔诗海》，第172页。

苏尔达斯言，

胜尊满怀爱意言，此吾伯勒杰之民。

满足了那位伯勒杰牧女的心愿后，黑天心中思量：伯勒杰的家家户户我都要前往，无论男女老幼，我要偷吃他们的奶油，因为他们都沾有我出生在牛村的这份福因，所以我要赐予他们福乐的果报。最后，内控者黑天充满爱意地说道："所有这些伯勒杰的人民都是我的子民。"苏尔达斯在结尾的诗颂升华了可爱而富有情趣的小黑天偷奶油故事的主旨，点明了宗教层面上虔诚颂诗的意义，即表现黑天作为大神的仁爱之情。他偷食奶油，并不是小孩子的顽劣、贪嘴和恶作剧，而是大神对信徒们一视同仁，为他们传播福乐。这其中饱含了内控者黑天对伯勒杰子民的爱意和护佑。

黑天这个"内控者"的名号来源于瓦拉帕派信奉的宗旨。该派建立在瓦拉帕大师"纯净不二论"哲学思想的基础上。它认为，具有"真"(sat)、"知"(cit)、"乐"(ānanda)三种属性的"梵"(saccidānanda brahma)具有三种形式。第一种形式是完满至上者(pūrṇa puruṣottama)，即圆满喜乐的至上大梵(rasa athvā ānanda rūpa parabrahma)——吉祥黑天，具备真、知、乐三种属性，六种德性，十六种艺能。第二种形式是具有有限"乐"性的永恒不灭梵(akṣara brahma jo gṇitānanda)，这种有限"乐"性即似有限度的童年欢乐(sīmita ānanda bālarūpa)，此具有限乐性的不灭梵分为两种形式：一种是至高者圆满"大梵"(黑天)的永恒所居处；另一种则是时空运转，世界万物，世间各种命(jīva)以及天神天女们。第三种形式是内控者，即隐藏的"乐"性梵，是隐藏于世界万物及每一个"个命"体内的细微部分的最高灵魂，它是遍及一切者。

"有限乐性的不灭梵"的概念是瓦拉帕大师"纯净不二论"的独有主张，在该理论中，世界并非虚幻(māyā)，而是真实存在的，世界万物与世间各种命都有永恒不灭梵的细微部分隐藏在其中，永恒的不灭梵犹如火焰，而世界万物与世间各种命是火焰迸发出的火花。与此同时，这种不灭梵的形式只具有有限"乐"性，好似成年后便消失的无忧无虑的童年欢乐。可能在瓦拉帕看来，童年的欢乐是最纯净的，因此，他虽承认奉爱黑天的其他形式，但他一生著书立说，倡导的都是奉慈爱于童年黑天。

为何要虔爱黑天呢？瓦拉帕从世界万物被创造的真相这个角度回答了这个问题。至高梵所具有的三种属性决定了其存在的三种行为方式或状态（vṛtti），即创造（sisṛkṣāvṛtti）、战斗（yuyutsāvṛtti）及游乐情爱（riraṃsāvṛtti）。当圆满至高梵黑天欲作游乐而产生了一个生出多个的愿想时，不灭梵的一部分就产生了世间万物。[1]拥有真、知、乐的不灭梵中，"知" 的部分产生了无形物，"真" 的部分产生了自然界的无生物，"乐" 的部分产生了内控者的具像——有生物。

世界只有 "真" 和 "知" 的部分显现，而有生物中 "乐" 的部分，即 "内控者" 黑天是隐藏在瑜伽摩耶（yogamāyā）[2]中的，所以他们不具有至高梵（黑天）的六种德性：自在（aiśvarya）[3]、精勇（vīrya）、名誉（yaśa）、吉祥（śrī）、知识（jñāna）[4]、离欲（vairāgya）[5]。同时，他们受控于瑜伽摩耶的迷惑，因此会遭受贫穷、孱弱、依赖、痛苦和生死轮回之苦，会表现出傲慢与贪婪，在邪道（错误的知识）中迷失，而一直生存于痛苦折磨（āpattigrasta）之中。只有对黑天奉爱，依赖黑天的恩泽，才能摆脱自身的孱弱与贫苦，脱离痛苦，获得福乐。

内控者具有双向的含义：一方面，世间万物及个命之中都具有乐性的不灭梵；另一方面，整个世界及所有命都居于不灭梵的体内，被不灭梵所控。这个不灭梵从属于圆满至上梵——黑天，因此，大神黑天控制与维护世间万物，施恩于他的信徒。黑天的本事即是他施予恩泽的

---

1 该理论来源于奥义书。根据《泰帝利耶奥义书》(2.6,7)，他产生愿望："我要变多，我要繁殖。" 他实施了苦行，创造这一切。创造了所有这一切，他进入其中。进入了其中，他成为存在者和无形者，可言说者和不可言说者，居处和非居处，知识和非知识，真实和非真实。真实成为所有这一切。人们称之为真实。参见黄宝生译：《奥义书》，239页。

2 瑜伽摩耶，原文yogamāyā，亦译作瑜伽幻力，是黑天的原质的创造力（śakti），至高者黑天隐蔽在其中，不生不变。

3 Aiśvarya，指与神通相关的任意自在之能力、威力，亦译作威力、富乐、富贵、富贵自在、最胜等。参见M. Monier-Williams, *Sanskrit-English Dictionary*, 1899; Charles Muller, *Digital Dictionary of Buddhism*, 1995。

4 Jñāna，亦译作智慧。

5 Vairāgya，指为求解脱而离欲或出家，分为内离欲和外离欲两种情形，亦译作厌、厌舍、离、离染、离贪等。参见M. Monier-Williams, *Sanskrit-English Dictionary*, 1899; Charles Muller, *Digital Dictionary of Buddhism*, 1995。

本事，奉爱黑天便能得到他的恩泽，使自身隐藏的乐性梵得以显现，最终与圆满至高者黑天同为一处。由此可见，“内控者”的特征主要是遍及一切、隐而不显的，但在《苏尔诗海》童年黑天“偷奶油”本事中，苏尔达斯对于遍及一切和隐而不显的内控者黑天着墨不多，而是注重刻画黑天仁慈悲悯与充满情味的内控者形象。

内控者黑天的形象是仁慈悲悯、全知全能、力大无比的。下面这首描述小黑天展现神力解救财神俱毗罗两个儿子的诗歌便体现了内控者黑天消除苦难、解救众生的慈悲形象，同时对应了其所具六德中的自在、精勇、名誉、知识、吉祥这五种德性。

彼时黑子生一念[1]

一众牧女各返家，母亲专心忙家务。
独往阿周那双树[2]，触碰树叶沙沙响。
双生两树推倒地，俱毗罗子[3]得显现。
双手合十唱赞颂，两子得见四臂相。
苏尔言，
伯勒杰幸诃利生，世间苦难尽消除。

苏尔达斯在本诗中着重刻画了身负木臼的五岁孩童黑天力大无穷的情形：他竟然能轻而易举挪动沉重的木臼，移步到院墙边的树下，并

1 苏尔达斯著，姜景奎等译：《苏尔诗海》，第219页。

2 阿周那双树，原文jamalārjun-taru-tar。taru和tar意思同“树”。jamalārjun由jamal和arjun构成。jamal，通yamal，意思是“双生”。arjun指阿周那树，印度树种，也有译作“阿江榄仁树”，为榄仁树（Terminalia）属。由于字数限制，此处译为“阿周那双树”。

3 俱毗罗子，原文sut kuber ke。sut意思是“儿子”。ke意思是“的”。kuber音译为“俱毗罗”，印度神话中的财神，掌管世间所有的财富，夜叉（yakṣa）族的首领，也是北方的守护神，即佛教神话中的多闻天王。俱毗罗有两个儿子，那罗鸠婆（Nalkubar）和摩尼格利瓦（Manigriv），两兄弟素喜饮酒，一次，两人酒醉后在林中小河里与妻子嬉戏作乐，不巧遇到那罗陀（Narada）仙人经过，两位妻子赶紧上岸穿好衣服向仙人行礼，可两兄弟却骄傲自大，依仗着家中的财富而目中无人，呆在水中光着身子不去理会仙人。见到两兄弟如此傲慢无礼，那罗陀仙人十分生气，当即诅咒他们变成阿周那双生树，两兄弟的妻子向仙人求情，仙人稍稍消气后说道：只有毗湿奴大神下凡化身为黑天，那时他们才会被黑天解救出来。

能轻松推倒两棵大树，这种神力实在非凡。这些非凡的举动又为下文作了铺垫，小黑天解救出了两位被诅咒的神仙，并向他们展示了自己大神的真身。苏尔达斯在诗末颂扬道："伯勒杰幸诃利生，世间苦难尽消除。"通过解救财神俱毗罗的两个儿子的故事，诗人宣扬了内控者黑天全知全能、仁慈悲悯、庇佑众生的形象特征：不论是神是人，三界众生，世间万物，只要心念黑天，称颂黑天，都能够得到黑天的庇护。

《苏尔诗海》中内控者黑天的形象除了仁慈悲悯之外，还是充满情味、妙趣横生的。充满情味的内控者黑天可以随意变化形象：时而是孩童，独自或是与伙伴一起到牧女家偷奶油，使耶雪达和牧女享受慈爱的情味，向牧童伙伴展现友爱；时而变作少年，与牧女调笑戏耍，此时黑天的童年形象与少年形象交织，为下一步少年黑天与牧女之间的情爱本事作铺垫。

牧女对黑天偷奶油这件事情的反应有两种：一种是偷偷躲藏起来观看小黑天贪吃奶油，沉醉喜乐，浑然忘我；另一种则是微愠薄怒，登门告状，与耶雪达和小黑天当面对质，嬉笑怒骂，你来我往，好不热闹。其中，牧女所处的第一种状态是瓦拉帕派教义主张中最纯粹的虔诚信徒所达到的状态，而处于第二种状态的牧女则是苏尔达斯着重刻画与描述的，这是苏尔达斯对于内控者黑天充满情味形象的丰富和创新。虽然内控者黑天兼具人性与神性，但处于第一种状态的牧女的故事凸显的是内控者黑天大神的形象，而处于第二种状态的牧女故事则形象地展现了苏尔达斯对内控者黑天充满情味与趣味的人性的刻画。

在下面这首诗歌中，小黑天带领众伙伴来到牛村一户牧女家中偷吃酸奶和奶油，自己尽情享用的同时，也与伙伴们分食，尽显友爱。与此同时，这家的牧女躲藏在屋中偷看小黑天贪食奶油，观赏着小黑天狡黠可爱的一举一动，不知不觉沉醉于喜乐之中，浑然忘我。

独自悄入无人所[1]

诃利留众伴在外，酸奶奶油入内见。

1 苏尔达斯著，姜景奎等译：《苏尔诗海》，第177页。

新制酸奶奶油得，取之便往嘴上抹。
示意召唤众伙伴，亲手捧满分众人。
胸前溅满酸奶滴，四下张望心生畏。
起身掩藏各处望，再食还使牧童食。
屋内牧女见此醉，心中充满无限喜。
苏尔言，
睹黑子容显呆相，心献诃利不能语。

苏尔达斯在本诗中重点刻画了小黑天和牧女这两个人物形象，除了展现内控者黑天兼具"人性"与"神性"的双重特质，还揭示了瓦拉帕派关于信徒虔爱黑天的教义主张。字面上看是小黑天淘气顽劣又惹人喜爱，来到牧女家中大吃大喝；实际从宗教层面上看，黑天的"神性"使他能够了解牧女心中期许而跑到她家去满足她的心愿，让牧女能够得见他的面容和所做功行，使牧女一见到他便情不自禁沉浸其中，忘掉自我，沉浸在极大的喜悦和福乐之中，与神亲近。

瓦拉帕派崇尚恩泽之道的虔诚方式，不同于奥义书等经典文献中的传统虔诚之道，传统虔诚之道即九种虔诚，按照由低级至高级的次序分别为聆听（Śrvanam）、歌颂（Kīrtanam）、忆念（Smaranam）、侍足（Padasevanam）、敬拜（Arcanam）、礼敬（Vandanam）、服侍（Dāsyam）、友爱（Sakhyam）及自我奉献（Ātma-nivedanam）。[1]瓦拉帕派认为这九种虔诚是践行的虔诚，是具体实行的步骤，他们不排斥这九种虔诚，但却并不注重。该派认为首先应该做到奉爱的虔诚，对黑天身心奉爱，对黑天的爱是一切，虔爱黑天就是终极目的和意义，而获得福乐是黑天恩赐的结果，并非信徒追求的目的。

瓦拉帕派的奉爱虔诚是建立在一个基础之上的，这个基础即是承认虔爱黑天的信徒与至高梵之间存在联系（brahma-sambandha）。信徒奉爱黑天的虔诚分为三种：身奉（tanujā），即奉献自己、自己的儿子、妻子为大神服务；财奉（vittajā），即将自己的钱财、荣誉等奉献给大

1 参见 Sri Shandilya Rishi, *Sri Shandily Bhakti Sutra*, Madras: Sree Gaudiya Math,1991, pp.137-138。

神；心奉（mānasī），即控制自身的心志以持续虔爱大神。这三种虔诚中，心奉是最主要的，也是最艰难的虔诚服务。瓦拉帕在其著述《真灯缚》（*Tattvadīpa nibhandha*）中阐释了信徒虔诚奉爱黑天的最高级阶段即是沉浸热爱（vyasana）。这个阶段的状态是完全忘记自我的存在，自我已被遗失，被舍弃（ātma-nivṛtti）。在上述引诗中，牧女正是做到了心献黑天，处于虔爱黑天的最高级阶段，浑然忘我，因而牧女的体验和情感才会如同内控者黑天的体验和情感一样，乐性在她身上显现。

相较于这些一味沉浸在虔爱黑天状态中的牧女，那些与黑天嬉笑怒骂、登门告状、对质争辩的牧女更加生动活泼，她们与黑天的互动故事使得内控者黑天的形象更加具有人情味和烟火气。同时，妈妈耶雪达的参与，也使得这场告状故事更加完整饱满，更加精彩动人。

告状的主要原因是小黑天屡次到牧女家中偷吃奶油，大搞破坏，像猴子一样上蹿下跳，翻箱倒柜，摘下挂在屋中盛放鲜奶油的吊篮，洗劫所有的酸奶、牛奶和奶油，大吃大喝不说，还随手乱丢，扒开各种瓶瓶罐罐，如果不是装奶油的就随手丢在地上摔得粉碎，如果是装有牛奶或奶油的罐子就开怀畅饮之后把空罐子丢在地上摔得粉碎。不仅如此，他还欺负牧女家中的小孩，不是捧乳浆肆意泼向人家，就是猛揍人家孩子一顿，然后得意洋洋，嬉皮笑脸地跑走。五岁小娃的顽劣本性使得牧女实在不能忍受，竞相登门向耶雪达告状。

下面这首诗歌中，一位牧女来找耶雪达告状，怒斥小黑天带领众伙伴屡次到她家偷吃奶油并把她家搞得凌乱不堪。

耶雪达，你要纵容到几时[1]

日复一日如何忍，牛奶酸奶之损失。
你那孩童之所为，你且前来察看之。
自食牛奶贿同伴，打坏奶罐即逃走。

---

1 苏尔达斯著，姜景奎等译：《苏尔诗海》，第175页。

自家墙边小角落，我将牛奶仔细藏。
你家小子彼处去，循迹辨味寻觅得。
牧女质问不犹豫，我到自己家中来。
苏尔达斯言，
黑子做出此回答，用手去除其中蚁。

耶雪达听了牧女的话，将信将疑，唤来了小黑天与她当面对质。面对牧女的质问，小黑天笑盈盈地注视着牧女，嬉皮笑脸地辩驳道："我哪是偷跑到你家里去呢？你家不就是我家嘛，我对自己家的事务一向是认真负责的！你看错了，实在是冤枉我了。我并没有偷吃奶油，而是趁你不在，替你去除奶罐中的蚂蚁啊！"不仅如此，小黑天还对妈妈狡辩说他没有偷吃奶油，是被冤枉的，这些都是小伙伴们的诡计，他们偷吃完奶油又捣鬼，聚在一起争相往他嘴上抹奶油，害得他看起来也同他们一样偷吃了奶油。他说那盛放酸奶和奶油的罐子，被放在吊篮里挂得那么高，他这么矮小，手又如此短小，怎么能够碰得到高高悬挂的篮子呢？说此话的同时，小黑天悄悄把偷吃时用来装酸奶和奶油的叶盘藏在身后，突然想到嘴角可能还会留有奶汁，就连忙伸手擦了擦嘴角，抹干净"罪证"。[1]偷奶油的小黑天顽皮无赖，却又伶俐狡黠，这种孩童的形象比起一味乖巧听话的孩子，更加真实生动，活泼可爱，妙趣横生。这种"顽劣"却又亲切的形象正是黑天所特有的，这种孩童相正是他吸引信徒虔爱于他的炽热又强大的力量。

"奶油小偷"是童年黑天的一个经典形象，而"汲水岸"和"施舍"本事中所描述的黑天是一位俊美的少年，是童年黑天在外游乐时幻化出的专门与牧女调笑的形象。这个形象正是牧女登门告状的另一个原因，小黑天变作少年相在外面调戏她们，行径恶劣。牧女们愠怒之余深觉此事颇为奇异。小黑天在家是一个五岁大的可爱小幼童，但在外面与在家的行径却有天壤之别。到了外面，他突然就变作一个俊秀

1 苏尔达斯著，姜景奎等译：《苏尔诗海》，第205页。

的少年郎，在村里的道路上，在汲水的河岸边，肆意调戏牧女，向她们索要施舍，那时的黑天与耶雪达近前的小黑天完全不是一个人。那时的他眼睛灿若莲花，语调奇异如风流少年郎，声音甜蜜美妙，充满艳情之味，与牧女调情技艺极为娴熟，言谈举止都极显暧昧。而一回到耶雪达面前，他就又变成了懵懂无知、天真无邪的小幼童。[1]他天天在村里的集市、街巷和道路上撒泼耍赖，肆意横行，人人害怕他，都不敢出门，村里原本热热闹闹的地方现在变得冷冷清清。尤其在村中狭窄的巷子里，黑天衣冠不整，歪戴着头巾，在那里耍无赖、耍流氓，又抓又挠，骚扰阻挡来往路人，索要过路费。如果是女子，那更是要遭殃，不仅被索要施舍，还要被调戏一番。[2]趁牧女没有防备之时，他竟然还伙同众伴把牧女的胸衣和项链都撕扯掉，把牧女身上一切值钱的首饰和衣物都抢走了。[3]

好，切莫还我布垫！[4]

耶雪达前扭送去，众聚一群且同行。
黑儿何人亦不惧，路上岸边恶作剧。
叶木拿中扔布垫，大罐小罐皆破碎。
黑儿小童做此好，今要根除你顽劣！
苏尔言，
伯勒杰地众少女，耶雪达前去告状。

在上述引诗中，黑天肆无忌惮地在道路上和河岸边恶作剧，将牧女头顶上垫在水罐下面的布垫圈抢走，扔进叶木拿河水中，致使牧女头顶的水罐掉在地上摔得粉碎。不仅如此，小黑天和伙伴们拦路挡道，只要有牧女到叶木拿河畔打水，就必定要向牧女收取“过路费”。牧女

1 苏尔达斯著，姜景奎等译：《苏尔诗海》，第187页。
2 苏尔达斯著，姜景奎等译：《苏尔诗海》，第201页。
3 苏尔达斯著，姜景奎等译：《苏尔诗海》，第207页。
4 苏尔达斯著，姜景奎等译：《苏尔诗海》，第410页。

也不示弱，夺走他手中的小金棍，[1]与他理论："我等无法予之礼……少年黑子小黑儿，为何对我恶作剧？"[2]牧女认为此时的黑天还是懵懂的孩童，面对黑天向她们索要施舍——"青春之礼"，也是无奈至极，可笑可气。

难陀子，且莫此般言[3]

放开我之美裙裾，视我等同其他女？
遍遍向你我言说，再次陷入麻烦网！
青春美色见生欲，现在开始此游戏！
且让青春至身体，心中为何着急狂？
苏尔言，
黑子手且自胸移，珍珠项链要断裂。

黑天的无赖举止在牧女看来还是小孩子的顽劣和胡闹，面对他的泼皮行径，牧女愤怒至极，一起来到耶雪达面前告状。

夫人你且来听言[4]

且来听言夫人啊，你之爱儿极顽皮。
我去叶木拿汲水，彼处阻拦来挡路，
打翻顶在头上水，所有水罐皆破碎，
扔掉头上之布垫，此等坏事诃利做。
每日不断行此般，还将我等唤荡妇。
你这伯勒杰小村，现已无法再居住。
自己爬上团花树，众人只得巴巴望。
苏尔言，
黑子总是此般样，争执吵闹与我等。

1 苏尔达斯著，姜景奎等译：《苏尔诗海》，第407页。
2 苏尔达斯著，姜景奎等译：《苏尔诗海》，第416—417页。
3 苏尔达斯著，姜景奎等译：《苏尔诗海》，第418页。
4 苏尔达斯著，姜景奎等译：《苏尔诗海》，第412页。

面对牧女的屡次告状，作为母亲，耶雪达刚开始只是据理力争，与牧女们吵架争辩。尽管心中有所怀疑，还是一味包容维护自己的爱儿。但面对牧女的屡次指控，以及对于家族名誉的辱骂，耶雪达意识到如果再对黑天疏于管教，他会更加无法无天从而招致大麻烦，于是她叫来了黑天，刻意板起脸孔，厉声训斥他。但顽劣成性的小黑天并不听话，依然出门耍无赖，祸害村民。面对牧女一次次更加难听的话语和指控，耶雪达恼羞成怒，把小黑天用绳子捆在木臼上，扬言要拿棍子抽打他。果真如此，牧女们却又个个心软起来，看着可怜的小黑天不停哭泣，觉得那两只泪眼汪汪的眼睛仿若两朵凝结着露水的莲花一样美丽又惹人怜爱。他被绑在木臼上的身体无力地斜倚在地，柔嫩的面庞显出无助的表情，惹人疼惜。之前登门告状的牧女们此时禁不住心中怜惜，纷纷上前劝解耶雪达，温柔搂抱和抚慰黑天。其间，黑天的兄长大力罗摩、爸爸难陀与众牧人也都纷纷上前劝解，最后这场大戏以妈妈耶雪达加倍疼惜松绑后的小黑天而告终。苏尔达斯将小黑天被捆木臼的故事刻画得异彩纷呈，充满了戏剧冲突，情节跌宕起伏，将生活中的真实场景与黑天的游乐本事结合起来，让民间百姓能够切实感受，体会“内控者”黑天充满情味的游戏。

苏尔达斯在该本事中借牧女之口表现了内控者黑天的神性，即在家是一副天真无邪的五岁幼童相，在外却是一副风流少年郎的形象，无赖又泼皮。无论童年、少年抑或青年，黑天所有的形象都是可以同时期显现的，这是为了随着信徒不同的情感变化，使他们在任何情况下都能够亲近他。同时，这也是黑天神力的展现，体现了他的非凡之处，他不同于平凡的孩童，能够随心所愿，变化成自己需要的模样，展现大神殊有的能力，这并非凡人能够仿效的。黑天的本事是超然的大梵的游乐，是超越世俗道德的，不能被世人模仿的。

苏尔达斯之所以刻画内控者黑天的流氓无赖形象，正是为了使信徒在与黑天互动中尝尽喜怒哀乐百般滋味，获得福乐，展现和赞颂内控者黑天“情味头上宝”的名号与形象。[1]小黑天不仅具有天真可爱、顽

1 参见苏尔达斯著，姜景奎等译：《苏尔诗海》，第213页。

皮狡黠的孩童模样，同时还具有一副令人可憎、匪性十足的地痞无赖之脸孔。表面上看起来，在外拦路、调戏牧女的小黑天顽劣无比，惹人讨厌，但从虔诚信仰层面来说，这也是黑天在人间所行本事中的一种。内控者黑天可以掌控凡人的喜怒哀乐，让信徒在体会世间七情六欲中，随时能够得到与其亲近以及获得福乐的机会。

四、保护牧区的儿童牧神

黑天五岁大时，难陀族长率领牧人从牛村迁至水草丰美的沃林达林居住。黑天在沃林达林度过了童年和少年的岁月。因此，在“沃林达林”本事中，按照其成长阶段，黑天的形象可以被划分为童年形象和少年形象。“牛护”“牛得”“托山者”及“迷心者”等黑天名号的来历均是沃林达林本事的各个主题故事。笔者在本节中，主要分析沃林达林本事中童年黑天的形象，其少年形象将在之后的章节中讨论。“沃林达林”本事中描述的童年黑天的故事可以被划分为四类主题故事：放牛故事、折服梵天的故事、托举牛增山的故事以及诛妖降怪的故事。在这四类主题故事中，黑天作为保护牧区的儿童牧神的形象被凸显出来。

放牛故事是沃林达林本事的开端，黑天的形象从稚子幼儿转变为了牧童。黑天与大力罗摩和众牧童伙伴一起到林中放牧，游戏玩耍，分享食物。孩童在一起游戏玩耍，免不了产生纷争。此时的牧童小黑天会跑到妈妈面前告状，抱怨哥哥和牧童伙伴们欺负他。[1]这个故事展现出的依然是牧童黑天的友情和亲情，体现出的主味依然是慈爱味，继承了之前牛村本事中小黑天狡黠可爱的形象。放牛故事中的牧童黑天形象是可爱幼童向牧区保护神形象转变的过渡阶段。在与牧童伙伴一同放牛的过程中，黑天主要显现出的是他折服梵天，救出牛群与牧童，托举牛增山，挫败因陀罗，以及诛杀妖怪，吞食林火，保护牧区人民生命与财产安全的儿童牧神的形象。

---

1 Nandadulāre Vājapeyī, *Sūrasāgara*, Vol.1, p. 424.

折服梵天的故事揭示了牧神“牛护”黑天作为至高无上大神的特性与神力，其中暗含了印度教黑天支派对于“牛护”黑天的崇拜，他们将其视为至高大梵的化身，把他抬升到至高无上大神的地位。

梵天看到伯勒杰的牧人、牧女和牧童愉快地生活着，不禁心生惊奇，心中忧虑道：我是造物主梵天，整个世界都是我创造的，伯勒杰这些牧人牧女与牧童却都不是我创造出来的，难道有另外一个造物主存在吗？大梵将造物的任务交付予我，我才是真正的造物主。想到此处，他内心生出傲慢。当看到牧童与黑天在沃林达林树荫下围坐在一起尽情享用美食时，他的内心再次生出傲慢，同时不断揣测这个牧童黑天到底是何方神圣。为了试探和打击牧童黑天，他悄悄将众牛群和黑天的牧童伙伴偷走，带至自己的天界中，想要借此给黑天和伯勒杰牧人带来痛苦。黑天发现牛群和牧童丢失之后，心头一凛，便知晓梵天的诡计。为了消除梵天的傲慢，黑天施展神力，幻化出与丢失的牛群和牧童一模一样的众牛与伙伴。这些牛群与牧童同黑天和牧人牧女如往昔一样生活在一起，牧区人民的生活与梵天行偷窃之前没有什么两样。之后，梵天再次来到伯勒杰，惊讶地发现他偷走的牛和牧童仍在伯勒杰与黑天愉快地生活着。他赶紧回到自己的天界察看，发现偷走的牛和牧童们正在梵天界里沉睡，他疑惑地返回伯勒杰。梵天看着伯勒杰的牧人日常生活的喜悦景象，内心受挫，顿时明白牧童黑天乃圆满至高梵的化身，[1]伯勒杰的一切都是黑天的游戏。觉察到自己犯下过错后，他恐惧不已，即刻来到黑天近前，俯首行礼，并触黑天足，承认自己的错误，祈求黑天原谅，并归还了偷走的牛与牧童，双手合十赞颂黑天。[2]

梵天掳走牧童与牛犊[3]

自始至终内控者，胜尊凡事由心成。
恰如那般形象样，牧童牛犊满牛村。

---

1 Kiśorī Lāla Gupta, *Saṃpūrṇa Sūrasāgara*, Vol.1, p. 302.

2 参见 Nandadulāre Vājapeyī, *Sūrasāgara*, Vol.1, pp. 409–412, 425–426。

3 Nandadulāre Vājapeyī, *Sūrasāgara*, Vol.1, p. 425.

一年日夜同相伴，无人能够分辨出。
察觉己过生畏惧，站立来把赞歌颂。
苏尔达斯言，
胜尊乃为迷心者，并未将此放心上。

从颂诗中可以看出，牧童黑天能够运用神力幻化出牧童和牛犊，挫败梵天，牧童黑天形象与内控者黑天是联系在一起的，进而又与至高大梵联系起来，由此，牧神——“牛护”黑天被尊为至高无上者的化身。在诗末，苏尔达斯还歌颂了黑天的仁慈：“胜尊乃为迷心者，并未将此放心上。”梵天消除傲慢之后，黑天原谅他并接受了他的赞颂，庇护于他。透过这个折服梵天的故事，可以看出毗湿奴教派黑天支派对于主神黑天的赞颂及其地位的抬升，有部分方式是通过编造神话故事以打压和贬低其他大神来实现的，以梵天的傲慢来衬托黑天的谦卑仁慈，以梵天的挫败来显示黑天的神力与至高无上。这种行为方式在印度教各个教派中十分普遍，他们通过编造大量的神话故事来抬高自己教派所崇拜主神的地位，使其他大神俯首称臣于主神，从属于主神。印度教中各个支派信奉的主神各不相同，每个派别，无论大小，都会对传统经典神话进行改编和再造，建立自己的神话体系。某个教派中的主神在其他教派中会沦为附属的大神，地位下降不说，身份也有可能跟着改变。正因为如此，印度的神话才会出现错综复杂、纷繁冗长、自相矛盾的特征。

不只梵天，因陀罗的地位也同样下降了，不过与梵天不同，因陀罗地位下降的主要原因并非是各个宗教派别间的争斗，而是历史原因。作为吠陀时代的主神，因陀罗成为了旧传统和旧宗教势力的代表，其被打压是历史文化发展的结果。在黑天托举牛增山的故事中，黑天作为牧区保护神，主张牧人们向赖以生存的牛增山献祭，反对祭祀因陀罗。事实上，牛增山即是黑天，祭祀牛增山即是向黑天供奉。黑天劝说牧人族群放弃祭拜因陀罗，实际是要放弃对旧势力婆罗门阶层的供奉，祭祀牛增山即是对旧有吠陀祭祀的反抗。

知晓我言为真话[1]

若愿伯勒杰安泰，尊崇礼敬牛增山。
酸奶牛奶随你取，牛犊繁衍多又多。
祭拜神主[2]得何物？且将此般执念弃。
口中所求果你得，你会认可接受我。
苏尔达斯言，
胜尊言语向牧人，发誓所说皆真实。

在这首诗中，黑天反问牧人们祭拜因陀罗能得到什么回报，并言明只有礼敬牛增山，才能获得财富和平安。苏尔达斯继承了祭拜牛增山的传统故事，将主旨放在膜拜黑天之上，将黑天与牛增山的形象联系在一起。

妙山黑子一模样[3]

千条手臂他展开，兴致勃勃享美食。
抓住难陀手站立，此乃山之美形象。
瞧见本真美形象，罗丽达伴语罗陀：
此等花环大耳环，此等黄色长披肩，
山峰璀璨黑子美，黑子与山美相配。
伯德劳拉一女子，照看守护牛光家。
她自彼处献祭品，张开手臂尽拿去。
罗陀见美忘自我，黑子细细将她瞧。
苏尔言，
正以眼角来瞧看，情女陷入胜尊控。

1 苏尔达斯著，姜景奎等译：《苏尔诗海》，第340页。

2 神主，原文为surapati，意为神的主人。根据吠陀典籍，因陀罗为众神之首，故又称为众神之主。

3 根据《薄伽梵往世书》，为了让伯勒杰居民们信服祭拜牛增山的仪式，黑天自己显现出牛增山的形象，宣称自己是山中之王，现在就要开始享用祭品。但是，他的分身仍然保持小黑天的孩童形象站在虔诚祭拜的人群当中。参见苏尔达斯著，姜景奎等译：《苏尔诗海》，第343—344页。

接受供奉、享用祭品的牛增山展现出与黑天一模一样的形象,正说明了黑天与牛增山本质上的同一不二。黑天作为牧区人民的守护神,牛增山也是他的形象之一,他们都为牧区人民提供安居乐业之地,更是他们免除灾难、尽享福乐的庇护所。

伯勒杰人民听从了黑天的劝说,不再祭祀因陀罗,转而向牛增山献祭,这意味着牧区人民放弃对因陀罗神的供奉,开始供奉牧区的保护神黑天。因此,伯勒杰人民遭到了因陀罗的仇恨和报复,他降下暴风骤雨,要摧毁伯勒杰。

伯勒杰民将我忘[1]

属我祭品全拿走,尽数献山真倒好!
卑微生灵对我傲,不知心中何所想。
三亿三千万神主,他们故意将我忘。
今若不献我祭品,不允牧人地上存。
苏尔言,
且听我若开杀戒,山会如何予帮助?

因陀罗欲开杀戒,他调集了云转和水转[2]两团乌云,到伯勒杰降下瓢泼大雨。暴雨倾盆,瞬间将大地冲裂,伯勒杰人民惊惧不已。黑天对众人言说牛增山会施援手,让大家不必惊慌。事实上是牛增山的真身黑天拯救了众人。暴雨连降七天七夜,而七岁的小黑天用一根小指托举起牛增山整七日,抵挡了暴雨,保护伯勒杰牧人的生命和财产没有受到丝毫损害。最终,黑天战胜了因陀罗,并接受了他的俯首与赞颂,获得了"牛得"和"托妙山者"(Girivaradhara)的称号。这个故事在《薄伽梵往世书》(1.10.22–26)中就有记载。

黑天与因陀罗争斗的故事最早可以追溯至《梨俱吠陀》中。黑

---

1 苏尔达斯著,姜景奎等译:《苏尔诗海》,第345页。

2 云转和水转,原文为meghavartt和jalavartt,可拆分为megha+vartta和jala+vartta,意译为"云转"和"水转",指受因陀罗派遣,前往伯勒杰地区,降下灭世暴雨的名为云转和水转的两团末世乌云。

天是阿修罗部落的首领，居于安殊马迪（Aṃśumatī）的河岸边，曾率领一万阿修罗士兵与因陀罗对战，最终被因陀罗打败，其妻也被因陀罗杀害。有学者认为《梨俱吠陀》中的这个名为黑天的阿修罗首领与后来的黑天形象没有直接联系。[1]笔者不赞同这个观点。按照印度宗教文学讲求传承经典的发展模式以及言必有出处的传统，在宗教文学发展中，史诗和"往世书"文学中的黑天形象极有可能与《梨俱吠陀》中的黑天有关联。《梨俱吠陀》中的黑天有两位，一位是能够举行苏摩祭呼唤双马童神的仙人黑天，另一位是阿修罗。这两个黑天与后来的部族英雄神"婆薮提婆子黑天"（Vāsudeva-Kṛṣṇa）和部族牧神"牛护黑天"（Gopāla-Kṛṣṇa）形象的源头应该是有联系的。因此，黑天与因陀罗争斗的故事才会从《梨俱吠陀》一直延续至"往世书"文学中。[2]在《梨俱吠陀》中，黑天屡次被因陀罗打败，损失惨重。但在之后的"往世书"文学中，黑天与因陀罗的争斗结果有了反转，因陀罗屡屡被黑天挫败，并俯首称颂黑天，成为黑天之下的一个天神。[3]虽然因陀罗仍拥有"众神之主"（Surapati）的名号，但他的实际地位已经远在黑天之下了。

这种变化与社会文化的历史变迁有关。公元前1000年前后，印度社会出现了反对吠陀教的潮流，社会有识之士反对吠陀宗教中的"杀生祭祀"以及严苛繁琐的宗教仪式，要求建立新的宗教和社会秩序。印度学者瓦勒特尔·鲁本（Vālṭara Rūbena）认为反对因陀罗的黑天是反对雅利安人的印度土著民族的代表，因陀罗代表着雅利安人和吠陀教，黑天则代表了印度社会中反对吠陀教的势力群体。[4]笔者对这一观

1 Dhīrendra Varmā, *Hindī Sāhitya Kośa*, Vol.2, pp. 93–94.

2 《摩诃婆罗多》《诃利世系》以及一系列"往世书"文学，例如《毗湿奴往世书》、《风往世书》《侏儒往世书》《薄伽梵往世书》等，其中都描述了黑天与因陀罗的故事，编造的故事内容虽各有不同，但均意在展现黑天的伟大与因陀罗的渺小。参见 Dhīrendra Varmā, *Hindī Sāhitya Kośa*, Vol.2, pp. 93–97。

3 黑天有一个称号是"三十三天主人之主"，原文 tridas-pati-pati。tridas 意为"三十"，虚指三界的"三十三重天"，即天、地、空三界共三十三位神，此处指诸神。pati 意为"主人"。tridas-pati 即指 surapati，意思是"诸神之主"，指因陀罗。tridas-pati-pati 意思是"三十三天主人的主人"，指因陀罗之主黑天。

4 Mainejara Pāṇḍeya, *Bhakti Āndolana Aura Sūradāsa Kā Kāvya*, pp. 55–56.

点基本表示赞同，但也存有一些不同的看法。反对因陀罗的黑天未必仅代表了反对雅利安人的印度土著民族，不能仅凭借与因陀罗战斗的那位黑天的阿修罗身份，就断定黑天属于印度土著民族，黑天与因陀罗的斗争也有可能是雅利安人内部不同阶层和群体间的斗争。因此笔者认为，《梨俱吠陀》中的阿修罗黑天代表的应是被雅利安人征服的社会中下层群体，因陀罗代表着当时雅利安社会中强势的统治阶层，而仙人黑天则代表着社会上层群体中欢迎革新的开明人士。随着社会的发展，各阶层和群体之间原有的情况与格局发生改变，婆薮提婆子黑天作为新时代的反传统斗士，他代表出身低贱的新贵，为树立自己的权威向老统治者发动斗争。这一转变在《摩诃婆罗多》中体现得十分明显。[1]

黑天作为新势力群体的代表而成为反对吠陀教的薄伽梵宗教[2]中的核心人物，以领袖和英雄的人物形象受人顶礼膜拜，随后这种英雄崇拜与那罗延—毗湿奴崇拜及牛护黑天崇拜的融合使得黑天正式上升到大梵的地位，进而成为薄伽梵宗教中的最高存在。[3]薄伽梵宗教反对被婆罗门阶层垄断的吠陀祭祀，黑天与因陀罗争斗的古老故事便成为最合适的载体。因而，在黑天信仰体系的神话故事中，原来的武力战斗被改编成大神斗法，两者争斗的结果也发生了大反转。黑天与因陀罗的争斗实际体现了充满自由精神的理性主义宗教与传统保守的崇尚祭祀的吠陀教之间的矛盾冲突。黑天所代表的广大中下层群体及新兴的贵族群体不断向因陀罗所代表的垄断祭祀、崇尚祭祀万能的婆罗门及传统旧势力群体发出挑战。在神话故事中，这种挑战和反抗通过黑天大神与因陀罗的斗法得以展现，其结果是黑天战胜因陀罗；而在现实社会中，也确实如此，崇尚祭祀万能并垄断祭祀的婆罗门阶层面对新兴宗教的反抗和挑战，不得不接受现实，为了生存而进行内部革新，改变其

1 参见郁龙余、孟昭毅编：《东方文学史》，北京大学出版社，2015年，第79—82页。

2 薄伽梵宗教与佛教、耆那教一样都是反对早期婆罗门宗教（反对三大纲领，祭祀之风盛行，祭祀万能，婆罗门至上）的产物。参见Dhīrendra Varmā, *Hindī Sāhitya Kośa*, Vol.1, p. 536。

3 参见Gavin Flood, *An Introduction to Hinduism*, pp. 117–127；Axel Michaels, *Hinduism: Past and Present*, Translated by Barbara Harshav, Princeton: Princeton University Press, 2004, p. 214；Dhīrendra Varmā, *Hindī Sāhitya Kośa*, Vol.1, pp. 536–538。

早期婆罗门教所宣扬的“吠陀天启”“祭祀万能”和“婆罗门至上”三大纲领，以维持其后“婆罗门教”的生存和发展。[1]新兴宗教的反抗和斗争取得了一定程度的胜利。

诛杀妖怪的故事也是往世书文学中的一个传统主题故事，这个故事在往世书文学中的意义和目的是展现大神消灭罪恶、拯救善人、救苦救难的慈悲。瓦拉帕派继承了《摩诃婆罗多》和《薄伽梵往世书》中黑天作为正法至上者的至高大神形象这个文学传统。因此，苏尔达斯在《苏尔诗海》中虽然主要唱颂黑天下凡游乐的故事，展现黑天作为至高大梵的化身，赐予众信徒福乐，充满情味的恩泽至上主形象，但与此同时，他也描述了诸多黑天在牛村和伯勒杰诛妖降怪的故事。本节此处对黑天诛妖故事进行分析时，也会涵盖之前幼儿黑天在牛村的诛妖故事，因为这些故事同属一个主题，都是赞颂黑天大神的神力与仁慈，展现其正法至上者的大神形象以及慈悲的恩泽至上主形象。值得注意的是，虽然苏尔达斯继承传统，在《苏尔诗海》中创作出一系列有关诛妖故事的诗歌，以展现黑天正法至上者的大神形象，但他在这些诗歌中更加着重突出的是黑天慈悲的恩泽至上主形象。这与瓦拉帕派的教义以及瓦拉帕有关恩泽与解脱的宗教哲学理论密切相关。该派主要推崇的是黑天的游乐本事，大神是为了恩泽众生而化身下凡。相较于之前史诗和“往世书”文学中的黑天故事，大神下凡的目的改变了，其主要目的是满足大神的游乐愿想，大神在下凡游乐的同时施予恩慈，使虔爱于他的信徒获得福乐和解脱。所以，黑天诛妖故事的主要目的不再是往世书时期的惩恶助善、救苦救难，而变成了大神在世间游乐，同时使参与其游乐本事的众信徒获得解脱。信徒们摒弃其他所有修行方式，只要参与黑天本事，心念黑天，虔爱黑天，皈依黑天，就能获得解脱。

瓦拉帕派认为，并不是所有的有生物都能得到黑天的恩泽，需依据自身的命的种类施行相应的虔诚，才能获得黑天的恩泽，获得相应的解脱。于此，瓦拉帕将众生分为若干层级和类别：第一层是神性命和阿

---

1 参见姜景奎：《印度宗教的分期问题》，《南亚研究》2005年第1期，第61—65页。

修罗命，神性命又分为第二层级的恩泽命与正法命两种，在恩泽命中又分出第三层级的四种命：纯净恩泽[1]、奉爱恩泽、正法恩泽和轮回恩泽。这四种恩泽命是为奉爱大神而生的，生来就是为了参与大神的游乐，他们都能够依据自身不同的境遇，通过相应的虔诚方式奉爱于神而得到神的恩泽。正法命则是恪守吠陀中的正法和传统经典规定的业行，通过学习知识而获得智慧，以此为途径达到天国，获得与梵合一的解脱(sāyujya)。阿修罗命则一直处于轮回之中不得解脱。这主要是指那些拥有邪知(durjña)的不参与大神凡间本事的阿修罗命，他们会一直在生死轮回中受苦，不得解脱。但其中无知无智(ajña)的阿修罗命则能够通过参与大神的游乐本事，站在黑天的对立面，通过"扮演"黑天敌人这个角色获得解脱的机会。无智阿修罗在临死前的最后一刻能够觉醒，了解黑天作为大梵化身的真相，皈依黑天，他们能够通过被大神诛杀而获得大神的恩泽，跳脱轮回，升入天国，融入至上圆满梵，获得解脱。《苏尔诗海》中被黑天诛杀的妖怪都是如此，他们在临死前都皈依念颂黑天，因而获得了解脱。例如下面一首引诗中描述的毒乳怪：

毒乳怪[2]伪装后来伯勒杰[3]

极其美艳携毒乳，国王刚沙派遣来。
凝视眼睛又亲脸，搂搂抱抱拥脖颈：
难陀妻你运气大，有个孩子小黑儿。
手抱便将己奶喂，美发王者[4]明知晓。
阿修罗现形喊叫：现且解救且受献[5]！

---

1 纯净恩泽是指一直与大神同居一处的众仙人和众天神。

2 毒乳怪，原文pūtanā，一种妖怪，有音译为"富多那""布怛那""富单那"等。此处即指刚沙王派来谋害小黑天的妖怪之一，原形为一只鹤，化为一个妇人要以有毒的乳汁毒害黑天，也被称作bakī，即"鹤女"。为明确区分刚沙所派这些意欲谋害小黑天的妖怪，本诗中将pūtanā译为"毒乳怪"。

3 苏尔达斯著，姜景奎等译：《苏尔诗海》，第108页。

4 美发王者，原文kesavarāī。kesava通keśava，意思是"美发者"。rāī意思是"国王，王者"。kesavarāī意译为"美发王者"，黑天的名号之一。

5 现且解救且受献，原文ab bali lehu chuṛāī，此句意思是"现在请你解救我并接受我的奉献吧"，表明毒乳怪请求小黑天饶恕并放过她，她将俯首听命于黑天。

昏迷晕厥倒地上，仿若宛如被蛇咬。
苏尔达斯言，
你之本事[1]胜尊啊，众信徒们唱赞颂。

受国王刚沙之命前来牛村加害小黑天的一个妖怪伪装成了一位风姿绰约的美女，她在丰腴的乳房里装满毒汁，意欲毒死襁褓中的小黑天。小黑天早已识破毒乳怪的诡计，打算给妖怪来个将计就计。毒乳怪将乳汁喂进小黑天口中，黑天在吸吮的时候暗发神力，要将妖怪的精魄吸尽。毒乳怪顿觉剧烈疼痛，仿佛自己的身体要被撕裂了。临死前毒乳怪才知晓黑天的神力，立刻现出原形，开口求饶，俯首皈依于黑天。苏尔达斯在诗末赞颂道："你之本事胜尊啊，众信徒们唱赞颂。"结尾点明诗歌主旨，慈悲的恩泽至上主黑天这个非凡的本事被信徒们永远铭记心间，传唱赞颂。

除此之外，还有天行怪、牛车怪等，都通过被黑天一一诛杀获得了解脱。黑天在牛村诛杀的妖怪都是刚沙王派来的，基本都是为了保护自身的安全，而他在沃林达林中诛杀和降服的妖怪则多半是为了维护牧区人民的安全和利益。黑天在沃林达林中的诛妖故事更具牧区传说的特色。例如下面这首诗歌中黑天与大力罗摩一起诛杀野驴怪(dhenuka)的故事：

彼时同伴语诃利[2]

彼时同伴语诃利：现今且去棕榈林，
彼林果实甚美妙，那般我等从未食。
驴阿修罗守彼处，大力林环[3]笑言走。
牧童偕同诃利去，笑舞歌颂牛护德。
阿修罗眠树荫下，闻声即刻起身奔。
她见持犁前来到，两蹄用力蹬又踹。
力贤抓住足蹄甩，摔入树中将她杀。

1 本事，原文līlā，意即印度教大神在人世间的娱乐生活。

2 苏尔达斯著，姜景奎等译：《苏尔诗海》，第261页。

3 林环，原文为banavārī，通banamālī，即佩戴用林间的野花编成的花环之人，指黑天。

复有许多她亲族，诃利持犁同杀尽。
牧童喜食林中果，沃林达林启程回。
苏尔达斯言，
难述诃利持犁美，此般本事来歌颂。

野驴怪，代表着阻碍牧民拓展牧场的野驴群或者以野驴为图腾的部落势力。大力罗摩与黑天一起消灭野驴怪和野驴族群，这个故事可以反映出牧神黑天为维护牧民的利益做出的功行事迹，同时也可以反映出牧民将生活寄托与部族信仰都赋予了黑天的牧神形象之中。

在《薄伽梵往世书》中，诛杀妖怪和维护伯勒杰人民生活利益的英雄事迹并非都是由黑天做出的，有些是由大力罗摩完成的，但这些事迹在《苏尔诗海》中都被苏尔达斯归入黑天的名下。例如诛杀阿修罗波罗仑钵（Pralambāsura）的故事，在《薄伽梵往世书》中，波罗仑钵是被大力罗摩杀死的，但在《苏尔诗海》中，则是被黑天杀死的。从这个差别中可以发现，在苏尔达斯的唱颂故事中，大力罗摩的形象是从属于黑天的。在布什迪教派（亦称“瓦拉帕教派”）看来，主神吉祥黑天具有四个另外的分身形象，依次是婆薮提婆子[1]、持犁[2]、明光[3]和无阻[4]。这四个分身形象缺乏吉祥黑天的游乐艺能，缺乏情味，仅具备吉祥黑天的其他部分艺能，是正法的化身，是建造者、消除者以及正法至上者，他们所作所为的目的是维护吠陀的正法，建立正法之道。虽然瓦拉帕更推崇恩泽之道，崇尚吉祥黑天的恩泽至上主的形象，但是他也接受和崇尚黑天正法至上者的形象。在瓦拉帕派的神话体系中，主神吉祥黑天即是至高梵，存在三种状态——创造状态、战斗状态及游乐情爱状态。上述四个分身形象从属于吉祥黑天的战斗状态，他所具有的战斗、消除、预设及维持运转的能力就体现在这四个分身中。其中，婆薮提婆子是解

1 婆薮提婆子，Vāsudeva，是雅度族的英雄，薄伽梵宗教崇拜的主神。
2 持犁，Halayuddha，即大力罗摩，代表农耕文化。
3 明光，Pradhyumna，在“往世书”神话中乃欲神（Kāmadeva）转生为黑天和艳光公主之子，也译作“始光”。
4 无阻，Aniruddha，乃黑天之孙，明光之子。

脱者，助众生从生死或束缚中解脱；持犁是消除邪恶者，罪恶清除者；明光是世界的保护者和维持者；无阻是（宗教）正法的维护者和说教者。由此，大力罗摩，即持犁所做出的任何事迹，实际上都是属于吉祥黑天的功行。

不论是被大力罗摩诛杀的阿修罗，还是被黑天亲自诛杀的阿修罗，都是参与了吉祥黑天本事的无智阿修罗，他们在临死前都念颂黑天，由此获得解脱，升入天国。一般认为，在黑天诛妖故事中，有一个特殊的故事，即黑天降服迦利耶的故事。基本所有的妖怪都是被黑天诛杀，之后获得解脱，唯有迦利耶没有被诛杀，而是被降服，从叶木拿河中脱身，回到了原本的居处。

迦利耶（Kāliyā）原本为蛇王，居住在拉曼拿哥岛（Ramanaka Dwipa，今斐济Fiji），由于惧怕（发愿食尽天下龙族诸蛇的）众鸟之王金翅鸟迦楼罗（Garuḍa）的攻击，被迫离开原本的居所，四处躲藏。迦楼罗曾受到仙人森毗尔（Sanbhir）的诅咒，一靠近沃林达林就会死亡，因此迦利耶得以在沃林达林的叶木拿河中藏身。但它本身是一条黑色的带有剧毒的大蛇，因此，自从它藏身叶木拿河之后，河水变成黑色，含有剧毒，飞禽走兽以及人类都不敢靠近那里，河岸附近除了团花树（burflower-tree）再无它物。刚沙王听从了那罗陀仙人的计策，下令让难陀之子去叶木拿河中采集莲花上交宫廷。他原本想借刀杀人，借助迦利耶的威力将黑天杀害，但其阴谋再次破产。黑天以与伙伴玩球为幌子，故意不小心将球丢进叶木拿河中，以进入潭水中取球为借口，激怒正在潭水中酣睡的迦利耶，一番激烈但短暂的较量后，黑天最终显示了真身的神力，制服了迦利耶并获得它的皈依和赞颂。最后，黑天以舞胜的形象——“雀翎羽冠大眼睛，耳上环佩快速晃，腰间黄衫舞胜妆，诸兜帽上来回舞”[1]——在迦利耶的一千个兜帽[2]上舞蹈，在它的蛇头上留下足印，对它施予无畏印，将它从困境中解救出来，消除了它被金翅鸟吃掉的忧患，使它能够返回自己原来的蛇岛。

---

1 参见苏尔达斯著，姜景奎等译：《苏尔诗海》，第296页。

2 有说迦利耶有一百一十个蛇头，但在《苏尔诗海》中它被描述成千头（sahasau mukha）。

不久便将蛇怪降[1]
脚踩拉拽力尽摧，打烂鼻子[2]揪起来。
一跃跳上他额头，迦利方才作思量：
耳边一直闻此言，化身显现伯勒杰，
他即化身来牛村，此事我终得知晓。
千口方始作赞颂：吉祥吉祥世之父！
一遍一遍说皈依，呼唤牛护行庇佑。
苏尔达斯言，
蛇怪焦躁不安状，胜尊见之行显现[3]。

在这个故事中，迦利耶并非一般意义上的阿修罗妖怪，而是有身份的蛇王，虽然它被刚沙王利用，与黑天争斗，但当黑天显现真身并施展神力将它制服时，它确信了他乃至上者的化身。于是，迦利耶用千口赞颂黑天“吉祥吉祥世之父”，并“一遍一遍说皈依，呼唤牛护行庇佑”。

彼时黑子显现巨伟身[4]
身躯断裂啪啪响，方知呼唤求庇护。
充满仁爱慈悲者[5]，听闻此声即收身。
听闻木柱女此言，便将衣衫来延长。[6]
象中王者说此言，弃迦楼罗奔彼处。[7]

---

1 苏尔达斯著，姜景奎等译：《苏尔诗海》，第294页。
2 打烂鼻子，原文nāk phori，常用以形容狼狈落败的样子。
3 展现，原文pragaṭ bhae，此处指黑天显现出其毗湿奴的本相。
4 苏尔达斯著，姜景奎等译：《苏尔诗海》，第292页。
5 满慈悲者，原文为karunāmay，通karuṇāmaya，字面义为“充满了慈悲之情的”，此处用以指代黑天。
6 本句话讲的是黑天帮助木柱王之女黑公主免于难敌等人羞辱的故事。
7 此处是指毗湿奴搭救被鳄鱼攻击的象王的故事。

听闻般度子此言，施救紫胶宫火中。[1]
胜尊如此至上悯，此种声音难承受。
苏尔达斯言，
既见蛇怪惊惶状，胜尊便将身收缩。

蛇王迦利耶与毒乳怪、鹤妖、罪蛇怪（巨蟒的模样）不同，它是有身份的蛇族，具有一千个蛇头，与千头蛇王湿舍（sahasau phaṇa seṣa）地位相同，与大神联系紧密。在印度神话中，这些具有兜帽（蛇冠）的蛇族或成为大神头顶的华盖，或成为大神休憩的蛇床，经常出现在大神左右，所以其神性突出。苏尔达斯在引诗中以黑天解救木柱女黑公主、象王以及般度五子的事迹作比，来描述黑天对于迦利耶的慈悲，这本身就说明了蛇王迦利耶的身份与阿修罗不同，它具有的是与黑公主、象王及般度五子同等的皈依黑天的神性命。因为它具有神性命，而非阿修罗命，所以迦利耶在现世就能获得黑天的解救，而不必通过被诛杀来获得解脱。之所以这个故事被归类在诛妖故事中，是因为它被刚沙王利用而与黑天发生打斗。表面上看，它是霸占叶木拿潭水的妖怪，其实是不得已沦落成妖怪的神性生命，与阿修罗妖怪有性质上的不同。因此，黑天降服迦利耶的故事是一个“伪诛妖故事”。

总而言之，世间各命，无论对于黑天是何种情感，慈爱中的亲子之情，情爱中的男女之情，愤怒中的敌我之情，恐怖中的诛杀之情，只要参与了黑天的本事，配合了黑天的功行，就能够获得解脱，只是各命的虔诚方式以及得到解脱的方式有分别。

本节通过考察《苏尔诗海》中童年黑天相关的诗歌，分析出童年黑天的四大形象特征，分别是呈现异相的神奇婴孩、予众福乐的可爱稚儿、偷吃奶油的泼皮“内控者”以及保护牧区的儿童牧神。这四大形象体现了黑天人神共融的大神特性。通过这四大形象，可以挖掘出黑天形象源流的多重性，可以挖掘出苏尔达斯在《苏尔诗海》中所塑造的童年黑天形象的内涵与新意。他所塑造的童年黑天形象不仅是对传统文

1 此处是指黑天帮助般度五子逃过阴谋的故事。

学中黑天形象的继承，更是基于瓦拉帕派教义和瓦拉帕宗教哲学主张的创新与再造。他将黑天的童年本事与世俗孩童的品行完美融合起来，创新和丰满了《苏尔诗海》之前黑天文学中童年黑天的单调和单薄形象，栩栩如生地展现了大神黑天在人间游戏的童年本事，在承认和展现黑天正法至上者形象的基础上，突出了大神吉祥黑天充满情味的仁慈恩泽至上主形象。

第二节 风流黑天："情味之主"与"大梵"

在《苏尔诗海》中，苏尔达斯主要通过慈母的视角，以感人至深的慈爱情来塑造和展示童年黑天形象，通过牧女的视角，以动人心弦的爱欲艳情来刻画和表现少年黑天的形象。慈母情与艳情是支撑《苏尔诗海》作为印度文学经典的两大基石。据《八十四位毗湿奴教圣徒传》记载，苏尔达斯对于黑天本事诗歌的创作主要分为两个阶段，在瓦拉帕领导教派时，他的创作主要以展示慈爱味的童年黑天本事为主，而在瓦拉帕的儿子维特尔纳特领导瓦拉帕派时，他的创作重心转向歌颂展示艳情味的少年黑天本事。苏尔达斯在人生的后半期致力于歌颂黑天罗陀的艳情本事，直至离世。苏尔达斯创作过程的转变反映出了瓦拉帕派的宗教虔诚情感从慈爱转向了艳情。

瓦拉帕最先来到伯勒杰传播和宣扬有形黑天崇拜。他创立瓦拉帕派，并在牛增山上主持修建了吉祥黑天庙，其中供奉室利纳特大神。瓦拉帕派所秉持的恩泽之道的核心在于爱的虔诚，或称虔爱（prema-lakṣaṇā bhakti），其中，bhakti（帕克蒂）一词的意义在《商底利耶帕克蒂经》（*Śāṇḍilya Bhakti Sūtra*）中被解释为"对大神的极度爱恋"（parānuraktirīśvare），而在《那罗陀帕克蒂经》（*Nārada Bhakti Sūtra*）中被解释为"而她在这里拥有至高的爱的形象和不灭的自相"（sā tvasmin paramapremarūpā amṛtasvarūpā ca）。从中可以看出，首先，"帕克蒂"一词，与"萨克蒂"（śakti）一样，同为阴性，而大梵及其主神形象吉祥黑天都是阳性的，帕克蒂与萨克蒂都依附于大梵即吉祥黑天而存在，这也从本源上解释了信徒歌颂大神时多以女性自称的现象。其次，帕克蒂的核心是极致的永恒不灭的爱，其外在表现也是爱，因为爱有不同的情感类型，所以，帕克蒂或虔爱也被分成不同的类型。

瓦拉帕虽然在哲学理论层面承认对吉祥黑天多种情感形式的虔爱，但他在宗教实践层面主要推崇对童年黑天的慈爱虔诚。他在《妙觉注》中注释道：女子的情感展现情爱，敌人的情感展现愤怒，被杀者的情感展现畏怖，亲属的情感展现慈爱，知识[1]体系展现同一[2]，朋友的情感展现友爱，以其中任何一种情感来敬神都可以被大神接受而成为其信徒。[3]由此可知，瓦拉帕的宗教哲学理论是认可上述所有情感类型的。但在宗教实践层面，瓦拉帕却只推崇慈爱情，他在黑天庙中供奉的室利纳特大神神像便是黑天的孩童形象。他大力主张弟子和信众供奉童年黑天，宣扬对童年黑天的慈爱虔诚。当年瓦拉帕开示苏尔达斯时，讲述的就是童年黑天的本事，教导他创作以慈爱虔诚为主的颂诗。因此，瓦拉帕派开始主要信奉的是慈爱虔诚，慈爱虔诚是该教派的主要特征。但是瓦拉帕也向弟子宣扬过对黑天的友情和爱情。他曾表达说："我们的内心也要体会牧女与黑天分离的痛苦。"[4]

紧随其后，孟加拉地区的耆坦亚也来到伯勒杰地区传教。他所创立的高迪亚支派，或称耆坦亚派，宣扬对黑天的虔爱，然而他在宗教实践上推崇对少年黑天的爱欲虔诚，宣扬黑天罗陀的情爱。他在继承《那罗陀帕克蒂经》及《商底列帕克蒂经》等帕克蒂经典的基础上，将虔爱分为五个阶段，依次递进为平静（śānta）、侍奉（dāsya）、友爱（sakhya）、慈爱（vātsalya）和甜蜜（mādhurya）。他的主张在《耆坦亚功行甘露》（*Caitanya Caritāmṛta*）中有详细解释，这五个阶段中的每一个阶段都拥有上一个阶段的特质与情感，最后一个甜蜜阶段融合之前所有的情感，具有最殊胜的情味。[5]甜蜜虔爱即是少女罗陀与黑天的甜蜜

1 此处知识指瑜伽知识。

2 同一，sāyujya，即合一，指通过瑜伽达到与梵合一。

3 参见 Dhīrendra Varmā, *Hindī Sāhitya Kośa*, Vol.1, p. 457。

4 参见 Dhīrendra Varmā, *Hindī Sāhitya Kośa*, Vol.1, p. 457。

5 Krishna Das Kaviraja, *Caitanya Caritāmṛta*, Calcutta: Haris Chandra Mazumdar, 1922, p. 206.

爱情，罗陀不但是甜蜜情爱虔诚的典范，更是吉祥黑天的帕克蒂象征和萨克蒂化身。

虽然慈爱的情感十分动人，童年黑天的形象在民间受到普遍的喜爱，但罗陀与黑天的情爱显然更受民间群众的欢迎。随着耆坦亚派的影响不断扩大，瓦拉帕本着兼容并包和发展黑天信仰的思想与精神，几次拜会耆坦亚大师，并邀请耆坦亚的弟子进入室利纳特神庙中担任唱颂黑天的职务。[1]至维特尔纳特时期，除了耆坦亚派，瓦拉帕派还受到同时期其他黑天支派的影响，其教义得以丰富和发展，从对黑天以慈爱为主的虔诚发展至慈爱、情爱、友爱及侍奉兼有的虔诚，但其中甜蜜情爱虔诚是最受信徒和民众欢迎的。因为甜蜜情爱是最富有情味的，所以耆坦亚派对后期瓦拉帕派的宗教文学影响更为广泛和深远。由此可见，苏尔达斯对于童年黑天故事的描述主要是受到师父瓦拉帕的指点和传授，而对于少年黑天形象的刻画除了继承师父的理论与精神之外，很有可能还受到了耆坦亚派关于黑天罗陀情爱虔诚理论与实践的影响。苏尔达斯后期大量创作黑天与罗陀的爱情颂诗，丰富和发展了瓦拉帕派宗教文学中以慈爱为主的单一内容。

苏尔达斯在《苏尔诗海》中对童年黑天奉献的是最纯粹的慈爱虔诚，而他对少年黑天奉献的则是最炽热的甜蜜情爱虔诚。童年黑天形象体现了吉祥黑天作为至上梵的化身所具有的六德中的前五德，即自在、精勇、名誉、吉祥、知识，却唯独缺少离欲这一德性，而少年黑天形象则体现了包括“离欲”在内的所有六种德性。另外，虽然童年黑天的形象也有部分情味的展现，但其主要展示的是（大神）吉祥黑天所具有的“乐”的属性；而少年黑天的形象则主要展示的是吉祥黑天作为至上梵的化身所具有的情味，黑天崇拜与萨克蒂信仰的结合，以及黑天对女性信众，尤其是对底层女性信众的庇护。按照苏尔达斯在《苏尔诗海》中对于少年黑天不同情爱故事和英雄故事的展现，少年黑天形象可以分为手持竹笛的风流情味主、性力罗陀归属的大梵、驼背女的救星与恩主、忘恩负义的少年英雄四个具体形象。

---

1 参见 Dhīrendra Varmā, *Hindī Sāhitya Kośa*, Vol.1, p. 457。

少年黑天形象在《苏尔诗海》中既是为居家妇女带来永恒福乐的手持竹笛的风流情味主，也是罗陀永恒不灭的至上爱的所归处（万爱归于大梵——吉祥黑天）。苏尔达斯在《苏尔诗海》中所歌颂的少年黑天接纳所有信徒的爱，无论地位高低、贫富贵贱，只要全身心奉献于黑天，虔爱黑天，都能得到吉祥黑天的庇佑，得到永恒的福乐，永享美妙的情味。同时，苏尔达斯不忘沿袭传统，对黑天除暴安良的少年英雄形象也进行了歌颂，为成年黑天的英雄形象进行了铺垫，这个形象最大的特色是在马图拉消灭刚沙王并与生身父母相认之后，黑天对养父养母及伯勒杰牛村人民表现出的贪慕荣华、不守承诺与忘恩负义，但实际上在这冷漠无情的形象背后蕴含着黑天作为大梵的神性体现，展现的是黑天所具的"离欲"之德，以及黑天对牛村人民的教导与考验。

一、手持竹笛的风流情味主

手持妙竹笛，头戴雀翎冠，颈佩胜利花环，身着黄衣衫，体作三道弯的形象是少年黑天的经典形象。其中，手持竹笛和体作三道弯的形象是少年黑天区别于童年黑天和成年黑天形象的外在特征。下面这首诗清楚地说明了少年黑天吹奏竹笛时的美丽姿态：

多摩罗下三道弯[1]

多摩罗下三道弯，俊美黑黑来伫立。
雀翎黄衫胸饰环，伯勒杰民心被夺。
伙伴肩头倚一臂，蜜唇置笛养世者。
苏尔达斯言，
莲眼托举牛增山，无人不受他所控。

俊美的黑肤少年黑天伫立在青黑色的多摩罗树下，身体呈现三道弯的姿态，他头上佩戴着孔雀翎制成的华冠，身着明亮的黄色衣衫，胸

1 Nandadulāre Vājapeyī, *Sūrasāgara*, Vol.1, p. 482.

前装饰着由林中各式野花制成的美丽花环，光彩夺目。所有伯勒杰人民的心魂都被耀眼迷人的手持竹笛的黑子夺取了。他将一只手臂倚靠在身旁伙伴的肩头，又将随身所携之竹笛放置在充满了甜蜜的“不死甘露”（唇汁）的双唇间吹奏起来，美妙的笛声传遍世界。苏尔达斯也陶醉在自己所唱颂的少年黑天的美妙姿态中，他赞颂黑天是滋养世界者，这拥有莲花眼、曾托举牛增山的黑天吹奏竹笛之时，三界之中没有谁不受控于他。

上述引诗中，少年黑天手持竹笛吹奏之时，身体就呈现三道弯的形态。黑天这种吹奏竹笛时的形象是其风流情味主形象的显现。通过挖掘竹笛与三道弯意象的内涵，可以得知《苏尔诗海》中的黑天形象与之前传统经典中黑天形象的异同，可以深入理解黑天形象所承载的印度文化的意蕴与演进。

三道弯（tribhaṃga）的意象与竹笛相比，较为简单明了。三道弯指在舞蹈动作中舞者的头与胸、腰与臀、胯与腿三个部分以逆反向度呈“S”状的形态。这是经典的舞蹈姿势，在印度舞蹈中最为常见，这个舞姿造型主要注重腰腿的柔软，强调的是身体呈现出圆润流畅的“三道弯”线条。印度舞蹈中三道弯造型主要来自女性婀娜多姿的美丽体态，是印度舞蹈中女性最基本的造型。以三道弯为基础造型的舞蹈的主要词汇就是手势，使用各种丰富的手语动作来表现各式灵动的舞姿造型，这些造型姿态中的手势均表达相应的宗教含义。少年黑天的持笛相所呈现出的三道弯体态是其作为非凡妙“舞胜”的展现，与女性的姿态相同，这体现了黑天是女性的亲密伙伴，在舞蹈之时两者同一。

罗陀且听，使你见黑子[1]

伯勒杰巷到处转，行至此条道路时，
我们瞧见他之时，彼刻即将你呼唤。
他亦怀此强烈愿：见到你便得福乐。

1 苏尔达斯著，姜景奎等译：《苏尔诗海》，第564页。

见后仍然存安宁，彼时我等相信你。
青黑美云看见你，吹奏竹笛甜又美，
身体作成三道弯，展现诸情以各肢。
苏尔达斯言，
胜尊黑黑少年妙，黄色衣衫飞扬飘。

在上述引诗中，牧女对罗陀讲述了少年黑天吹奏竹笛之时的俊美迷人情态——“青黑美云”，即是如青云般俊美的拥有青黑肤色的黑天，他身着的黄色衣衫在风中飘扬，他吹奏出的竹笛之音美妙动人，他呈现出的三道弯的体态向牧女们和罗陀展现出了各种情味。少年黑天曼妙迷人，极富情味，牧女们都迷醉于他。这三道弯的体态展现了少年黑天的舞蹈情味，这情味吸引着牧女与他共舞嬉戏，纵情欢乐。

少年黑天“舞胜”[1]的名号与此相关，他的手持竹笛相中的孔雀翎华冠、胜利野花环、竹笛和三道弯的体态，构成了“舞胜”的装扮，而三道弯更是“舞胜”的主要特征。这与“舞王”(naṭarāja)湿婆不同。湿婆之舞充满阳刚之气，其毁灭之舞更是震天动地，令人胆颤心惊，是极具震慑力的阳刚之舞；而黑天的舞蹈则充满情味，欢乐柔美，他与牧女翩翩起舞，是人们亲密无间的伙伴和爱侣。所以，三道弯体态是黑天在印度诸神中独有的外在造型，展现了其作为可亲可爱可敬的情味之主的内在特征。

竹笛在少年黑天的情味本事中起了重要作用。《苏尔诗海》中的竹笛意象有三层含义：一是将竹笛拟人化，通过牧女与竹笛为了得到黑天宠爱而争风吃醋，来展现信徒对于黑天的无私奉献与虔爱；二是通过牧女对于黑天在吹奏竹笛时唇间汁液的追求，体现信徒对于情味之主黑天的虔信与追求；三是从诗歌所描绘的现实层面来说，竹笛是黑天传递情味的重要媒介，而从宗教哲学层面来说，竹笛则被看作瑜伽摩耶的化身，是情味之主黑天创造和掌控世间万物的附属女神。

1 舞胜，原文naṭavara，意思是“最殊胜的舞者”，黑天名号之一。

首先,竹笛本身就是从属于黑天的崇拜者和坚定的虔诚信徒。在《苏尔诗海》中,可以清楚地看到,竹笛被拟人化了,成了一位被众牧女深深嫉妒的妙龄女子。她能够与少年黑天朝夕相处,常被黑天亲近在唇边,因而成为众牧女的情敌,成为被她们愤恨的众矢之的。牧女想要将竹笛从黑天身边偷走,不让她再霸占和控制黑天。[1]牧女咒骂竹笛,不过出身野生竹林,身份卑贱,现在却能够通过蛊惑和哄骗黑天,成为他的侍妾,并且得到他的专宠。牧女们愤懑不已,她们作出牺牲,放弃家庭,抛夫弃子,不顾名誉廉耻,来与黑天相会,然而黑天却被这出身卑贱并毫无付出的小小竹笛抢去了,竹笛霸占了黑天的身体和甜蜜的双唇。醋意横生的牧女开始对竹笛进行各种讽刺和谴责。竹笛也不示弱,针对牧女的谴责做出了反驳:

我之痛苦无止境[2]

六季寒暑大雨中,仅凭单脚久站立。[3]
砍伐丝毫不喊疼[4],复又放置阳光下。[5]
纵受火烤与铁烙,但为制孔不动摇。[6]
承受烈火烙印来,你只当我竹制笛。
苏尔言,
怎不此般得黑子?婆娘你发什么火?

苏尔达斯巧妙地将竹子成长的自然过程和制作竹笛的工序过程与虔诚修行之道结合在一起,以竹笛作比,说明追求黑天的过程是十分艰辛的。竹子不仅要心甘情愿经历六季寒暑、风吹雨淋、单足站立,还要受到刀斧砍伐、阳光暴晒、烈焰烘烤、烙铁钻孔等痛苦的磨练,最终才被

1 Nandadulāre Vājapeyī, *Sūrasāgara*, Vol.1, p. 492.
2 苏尔达斯著,姜景奎等译:《苏尔诗海》,第318页。
3 此处以一个人单脚站立比喻竹子直立的样子。
4 喊疼,原文kasakī,可译作感觉到疼痛时口中发出的“嘶嘶”声,亦可译作感觉疼痛,此处译为“喊疼”。
5 此处指的是制作竹笛时砍竹子、晒竹子两道工序。
6 此处指的是制作竹笛时以火烤竹并用铁棍钻出笛身上的气孔两道工序。

制成竹笛，才能够常伴黑天左右，获得福乐。竹笛道出了自己如今能够与黑天形影不离并获得福乐和情味的原因，从生长到被制作成笛子，其过程是受尽煎熬、历经磨难的。竹笛反问牧女是否也能心甘情愿像她一样如此修炼，牧女们听到竹笛的反驳与陈词，惭愧不已，默不作声。[1]之后，牧女与竹笛修好。牧女赞扬竹笛，愿竹笛被黑天吹奏，带给她们福乐：

我觉竹笛真可爱[2]

从哪突然来相会？如此曾在何处居？
她之父母皆幸运，她幸甜言蜜语幸。
无价机智聪慧女，念[3]德携来黑子幸。
无价之她无她价，再无何人胜过她。
苏尔达斯言，
何人能与她比拟？但有且请给出来。

牧女赞美竹笛的美德，赞美她甜蜜美妙的声音，说她是无价之宝，独一无二，忠诚虔爱黑天，是她们的好伙伴。苏尔达斯通过拟人化的竹笛与牧女间的交锋，将她们对黑天的情爱进行了升华，竹笛与牧女都是黑天忠实的信徒，她们通过毫无保留的身心奉献而获得与黑天在一起的至上情味与福乐。

其次，在关于竹笛与牧女争风吃醋的诗歌中常常出现一个词“rasa”。例如下面这首诗歌：

竹笛开始夺唇汁[4]

苦行六季为此汁，此汁却为幸者饮。
曾居何处由何至？何人将她唤来此？

1 苏尔达斯著，姜景奎等译：《苏尔诗海》，第320页。
2 苏尔达斯著，姜景奎等译：《苏尔诗海》，第322页。
3 念，原文guni，意为“考虑到、顾及到”。
4 苏尔达斯著，姜景奎等译：《苏尔诗海》，第309页。

伯勒杰女惊异言：她之到来非好事！
你等为何不警惕？恶劣灾祸生出来。
苏尔达斯言，
胜尊吹奏对我示，将要纳她为妾侍。

上述引诗中的“唇汁”(adhara rasa)的“汁”原词是ras，该词的字面意思是汁液，引申义为“精华，趣味，情味”等。这个词是印度文化中特有的表达方式，体现了印度享乐主义的哲学。印度文论中主要的审美标准是情味论，文艺作品的好坏主要依据其中所蕴含的情味多少来评判。这种文学现象和美学理论体现了印度人民的审美情趣和民族心理，即对于情味福乐的极致追求。印度马克思主义哲学家恰托巴底亚耶(Chattopadhyaya)认为，在《薄伽梵歌》中，黑天在把阿周那的灵魂提高到崇高的形而上学的高度之前，先从面对现实的、世俗的考虑开始，这是一种享乐观点，或在今世，或在天上，都要去追求享乐。[1]黑天作为遍及世间万物的大梵形象在《薄伽梵歌》中宣扬了这种享乐主义的哲学思想，这虽然并非《薄伽梵歌》中的主要哲学思想，但却很可能是印度享乐主义哲学的第一次表露。《薄伽梵歌》中的黑天形象主要还是以无形大梵为主，至“往世书”时期，作为无形大梵的黑天形象逐渐被有形的至上圆满梵的主神形式黑天所取代，而福乐和情味成为有形黑天形象的主要特征，与黑天在一起获得永恒的福乐与情味成为印度中世纪及之后黑天教派宣扬的主要哲学思想和信徒获得解脱的终极形式。《苏尔诗海》中少年黑天的形象正是情味之主的显现，牧女所在意和追求的正是黑天唇间的蜜汁，她们认为这就是“不死甘露”(amṛta)。

最后，竹笛是情味之主黑天控制世间万物的重要媒介，是开启少年黑天情味本事的关键之物。黑天掌控三界，只要专注于他，即能得到福乐与美妙情味。少年黑天只要吹奏起竹笛，美妙的竹笛声就会响彻三界，使万物受控，无论是凡间的自然物、动植物和牧女，还是天界众神，甚至毗恭吒界的那罗延—毗湿奴和吉祥天女，都被这笛声所控。

1 季羡林：《〈薄伽梵歌〉汉译本序》，毗耶娑著、张保胜译《薄伽梵歌》，第3—4页。

诃利置笛唇边时[1]

停者行来行者停，风止水滞叶木拿。
鹿群迷惘鸟亦惑，见莫登美被欺骗。
野兽迷惑母牛静，牧草停置牙齿间。
萨纳格等与苏迦[2]，牟尼皆难持禅定。
苏尔达斯言，
如此这般喜福乐，得到之人皆幸运。

黑天的竹笛发出的妙音能够使静止不动之物动起来，变动不居之物静止下来，使石头之中涌出泉水，不开花、不结果的树木长出花果，[3]风不再吹，叶木拿河水也停止了流动，鹿群、牛群、鸟兽等动物们被笛声吸引至黑天的近旁，纷纷迷醉于他的美貌。苏迦、萨纳格等仙人牟尼，听到笛声后，再也不能静心修习禅定，纷纷沉醉于充满福乐的笛声之中。湿婆也停止了苦行，凝神注视吹奏竹笛的俊美黑天。梵天与梵行之人正在颂读吠陀，他们听到了这天籁之音后，不由自主放弃了吠陀颂读，专心聆听着。因陀罗的朝会也停止了，众神都在仔细聆听美妙的笛音。[4]住在毗恭吒界的那罗延—毗湿奴和吉祥天女听到了由沃林达林传来的美妙笛音后，不由被吸引并向伯勒杰的方向瞧望，他们看到了美丽的黑天在吹奏竹笛，那罗延对吉祥天女说道："爱妻你听，这声音如此美妙，举世无双啊！你看，那沃林达林中吹奏美妙笛音的诃利。只是那难陀子游乐的地方离我们这里太遥远了，我们只能在这里远远观望这难得的妙景。那沃林达林和那伯勒杰是多么的幸运啊，因为黑天的存在，那里充满了福乐。我们若是能被从那幸运之地飞扬起的尘土沾染身体，将是多么大的幸运和福乐啊！除了伯勒杰之地，三界之中再无任何地方能够获得与诃利（黑天）在一起的哪怕一瞬间的幸运啊！"那罗

1 苏尔达斯著，姜景奎等译：《苏尔诗海》，第301—302页。
2 苏迦，原文suk，通 śuka，指叙述往世书的苏迦仙人，是毗耶娑仙人之子。
3 Nandadulāre Vājapeyī, *Sūrasāgara*, Vol.1, p. 628.
4 Nandadulāre Vājapeyī, *Sūrasāgara*, Vol.1, p. 490.

延如此感叹着，目不转睛地凝视着沃林达林中吹奏竹笛的黑天。[1]三界之中，唯有沃林达林中的动物和伯勒杰地区的牧女是幸运的，能够来到黑天身旁，与他亲近共舞。

黑天是牧女的亲密伙伴兼情人，在秋季月圆之夜，他在沃林达林中或在叶木拿河畔吹响竹笛，召唤牧女们前来与之共舞情味。与黑天一起共舞的至上福乐和情味吸引着牧女。她们只要听到竹笛的召唤，便纷纷舍弃家务与父母夫儿，不顾宗法和家规，将礼义廉耻抛诸脑后，一心前去与黑天相会。竹笛的魔力是黑天展现情味的关键所在。“她”被描绘成与牧女一般，深爱并陪伴黑天左右的女子。竹笛不仅促成黑天与牧女的相会，而且在他们幽会之时，“她”还要持续发出美妙的乐音伴着他们共跳充满情味的圆圈舞。从某种角度来说，“她”操控着牧女与黑天的相会，深刻影响着黑天与牧女的情爱游戏。美国学者约翰·斯卓坦·霍利把竹笛比作黑天的文法教师（grammarian），以此来强调竹笛对于黑天通过情味之音掌控世界的重要性：“如果没有她（竹笛），他（黑天）将失去他的声音，失去他控制世界的情味之音。她是他的文法教师，没有她，他即失语。”[2]

竹笛对于情味之主黑天的意义非同一般，“她”之所以在宗教文学作品中被拟人化为一位忠实的女性信徒，是因为在宗教哲学层面，竹笛被看作瑜伽摩耶的化身。在《苏尔诗海》中，瑜伽摩耶在竹笛之前就已短暂出场，她的首次出场是在黑天出世之时，作为难陀和耶雪达的亲生女儿现世，随后与婴儿黑天调换，被富天带至马图拉，最后被暴君刚沙摔死在殿前。女婴临死前，在空中显出瑜伽摩耶的真身，并当场宣告了刚沙最终将被黑天消灭的宿命。在诗中，瑜伽摩耶被称作神女（suradevī）。这位神女之后又化身竹笛陪伴在黑天左右。

关于瑜伽摩耶和黑天的关系，在《薄伽梵歌》中即有叙述，其中黑天向阿周那宣称：

---

1 Nandadulāre Vājapeyī, *Sūrasāgara*, Vol.1, p. 627.

2 John Stratton Hawley, *At Play with Krishna*, New Delhi: Motilal Banarsidass Publishers, 2010, p. 109.

那些没有头脑的蠢材，
认为无形之我有形象，
其实，他们并不明白，
我的最高存在永恒至上。(7.24)

我受瑜伽摩耶的掩蔽，
对万有均不出露显现，
这一受到迷惑的世界
并不知道我不生不变。(7.25)[1]

从上述引文可以看出，《薄伽梵歌》中的黑天主要宣称自己的无形，认为只看到有形的具体的黑天的人都是无知者，他们不知道黑天的真实本性乃是永恒至上的最高存在。其中，黑天还说明了真实的自己隐藏在瑜伽摩耶之中，不对外显现，世界众生受到瑜伽摩耶的迷惑而不能够认清他不生不变的本质。《薄伽梵歌》中的黑天形象与《苏尔诗海》中的黑天形象是有极大不同的，前者强调黑天是无形的永恒的不生不变的至上大梵，后者的则是具体的有形的永恒不变的充满圆满福乐和至高情味的至上梵。同时，瑜伽摩耶在《薄伽梵歌》与《苏尔诗海》中的形象也有很大不同，在《薄伽梵歌》中，张保胜将瑜伽摩耶解释为“奇妙的变化力量”，[2]而黄宝生在其翻译的《薄伽梵歌》中将Yogamāyā译作“瑜伽幻力”，他认为：瑜伽幻力是黑天的原质的创造力，而黑天的自我隐蔽在瑜伽幻力中，不生不变。[3]由这两位学者的解释可知，首先，瑜伽摩耶在《薄伽梵歌》中是一种力量，并没有具体的形象。而在《苏尔诗海》中，瑜伽摩耶被看作充满圆满福乐和至高情味的至上梵——黑天的萨克蒂，是圆满至高大梵的声音，是从属于有形黑天的有形女神。其次，瑜伽摩耶在《苏尔诗海》中比之在《薄迦梵歌》中更具主动性，对于黑天控制世界的行为会产生自己的影响和作用，不再

1 毗耶娑著，张保胜译：《薄伽梵歌》，第91页。
2 毗耶娑著，张保胜译：《薄伽梵歌》，第91页。
3 毗耶娑著，黄宝生译：《薄伽梵歌》，第77页。

是单一的工具。在《苏尔诗海》中，通过她的发声和传递，圆满的福乐和至上情味被带至世间，遍及各个虔信黑天之处。她不再是从属于无形黑天的蒙蔽迷惑世人的工具，而是有形黑天的得力帮手，通过她的力量，信徒对于黑天的渴求被唤起，与黑天一起共舞神爱，获得福乐。

竹笛与三道弯的形象对于黑天来说是至关重要的，这两个外在特征是黑天与外在世界联系的有效途径，是黑天与女神崇拜相结合的外在显现，更是黑天通过展现与女性的同一和亲密无间以吸引广大女性信徒，从而吸引更加广泛信众的传播方式。

此外，对黑天与牧女充满情味的圆圈舞本事诗歌中所描述的牧女为与黑天相会而抛家舍业、弃夫丢子的行为，可以结合瓦拉帕派有关奉爱虔诚的教规来理解，如此，能够更加清晰地了解奉爱黑天的方法与步骤，能够体会信徒所信奉的虔爱黑天的超道德、超世俗的神爱标准。

瓦拉帕派认为奉爱黑天的第一阶段是奉献自我，在上师的传授下了解有关黑天本事的知识并持续地冥想于黑天，就会消除身在俗世的迷惑，而不再留恋这个俗世，这种状态被称为消除对俗世的爱恋(rāgavināśa)。虔爱黑天的第二阶段是一心一意虔爱黑天(āsakti)，处在这种状态中，对于家庭关系以及夫妇间的俗世关系不再有任何兴趣，会中断一切世俗关系。第三个阶段是遗失自我(vyasana)，完全忘记自身，这是最高的虔爱境界，此时，虔信徒与黑天在爱中同在一起，他只为了爱黑天而爱，当处于如此状态时，他的每种体验和情感同大神的体验一样。以此虔爱修行的步骤就可以理解牧女在精神上对于黑天的虔爱追求——放弃一切，抛弃世俗礼法和世俗关系，奉献自我，遗失自我，只为奉爱黑天，除此之外，再无他求。因此，她们也就得到了黑天赐予的福乐果报，获得精神上的解脱，牧女与黑天共舞神爱之时，牧女的情感就是黑天的情感，黑天的状态就是牧女的状态。

二、性力罗陀归属的大梵

在黑天信仰中，黑天作为阳性的人格神，信徒对于黑天的奉爱基本都表现为女性所持有的虔爱情感，这种奉爱黑天的宣扬，如果不在教派中加以控制和规范，很容易沦落为低级庸俗的性爱关系。所以对黑天崇拜，历来有不少西方宗教学者将其视为性爱的宗教，例如马克斯·韦伯（Max Weber）认为“克里什那”[1]崇拜是“性爱的或秘密性爱的”[2]。瓦拉帕在创立瓦拉帕派之时，尽力避免这种现象的发生，他力图升华与纯净化这种对黑天的奉爱情感，他以慈爱情感为主要方式，大力宣扬和倡导对童年黑天的虔爱信奉。在瓦拉帕派古老的理论经典中，基本没有关于黑天与牧女或罗陀情爱的论述与规定，但在后期，尤其是瓦拉帕逝世之后，瓦拉帕派中主要信奉的情感由慈爱转变为情爱，这是不可避免的。源自孟加拉地区的耆坦亚派在中下层人民间更受欢迎，该派信仰罗陀—黑天这个“和合的形象”（Radha Kṛṣṇa kī joṛī），这种信仰强调对黑天的感情应从平静冥思经过侍奉、友情及亲情最终达到少女对爱人那样的甜蜜爱情。这种信仰不需要具备知识，只要以狂迷而简单的方式唱颂黑天就可以得到救赎，所以很容易受到下层群众的接受和信奉。在黑天信仰中，其主体信仰是与牧女联系在一起的，关于黑天与牧女的神话传说都是来自民间的风流韵事、浪漫故事。印度中世纪的黑天信仰本来就是婆罗门祭祀主义衰落后，婆罗门教时期转入印度教时期之时，吸纳民间文化和信仰，并与下层群体信仰相融合的产物。在黑天信仰中，信众的阶层各不相同，有上层的婆罗门，也有下层的首陀罗，以及各式各样其他种姓阶层的人，甚至外国人。这都是上层婆罗门由于自身经济原因和受到其他外在宗教的冲击而不得不作出的妥协。正因为信众庞杂，且主体部分为广大中下层不能接触到印度正统知识的群众，因此，耆坦亚派最简单的奉爱方式是最受民众欢迎的。没有任何秘法存在，也不需要任何吠陀及其后经典文献的神圣知识，只需要狂热地奉爱黑天，唱颂黑天，崇拜罗陀—黑天，即可获得解脱。自然这种人神信仰的关系就很容易被误读成“献给爱人的性爱恋情那样……取现实的性狂迷而代之的，是在幻想状态下的秘密性爱的享受。为此目的，古老生动而性爱的克里什那神话，被逐渐地添增上秘密性爱的特色”[3]。

---

1 克里什那，指黑天，是Kṛṣṇa的音译名称。

2 马克斯·韦伯著，康乐等译：《印度的宗教：印度教与佛教》，第425页。

3 马克斯·韦伯著，康乐等译：《印度的宗教：印度教与佛教》，第426页。

事实上,耆坦亚派的信仰方式和主张远非如此简单低俗,其教义还有更多将情爱升华后的深层内涵,这些内涵意义在《苏尔诗海》中即可窥知一二。

《苏尔诗海》中,黑天与罗陀的情爱本事是少年黑天故事的主体。在罗陀黑天本事中少年黑天的形象主要展现在两个层面,一个是世俗人性层面,一个是超世俗神性层面。诗歌表层故事中的黑天是风流多情俊美少年,拥有高超的情爱技艺,是罗陀挚爱的情郎,他向罗陀展示各种情味,与罗陀共同经历了恋人交往的各个阶段,使罗陀体验了由两小无猜的纯真爱恋升温至郎情妾意的浓烈情爱过程中各种美妙的情感变化。而在诗歌的深层涵义中,黑天作为至高圆满的大梵的化身,既为自己代言,成为宣教者,向罗陀宣扬奉爱于他的本质与福乐及正确的行事方式,同时又是信徒罗陀追求的最高存在,是罗陀奉爱的终极目的。罗陀作为对黑天持有至高虔爱力量的代表,被耆坦亚派认为是黑天的帕克蒂象征和萨克蒂化身,其中,萨克蒂罗陀即表现为性力罗陀[1]。黑天作为至高圆满大梵的化身,成为性力罗陀的最终归处,大梵的化身黑天与性力罗陀的结合代表着黑天信仰对萨克蒂信仰的借用与融合,性力罗陀作为黑天自身的另一半而存在,从属于黑天,两者是同一不二的。

在世俗层面上,黑天主要展现的是俊美风流、极富情味的情郎形象。从诗歌表层来看,他与罗陀及牧女之间的爱情活动完全是世俗的。他喜欢与罗陀和牧女们调情并享受欢愉,与罗陀之间彼此倾慕的也主要是生理美及性的艺术。这是罗陀黑天故事在诗歌文学中的叙

---

1 萨克蒂的内涵十分丰富,既指男性神祇的配偶女神,又指具有男神力量的独立人格化女神,也指抽象概念的至高存在,宇宙的本体与无处不在的力量。但在耆坦亚派看来,罗陀作为萨克蒂的化身,是至高圆满大梵化身黑天自身的一部分。罗陀是作为黑天的配偶女神形象出现而受到崇拜,并没有将罗陀单独尊奉为脱离黑天的独立的人格化女神,更没有将其提升至脱离大梵信仰体系而单独出现的萨克蒂最高存在。罗陀所代表的萨克蒂是大梵的附属力量,在《苏尔诗海》中,主要表现在罗陀对黑天炽热又痴迷的爱欲表达以及情爱力量的展现。在黑天信仰体系中,罗陀是作为至上圆满大梵之永恒存在的"游乐"属性需要进行性爱而从自身分出的另一半对象而存在的,因此,罗陀的力量主要体现在附属黑天的性力层面,所以笔者在正文中将"萨克蒂罗陀"的涵义缩小为"性力罗陀"这个概念。

事传统，来源于梵语古典诗歌的传统，即直率地描写性爱，例如胜天的《牧童歌》，其中主要描写的黑天与罗陀爱情的欢乐即性的欢乐。[1]但苏尔达斯在《苏尔诗海》中将黑天与罗陀的性爱升华和再造，并非直接描写一见钟情后的干柴烈火状态，在描写两人爱欲欢好之时也非赤裸裸地勾画，而是将慈爱之情融入情爱之中表达虔诚，将双方父母亲朋加入爱情故事之中，从两人孩童时期一见钟情的初识开始描述，经过懵懂嬉戏的少年纯真之恋的阶段，并随着两人年龄增长最后将感情升温至成熟恋人之间的浓情蜜意。苏尔达斯步步铺垫，将黑天对罗陀逐渐加深吸引的过程展现出来，将自身对于黑天的信仰认知与炽热虔爱表达出来。如果说胜天的《牧童歌》是披着宗教外衣的爱情诗歌的话，那么《苏尔诗海》中的罗陀黑天本事就是披着爱情外衣的宗教诗歌。

《苏尔诗海》中，黑天与罗陀的爱情故事是按照纯真之恋、秘密幽会、爱如夫妻、情中三嗔、妒火中烧、求情和好、合欢嬉戏、离苦相思、最终团聚的发展主线进行的，其中穿插了牧女与罗陀斗智、牧女与黑天欢好的小故事。在这些故事中，黑天作为罗陀的情郎，从俊美的样貌及高超的情爱技艺这两个方面不断向罗陀展现自身的迷人魅力，让她感受到美妙的情味，与他一起共享欢喜。同时，风流之主黑天也是牧女的恋人，他与伯勒杰所有的牧女幽会欢爱。在苏尔达斯的描述中，黑天是所有伯勒杰女子内心认定并愿意为之奉献身心的真正夫君。

黑天与罗陀在初次相遇时就沉醉于彼此的美貌之中，下面这首诗歌描述的就是两人一见钟情的情状：

诃利在伯勒杰小巷玩耍[2]

黄色围裤腰上系，陀螺鞭绳手中拿，
吉祥耳环雀翎冠，齿光胜过闪电美，

---

1 黄宝生：《梵学论集》，第29页。

2 苏尔达斯著，姜景奎等译：《苏尔诗海》，第507—508页。

黑子身抹檀香俊，来到太阳女[1]之畔。
忽然彼处见罗陀，额点红痣大眼睛。
身着蓝衣腰系裙，身后摇摆长发辫。
偕同女伴行至此，年轻貌美身白皙。
苏尔言，
黑子一见即倾心，四目相遇陷魔力。

俊美的小黑天在伯勒杰小巷中边走边玩，手拿小鞭绳抽转着陀螺。只见他围着黄衫，戴着耳环和雀翎冠，周身涂抹檀香粉，微笑时露出的洁白牙齿闪耀着光芒，比闪电还要美丽。他一路玩耍，不觉来到了叶木拿河畔，忽然瞧见了一位大眼如星，额点红色吉祥志，肤白貌美的小姑娘，身着蓝裙，乌黑发辫在身后摇曳。黑天一直盯着罗陀瞧，对她一见钟情，而小罗陀也在见到小黑天之时即刻倾心于他，四目相对的瞬间，两人之间擦出爱的火花。罗陀对黑天的爱恋由此开始，这新生的爱恋是建立在黑天俊美的样貌之上的。两人的纯真之恋开启了。

随着年龄的增长，黑天与罗陀的恋情升温。两人开始在外秘密幽会欢好，黑天的浓情蜜意和高超的情爱技艺让罗陀为之沉醉着迷。苏尔达斯将黑天和罗陀的性爱关系描述成夫妻关系，将他们在密林中的欢好描述为举行乾达婆婚(gandharva vivāha)[2]。[3]两人幽会时，黑天展现出了伶俐的口才，说出甜蜜的情话，为罗陀穿衣梳辫，有时也穿起纱丽

---

1 太阳女，原文为rabi-danayā，字面意思为太阳的女儿，此处指叶木拿河。根据印度神话，太阳神的妻子与太阳神媾合时，因为惧怕太阳神的光芒闭上了眼睛，太阳神十分生气，诅咒说他们生下的孩子将永远生活在黑暗中，所以他们的儿子阎摩（Yama）总是在地底居住。当她再次与太阳神媾合时，努力睁开双眼，眼睛却因为太阳神的光芒流出眼泪，太阳神为此大怒，诅咒说他们生的孩子将不断流泪，所以他们的女儿阎密（Yami）整日流泪不断，形成了叶木拿河。因此，叶木拿河也被称为太阳的女儿。

2 乾达婆婚，gandharva vivāha，即Gandharva marriage，印度古代八种婚姻方式之一，指男女双方自主结合，产生于爱欲，目的在于欢合，也称合意婚。印度古代八种婚姻方式分别是梵式（Brahma marriage）、天神式（Daiva marriage）、仙人式（Arsha marriage）、生主式（Prajapatya marriage）、阿修罗式（Asura marriage）、乾达婆式（Gandharva marriage）、罗刹式（Rakshasa marriage）和毕舍遮式（Paishacha marriage）。参见蒋忠新译：《摩奴法论》，第43—44页。

3 Nandadulāre Vājapeyī, *Sūrasāgara*, Vol.1, pp. 629–630.

与她调情,使罗陀着迷于两人尽享的欢爱情味之中不能自拔。

黑子身着罗陀衣[1]

月颜大眼行欢爱,已认诃利作欲天[2]。
杜鹃语[3]向彩者[4]言:轻薄灯敌[5]且予还。
莲花之手抓灯敌,言说美颜何可攫?
酣畅淋漓饮甘露,余留之汁复予印。
苏尔言,
俊俏情爱聪慧者,牵拉美人入臂弯。

貌似满月,有着大眼睛的罗陀,在与黑天尽享一场欢爱之后,身心愉悦,认为黑天如欲神一般精通情爱技艺。她正要穿上纱丽时,黑天一把将她的纱丽夺去裹在自己身上,为了要回衣服,她用杜鹃般甜蜜的声音对黑天请求:"就请你把那轻薄的纱丽还给我吧!"黑天听了罗陀的请求,却没有半点要还她纱丽的意思,反而用莲花般的双手抓起纱丽的裙裾,在空中摇晃着,一边打量裸着身子的罗陀,一边笑嘻嘻地说:"美人儿啊,你现在还剩什么东西,可以让我掠夺的呢?"精通情爱技艺的俊美黑天刚说完,就上前一把将俏丽罗陀拉入怀中,与罗陀热吻起来,之后又觉意犹未尽,再次拥吻了起来。苏尔达斯在这首诗歌中借罗陀之口将黑天比作欲神,强调的就是黑天作为罗陀的情郎,与罗陀一起尽享欢爱之时,极具情爱吸引力的形象:"双双精通情爱艺,三界之中无人及。"[6]

黑天俊美迷人的样貌和高超的情爱技艺使得罗陀沉迷情味之中。

1 苏尔达斯著,姜景奎等译:《苏尔诗海》,第534页。所引译文笔者稍有改动。

2 欲天,原文 sāraṅg,字面义为"五光十色,光彩迷人",指美丽事物。该词含义丰富,正文诗歌中以 sāraṅg 作复字诗歌,用其一词多义,妙趣横生。此处 sāraṅg 作欲神(kāmadeva)的名号。

3 杜鹃语,原文为 sāraṅg bacan,其中 sāraṅg 取意杜鹃,字面意思是声音似杜鹃般甜美,此处指代罗陀。

4 彩者,原文为 sāraṅg,此处指代黑天,为黑大的名号之一。

5 灯敌,原文为 sāraṅg ripu,其中 sāraṅg 取意灯,由于布可以掩盖灯的光亮,因此也被称为灯的敌人,由此又可引申为纱丽的裙裾。此处恰取此意,指代罗陀被黑天抢去的裙裾。

6 苏尔达斯著,姜景奎等译:《苏尔诗海》,第757页。

通过罗陀对女伴的讲述和影响,众牧女对黑天的情爱也更加渴望,即是说黑天通过罗陀向众牧女间接展示了自身的魅力与情味,进而成为了伯勒杰所有女子内心渴望的夫君。

罗陀在享受了与黑天欢爱的情味之后,产生了很大的变化,不仅内心对于黑天的爱越来越浓烈坚定,而且外表也发生了很大的变化,容光焕发,周身充满情味。但她遵照黑天的意思,表面上仍旧虚与委蛇,与亲朋装糊涂,不承认与黑天的关系。牧女伙伴都看在眼里,不断试探罗陀,要罗陀承认。罗陀刚开始不承认,几番斗智之后,罗陀终于向女伴坦言自己与黑天的相会及甜蜜的爱恋,向女伴讲述黑天如何多情迷人,充满甜蜜的情味。

自从彼日见诃利[1]

我此双眼自彼日,痛苦福乐尽忘却。
牛护孩童迷人身,爱情甘露充盈满。
投靠微笑彼处居,兴致勃勃把家安。
日日夜夜停驻留,为劝彼等我遣心。
越是努力使返回,越是固执坚定立。
屡伏脚前析利弊,竭尽全力却失败。
苏尔言,
目不转睛未曾移,彼福可述至那般?

罗陀向牧女伙伴描述少年黑天的美丽迷人的身体充满了爱情的不死甘露,自己的一双眼睛一旦见到黑天,即刻忘却了所有悲喜,只愿安居常驻在黑天迷人的身躯之上。听了罗陀讲述的关于黑天的种种迷人之处及美妙情味,女伴心向往之,对黑天的爱恋也更加浓烈,都变得与罗陀一样痴迷于黑天,内心之中天天期盼能够见到他,与他共享欢愉。如此,牧女们便与罗陀一样,受到了家中亲人的嘲讽训斥。罗陀的影响加深了牧女对于黑天的爱恋,更加坚定了她们对于黑天的全身心奉爱。

1 苏尔达斯著,姜景奎等译:《苏尔诗海》,第595页。

停驻眼中生命中[1]

停驻眼中生命中，爱人日夜驻心中。
停驻意中身体中，难陀之子驻舌中。
停驻知觉智慧中，戴冠者驻各肢中。
苏尔言，
停驻家中树林中，相伴如浪不离水。

在上述引诗中，牧女们表达了对于黑天深深的爱恋。她们与黑天的关系犹如浪花之于海水，浪花生发于海水，依附于海水，有水则生，无水而灭，因此，黑天是她们这些浪花的生命海洋。黑天就停驻于她们的身、心、意、智之中，她们无时无刻不在思念他，爱恋他，凭借着对黑天炽热的爱恋，她们时时刻刻都与黑天在一起。

在黑天与罗陀、黑天与牧女的情味本事中，苏尔达斯在其创作的诗歌表层描写了黑天与罗陀及众牧女的欢愉快乐，展现了俊美黑天作为罗陀情郎和牧女恋人，拥有高超情爱技艺的形象。但这并非全部，在大部分诗歌中，也可以随处看到苏尔达斯对于黑天神性的展现与明显的宣扬虔信黑天的主张。虽然黑天与罗陀和牧女的爱情表面看起来是世俗的，但因为男主角是黑天，所以这爱就是神圣的生命之爱，是超世俗的，而非世俗意义上无生命的低俗之爱。“世俗的情爱交欢是无命无智之爱（jaṛonmukha），而当这情爱的对象为至上尊神（cidghana vigraha bhagavān）时，这爱就成为有命有智之爱（cinmukha）。”[2]

这个观点不仅在黑天支派宗教文学中得到体现，而且在印度古代文论之中亦有支撑。在鲁波·高斯瓦明（Rūpa Gosvāmin）专门论述虔诚味的论著《鲜艳青玉》（*Ujjvalanīlamaṇi*）中，关于黑天的艳情描写有一个专门的理论名词，叫作鲜艳味（ujjvala rasa）。这鲜艳味即是甜蜜味，与耆坦亚派主张的奉爱黑天的最高阶段的甜蜜情爱相连。鲁

1 苏尔达斯著，姜景奎等译：《苏尔诗海》，第615—616页。
2 Hajārīprasāda Dvivedī, *Hajārīprasāda Dvivedī Granthāvalī*, Vol. 3, p. 358.

波·高斯瓦明认为,“鲜艳味,即甜蜜味的常情是黑天甜蜜的爱,所缘情由是黑天和他的情人,引发情由是黑天的言行和装饰等等”[1]。由此可知,“虔诚味王”鲜艳味是与毗湿奴教派中虔爱黑天的信仰密切相关的,所有产生情味的要素,无论是常情、所缘情由抑或引发情由,都必须以黑天为主体。在印度古代文论中,鲜艳情味是黑天情爱文学的永恒主题,并与印度宗教哲学中“解脱”的概念息息相关。

在超世俗层面,《苏尔诗海》黑天情味本事中,少年黑天形象的深层内涵正是与印度宗教哲学的终极目的“解脱”相关。黑天作为至高圆满梵的化身,通过作为其帕克蒂象征和萨克蒂化身的罗陀来展现他的情味本性与自相,既满足了自身所具大梵游乐属性的需求,又为信徒源源不断身心奉献的虔爱提供方法、目的与意义。在这个层面上,少年黑天的形象分为两个部分:一是作为至高圆满大梵的化身,为自己代言,成为虔爱信仰的宣教者;一是性力罗陀所归属的大梵。

1. 宣教者黑天

黑天作为虔爱信仰的宣教者,主要宣扬三方面的内容:一是对信徒罗陀宣扬自性与神我同一不二的本质,两者都归于大梵这唯一的存在;二是讲述了信徒奉爱于他应遵照的正确行事方法;三是奉爱黑天的虔诚信徒也能从黑天那里得到同样的爱,能与他一起超脱世俗与轮回而共享永恒的情味与福乐。对应黑天这个宣教者的形象,罗陀是作为他的帕克蒂化身而存在的,罗陀即是最纯粹的虔爱黑天者,她身上具有至上的虔爱力量。

首先,《苏尔诗海》中罗陀黑天本事的诗歌是披着爱情外衣的宗教诗歌。这个特征十分明显,在与罗陀幽会之时,黑天除了与罗陀调情之外,他还向罗陀表白自己对于罗陀的爱恋,但这个表白的内容十分奇特,并非只是绵绵的情话,而是融入了大量宗教哲学理论的说教。

---

1 黄宝生:《印度古典诗学》,北京大学出版社,1993年,第73页。

居伯勒杰忘自我[1]

且知自性[2]神我[3]同，言辞话语产分别。
无你水陆不停留，吠陀奥义唱赞颂。
我俩身二命同一，出生只为福乐故。
大梵形色再无二，由此向女释心意。
苏尔言，
望黑子容微微笑，诸多喜乐又增添。

黑天对罗陀讲述自己对她的爱恋，但是这份爱乃是神圣的大梵之爱，并非世俗之情。正因为罗陀对黑天怀有独一无二炽热的至上爱恋，所以黑天也同样热爱她，到了“居伯勒杰忘自我”的程度。随后，黑天接着讲述了大梵的真相，那就是大梵是唯一的至高存在，世间所有形色之命都是大梵，为了喜乐的目的，它将自己一分为二，所以才有了“自性”和“神我”，这里的自性指罗陀，神我指黑天。黑天要向罗陀阐明的是自性与神我的同一不二性，两者都是归属于大梵的，只不过是人们用语言表述时表面字词的差别而已，两者的意义和实质是相同的，两者相辅相成，依赖彼此而生，缺一不可。此处黑天阐明的是黑天信仰的理论依据纯净不二论的相关知识。[4]黑天对罗陀的表白体现了黑天人格神的特点，即通过世俗情爱的形式宣告大神的本质，即以喜乐的目的和形式展现对信徒的爱。信徒在本质上都归属于大梵，只不过为了喜乐

1 苏尔达斯著，姜景奎等译：《苏尔诗海》，第541页。

2 自性，prakṛti，印度数论派（sāṅkhya）哲学理论的二元论概念之一，指一种由喜、忧、暗三德构成的处于未显状态的原初物质，人生现象或世间万物皆由它转化或演变而来，最后还要回归于它。

3 神我，puruṣ，印度数论派（sāṅkhya）哲学理论的二元论概念之一，与自性相对，指一种独立存在的消极不行动的精神实体，自身不能转变，是自性转变时必须结合的“观照者”和“指导者”。

4 自性与神我本是数论派二元论的概念，起源非常早，在“吠陀”和“奥义书”中都有记载，不二论和数论派二元论的本质差别在于对于自性与神我及两者关系的认知不同。数论派认为宇宙存在“自性”与“神我”这两个相互独立的本体，自性是一种由喜、忧、暗三德构成的处于未显状态的原初物质，人生现象或世间万物皆由它转化或演变而来，最后还要回归于它。神我与自性相对，指一种独立存在的消极不行动的精神实体，自身不能转变，是自性转变时必须结合的“观照者”和“指导者”。不二论则认为自性与神我乃是同一不二的存在，都归属于大梵，大梵才是宇宙间唯一的至高存在。

的目的才被产生出来，只要一心虔信奉爱于黑天，都能回归本质，与大梵的化身黑天永享欢喜。

其次，黑天还向罗陀讲述了信徒奉爱于他应遵照的正确行事方法，即虔诚奉爱的内在精神性。

罗陀与黑天的爱恋是秘密进行的，传统守旧的社会和遵从礼法的家庭是不允许男女双方私自恋爱幽会的，尤其对于女子的限制更甚。罗陀与黑天的幽会受到了家人的阻挠和限制，尤其罗陀的外出更是受到了亲人的百般阻挠。两人只能私下秘密约会，因此罗陀在享受情味的同时却也有不少担忧与困扰，她向黑天诉苦抱怨道：

黑子啊，为何不对你言此[1]
包围户户与各处，何种方式能忍受？
父亲愤怒手持剑，兄长奔走为诛杀，
母言女为家族苦，谁也不应至世间。
双手合十一请求：且莫来此小巷间，
若来莫使我双耳，听闻甜美妙笛音。
以心业言说实话：我已将心系于你。
苏尔达斯言，
胜尊乃为内控者，为何不使心欢愉？

关于黑天罗陀幽会的流言蜚语传遍伯勒杰地区，牧女们都爱议论黑天与罗陀的恋情。这种有损家族荣誉的事情让罗陀的家人恼羞成怒，对罗陀软硬兼施，不让她再偷跑出去与黑天相会：“父亲愤怒手持剑，兄长奔走为诛杀。母言女为家族苦，谁也不应至世间。”罗陀受限于家人的阻挠与自身的羞耻感，双手合十祈求黑天不要再来找她，不要再吹响甜美的竹笛来呼唤她。罗陀的内心是纠结的，她向黑天表白她已经将心完全托付于黑天，但是出于家庭的阻碍，他们还是暂时不见面的好。罗陀希望黑天不要这么频繁来找她，同时，又很想时时刻刻与黑天在一起，如

1 苏尔达斯著，姜景奎等译：《苏尔诗海》，第537页。

此纠结，她不知该如何是好，就对黑天说："胜尊乃为内控者，为何不使心欢愉？"这句话是罗陀对黑天的请求：黑天啊，你是我的尊主，你应该了解我的心意，你怎么就不想出个办法来，解决这个问题呢？你快想出个解决的办法来，除掉我心中的疑虑和束缚，让我尽享欢愉吧！

黑天信仰源自于民间，崇尚人性的自由，奉爱黑天的信仰强调的是内在精神的虔诚，与世俗社会和家庭关系是不矛盾的。所以黑天向罗陀讲述了精神奉爱，内心之中保存爱，身体在不能摆脱世俗关系之前，仍旧可以保留在家庭中，依旧要按照宗法家规承担自身相应的责任。

黑天十分明白他与罗陀两方的家庭都是遵从宗法仪礼的大家族，他没有强迫罗陀立刻放弃家庭关系，同家族荣誉决裂而一心一意跟随自己，而是告诉罗陀他也一样深爱她，并体谅地让罗陀放宽心，让他俩的关系自然而然地发展，不要刻意与家族和亲人决裂。但罗陀听后却质疑说身心意献奉爱黑天与保全家族荣誉难以两全，在不违背世俗礼法和顾及家族荣誉的前提下是做不到与黑天心意相通、全身心奉献的。黑天继续劝说罗陀道："不弃家荣世俗誉，众人言称此为善。承认畏惧父母亲，敬重亲朋众好友。持身受到摩耶控，我爱父亲与母亲。且听我言牛光女[1]，且请藏护前世爱。"[2]黑天意指不要为了爱他，一时冲动抛弃家族荣誉，抛弃亲朋好友，要承认身体在世俗之中时需遵守世俗之法。黑天宽慰包容信徒的爱，体谅信徒身处的境地，因此贸然抛弃家庭与世俗关系也不是黑天所提倡的。只要深爱于他，无论信徒身处何种境地，他都会同样热爱他们。奉爱黑天的同时也需履行家庭的职责，维护家族的荣誉是需要的。随着信徒内心对黑天的爱与日俱增，待到将内心情感升华至纯净至高时，自然会在精神上放弃世俗关系。

罗陀与黑天关于家族荣誉、世俗伦理的对话，是黑天对罗陀的考验，罗陀通过与黑天持续的相爱，不断从黑天那里得到情味，罗陀对于黑天的爱恋随着与黑天相聚时的欢愉情味的增长而与日俱增。最终，罗陀的内心摒除了世俗荣辱的束缚和家庭关系的羁绊，坚定和纯净了

1　指罗陀。

2　苏尔达斯著，姜景奎等译：《苏尔诗海》，第544页。

对黑天的奉爱:"我在你前真实语,如今不惧任何人。亲属世人若有言,全部违抗不尊重。现我无法忍此苦,厌弃之言闻将亡。自己幸福万事安,彼等福乐可成何?"[1]罗陀最终超越世俗关系和伦理束缚,将其对黑天的爱恋升华到精神层面的不顾一切的至高虔爱。

苏尔达斯为展现罗陀奉爱黑天的至高境界,在描述罗陀遗失自我、痴迷沉醉于黑天的情状的诗歌中,常常描绘罗陀汗毛竖起的状态,例如"身体激动毫毛现,喜乐眼泪簌簌流"[2],"而今结巴毫毛立,周身形色深无底"[3],"根根毫毛皆沁透,周身各肢沉浸爱"[4],等等。这个"汗毛竖起"的意象有着特殊的涵义。

新护(Abhinavagupta)在《舞论注》(*Abhinavabhāratī*)中将不受阻碍的艺术感知称作"惊喜","惊喜的生理反应即表现为汗毛竖起等"[5]。罗陀的汗毛竖起的意象,内涵即为不受阻碍地感知品尝情味。她摆脱了所有世俗羁绊,已到达了最纯粹最炽热的虔爱境界,所以能够毫无障碍地尽情品尝享受美妙的情味,表现出惊喜的状态。"这种惊喜的状态表现为不厌倦和不间断地沉浸在享受中。享受者或品尝者沉浸在奇妙享受的颤动中。这是一种精神活动,这种感知不是世俗的,也不是虚妄的。"[6]罗陀通过感知而品尝到情味,在精神上得到福乐,达到欢喜状态。耆坦亚派认为,黑天与罗陀及牧女沉浸在情爱交媾游戏中,这个游乐是恒常存在的喜乐,是隐秘的永恒本事,拥有恒久不变的情味,是秘密的个人体验,是世俗之人无法窥见的。[7]因此,奉爱黑天更多强调的是信徒个人内心的体验,强调精神上的奉爱及其秘密性。

第三,《苏尔诗海》中的少年黑天作为被罗陀和牧女痴迷追求的俊美风流主,他虽与每一位牧女交欢,但最珍爱的还是罗陀。罗陀作为虔信黑天的帕克蒂的象征,代表着至高的虔爱力量,因此,得到的也是

---

1 苏尔达斯著,姜景奎等译:《苏尔诗海》,第640页。
2 苏尔达斯著,姜景奎等译:《苏尔诗海》,第528页。
3 苏尔达斯著,姜景奎等译:《苏尔诗海》,第546页。
4 苏尔达斯著,姜景奎等译:《苏尔诗海》,第627页。
5 黄宝生:《印度古典诗学》,331页。
6 黄宝生:《印度古典诗学》,332页。
7 参见Dhīrendra Varmā, *Hindī Sāhitya Kośa*, Vol.1, pp. 683–685。

黑天至高的神爱。奉爱黑天的虔诚信徒也能从黑天那里得到同样的爱，能与他一起超脱世俗与轮回而共享永恒的情味与福乐，获得解脱。在罗陀的虔爱升华到至高境界时，苏尔达斯描述黑天与她欢爱的诗歌中经常出现一个“染色”的意象，比如“染诃利色”（hari kaiṁ raṁga rāṁcī）[1]、“罗陀染上黑子色”（rādhā syāma-raṅga rāṁcī）[2]以及“他染你色你染他”等。这不但反映了黑天罗陀两者的同一不二，而且还具有更宽泛的涵义，即罗陀奉爱黑天所得的解脱之果。这也体现了耆坦亚派对于解脱的认识和主张。

罗陀听此何所思[3]

他染你色你染他，何不细看己之颜？
欲瞧只见自身影，黑子之心覆此处。
难陀子亦此般状，你等二人纯洁身。
青黑身美如蓝天，你具黄色芳香美。
电光闪现云中间，云在闪电四周围。
对你称奇友且听，想要诃利之形色。
苏尔言，
且听你俩同交融，本色同一无可比。

在上述引诗中，苏尔达斯借牧女之口描述了黑天与罗陀相互染上对方颜色，深爱彼此，沉浸彼此之中的状态和同一不二的本性，这个“染色”（raṅga rāṁca）状态的结果就是“且听你俩同交融，本色同一无可比”。其中，“同交融”在诗歌原文中对应的是sama jorī，意思是两者处在水乳交融的状态；“本色同一”对应的是eka svarūpa，这里就提到了rūpa这个词，意思为“色，形”。将这两个词组中的sama与rūpa结合在一起看，sama rūpa这个词组的意思就与sārūpya相同，意为“同色”。sārūpya是耆坦亚派所提及的五种解脱之一。

1 苏尔达斯著，姜景奎等译：《苏尔诗海》，第603页。
2 苏尔达斯著，姜景奎等译：《苏尔诗海》，第627页。
3 苏尔达斯著，姜景奎等译：《苏尔诗海》，第679页。所引译文笔者稍有改动。

《薄伽梵往世书》中有关于五种解脱的论述，依据信徒不同的虔爱情感和欲求，不同的人获得不同的解脱，分别为“同界”（sālokya，与大神同居一界）、“同伴”（sāmīpya，毗邻大神，侍奉大神左右）、“同荣华”（sārṣṭi，拥有与大神相同的荣华富贵等）、“同色”（sārūpya，具有与大神一样的神相）、“合一”（ekatva或sāyujya，回归大梵之中）(7.1.31)。其中也讲述了至高虔信的纯净信徒是不需要祈求也不需要接受这五种解脱的，这是在大梵层面或毗湿奴界的说法，“同界同伴同荣华，同色形象同合一，纵然被予亦不受，奉我纯徒不需要”[1]（3.29.13），同时也解释了原因，即纯净的信徒仅仅以奉爱为最终目的，而不欲求任何解脱，尽管如此，他们会自然而然通过他们持续的纯净奉爱而获得这四种解脱[2]（9.4.67）。这四种解脱不包括“合一”解脱，因为纯净奉爱所得的解脱就只有“同界”“同荣华”“同伴”及“同色”。

耆坦亚派认为，解脱不是信徒奉爱黑天的终极目的。奉爱黑天是唯一的目的，为爱黑天而爱，而非为解脱。因为与大梵的化身黑天在一起才能获得至高欢喜和永恒福乐。当然，该派也认为奉爱黑天同时即会得到神的恩赐欢喜。奉爱的虔诚会获得神的四种恩赐解脱，即上文所述《薄伽梵往世书》中的“四种解脱”。该派拒绝“合一”的解脱，是因为他们认为合一不是真正意义上的解脱，认为那种与无形的梵融合为一的努力是错误的、徒劳的、不稳定的，无法获得永恒的欢喜和福乐。这四种解脱只能够通过虔爱来获得，依据信徒自身的处境以及虔爱类型的不同，其所获得的解脱也不相同，依次为同界、同荣华、同伴、同色。其中，同色是最高的境界，只有罗陀才能达到，而牧女则为黑天的同伴。

2. 至高圆满大梵的化身

罗陀至高的虔爱对黑天能够产生极大的影响，能够凭借其所具有的无比炽热的虔爱来控制黑天，成为黑天永恒欢爱状态中不可或缺的、

1 此颂原文为salokya-sarsti-samipya-sarupyaikatvam apy uta diyamanam na grhnanti vina mat-sevanam janah。

2 四种解脱，指的是同界、同伴、同荣华及同色，不包括合一。

独一无二的欢愉之力，即性力。黑天只有通过性力罗陀，才能维持永恒的欢喜状态。当然性力罗陀并非独立存在的，而是归属于大梵的，是大梵的萨克蒂之力。黑天作为大梵的化身，是性力罗陀的最终归处。在《苏尔诗海》中，苏尔达斯将黑天与罗陀当作夫妻的关系来描述，他描述两人行了乾达婆之婚，并且在多处提到黑天为夫，罗陀为妻，两人同一不二，身为二命为一，例如“你他些许差别无，你们两人为夫妇”[1]，“黑天永远为你夫，你亦永远为妻子”[2]等。

黑天为夫罗陀为妻的这种关系正是大梵与性力两者关系的具像化，不二论认为性力是从属于大梵的欢愉之力，这种理论可以追溯至奥义书时期。在《大森林奥义书》(*Bṛhadāraṇyaka Upaniṣad*)中描述道：

在太初，这个世界唯有自我(ātman)。他的形状似人。他观察四周，发现除了自己，别无一物。他首先说出：“这是我。”(sohaṃ)从此，有了“我”(ahaṃ)这个名称。因此，直到今天，一旦有人询问，便先说“我是”，然后说别的名字。

在所有这一切出现之前(pūrva)，他已经焚毁(uṣ)一切罪恶。因此，他成为原人(Puruṣa)[3]。确实，任何人知道这样，他就能焚烧想要优先于他的人。

他惧怕。因此，一个人孤独时，会惧怕。然而，他又思忖道：“除我之外，空无一物，我有什么可惧怕的？”于是，他的惧怕消失，因为没有什么可惧怕者。确实，有了第二者，才会出现惧怕。

但是，他不快乐。因此，一个人孤独时，不快乐。他希望有第二者。于是，他变成像一对男女拥抱那样。他将自己一分(pat)为二，从而出现丈夫(pati)和妻子(patnī)。……自己如同木片的一半[4]。这样，妻子

1 苏尔达斯著，姜景奎等译：《苏尔诗海》，第586页。

2 苏尔达斯著，姜景奎等译：《苏尔诗海》，第587页。

3 Puruṣa，字面意思为“先焚”，亦被译为“神我”。参见徐梵澄：《五十奥义书》，第366页。

4 该句在徐梵澄先生译本中为“故此自我之身，有如半片”，徐先生同时注释道此句另有译作“故此自我在其本身……”。参见徐梵澄：《五十奥义书》，第367页。

占满空间。他与她交合，由此产生人类。

她思忖道："他自己生下我，怎么能又与我交合？让我躲藏起来吧！"她变成母牛，而他变成公牛，仍与她交合，由此产生群牛。……这样，他创造了包括蚂蚁在内的一切成双作对者。

他知道："确实，我是创造，因为我创造了这一切。"任何人知道这样，他就会处于这种创造中。[1]

从上文可以看出，"奥义书"中"自我"即是至高存在，形状似人。在有形黑天信仰理论看来，这个至高存在就是大梵，而有形的大梵就是黑天。前文中笔者已经提及至高梵具有三种行为方式或状态（vṛtti），即创造状态（sisṛkṣāvṛtti）、战斗状态（yuyutsāvṛtti）及游乐情爱状态（riraṃsāvṛtti）。在这三种状态中，只有游乐情爱状态是永恒的。游乐情爱状态尤其展现在黑天的情爱本事中，耆坦亚派认为展现黑天与罗陀和牧女欢爱的充满甜蜜情味的沃林达林本事是永恒的本事。事实上，riraṃsāvṛtti这个词中riraṃsā的本义是"交媾，性爱"，这就要求大神黑天要有一个伙伴，通过这个伙伴，大神才能实现福乐和永恒的欢喜。而耆坦亚派认为这个伙伴，这个具有阴性萨克蒂力量的，这个通过与大神交欢创造世界万物的性力，就是罗陀。至高圆满梵的化身为了"快乐"，出于游乐情爱的目的，把自身一分为二，分为丈夫和妻子，繁衍生息，通过性力创造出世间各种生物。这个妻子就是罗陀，而黑天既是罗陀的丈夫，又是至高圆满梵本身。在《苏尔诗海》的罗陀黑天本事中，作者苏尔达斯不断通过黑天之口、牧女之口，甚至作者自己之口直接在诗歌中来表达这个宗教理论观点。

诃利身居罗陀家[2]

诃利身居罗陀家，分身现于别女宅。
大梵圆满别无二，罗陀诃利皆一切。

1 黄宝生：《奥义书》，第26—27页。

2 苏尔达斯著，姜景奎等译：《苏尔诗海》，第735页。

如以一灯点一灯，大梵家家娱乐戏。
此法为闻不忠言，行无定所小黑儿。
耳闻女子情味语，降世功果诃利得。
苏尔言，
允诺所至却不往，胜尊已然别处去。

在上述引诗中，苏尔达斯直接点明了黑天是圆满不二的大梵，他与罗陀虽然身体为二，但命却为一。在与罗陀欢爱的同时，黑天以众多的分身出现在伯勒杰各个牧女家中，"如以一灯点一灯，大梵家家娱乐戏"。他遍布各处，与罗陀和牧女欢爱，尽享情爱中的喜乐，这是他化身降世的功果。

耆坦亚派所崇拜的黑天与罗陀之爱是超世俗的，突出的是精神之爱。该派认为吉祥黑天在永恒不灭的天国（牛界）永久沉浸在喜乐游戏（ānanda līlā）中。那里有永恒存在的沃林达林、永恒的叶木拿河、永恒的牧女、永不停息的娱乐、永恒不灭的欢喜。这种永恒存在的天国喜乐游戏随着黑天下凡在圣地伯勒杰显现。在伯勒杰，吉祥黑天与牧女沉浸欢喜游戏（ānanda keli，娱乐游戏，即交合欢喜）中。这种游乐除了欢喜之外，没有任何目的。这里吉祥黑天是充满情味的泽被众生的至上者，他超越了世俗，超越了吠陀礼法，与大神欢愉之萨克蒂——以罗陀为代表的牧女一起进行游戏。众生是这游戏的观看者，也能够参与这种情味游戏中，信徒通过侍奉和虔爱，首先能够获得牧女的恩慈而成为她们的主人，之后牧女会将他送至罗陀的近旁，那时他的命的元素就消失了，他的自相（svarūpa）就会归于罗陀，通过性力罗陀，他可以与黑天一起享受永恒的欢喜与福乐。

所以，黑天与罗陀和牧女的欢好性爱并非世俗之爱，而是充满了印度宗教哲学对于世界起源及人类终极解脱的观想，对于大梵萨克蒂力量的认识。大梵本身具有萨克蒂，可以创造，但他行情爱游乐之时，需要另一半萨克蒂（parā śakti），这另一半的萨克蒂可以被称为性力。这种宗教哲学观在具体的信仰层面就表现为大神和大神的伴侣，在具体的偶像层面就表现为黑天和罗陀、湿婆和雪山女神、毗湿奴和吉祥天女等。作为宗教文学作品的《苏尔诗海》之所以在充满甜蜜情味的美妙本事中，将黑天与牧女和罗陀之间发生的所有故事都刻画成栩栩如生的世俗之爱，是因为这样的生活场景人人都可能经历，都能够感同身受，从中体会出美妙喜悦的滋味，从而激发内心强烈的情感与爱意。

三、驼背女的救星与恩主

从世俗层面来说，少年黑天是风流多情的。在少年黑天所爱的恋人中，除了罗陀和牧女，还有一位很特殊的女子，她就是驼背女。她是黑天到达马图拉城之后爱上的女子，正是因为这位驼背女，黑天被伯勒杰的牧女们扣上了得新欢、忘旧爱的不义的帽子。这位驼背女原本是一个低贱卑微的女仆，因为拥有驼背这个畸形的身躯经常被旁人耻笑。然而黑天却对她一见钟情，治好了她的驼背，恢复了她曼妙的身躯并赐予了她美丽的容貌，后与她结为连理。因为黑天的救治与爱恋，驼背女由一个卑微丑陋的女仆变为一位高贵美丽的王后。在世俗之情看来，这种事情实在是令人难以理解，黑天究竟是看中了驼背女哪一个方面而钟情于她的呢？黑天对驼背女的这种情感，除了世俗之情，更多地应该从超世俗的宗教情感角度来看待。黑天作为驼背女的救星与恩主，展现出的是他作为大神对于众生平等的关爱与慈悲。尤其对于女信徒来说，无论女子相貌美丑、地位高低、贫富贵贱，只要全身心奉献于黑天，虔爱黑天，都能得到吉祥黑天的庇佑，得到永恒的福乐。

黑天到达马图拉的消息传遍了城市，全城女子翘首期盼，她们称颂着之前所听闻的黑天在牛村庇护民众的各种功绩，述说着黑天偷奶油的可爱又淘气的言行举止，言语之间尽显渴望见到黑天、目睹他真容的激动难耐的心情。“难陀族主之二子，众女听闻满心喜。你上宫殿我登台，家族荣誉无顾及，城中小巷某奔跑，全然忘却家务事。”[1]马图拉城家家户户的女子为了见到俊美黑天，早早起身精心妆扮，如欢迎夫君归来

---

1 苏尔达斯著，姜景奎等译：《苏尔诗海》，第818—819页。

一般纷纷出门迎接黑天，这些女子的美丽身躯和欢愉之情使得马图拉城变得更加辉煌壮丽。

马图拉城今欢愉[1]

仿若听闻夫归来，少妇全身激动喜，
梳妆打扮十六事[2]，美女焦急望归途。
旗帜飞扬若裙裾，忘却身躯不得控，
殿上丰乳罐塔现，周边花园纱丽美，
辉煌闪耀高楼台，昂头远眺注目望，
窗棱凝视归来路，金色城墙如腰带，
殿上绘蛇美若辫，此般妙景何处有？
城中处处乐声起，锣鼓喧天钟齐鸣，
苏尔言，
若女脚上镯晃动，叮当作响黑子啊。

苏尔达斯在上述引诗中将马图拉城市的美丽与城中精心妆扮候望黑天的美丽女子结合在一起进行描述，将马图拉城比作翘首企盼夫君归来的艳丽少妇，将城中各处的花园比作少妇身着的绚烂多彩的纱丽，将城市飞扬的旗帜比作美妇人身上的纱丽飞舞的裙裾，将金色的城墙比作少妇所挂的腰带，将城中的钟鼓乐声比作少妇脚镯的叮当作响声，将墙壁上刻画的图案比作少妇乌黑发亮、蜷曲如蛇的发辫，将城堡顶端金黄色的罐状小塔比作女子丰腴圆润的美丽双峰，将楼台上的窗棱比作少妇期盼的双眸。苏尔达斯以女子来比喻焕然一新的美丽城市，同时，也通过对城市的比喻，展现了马图拉城中的女子经过沐浴、更衣、梳头、擦粉、涂油膏、抹香水等隆重而精心的梳妆打扮之后，出门迎接黑天的盛况。她们娇美如画，仪态万方，光彩夺目，美妙绝伦，对黑天充满崇敬与爱慕之情，渴望着与他相会。

1 苏尔达斯著，姜景奎等译：《苏尔诗海》，第816—817页。

2 十六事，原文为navasat siṁgār，nav为九，sat为七，意即有关女子梳妆打扮的十六件事，如盥洗、涂油膏、沐浴、更衣、梳头、扑粉、抹香水、涂口红等。

然而，在这些或美丽或高贵或聪慧的对黑天满怀爱慕的各色女子之中，黑天独对驼背女一人钟情。“复遇驼女持檀来，细细涂抹黑子身。心喜赐美背舒展，吉言遣其回自家。”[1]黑天与驼背女第一次见面时，驼背女对黑天展示了她的恭敬与侍奉，冒着杀头的危险将原本要侍奉刚沙王的檀香膏涂抹在了黑天身上。黑天接受了她的侍奉和爱意，治好了她的驼背，赐予她美丽的容颜和身体，并允诺她一旦消灭刚沙，完成大业，就去驼背女家中与她欢好。而黑天也遵守了承诺，后与驼背女结为夫妻。这个驼背女各方面的条件都是卑微至极的，因此，当黑天与驼背女结为连理的消息传回伯勒杰，牧女们个个愤懑难平，嫉妒不已。小小一只麻雀怎么就能飞上枝头成了凤凰，凭什么这个卑贱的驼背女人能得到黑天的爱恋，能够如罗陀一般得到黑天的深情厚爱并与之结为连理呢？

诃利怎会做此事[2]

迷心者怎弃罗陀，接受刚沙之女仆？
彼处他既成国王，怎说她成正宫后？
居于马城无人察，谁住何处谁来到。
卖掉名声买驼女，一时一刻不分离。
苏尔言，
无人相信此作为，心中却生妒忌意。

牧女们抱怨黑天的移情别恋，不解黑天为何抛弃美丽迷人、家境优渥的罗陀，如此不计名誉与刚沙王的女仆驼背女结为夫妻，因此，她们不断咒骂驼背女，说她如此卑贱，肯定是要了什么阴谋诡计才把黑天迷惑操控住了。从牧女的奚落咒骂中能看出驼背女的外貌和出身实在是卑微不堪。

---

1 苏尔达斯著，姜景奎等译：《苏尔诗海》，第824—825页。

2 苏尔达斯著，姜景奎等译：《苏尔诗海》，第873页。

纵使作千万，身体本性去不了[1]

城中女仆与牧人，造物[2]使其结好对。
对此不应以貌名，言及之时我何为？
我问你且告知此，黑子之错或驼女？
驼女何辜黑子错，蹒跚女仆贻笑城；
苏尔吉达斯[3]言，
弓身拄杖路上行，苏尔达斯知此苦。

从上述引诗中可以看出，“驼背女”这个名字是由她的相貌得来的，她名字的原文是kubijā，该词来源于kubj，本义为“驼背的”，因此，驼背女是城中人们对她的称呼，她已经没有其他的名字了。她的身体因为畸形而被人耻笑，“蹒跚女仆贻笑城”，她身躯似老妪，走路要“弓身柱杖路上行”。步履蹒跚、身似老妪，如此相貌实在是毫无美感、令人生厌，驼背女的内心肯定是自卑、痛苦和无助的。苏尔达斯作为一位盲人，他能够深深感知拥有身体缺陷和内心自卑的人的苦楚。

驼背女的样貌丑陋，内心自卑痛苦，她的家庭出身更是低微。她的出身被牧女们议论纷纷：

你没见过驼背女吗[4]

我去摩城卖酸奶，彼时看见细端详。
宫殿附近园丁女，男女见她皆嘲笑。
烧炼试验千万次，黄铜能有何变化？
听闻将她变美女，自己欢喜迷恋她。
苏尔言，
心心相印情意合，对此法官复何为？

---

1 苏尔达斯著，姜景奎等译：《苏尔诗海》，第876页。
2 造物，原文为bidhinā，通bidhi，意为“大梵、造物主”，此处译为“造物”。
3 苏尔吉达斯，原文为sūrajadās，指苏尔达斯。
4 苏尔达斯著，姜景奎等译：《苏尔诗海》，第874—875页。

从牧女的对话可以看出，驼背女是园丁的女儿，其家庭种姓应该不高，至多也就是个农民。驼背女出身卑微，相貌丑陋，因此城中“男女见她皆嘲笑”。牧女们把她比作“黄铜”，假冒黄金，即便“烧炼试验千万次”，即便被黑天赐予了美貌变成了美女，驼背女也依旧是出身卑贱的黄铜。牧女愤恨地述说：难道黑天在马图拉城没有遇到其他女子吗？黑天为了驼背女把所有的名声都丢掉了，驼背女之于黑天，就“仿若乌鸦伴天鹅，又如蒜头与樟脑。仿若玻璃同金子，又如赭石代朱砂。首陀罗与婆罗门，相伴一起享饭食”[1]。牧女如此不满不仅是出于强烈的嫉妒，而且还出于黑天与驼背女两人身份与外在条件的天渊之别。如乌鸦、大蒜、玻璃、赭石、首陀罗一样的驼背女竟然能够与俊美高贵的黑天一起欢爱尽享福乐，这实在让牧女难以忍受，她们认定驼背女对黑天施了巫术、耍了诡计。驼背女却实在觉得冤屈，她辩白道：她本出身卑微，遭人耻笑和嫌弃，是恩主黑天救助了她，重塑了她的生命，施予她恩惠，赐予她非凡的福运。

伯勒杰女为何生我气？[2]

诃利恩惠实非凡，任何人运不可分。[3]

驼背女把书信写，澄清劝慰向众人：

用心考量再看我，无非刚沙王女仆。

水果之中苦葫芦，遭人弃置垃圾堆。

今得落入乐师[4]手，奏出迷人曲调音。

身体伛偻众人晓，一经触碰即直挺。

苏尔达斯言，

主人慈悲又仁爱，亲自用手做矫饰。

这首驼背女的辩白诗，以葫芦作比，甚为精妙。她将自己比作水果

1 苏尔达斯著，姜景奎等译：《苏尔诗海》，第878页。

2 苏尔达斯著，姜景奎等译：《苏尔诗海》，第1010页。

3 黑天的恩惠不同寻常，每个人享有的那部分福运都不会被他人分割。

4 乐师，原文为jaṃtrī，意为巫师、术士、演奏者，此处译为乐师，指黑天。

中的苦葫芦，“遭人弃置垃圾堆”，幸而得到黑天的救治，如同苦葫芦进入乐师的手中，被打造成了精美的乐器，能够奏出婉转迷人的乐音，让人欢喜。驼背女将黑天视作自己的恩主，宣扬他对自己的救治，“身体伛偻众人晓，一经触碰即直挺”，赞颂他的神力、慈悲与仁爱。

由此可见，驼背女并没有要什么诡计，也没有施什么巫术，她对黑天全心全意的侍奉换来了黑天对她的恩赐。驼背女一没有迷人的样貌，不能与罗陀那样美丽迷人的女子相比，二没有良好的家庭出身，亦不能与罗陀的家庭相比，从外在条件来看，驼背女与罗陀就有云泥之别。驼背女所具有的这些外在条件怎么就能吸引黑天对她一见钟情，对她青睐有加呢？原因只有一个，并且是至关重要的，那就是对黑天一心一意虔诚奉爱，在这个层面，驼背女具有与罗陀一样的对于黑天的炽热的爱，因此能够吸引黑天的爱恋与眷顾。大神黑天与信徒的爱是相互呼应的，信徒对于至高者黑天有多么虔信和热爱，黑天就会对信徒做出相应的回应，施乐赐福，大神对于每位信徒都赋予平等的爱与恩惠。苏尔达斯在诗中点明了驼背女能够受到黑天青睐的缘由：

驼女前世修苦行[1]

离开国王诸宫殿，黑子来到她家中。
来断强弩路途中，疾趋而至她初会。
如此虔爱受其控，此种爱意不可述。
曾言履毕圣业来，并予无边美色相。
惠目一瞥吉祥现，尼笈摩经[2]不可及。
追随穷人离傲慢，如此这般仁慈主。
苏尔言，
牛护完成神圣业，即刻前来至彼处。

1 苏尔达斯著，姜景奎等译：《苏尔诗海》，第847页。
2 尼笈摩经，原文为nigam，字面义为“不可达到的”，指印度宗教文献四吠陀。

驼背女从前世开始就已经修炼苦行，全心全意崇拜和虔爱黑天。“她会胜尊抹爱檀，迦尸千万修诵果”[1]，正因为如此，她获得了在迦尸城[2]修炼的果报，于今世第一次见到黑天时，黑天便对她一见钟情，怜爱有加，恢复她曼妙身躯，赐予她举世无双的美貌和崇高的尊荣。苏尔达斯在诗歌中一方面强调只要以虔诚之心敬拜黑天就会得到黑天恩赐的至上尊荣和福乐，另一方面赞颂黑天“追随穷人离傲慢，如此这般仁慈主”，弘扬了黑天大神谦恭悲悯、恩泽信众的仁爱形象。

通过黑天救治驼背女并与之结为连理的故事，可以看出黑天作为大神对于信徒的平等的爱与恩慈。与此同时，这个故事还体现出信仰黑天的民间信众群体中，种姓低下或社会地位低下的信徒有很多。黑天信仰源自民间，后婆罗门将其与正统毗湿奴信仰相融合与改造，使黑天信仰在印度民间具有广泛的信众基础，在印度中世纪帕克蒂运动时期，更是吸纳了很多妇女和首陀罗等低等种姓群体加入。

瓦拉帕在其杂评集《黑天庇佑》(*Kṛṣṇāśraya*)中描述了当时印度的社会状况，在穆斯林统治下，印度教呈现式微之势，吠陀正统下的宗教祭祀和吠陀知识已经不能符合广大印度教徒的信仰要求，不能满足广大印度人民群众的宗教需求，在这种状况之下，他宣扬虔爱恩泽之道，创立了瓦拉帕派，他认为只有虔爱之道才是符合广大印度教徒宗教信仰需求的唯一途径。这种虔爱之道强调精神上对大神黑天的全心奉爱和无私奉爱，信徒依赖黑天的恩泽而生，无论种姓贵贱、贫富悬殊，只要全心奉爱黑天，都能得到大神的恩泽。[3]这种恩泽之道简单易行，符合广大印度人民的信仰需求，因此受到印度社会各阶层的欢迎。以瓦拉帕派为代表的黑天支派信徒遍及印度社会各阶层，上至婆罗门，下至首陀罗，无论男女老幼，又尤其是在居家人士和广大女性群体中受众广泛。

---

1 参见苏尔达斯著，姜景奎等译：《苏尔诗海》，第849页。

2 印度古代城市，Kāśī，今瓦拉纳西，Vārāṇasī。

3 参见 Dhīrendra Varmā, *Hindī Sāhitya Kośa*, Vol.1, p. 458。

在瓦拉帕派著名的“八印诗人”[1](aṣṭachāpa kavi)中，巴尔玛南德达斯是高级婆罗门(kānyakubja brāhmaṇa)，哥温德达斯是婆罗门(sanāḍhya brāhmaṇa)，原本离家云游成为瑜伽修行者，后投入维特尔纳特门下，成为有形黑天的信仰者。奇达斯瓦米则出身马图拉城显赫的婆罗门家族(caube brāhmaṇa)，在担任唱颂之职的同时，依然过着家庭生活。南德达斯也是婆罗门出身。而贡朋达斯是农民，他除了在室利纳特神庙中担任唱颂一职以外，平时还居家种地，养活一家老小。查多尔帕奇达斯是贡朋达斯的儿子，也是个农民。八印诗人中，成就能与苏尔达斯比肩的克里希纳达斯是首陀罗(śūdra)，他曾超越维特尔纳特，掌握了牛增山黑天庙的领导权。由此可见，以瓦拉帕派为代表的主张虔爱黑天思想的教派是宣扬众生平等、不论贵贱的，诚如苏尔达斯在诗歌中所颂，“男女贵贱无分别，下凡降世他身边。谁为胜尊谁仆众，他一毫中大梵卵[2]。虔情心处有诃利，胜尊恩处得幸运”[3]。信徒只要虔心奉爱黑天，无私纯粹地念颂和敬拜黑天，黑天就会下凡至他们身边，护佑他们，赐予他们福乐。黑天的每一根毫毛中都蕴含着一个梵卵，一个梵卵诞生一个宇宙，黑天是宇宙的创造者，信徒只需奉爱黑天，跟随黑天，就能够在每一世的流转轮回中与黑天在一起，得到他的恩泽和庇佑，获得福乐。无论贫富贵贱、男人女人、天神还是仆从，只要对黑天全心奉爱，胜尊黑天的恩泽就会降临于他。《薄伽梵歌》有云：“有些人心地纯洁，虔诚地献上一片叶，一朵花，一枚果，一掬水，我接受这些真诚的供品……即使出身卑贱的人，妇女、吠舍和首陀罗，只要向我寻求庇护，也能达到至高归宿。”(9.26,32)[4]出身卑微、样貌丑陋的驼背女就得到了至高归宿这样的大幸运，她前世今生虔诚奉爱黑天，因而能够得到黑天的赐福，如吉祥天女一般陪伴在黑天左右，永享福乐。

---

1 瓦拉帕派中八位虔诚诗人，在位于牛增山的室利纳特——黑天庙中担任唱颂之职，他们用伯勒杰语创作的黑天诗歌，深受印度人民喜爱并广为流传，史称“八印诗人”，简称“八印”(aṣṭachāpa)。

2 梵卵，原文为Brahmāṇḍ，据印度教说法，宇宙诞生于梵卵。

3 参见苏尔达斯著，姜景奎等译：《苏尔诗海》，第849页。

4 毗耶娑著，黄宝生译：《薄伽梵歌》，第91—93页。

四、“忘恩负义”的少年英雄

少年黑天的马图拉功行故事是由刚沙王的又一毒计引发的。刚沙王畏惧那罗陀仙人的预言，得知被送往牧区难陀家中寄养的提婆吉与富天的第八子黑天将置他于死地，便屡屡派妖魔前去伯勒杰加害黑天，但这些阿修罗妖魔一一被黑天消灭。刚沙王处心积虑，又生毒计，派遣使臣阿格鲁尔前往伯勒杰将黑天和大力罗摩召唤至马图拉参加节日庆典，途中设下力大无穷的角斗士、凶猛战象、持弓将士等众多埋伏，有心依此计一举铲除黑天，以消多年来的心腹大患。哪知黑天与大力罗摩辞别牧区父母亲朋，来到马图拉城，不仅受到城中人民的热烈欢迎，而且轻而易举地击败了刚沙王在途中布下的埋伏手，最后黑天将刚沙王拖拽下王座，并杀死了他。刚沙王的毒计不仅没有将黑天置于死地，反而他自己被黑天一举消灭了。刚沙王最后这条毒计是黑天人生的转折，使黑天无忧无虑逍遥自在的牧童生活转向了不断征战的英雄生涯，而他的英雄功业是从铲除马图拉城人民憎恶的囚父夺权的暴君刚沙开始的。黑天前往马图拉之后，他的个人英雄形象得到凸显，此时的黑天不再是保护牧区的神奇牧童，而是开始在国家政体层面上崭露头角的保家卫国的少年英雄，为其之后作为杰出的政治家、思想家、军事家以及雅度族人民的护卫者和精神领袖的形象做了铺垫。

当然，苏尔达斯在依据这一英雄故事进行虔诚诗歌创作时，除了展现历史传说中黑天的少年英雄形象之外，最主要的还是为了凸显其宗教信仰层面的内涵，突出黑天大神恩泽众生的仁慈形象。所以，在考察黑天马图拉功行故事中的形象时，可以从历史传说与宗教神话两个层面来进行。同时，少年黑天离开伯勒杰，前往马图拉城王宫，与养父养母离别时表现出的决绝与冷酷无情也是值得分析的。表面上看，少年黑天除掉刚沙并与亲生父母相认之后便一直留在王宫，再也没有返回伯勒杰，他还对养父母说出几近冷酷的言语，伤透了难陀耶雪达夫妇以及牧人牧女的心，由此，少年黑天贪慕荣华、忘恩负义的形象呼之欲出。但仔细探究这一表面形象的宗教内涵，就可以发现印度中世纪黑天支派对于黑天崇拜的“离欲”主张，即突出精神上的虔爱，而忽略世俗的肉体的关系。

从历史传说层面讲，少年黑天消灭暴君刚沙的故事作为历史传说，在真实的历史上应该是存在的。从这个角度来说，黑天作为人类英雄的形象更为突出。他所代表的是雅度族人的利益，是雅度族的守护者。以印度学者苏克坦卡尔和D. D. 高善必为代表的不少学者认为，最早的黑天信仰开始于英雄崇拜。[1]黑天所属的雅度族是古老的游牧民族，[2]在古老的英雄史诗《摩诃婆罗多》中，黑天本身并没有什么神性，他只是那个游牧民族的杰出军事首领，而在《摩诃婆罗多》的附篇，可以被称作早期往世书的《诃利世系》中，在记载有关黑天故事的最原始的传说中，黑天还不是一个神，而是原始游牧民族中的一位英雄。黑天这位英雄是雅度族中一个古老的支系苾湿尼族或称萨德沃德部族的后代[3]，他的亲生父亲富天属于苾湿尼族的直系，富天并非雅度部族联盟的“国王”。

诃利予乌格尔森[4]王位[5]

全城居民喜沉醉，吉祥伯王[6]拂尘摇。

惧怕刚沙别处去，雅度族人得返回。

---

1 参见季羡林、刘安武编：《印度两大史诗评论汇编》，第194页。持有此观点的还有德国学者，一说有奥地利学者M. 温特尼茨和英国学者C. N. E. 埃利奥特等。参见C. N. E. 埃利奥特著，李荣熙译：《印度思想与宗教》，第9页；Maurice Winternitz, *A History of Indian Literature*, Vol.1, pp. 438–439。

2 黑天传奇的基础是，他是最古老的吠陀中提到的五个主要雅利安人部落之一的耶杜部落的英雄，后来成为半神。参见D. D. 高善必，王树英等译：《印度古代文化与文明史纲》，第129页。

3 有关苾湿尼族的传承关系，往世书中说法不一。据《诃利世系》(95.5242)、《毗湿奴往世书》(4.13)称，苾湿尼是萨德沃德（摩豆的后代）的儿子，是富天的曾祖父，黑天的高祖父。据《林伽往世书》(4.5)称，苾湿尼是摩豆的儿子。但无论哪种说法，都称苾湿尼是雅度的后代、摩豆的后代。

4 乌格尔森，原文为Ugrasena，据《风神往世书》(96.132–134)称属雅度部落联盟中的古古罗族，是刚沙王的父亲，原是马图拉的国王，该王国是由一系列包括苾湿尼族和博遮族等在内的众多部族结合的部落联盟建立，国王是由各联盟部族共同推举产生，并非世袭制，通常由军事技能和人品卓越者担任。乌格尔森后被其子刚沙夺权并被软禁在监狱中，黑天杀掉刚沙王以后使他再次获得王权。

5 苏尔达斯著，姜景奎等译：《苏尔诗海》，第839—840页。

6 伯王，原文为brajarāja，字面义为“伯勒杰地区的王者”，此处缩译为“伯王”，指黑天。

歌者吟游诗人颂：胜利吉祥雅度王[1]！
世代传颂此名声：波利王之看门人[2]。
苏尔达斯言，
胜尊不灭永恒存，化身下凡为信徒。

从上述引诗中可以看出，黑天铲除刚沙，帮助老国王乌格尔森恢复了王权之后，他并没有夺取雅度部落的王权，而是辅佐在国王乌格尔森左右。当他带领雅度族人离开马图拉，迁徙到印度西海岸德瓦尔卡建立新城时，以及帮助般度族战胜俱卢族而赢得胜利时，他都没有夺取王权而成为政权领袖。黑天从来不是雅度族的国王，但他是雅度族的精神领袖。[3]

雅度族并非由单一的部落组成，而是由数个大小部族共同组成的部落联盟。《摩诃婆罗多》中记载了关于黑天的生平故事，关于这部作品的成书年代，学界主要接受德国学者温特尼茨的观点，[4]即"《摩诃婆罗多》现存形式的产生不会早于公元前4世纪，也不会晚于公元后4世纪"[5]。由此可知，历史传说中黑天故事发生的时代不会晚于公元前4世纪前后，[6]其实，黑天故事的流传还可能早于此。公元前6世纪至公元前4世纪前后，黑天的故事就已经流传于世，在《歌者奥义书》中就已经出现了提婆吉之子黑天求学于考罗·安吉罗仙人的叙述，在《大

1 雅度王，原文为jādavarāia，字面义为"雅度族的王者"，此处译为"雅度王"，黑天名号之一。

2 波利，原文为bali。根据《薄伽梵往世书》的记载，波利是伯拉哈拉德（Prahlāda）的孙子，他凭借自己的实力，一步步地征服了三界。众天神向毗湿奴大神祈求庇护，于是毗湿奴大神化身为一个侏儒，乞求波利赐给他三步之地。当波利得知这个装扮成乞丐的人便是大神毗湿奴的时候，他毫无犹豫地答应赠予所需之地。结果，话一出口，毗湿奴大神两步横跨了整个世界。当问及波利第三步应该落在哪里的时候，波利非常喜悦地愿以自己的头接受大神的足迹。虽然波利失去了一切，但得到了大神毗湿奴的恩惠，即毗湿奴成为他永远的朋友与看门人。这里将黑天称作波利王的看门人，说明了在苏尔达斯心中，黑天不仅是毗湿奴大神的化身，而且已经是至高存在的神明，能够为虔诚信徒施予恩惠的仁爱之神。

3 刘安武：《印度两大史诗评说》，第126页。

4 参见季羡林主编：《印度古代文学史》，第49—50页。

5 Maurice Winternitz, *A History of Indian Literature*, Vol.1, p. 446.

6 此观点亦为印度学者D. D. 高善必的论断基础："我们暂且仅将黑天故事追溯到公元前4世纪。"参见D. D. 高善必著，王树英等译：《印度古代文化与文明史纲》，第128页。

隧道本生经》和《罐本生经》中就有黑天故事的记述，并且《薄伽梵往世书》中提到黑天梵行期求学的地方在阿槃提，这是佛陀时代存在的一个小国。因此，黑天故事中所描述的时代应该在佛陀时代前后。此时北印度处于共和国诸国和诸王国时期，部落组织开始在特定地区永久定居，这就使其具有了地域特性，该部落组织将定居的地区以本部落之名来命名。同时，为了维护这种永久占有的需求，部落的政治组织依据自身地理位置、经济状况和组织构成开始转变为共和国或王国。

雅度部落就是共和国的政体形式，[1]它是由几个部落组成的一个联盟。[2]雅度部落组织主要是由萨德沃德族、苾湿尼族、安陀迦族、阿毗罗族四个主要部落以及古古罗族、博遮族等数个支系部落构成。在从部落到共和国政体的过渡时期中，原来的部落民主模式转变为半民主模式（semi-democracy），联盟内部通过一个代表部落的会议来统治管理。该会议是各部落代表或各家族族长的集会（Bharī Sabhā），在共和国的公民会堂（Moot Hall）内举行，该会议由众多代表中的一员主持，他被称为"罗阇"。"罗阇"一职在共和国的政体形式中不是世袭的，并且他的权力更像是一名酋长而非一位国王，但"罗阇"也被称作"国王"。该政体中社会和政治的权力归于议会中的"罗阇"和会议上的代表们共同所有，他们一般是刹帝利[3]出身。[4]因此，马图拉的"国王"乌格尔森的王权也是有限的，这与君主政体中国王的权力是有很大区别的。所以黑天即便不是雅度部落组织的国王，他也一样作为苾湿尼族的代表而在部落联盟的代表会议中享有很高的权力和威望，

1 在佛陀时代，马图拉是十六强国中的苏罗娑的都城，在历史上当时雅度部族联盟的国家应该是苏罗娑国，该国在希腊人麦伽斯提尼的《印度记》中有记载，该国人民都信奉大神黑天。参见 Singh Upinder, *A History of Ancient and Early Medieval India: From the Stone Age to the 12th Century,* Delhi: Pearson Education, 2008, p. 436。

2 Romila Thapar, *A History of India*, Vol.1, p. 50.

3 此处的"刹帝利"，更多强调职业能力，而并非是被严守吠陀经典的保守传统的婆罗门阶层所划分的严格的纯净刹帝利种姓出身，例如萨德沃德族在波尼你的《八章书》(4.1.114) 中被称作刹帝利，但在《摩奴法论》(10.23) 中则被认为是不愿加入婆罗门教的吠舍种姓。

4 参见 Romila Thapar, *A History of India*, Vol.1, pp. 50–52。

尤其在军事权力上，他被看作是雅度部落联盟中萨德沃德族、摩豆族、古古罗族、博遮族、安陀迦族、苾湿尼族等部落共同的军事领袖和精神领袖。[1]

刚沙与其父乌格尔森不合，主要应该是由于对待雅度族部落联盟中其他部族的态度不同，以及对非世袭制的共和国政体形式的不满。老国王乌格尔森由于德高望重的人品和卓越的军事才能被苾湿尼族和博遮族等部落代表推举为"罗阇"，他在位时，富天与提婆吉结婚，两族通婚说明乌格尔森是本着各部族友好和谐相处的基本原则统治联盟的。而刚沙王在位时，却迫害雅度族中其他部落群体，尤其是苾湿尼族人，这点可以从上述引诗中"惧怕刚沙别处去，雅度族人得返回"看出。刚沙之所以要诛杀黑天，也是因为权力和联盟内部部落利益之争，当时部落联盟中"罗阇"是被推举而非世袭，刚沙要打破原有的政治体制，而提婆吉与富天的儿子将是其王权的最大威胁，所以除掉这个潜在威胁是其保护王权的必要手段。因此，黑天刚出生即被暗中送往牧区阿毗罗族的族长难陀家中寄养，而黑天长大后势必会返回政体的权力中心进行斗争。刚沙的这种违背部落组织政体的行径，在当时被认为是非正义的，而黑天则代表着正义的一方将其诛杀。

因此，在历史传说中，少年黑天诛杀刚沙的故事体现出了他作为雅度族人民的保护者，作为雅度部落联盟组织体制和利益的捍卫者的英雄形象，开启了黑天作为雅度族英雄而受到崇拜并上升为大神的传奇道路。

从信仰层面讲，少年黑天在马图拉诛杀刚沙王的英雄故事在虔诚信徒苏尔达斯的诗歌创作中，被赋予了更多的宗教内涵。少年黑天的形象也远非部族英雄那么简单，黑天是苏尔达斯信奉的至高神，作为具人形的神，苏尔达斯着力宣扬的是其作为至高神的恩慈。而在少年黑天离开牧区转向城市宫廷生活，离开养父养母、情侣亲朋回到亲生父母

1 《摩诃婆罗多》(12.82.28)中提到摩豆族、古古罗族、博遮族、安陀迦族和苾湿尼族，全都依靠大臂者黑天，乃至整个世界和世界统治者们都依靠他。参见毗耶娑著，黄宝生译:《摩诃婆罗多》第5卷，第153页。

身边展开新的生活时，他对牧区人民表现出的决绝态度使他不可避免地背负骂名，这种情况即使在历史现实中，也是不可避免的。流落民间的王子回到宫廷展开宫斗，赢得胜利后还必须承担更加繁重的家国之事，承担保卫部落的重担，没有再返回伯勒杰也是有情可原。只是在苏尔达斯的诗歌中，黑天表现出的决绝是让伯勒杰人民难以接受的，于此，苏尔达斯是有其明显的创作意图的。

《苏尔诗海》中，少年黑天作为至高的神，他诛杀刚沙王的壮举并非意在表达他有多么勇武强壮，而是意在突出他对于信众的救护以及对于参与其游乐本事的世间各命的恩泽。在诗歌中，黑天被赞颂为“胜尊消灭恶人者，卸除大地重负者”[1]，他能够“消解痛楚”，“祛除修行者之苦”[2]，而刚沙王与其派出的欲要诛杀黑天的各种武士和角斗士都被看作是在人间作恶、给人民和修行者制造痛苦、加重大地负担的阿修罗，黑天与大力罗摩一起将这些阿修罗都诛杀了，解救了大地上的子民。[3]不仅如此，黑天还通过诛杀以刚沙王为首的被看作是阿修罗的一干人等，使他们获得了解脱，展现了大神对于世间各命的恩慈。

年轻难陀子战场闪光辉[4]

蓝黑身披黄衣衫，宛若云间闪电光，
头戴美丽雀翎冠，熠熠生辉现光彩，
耳环闪光如闪电，红莲花瓣大眼睛，
额志似箭眉美弓，卷发迷人黑蜂群，
胸前佩戴野花环，红足佩镯叮当响，
稳健有力似象步，无比智慧耀光辉。
玛纳斯湖满红莲，既见欢呼如天鹅。
摔死两位大力士，穆希提克迦奴尔。

1 参见苏尔达斯著，姜景奎等译：《苏尔诗海》，第827页。
2 参见苏尔达斯著，姜景奎等译：《苏尔诗海》，第831页。
3 参见苏尔达斯著，姜景奎等译：《苏尔诗海》，第834页。
4 苏尔达斯著，姜景奎等译：《苏尔诗海》，第836—837页。

杀死大象冠蓝莲，肩扛象牙两英雄。
胜尊来到王座前，刚沙既见魂魄散，
坐前盾剑犹然在，宫殿之路寻不得。
一蹴王冠从头落，诃利扯发拖其走。
四臂形象四方现，四般兵器四手握。
刚沙国王阿修罗，丢掉性命获解脱，
辨识胜尊色相身，心智转变纯无瑕。
众神齐聚观此景，降下花雨同喜乐，
乾达婆[1]与修行者，欢呼雀跃庆胜利。
苏尔言，
胜尊至大无言表，阿修罗立入神趣。

苏尔达斯在上述引诗中将少年黑天诛杀众敌的光辉形象描述得极为动人。他英姿勃发，一身牧童的装扮，神采奕奕，来到敌人近前，不费吹灰之力，便将敌人击败。国王刚沙看到他气势如虹，拥有万钧之力，顿时魂飞魄散，丢盔弃甲，王冠掉落。他慌不择路之时，被黑天上前一把抓住头发拖拽至殿外亲手诛杀。刚沙的死亡在苏尔达斯的诗歌中被描述为阿修罗王的解脱，“刚沙国王阿修罗，丢掉性命获解脱”。他在临死前得见黑天的神相，“四臂形象四方现，四般兵器四手握”，知晓了黑天的本尊，通过皈依黑天获得了心智的纯洁，“辨识胜尊色相身，心智转变纯无瑕”，并最终获得了解脱，脱离了阿修罗的命道轮回而升入天界与众天神同欢喜。

苏尔达斯在描述少年黑天在马图拉诛杀刚沙的壮举之外，还着重刻画了黑天在与伯勒杰牧区人民离别时的决绝与无情。黑天的这种决绝与冷酷使得伯勒杰养父母以及牧人牧女本就因离别黑天而悲痛的心情更加雪上加霜。如果不仔细阅读文本和理解黑天当时的处境与心情，很容易将文本表层中的离开伯勒杰常驻马图拉的黑天看作忘恩负

1 原文 gandharv，亦译作“健闼缚”“犍闼婆”“乾闼婆”“甘达婆”等，指印度神话中天界的一类掌管歌舞音乐者，亦称“伎乐天”，半人半神，传说以香味为食，擅长音乐与幻术。

义的竖子。

难陀王，快快返回伯勒杰[1]

父亲儿子你与我，此种关系至尽头。
悉心照料抚养我，牢记于心此不忘。
无论我居在何方，切勿忘却我属你。
且会母亲耶雪达，相见拥抱众伙伴。
修行圣人尼笈摩，我数不尽彼功德。
摩耶迷惑与聚散，如此这般世界逝。
苏尔言，
听闻黑子无情语，泪水盈盈眼中溢。

黑天的这些话看起来着实冷酷无情："父亲儿子你与我，此种关系至尽头。" 作为世俗之人的难陀和耶雪达夫妇听后伤心欲绝："听闻黑子无情语，泪水盈盈眼中溢。"

这种解读与苏尔达斯的信仰之间存在一个逻辑相悖的简单问题，即黑天是苏尔达斯信奉的至高神，是圆满至高的大梵化身，是完美的大神，那么在《苏尔诗海》中苏尔达斯又怎么会将少年黑天描述成忘恩负义的坏人呢？印度学者S. 拉达克里希南在《印度教》中说道："对于崇拜者来说，具人形的神便是至高神。没有人会崇拜被认为是有缺陷的神。"[2]黑天这种忘恩负义的形象肯定不是信徒苏尔达斯的理解和本意。

其实，忘恩负义的形象是对黑天的极大误解。原因有二。首先，黑天并没有因为诛杀了刚沙就完成了斩妖除魔的使命，事实上，他的正义礼法之途才刚刚开启，他将要面对的并非只有荣华富贵，还有更多更重的使命——保家卫国，四处征战。他已经回归到了原本的宫廷，就不可能再逃离他应有的刹帝利的职责和使命而返回伯勒杰继续

1 苏尔达斯著，姜景奎等译：《苏尔诗海》，第853页。

2 A. L. 巴沙姆主编，闵光沛等译：《印度文化史》，北京：商务印书馆，1997年，第101—102页。

过逍遥快活的牧童生活。其次，黑天也不可能把牧区人民接到马图拉居住。伯勒杰的牧人过惯了自由自在、无拘无束的烂漫生活，虽然简单朴素但却自在逍遥。牧人的族群肯定不能适应长久居住在马图拉的城市生活。况且马图拉的城市生活虽然繁华热闹，但却时刻面临各方政治势力以及军事力量的窥伺和进攻，看似繁华似锦，实则危机四伏。

(我的)莫亨啊，无你不离去[1]

夫人奔跑前来时，我以何言向她语？
搅好奶油为你备，我的孩儿且返回！
摩图城至变无情，为何曾诛阿修罗？
得福富天提婆吉，并予福乐众天神。
难陀牧伴皆言此：内心欲将破碎裂。
雅度之王无情现，彼时摩耶虚幻生。
苏尔言，
无情诡计魔法施，规劝难陀把家还。

所以，黑天看似决绝的态度，实则是煞费苦心，是为了难陀等牧人能够返回伯勒杰，为了伯勒杰的人民能够继续过他们悠然自在的生活。少年黑天对于伯勒杰牧人的离别之言并非忘恩负义。

当然，苏尔达斯在文本中并不只是为了凸显黑天对于伯勒杰人民的一片苦心，最为重要的是他要通过黑天对伯勒杰人民的说教，在宗教信仰层面表达信徒虔爱黑天的正确方式以及黑天对于伯勒杰信徒的考验。

如今难陀照管牛[2]

来到你处停留下，放牧已有些许日。

1 苏尔达斯著，姜景奎等译：《苏尔诗海》，第856—857页。
2 苏尔达斯著，姜景奎等译：《苏尔诗海》，第803—804页。

喂食牛奶与酸奶，悉心照料抚养大。
你之此般好品德，记于心中不忘却。
耶雪达母门边立，泪水潸然簌簌流。
言说心存此渊识，无忧无虑享生活，
且请内心作思量：谁为父母谁为儿？
苏尔言，
撕下虚伪之纸张，胜尊动身启程去。

"撕下虚伪之纸张"，指的是超越世俗关系的母子关系、父子关系、朋友关系等，超越摩耶对于世人的束缚与迷惑，超越世俗关系中的聚散离别，将这些世俗关系升华为对大神黑天的虔爱，要时刻牢记与黑天在一起的福乐欢喜，心念黑天。

难陀啊，道别启程回牛村[1]
造物[2]作此聚与散，且请消除这犹豫。
耶雪达前去劝言，双眼莫再泪水流。
将我视为自己儿，养育呵护深关切。
你我丝毫无差别，请你心念此等识。
苏尔达斯言，
胜尊这般请求道：亲情爱意心莫忘。[3]

看似冷酷无情的言行实际上集中展现了大神吉祥黑天所具六德中的"离欲"(vairāgya)之德性。黑天劝诫信徒，要克服无明摩耶对于世俗关系和肉体关系的束缚，超越世俗中摩耶有关世人离别聚散之苦的迷惑，达到精神上对大神黑天的至高虔爱。黑天的无情与冷酷针对的是世俗的摩耶，他要伯勒杰的信徒克服无明的摩耶，超越三性，超越世俗关系和肉体关系，而全心全意在精神上虔爱他，奉爱于他，真正在精

1 牛村，原文为ghoṣ，意为"牧牛人居住的地方"，此处指牛村。
2 造物，原文为bidhi，意为"大梵、造物者"，此处译为"造物"。
3 苏尔达斯著，姜景奎等译：《苏尔诗海》，第855页。

神上皈依于他。

对于黑天的奉爱，主要是精神层面的，需要克服世俗摩耶的迷惑与束缚而达到纯净的奉爱。黑天所教导的“离欲”[1]，并非强调身体的厌世弃俗，而是强调在精神层面超脱世俗的迷惑与束缚，即精神层面的“离欲”，在精神上升华对黑天的至高虔爱。信徒无论是出家还是居家，只要身心奉献黑天，在精神上皈依黑天，冥想念诵黑天，就能够时刻与黑天在一起而得到黑天的庇佑与恩泽。学者A. L. 巴沙姆在其论文《中世纪印度教的印度》中写道：“当突厥骑兵横扫殑伽河平原（即恒河平原）时，印度教文化倾向于向内看和朝后看。向内是指个人的精神生活，朝后是指远古的神圣规范。”[2]可见，中世纪的印度教强调的是信徒个人内心的精神信仰，而非注重外在的祭祀和虔拜。

此外，黑天决绝的离别还是对伯勒杰信徒的考验。瓦拉帕派认为，信徒在了解了大神的本事功行，理解了大神的恩泽之道，得到了至高伟大的尊神的知识之后，愿意奉献自我、奉爱黑天，但这种自我奉献的虔爱情感需要得到持续的巩固和增强。只有经历了与大神分离的体验，当信徒意识到因与大神的分离而痛苦万分时，信徒的这种虔爱情感才会更加热烈，就会极度期盼与大神吉祥黑天的会面。[3]真正的虔诚信徒离别黑天之后，会痛苦万分，而他们对于黑天的爱，会在这种离别的痛苦难安之中逐渐纯净升华。信徒沉浸在这种因与黑天离别而痛苦难安的炽热情感中，就会消除身在俗世的迷惑，专心冥想与黑天在一起的福乐和欢喜，不再留恋这个俗世，从而达到精神上的离欲解脱。

---

1 印度古代哲学中早已将“离欲”分为外在和内在两种，《金七十论》卷1记载，数论派创始人迦毗罗仙人（Kapila）论离欲有两种，即外离欲和内离欲：外者，于诸财物，已见三时苦恼，谓觅时、守时、失时；又见相著杀害二种过失，因此见故，离欲出家，如是离欲未得解脱，此离欲因，外智得成。内离欲者，已识人与三德异，故求出家，先得内智，次得离欲，因此离欲，故得解脱。因外离欲，犹住生死；因内离欲，能得解脱。参见《金七十论》卷1，T54，No.2137，p. 1251a。

2 A. L. 巴沙姆主编，闵光沛等译：《印度文化史》，第85页。

3 参见Dhīrendra Varmā, *Hindī Sāhitya Kośa*, Vol.1, p. 456。

第三节 英雄黑天：教化者与赐福者

在《苏尔诗海》中，大神吉祥黑天慈爱和恩泽众生的救世主形象是贯穿始终的，而他的人性形象主要分为两个部分：一个是在伯勒杰地区保护牧人生命财产安全，与牧人牧女尽享福乐和美妙情味，以及去往马图拉诛杀暴君刚沙王的英勇牧童形象；另一个则是作为雅度族人民的英雄领袖或礼法至上者的“刹帝利”形象。

这两种形象对应的是黑天信仰中的两支源流，一支是牛护信仰，另一支是婆薮提婆子信仰。牛护信仰与苾湿尼族中专门从事看护牛群牲畜的家族相关，牛护是这些家族所信奉的家族神。婆薮提婆子信仰则是苾湿尼族古老的英雄崇拜的产物，婆薮提婆子是苾湿尼族的战斗英雄和军事领袖。牛护黑天与婆薮提婆子黑天形象融合后，黑天从部落英雄和领袖形象逐渐上升为雅度部落联盟中几大部落共同信仰的主神。印度史诗文学《摩诃婆罗多》主要突出的是作为英雄、领袖、军事家、思想家的婆薮提婆子黑天形象，而牛护黑天的形象被极度弱化，其中的黑天是一个半人半神的存在，除去《薄伽梵歌》中黑天自我宣扬的神性，整部《摩诃婆罗多》所描述的黑天是一位英雄和伟人。在之后的印度“往世书”文学中，牛护黑天的形象和事迹被凸显出来，牛护黑天作为黑天的童年和少年形象出现，而婆薮提婆子黑天则作为成年黑天的形象出现，“往世书”文学重点突出的是黑天仁慈和恩泽众生的神性，尤其在黑天支派的宗教圣典《薄伽梵往世书》中，黑天的人性形象单薄，神性形象突出。

苏尔达斯创作《苏尔诗海》时，虽然继承了史诗《摩诃婆罗多》与《薄伽梵往世书》中的黑天故事文学传统，但其对于黑天形象的塑造却是富有创造性的。苏尔达斯主要致力于对《薄伽梵往世书》中第十章即黑天下凡故事的创作与赞颂。在塑造成年黑天形象时，苏尔达斯秉承布什迪派的宗旨，即黑天是平等慈爱众生、赐予众信徒福乐、与信徒尽享情味的恩泽至上主。他将牛村的福乐故事与伯勒杰沃林达林中情味本事的内容情节及慈爱、友爱和情爱的感情融入对成年黑天的赞颂中。

《苏尔诗海》中少年黑天消灭刚沙之后，与大力罗摩一起认祖归宗，并接受了生父富天为他们举行的戴圣线仪式（yajñopavīta）[1]，之后两人前往阿槃提（Avanti）[2]投入光明圣人门下进行梵行期（Brahmacarya）的学习。结束了梵行期学习回到马图拉的黑天已经步入成年。苏尔达斯所创作的有关成年黑天功行故事的诗歌主要分为“乌陀送信”和“德瓦尔卡功行”两大部分。其中，“乌陀送信”组诗部分占了成年黑天故事赞颂诗歌的绝大部分篇幅，是苏尔达斯重点唱颂的内容，主要讲述了黑天思念伯勒杰人民，派出乌陀送信，探望慰问伯勒杰人民的故事，包含了“派乌陀赴伯勒杰”“黑蜂歌”“乌陀与牧女对话”“乌陀心中变化与牧女讯息”“彻底转变与耶雪达之信”“乌陀返回马图拉”“黑天与乌陀的对话”“吉祥黑天的话”等众多小的主题故事。乌陀送信的故事继承自《薄伽梵往世书》中的内容，但苏尔达斯融入了自己的观点和信仰理念，将黑天派遣乌陀出使伯勒杰的目的和意义进行了扩大和升华，将一个单纯以派遣乌陀前去抚慰伯勒杰人民，坚定伯勒杰信徒虔爱信仰为目的的故事，改造为一个不仅为了安抚伯勒杰信众，更为了教化乌陀，将乌陀派遣至伯勒杰受教化而转变其原有的至高者无形的一元论信仰观念，使其皈依为有形黑天信徒的故事。此外，苏尔达斯还在《苏尔诗海》中极大扩充了之前“乌陀送信”传统故事的篇幅，在展现有关伯勒杰人民回忆童年和少年黑天本事的诗歌创作中融入了大量的细节描写和丰富细腻的情感，生动地刻画和展现了伯勒杰人民对于黑天的思念和炽热的虔爱之情。在《苏尔诗海》“乌陀送信”的故事中，黑天是作为乌陀的教化者的形象出现的，这其中苏尔达斯借助黑天与乌陀

---

1 根据印度教传统，家族中孩子成长至10—12岁时，家长要为孩子举行佩戴圣线礼（yajña-sūtra，按印度教习俗，婆罗门、刹帝利和吠舍三个再生族种姓的教徒必须佩戴此线），此仪式是印度教重要仪式之一。

2 阿槃提，又译为阿槃底、摩波槃提、阿婆蒂、阿凡提等，释迦牟尼时代印度十六大国之一，大致上位于印度摩腊婆地区（Mālavā，今印度中央邦境内）。在释迦牟尼时代，它是极为强大的国家，与憍萨罗国、摩揭陀国和跋蹉国并为四强。阿槃提拥有两个分国，在西北方以邬阇衍那（Ujjayani，Ujjain，今印度中央邦城市乌贾因）为首都，在南方以摩酰昔摩地（Mahishmati）为国都。黑天与大力罗摩的师尊光明居住的地方位于今印度城市乌贾因。

的对话、牧人牧女与乌陀的交锋等，展现了他对于一元论信仰的批驳和对于有形黑天信仰的宣扬。

在《苏尔诗海》“德瓦尔卡功行”故事中，成年黑天的形象主要有两个，一个是娶妻众多的英雄领袖形象，一个是贫穷婆罗门苏达玛的挚友和赐福者形象。同时，苏尔达斯将黑天作为解救众生的恩泽至上者的大神形象融入了这两个形象之中。在娶妻众多的英雄领袖形象中，苏尔达斯继承《薄伽梵往世书》中的传统，弱化之前史诗文学传统中黑天作为部族领袖骁勇善战、抢亲夺妻的刹帝利英雄人物形象，突出黑天从困境中解救信徒，赐予信徒福乐的恩泽至上主形象；而在创作有关苏达玛功行故事的诗歌时，苏尔达斯对《薄伽梵往世书》中的这则传统故事进行了再造，另赋新意。他不仅在诗歌中展现大神吉祥黑天对虔诚奉爱于他的信徒有求必应，无论贫富贵贱，平等慈爱信徒，恩泽众生的荣耀和全能，而且对一些故事情节进行了改造，丰富细致地描绘了黑天的外貌和言行举止，将他作为伟人的性格和品德与他的神性进行了有机融合，侧重于塑造黑天作为“刹帝利”领袖，知恩图报、友爱谦恭、仁慈和善的礼法至上者形象。

一、乌陀的教化者

《苏尔诗海》中“乌陀送信”故事与乌陀这个人物形象都被改造了，如此改造乌陀送信的故事和人物形象，为的是将《薄伽梵往世书》中黑天的大神形象更加具像化，借助伯勒杰人民对黑天炽热的虔爱与对乌陀一元论知识的辩驳，以此宣扬有形黑天信仰，批驳吠檀多解脱之说。在《苏尔诗海》有关“乌陀送信”故事的组诗中，黑天被塑造为乌陀的教化者。

乌陀在接受黑天教化之前，信仰至高者大梵无形的吠檀多一元论之说：“乌本戈子[1]微笑语：诃利忧伤为何故？此爱不可永留存，一切皆

1 乌本格子，原文为upaṁga-suta，意为乌本格的儿子，指乌陀。

将化虚无。胜尊且将我闻听，惟与一元有关联。"[1]黑天对乌陀的教化首先在于将他派遣至伯勒杰，让他受到伯勒杰牧人信众的影响，从而接受有形黑天信仰和扭转对现象世界的认知。前往伯勒杰之前，乌陀信奉的吠檀多一元论认为至上大梵是永恒的存在，无属性、无差别、无制限，是无形的，他认为伯勒杰人民信爱的黑天是有形象的人格化的神，属于"三德身"，有属性、有差别、有制限，是一种现象或经验的东西，仍属于现象世界。有形黑天和现象世界一样，都是梵通过摩耶幻力显现出的幻相，人们因为无明或无知而产生虚妄的认识，认为有形黑天和现象世界是真实存在的，其实这是一种幻相，就如同绳子通过人的虚妄认识，被误认为是蛇一样，蛇其实是幻相，绳子的本性永远是绳子。绳子即是至高的大梵，真实存在却无形无性，而蛇即是现象世界和有形的人格神黑天，都是虚妄的幻相。

雅度主[2]知乌陀本性[3]

公开称其乃己友，作为却与常理悖。
丝毫没有离别苦，彼处便无爱意生。
形[4]色[5]显色[6]彼皆无，这般法则他遵从。
将我视为三德身，却将他者尊为梵。
若无有德怎救世，心中暗把办法想。
念诵无味之味[7]咒，世界如何得运转？
公开称此乃一元，极度狂妄又自负。

---

1 苏尔达斯著，姜景奎等译：《苏尔诗海》，第996页。所引译文笔者稍有改动。

2 雅度主，原文jadupati，黑天的名号之一。

3 苏尔达斯著，姜景奎等译：《苏尔诗海》，第987—988页。

4 形，原文为rekha，本意为线条，指事物的外在轮廓。

5 色，原文为rūp。广义指色蕴，即客观存在，包括四大种及其所造色。狭义指色境，即眼根的对象，包括形色、显色和表色。

6 显色，原文为baran，指颜色、肤色。

7 无味之味，原文biras ras。ras本义为汁液、滋味，后被引申为印度文学作品中的情味。情味通常分为十种：艳情味、滑稽味、悲悯味、英勇味、厌恶味、暴戾味、恐怖味、奇异味、平静味、慈爱味。"无味之味"指没有滋味，不具情味，这里用来形容"一元论"的咒语和知识是枯燥的，毫无情味可言。

丝毫不颂爱意者，如何能被劝说服？
苏尔言，
胜尊心中生此意：差遣派赴伯勒杰。

上述引诗说明了黑天将乌陀派遣至伯勒杰的主要原因，即为了教化丝毫不具备虔爱之情的乌陀。乌陀把黑天当作朋友，但也仅仅是名义上的，他对黑天并无发自真心的热爱，因为他对离别黑天的痛苦没有丝毫的感受，认为至高存在大梵乃是“形”“色”“显色”皆无的，现象世界也是虚幻的。乌陀信奉至上者大梵是没有任何特征、任何属性的，也不会表现为任何形式，只有“念诵无味之味咒”，学习吠檀多知识，才能消除轮回的原因，即消除无知，才能获解脱。这种一元论学说将无形大梵视作唯一存在，认为黑天也不过是由“原质构成之三德”[1]，是处于摩耶幻相中的存在，而不把黑天看作至高存在的大梵，认为崇拜和虔爱“三德身”黑天是虚妄的，并不能获得终极解脱。

《苏尔诗海》中，黑天对乌陀的教化内容之二在于扭转乌陀对解脱的认识。解脱（mokṣa）一词在梵语中原意为“解放”或“释放”等，在印度（正统吠檀多）哲学中一般代表着一种寂静(śānti)的境界，或者无忧无虑（uparati）的状态。[2]正统吠檀多哲学所指的这种寂静和无忧无虑的状态是对世俗、对现象世界冷漠的，崇尚禁欲主义的状态。而有形黑天信仰支派的宗教哲学理论却与此相反，该派认为解脱意味着至上主黑天赐予的恩泽，并非信徒直接追求的目的，纯粹的信徒追求的是与黑天在一起永享欢喜和福乐，这种解脱观与世俗生活相关，着重的是依托于现象世界又超越世俗关系和世俗礼法的精神解脱。

继承婆罗门正统的吠檀多教派主张的一元论采用古老的古典吠陀救世论。该派奠基人物商羯罗改良了原本陈旧的婆罗门教，反对原来那些繁缛的吠陀祭祀仪式，他继承了《梵经》等正统吠陀经典，关注人

---

1 商羯罗著，孙晶译释：《示教千则》，第190页。

2 孙晶：《商羯罗的解脱观及其思想渊源》，《哲学研究》2008年第12期，第52页。

在现世的痛苦。为解救现世人的苦难，他主张以学习吠陀经典知识和证悟“梵我同一”以求获解脱，这种主张“真知”和“上智”[1]的理论实际上是一种“高贵的主知主义（或称主智主义）”。韦伯曾评价这种救世论道：“古代高贵的主知主义救世论不仅拒斥而且漠视所有迷狂——忘我的、感情性的要素。”[2]这种崇尚“上智”和经典吠陀知识的拥有精英意识的吠檀多一元理论是排斥、漠视甚至鄙视有形黑天信仰中信徒对于黑天的狂热信爱和热烈的虔诚情感的。因此，在闻听黑天讲述难陀耶雪达夫妇以及伯勒杰牧人对他的养育之恩和深情厚爱之后，乌陀坚守自身的一元论观点，并对黑天与养父母和伯勒杰牧人之间的爱表现出了轻视，“笑闻黑子之话语，自我原则得确立”[3]。在闻听黑天讲述他与牧女之间难分难舍的过往情爱之后，乌陀又表现出不屑，并用一元论的理论观点来教育黑天。

黑天并没有亲自驳斥乌陀的不二一元论及解脱之说，而是借助伯勒杰牧人牧女之口对乌陀进行教化。伯勒杰牧人信奉救世主——有形黑天，他们通过个人对于救世主的内在信赖关系，通过对于超世俗的至上人格神黑天的皈依和纯粹而热烈的信爱，完全摆脱不净的思维和感官冲动，例如愤怒、嫉妒和贪欲等，通过不断升华对黑天的虔爱而达到内在的精神纯净，由此得到黑天的恩赐解脱。有形黑天信仰支派正是用救世主黑天来对抗正统婆罗门的吠陀救世论，以对黑天纯粹的狂热的信爱来对抗婆罗门所倡导的学习吠陀和冥思禅定的解脱手段。黑天支派以感性对抗理性，反对婆罗门的主知主义与避世的冥思，反对一元论主张的弃世和禁欲苦行，因而他们也反对一元论所主张的“梵我合

1 商羯罗将人的智慧分为“上智”和“下智”，上智是指一种超越世俗经验而真正把握宗教真理的智慧或观点，这种智慧只有那些经过不断学习和修炼而证悟“梵我同一”境界的宗教圣者才能得到。拥有上智的圣者认为世界就是摩耶幻力所致，是不真实的，好似梦境或魔术中的幻象。下智是指一般凡人的世俗经验或错位观点，即人的无明或虚妄认识。一般的世俗凡人都是用下智去看待世界，因此在他们看来，原本虚幻的世界就变成了真实，有此错误认识的人就会沉迷于现象世界中，处于轮回中不得解脱。一个人要想获得解脱，就必须经过学习吠陀经典知识和严守苦行，消除下智，获得宗教真知，达到上智，证悟“梵我同一”的最高境界，最终与梵合一。参见刘建、朱明忠、葛维钧：《印度文明》，第308—314页。

2 马克斯·韦伯著，康乐等译：《印度的宗教：印度教与佛教》，第408页。

3 苏尔达斯著，姜景奎等译：《苏尔诗海》，第993页。

一”的解脱。在《薄伽梵往世书》中提到五种解脱，分别是“同界”“同荣”“毗邻”“同色”和“合一”，大神对于纯净的信徒赐予前四种解脱，而“合一”的解脱并不被信仰有形黑天的信徒所接受。“合一”的原文是梵语词sāyujya，本义是融入至高者大梵之中。这种“合一”的解脱只有通过弃世和禁欲苦行才能达到，这种反世俗的冷漠的禁欲主义是倡导福乐与幸福之道的黑天支派极力反对的。

黑天对乌陀的教化内容之三在于扭转乌陀对具体修行(解脱)方式的认知。崇尚不二一元论者致力于消除无明的修行方式，追求“与梵合一”的解脱，为了消除无明，他们主张通过学习吠陀经典知识，得到“真知”和“上智”，了解“个我”(命我)与“真我”的差异，理解“真我”即“梵我”，同时停止一切思维，消除一切由无明造成的业行，通过瑜伽苦行，停止一切感官活动，消除欲念，一心一意冥想大梵，以求证悟“大梵”，最终消除无明，消除轮回，与梵合一。而有形黑天信仰者则追求对黑天的纯粹的爱，这种“信爱”(bhakti)和对欢喜、福乐的追求是他们的终极目的，解脱只是大神吉祥黑天对他们的恩赐。他们认为：神圣的知识和灵知、仪式义务与社会义务的履行、禁欲苦行和瑜伽冥想，这些全都不是获得至福的决定性手段，要获得至福，唯有通过“信爱”，亦即以热烈的虔敬之心内在地献身于救世主及其恩宠。[1]他们拒绝和反对一元论者主张的瑜伽苦行的修行方式，认为这些都是枯燥无味、不近人情的虚假妄言，瑜伽苦行的修行方式和梵我合一的解脱对于他们来说都是枉然之说。他们唯一信奉的就是对黑天的虔爱，通过不断唱颂和听闻黑天本事，赞颂黑天的荣耀、欢喜和美好，表达对黑天热烈的虔敬与信爱，一心一意冥想黑天，最终将内在精神升华到与黑天一样荣耀、欢喜和美好的状态。

乌陀所信奉的吠檀多一元论奠基人商羯罗认为真正解脱的步骤是：首先，应该意识到“真我(即灵魂或阿特曼)”是无缚的，是永远解脱的。其次，应证悟“真我”与“梵”在本性上的不二性。要做到这两点，需要首先通过学习“真知”，获得“上智”以克服认识主体错

1 参见马克斯·韦伯著，康乐等译：《印度的宗教：印度教与佛教》，第425页。

乱的问题，即误识——把身体、感觉器官和统觉机能这些“非真我”都误认为是“真我”；其次必须抛弃一切行为，因为行为是造成“命我”附托于“真我”的原因，所以，要消除一切行为，行为于解脱是无益的。[1]商羯罗在《示教千则》中称：解脱的手段就是“有关梵的”知识。“此知识以外的”手段所获得的一切无常事物皆不可用。要舍弃三界“人、祖、天”的欲望，成为云游仙人；进而静心、制感、怜悯。[2]总之，只有消除无明才能获得解脱，而消除无明的方式就是“明知”和禁欲苦行。

在《苏尔诗海》中，乌陀主张“念诵无味之味咒”[3]来获得“明知”，以求解脱。其中，“无味之味咒”指的就是吠陀、奥义书等经典知识，而“无味”是指真知是不具有任何情味的。商羯罗在《示教千则》中宣称：

自为纯粹心智同，
味与结合归汝误；
然汝生果非我因，
我与属性无关系。[4]（《韵文篇》8.1）

摩耶活动要舍弃，
常处安静无欲求；
我为梵体已解脱，
唯一不生无二元。[5]（《韵文篇》8.2）

在吠檀多一元论看来，要达到“梵我”，需要通过学习吠檀多知识启迪智慧，认识到纯粹的精神性，人在现象世界中的所有经验感知都

1 参见孙晶：《商羯罗的解脱观及其思想渊源》，《哲学研究》2008年第12期，第51—52页。
2 参见商羯罗著，孙晶译释：《示教千则》，第384页。
3 苏尔达斯著，姜景奎等译：《苏尔诗海》，第988页。
4 商羯罗著，孙晶译释：《示教千则》，第45页。
5 商羯罗著，孙晶译释：《示教千则》，第45页。

是虚妄，是人的无明造成的，错把“我”与“味”相结合。与情味的结合是因为受到了摩耶幻力的迷惑，至高的“梵我”是“不生”的。以世界虚幻、至高者无形的认知原则来教导信徒舍弃由摩耶生起的一切活动，包括行为活动和思想情感，因为那些都是假相，是虚幻的。要停止一切行为和情感，舍弃与情感相关的一切情味，永远处于宁静的状态中。为了达到这种状态，就需要实行正确的修行，即通过理性控制感官、止息私念，通过修持瑜伽、反观内照，以冥思去亲证至高存在，最终达到梵我合一，获得解脱。商羯罗在《示教千则》中称要把吠陀圣典的理论知识，教予那些通过对统觉机能即感官进行制御，已经获得内心平静的出家云游者。[1]因此，乌陀教导牧女要做一个瑜伽行者，修行冥想，舍弃一切行为和感官活动，通过瑜伽冥想来认知大梵，并且向牧女宣说“尼笈摩经”。乌陀要求牧女们改变外表，舍弃华服和妆扮，戴上念珠，抹上祭灰，穿上百纳衣作瑜伽行者，[2]同时做到“内心禅定修三昧”[3]，以获得内心平静。“禅定”[4]和“修三昧”[5]都是修习瑜伽的方法。之后，乌陀又向牧女宣说大梵的完满无形与三德构成的现象世界的虚妄：

言说禅定完满梵，三德表象乃虚妄。
认我所述为真理，且将有形消除掉。
五大[6]三德诸躯体，世界亦被如此宣。
人无知识不解脱，此即尘世之轮回。
有色无色水陆名，色形无有乃本质。
无有父母与妻子，世界所携亦虚妄。

---

1 商羯罗著，孙晶译释，《示教千则》，第109页。

2 参见苏尔达斯著，姜景奎等译：《苏尔诗海》，第1101—1102页。

3 苏尔达斯著，姜景奎等译：《苏尔诗海》，第1064页。

4 禅定，dhyāvahu，一种瑜伽修行方式，放弃一切行为，专注冥想，抛弃外在的感官对象，摆脱情感束缚，专注于内在的安定。

5 三昧，samādhi，亦译“三摩地”，指瑜伽修行的状态，通过集中意识，摈弃各种杂念，达到心神宁静。

6 五大，paṃca，指构成现象世界万物的五种粗大要素，分别是地、水、火、风、空。

苏尔言，

且请前去赞颂他，无有福乐痛苦者。[1]

乌陀认为牧女是没有“真知”的，因此，乌陀要对她们讲述“真理”，即吠檀多哲学中梵的知识：“三德”和“五大”构成了现象世界和命我，但其在本质上都是无形的，无论是“有色”（baraṇa，通 varaṇa）的在种姓制度（Varaṇa Vyavasthā）内的人还是“无色”（abaraṇa）的在种姓制度外的人，无论是水上的事物还是陆地上的，其本质皆是无有色（rūpa）形（rekha）、虚幻不实的。父母和妻子这些世俗的关系也不过是俗世凡人的虚妄认识，无论是现象世界还是世俗之人事及关系都是虚幻，只有完满无形的大梵才是真理，只有通过真知消除无明，消除一切误识，抛弃身体和感官，消除情感思维及一切行为，才能够获得“无忧亦无喜”的安宁状态，证悟与梵合一，获得解脱。否则的话，将永远在尘世中轮回，不得解脱。

然而牧女却排斥、拒绝和反对乌陀宣说的解脱和解脱方法，她们认为那些都是佶屈聱牙、枯燥无味的道理，是荒谬虚伪、不近人情的话语。

乌陀啊，瑜伽于我不合适[2]

弱女怎知本质智，如何能把禅定持？

言说且将彼眼闭，诃利形像在其中。

如此这般虚妄话，我等不听黑蜂啊。

扯耳头绑乱发髻，谁人可忍此苦痛？

令弃檀香身祭灰，离别之火极烧灼。

瑜伽行者徘徊游，迷失因己内在物。

苏尔言，

片刻不与黑子分，恰似影子与罐身。

1 苏尔达斯著，姜景奎等译：《苏尔诗海》，第1122—1123页。

2 苏尔达斯著，姜景奎等译：《苏尔诗海》，第1180页。

在上述引诗中，牧女告知乌陀说他所讲述的梵的知识和瑜伽修行对她们来讲都是不合适的，都是虚妄之言。她们认为冥想禅定大梵，扯掉耳朵上的装饰，去掉一切妆扮而头顶乱发髻，舍弃檀香而身涂祭灰，脱掉华服而身着褴褛衣，这些行为方式对于她们来说是不能接受的，因为她们都饱受与黑天的离别之苦，对黑天炽热的信爱恰如熊熊燃烧的烈火，越是离苦深重，便越是热爱黑天。如此虔爱黑天的牧女又接着驳斥道：四处云游、离欲弃世、抛弃身体的瑜伽行者往往被自己冥顽的内心所迷惑，一心想证悟大梵结果却会迷失在寻找大梵之中而不能获得解脱。之后，牧女巧妙地借助之前乌陀所讲述的有关"梵我"与"罐身"的吠檀多一元论的经典譬喻，说明了黑天与个我(命我)的关系。乌陀曾对牧女宣扬说："完满不灭不可知，它见容于诸罐中。"[1]乌陀认为"罐身"指个我的身体，而完满不灭不可知的无形大梵存在于个我之中。牧女则认为黑天是"罐子"，而个我则是依附于罐子的"影子"，个我与牧女永远相随，与黑天在一起永享欢喜和福乐才是解脱的真谛。

牧女的这种言论体现了黑天支派对于解脱方式的认知。该派认为个我是真实永恒且无可逆转的，他们反对正统婆罗门阶层所倡导的吠陀救世论，认为"不应该以人类的理性来勉强解释吠陀的命令"[2]。他们认为人类必须在此世的生活中获得解脱，那种瑜伽苦行的自我神化于他们是无法达成的，归入至高者黑天而与之合一是不可能实现的，因为黑天是永恒存在的至高者，是绝对超越现世、超越人类的。主知主义救世论中的解脱和瑜伽苦行的解脱方式对他们来说是没有意义的，人们只有通过正确的行为方式来得到黑天的恩宠，以此获得福乐和欢喜。所谓正确的行为，即是在《薄伽梵歌》(2.47，5.11)中黑天所宣扬的"不带利害关心"(niskāma)的行为，"带有利害关心"(sakāma)的行为会牵动业，而"不带利害关心"的行为则引动"信爱"[3]。

---

1 苏尔达斯著，姜景奎等译：《苏尔诗海》，第1064页。

2 马克斯·韦伯著，康乐等译：《印度的宗教：印度教与佛教》，第427—428页。

3 参见马克斯·韦伯著，康乐等译：《印度的宗教：印度教与佛教》，第428页。

黑天支派的这种认知与他们的群体身份有很大关系。开明有识的婆罗门瓦拉帕富于改革精神，反对正统吠檀多哲学所倡导的解脱之道，反对禁欲苦行，主张享受世俗欢乐，提倡享乐主义和幸福之道，因而创立了布什迪派，崇尚福乐之道，宣扬大神的恩泽之道。他认为崇拜神灵不是靠裸露身体和虐待体肤，而是靠华丽的衣着和佳肴美餐；不是靠独身禁欲和克制情感，而是靠世俗的享乐和尽情的欢乐。一个人只要崇爱神，顺从神意，就可以得到神的恩泽和慈爱。[1]瓦拉帕创立布什迪派之后，便放弃了苦行生活，结婚生子，而他门中的弟子也多数过着居家生活，比如农民贡朋达斯和婆罗门奇达斯瓦米都过着居家生活。因此，布什迪派的恩泽之道深受居家生活之士的欢迎，其信徒主要是印度的中下层群体，其中包括商人、农民、妇女、首陀罗等，也有一些不愿避世苦修的过着世俗居家生活的婆罗门。当然，该派也尊崇纯净虔诚、完全奉爱给黑天的离欲出家之士，例如苏尔达斯。

布什迪派的恩泽之道分为流转恩泽、正法恩泽、奉爱恩泽和纯净恩泽。信徒通过奉行不同的行为方式，获得黑天赐予的对应的恩泽和解脱。流转恩泽通过现世内的，对黑天行祭典仪式的行为获得；正法恩泽通过对黑天的虔心侍奉获得；奉爱恩泽通过信徒个体内心不断净化和升华对黑天的信爱而获得；纯净恩泽则是借由大神黑天无缘由的纯粹恩宠而获得。世俗之人一般只获得前三种恩泽，纯净恩泽只有与大神同居一处的众仙人和众天神才能获得。无论获得哪种恩泽解脱，信徒最终追求的是与黑天在一起永享欢喜和福乐的状态。

在具体修行方法上，布什迪派主张信徒首先需要在上师的指导下，获得有关黑天的故事和智慧，即从上师那里获得《薄伽梵往世书》中的黑天本事故事，了解大神吉祥黑天的恩泽；在掌握大神黑天的故事、理解了黑天的本质并开启了智慧之后，通过举行祭典仪式和凭借个人对黑天的纯粹信爱这两种方式来奉爱黑天。其中，举行祭典仪式包括不分种姓、所有信徒围坐一起同食圣餐（mahāprasāda）的仪式，以及一天八次到庙里祭拜，分别在晨礼、装扮、放牛、午饭、唤醒、奉食、晚祷、睡眠

1 参见刘建、朱明忠、葛维钧：《印度文明》，第321页。

这八个时段到庙里为黑天举行祭典仪式。这种崇拜方式，对信徒的经济基础有一定的要求。虽然布什迪派也崇尚信徒对黑天纯粹的信爱，认为黑天平等慈爱众生，无论种姓，抑或贫富贵贱，信徒都能得到黑天的恩宠；但该派信徒主体依然是富裕的没有吠陀知识的群体或有吠陀知识但需要经济支援的婆罗门。与之相比，耆坦亚派的改革主张和修行方式则更为彻底和简单，更适应社会底层民众的需求。

在北印度，尤其是在孟加拉一带，耆坦亚派是最受普通民众欢迎的教派。该派中没有任何秘法存在，没有任何"高贵的知识"，任何信徒都可以不借助他人而进行奉爱黑天的虔诚祭拜。因此，耆坦亚派更受普通中下层群体欢迎，其信徒中低级种姓出身的成员不少。耆坦亚派最为重要也最为吸引信徒的创新手段是信徒集体合唱颂歌(samkīrtana)，这种合唱的大聚会直到今天仍然是寺庙中最大的最受欢迎的祭典仪式，任何人都可以加入这种唱颂的狂欢之中。耆坦亚派的修行方式除了大规模的集体唱颂，还有戏剧、舞蹈等形式的表演。在该派的崇拜中，除了黑天，罗陀也被提升至中心地位，该派信徒崇拜罗陀—黑天这一和合的神性偶像。

尽管具体的崇拜方式有差异，但瓦拉帕和耆坦亚都教导信徒要正确地运用荣耀、俗世的欢乐与美好，郑重地敬奉黑天，信爱黑天，以得到他的恩泽。不同于吠檀多一元论禁欲苦行、无味枯燥、"无忧无喜"的解脱方式，黑天支派的宗教主张是充满喜悦福乐和极致情味的，是顺应人性的根本欲求的。韦伯曾评价说："作为一种感情性的救世主宗教意识，这自然是无学识的中产阶层所偏好的救赎追求的形态。"[1]

商羯罗在《示教千则》中主张在传授吠陀经典知识之前，要对弟子的素质进行检验，对其种姓、职业、品行、吠陀知识及家族进行检验，必须是(内外皆)清净的婆罗门，还要遵从圣典的要求而近师。[2]这种正统吠檀多知识的传承对于继承者的种姓和家族等方面都有严格的要求，将众多种姓民众拒之门外。因此，黑天支派也满足了被正统吠檀多宗

1 马克斯·韦伯著，康乐等译：《印度的宗教：印度教与佛教》，第429页。

2 参见商羯罗著，孙晶译释：《示教千则》，第384页。

教排除在外的底层种姓和民众的信仰需求。

黑天作为恩泽至上主,其信徒主要是印度社会的广大中下层民众。与富有传统吠陀知识而独善其身的正统婆罗门阶层不同,与弃世出家的托钵僧和身体与精神双重离欲(外离欲与内离欲)的修行者也不同,他们既不具备吠陀传承的正统知识,又不能也不愿放弃世俗的家居生活。而黑天支派主张通过对有形黑天的热烈信爱和皈依,从而达到精神上的内在离欲,既满足了这些中下层民众的狂热的精神解脱的需求,又不妨碍他们正常的世俗生活,在离欲的精神生活与世俗的家居生活之间找到了平衡点。因此,有形黑天信仰更加受到广大中下层民众的欢迎和信赖。《苏尔诗海》"黑蜂歌"中牧女对乌陀说:"且明心智将此瞧:意糖可除谁饥饿?谁人会为黑蜂你,抛弃黑子筛米糠?"[1]"意糖"(man lāṛū),指思想上的甜食,虚幻无形,徒有其名却无法充饥。牧女用"意糖"比喻一元论之说的虚妄。她们是不会傻到舍弃优质精良的大米而去做筛米糠的无用功的。黑天即优质精良的大米,能够满足她们信仰的需求,而一元论的吠陀知识和瑜伽苦行之说则是米糠皮,是不能充饥的,都是被人丢弃的无用之物。在她们看来,奉爱能够赐予他们福乐和情味的有形至上者黑天比崇尚虚无缥缈、无形无性、无味无情、无忧无喜的大梵更加殊胜。

黑天对乌陀的教化内容之四在于扭转乌陀对痛苦的理解和认知,尤其是对离别之苦的体悟与认知。乌陀认为伯勒杰人民离别黑天后之所以感到痛苦,是由他们的无明引发的。他们没有得到真知,没有理解梵我一同的本质,只有通过禁欲的瑜伽修行,才能证悟大梵,达到无喜无忧的宁静状态,从而摆脱一切苦,最终回归融入大梵,获得解脱。

黑天支派却对痛苦有不一样的认识,痛苦并非是需要刻意消除的,只要心念黑天,全心全意奉爱黑天,随着对黑天的信爱不断地升华至纯净的境界,内在精神和心意中只存在纯净的对于黑天的爱,痛苦自然就会消除。在有形黑天信徒看来,离别的痛苦是奉爱黑天的必须步骤。信徒只有意识和经受了与大神吉祥黑天的分离与苦痛,他们对黑天的

1 苏尔达斯著,姜景奎等译:《苏尔诗海》,第1163—1164页。

信爱情感才会更加热烈，才会在持续不断期盼与大神会面中升华这份虔诚信爱。在“乌陀送信”组诗中可以看到牧女和耶雪达除了表达因与黑天分离而痛苦难安的炽热情感之外，还有一些对黑天言辞犀利的抱怨，但实际上她们爱之深，责之切，有多么愤怒苦痛就有多么爱恋黑天。

在《薄伽梵往世书》中，乌陀去到伯勒杰慰问难陀耶雪达夫妇和牧女，在他们的对话中有这样的描述：

当难陀爸爸像这样把黑天的本事一件一件回忆念颂之后，他心中对于黑天的爱更加增具，更加炽热了。(10.46.27)

当耶雪达妈妈坐在那里闻听难陀回忆和讲述黑天的一件件本事之后，她的眼中盈满泪水，身心充满对孩儿黑天炽热的慈爱，这慈爱之情是如此浓烈以至于她的乳房流出了乳汁。(10.46.28)

与黑天的离别，使你们能够感知在世间万物中显现的不可感知的至高者(大梵)并获得对他的情感。[1]你们在我面前展现了对他的炽热情感，这于我而言，就是你们这些女神对我的至大慈悲。(10.47.27)

黑天借乌陀之口宣扬了他的本质以及与信徒离别的本质。我是一切的原因，是万物的阿特曼，与一切相适；因此我从未离开你们。(10.47.29)

牧女啊！毋庸置疑，我是你们眼中的北极星，是你们生命的无价之宝。我之所以离你们如此遥远是因为，你要持续不断地冥想我，虽然身体的距离是遥远的，但在内心之中你们与我是毗邻的，把你们的心时刻存放在我身边。(10.47.34)

将你们的所有心思，毫无保留地投入于我，当你们持续不断地追忆我时，你们就会即刻得到我的恩泽，永无休止。(10.47.36)

黑天与伯勒杰人民的离别既是对伯勒杰人民的考验，也是为了

1 即是说黑天是有形的至高大梵，显示于万物之中，本不可感知的大梵通过黑天以及通过与黑天有关的一切事物变得可以被感知，牧女对于伯勒杰一切事物的情感，即是对黑天的情感。

让伯勒杰人民时刻追忆、思念、唱颂黑天，这样黑天便时刻与他们同在，时刻庇护他们，赐予他们恩宠。因此，在乌陀受到伯勒杰牧女的教化，“颠覆瑜伽之舟”，转变信仰，皈依有形黑天信仰，返回马图拉觐见黑天，向黑天表明“摩豆裔啊，极致福乐我得到”，理解了黑天教化于他的良苦用心之后，黑天道出了对世俗民众施予恩宠的准则，这种恩宠可称为“合作的恩宠”[1]，与纯净恩泽之命的“不可避免的恩宠”相对应。

乌陀彼民未忘我[2]

乌陀彼民未忘我，片刻亦未将其忘，
世世灾难消除掉，盈喜福乐庇护佑，
虔敬我者我敬他，我脚落于此准则。[3]
永远帮助彼等民，展示显现此奥秘。
如婆罗多[4]鹬鸟蛋[5]，庇护保于象铃下，
苏尔吉达斯言，
日夜念诵诃利者，何所畏惧他怕谁？

信徒通过离别之苦将他们的世俗之爱升华至纯净的对黑天大神的信爱，这信爱虽依托于世俗之爱，但却是超越世俗之爱的。世俗人类之

1 参见马克斯·韦伯著，康乐等译：《印度的宗教：印度教与佛教》，第427—428页。

2 苏尔达斯著，姜景奎等译：《苏尔诗海》，第1288—1289页。

3 我脚落于此准则，原文yah parimiti mere pāiṁ parī，其字面意思是“此准则落我脚”，在伯勒杰方言中，pāiṁ parī引申义为“决定，确定，固定”，此处黑天的意思是“对我来说，这是一个固定的准则，原则”。

4 婆罗多，原文bhārata，指大史诗《摩诃婆罗多》。

5 鹬鸟蛋，原文bharuhī ke aṇḍā。印度大史诗《摩诃婆罗多》中，有一则关于鹬鸟的故事。俱卢之野战场上，飞着一只怀孕的母鹬鸟。群雄激战时，它在慌忙飞离战场途中，肚中两枚鸟蛋落在了战场上，它立刻连声念诵大神之名。由于之前母鹬鸟已向大神祈求，并求得了大神对它孩子的庇护，所以在阿周那战斗时，他射出的箭中有一支射落了战象脖间的铃铛，铃铛掉落地上，正巧覆盖住了两枚鸟蛋。由此，这两枚鸟蛋得到了保护，在残酷激烈的战斗中，它们没有受到丝毫伤害。《摩诃婆罗多》讲述此故事，是为了说明黑天是一位仁慈万能的神主，他会保护一切信徒，哪怕他们弱小如一枚鸟蛋，黑天也会庇护他们在混乱的战场中不受到丝毫伤害。诗中此处引述这则故事也是如此意图。

爱是期望得到报答的爱，而黑天教导信徒对他的这种奉爱是不期望得到报答的爱，没有任何附加的世俗关系，只是纯粹地虔诚奉爱黑天，而不祈求任何回报，不祈求任何事物，全身心地冥思黑天，赞颂黑天，自会得到黑天的庇佑和恩泽，获得欢喜和福乐。伯勒杰的人民通过经历与大神离别之苦的洗礼，最终会将对黑天从孩儿、伙伴、恋人关系的认知上升到对大神的认知，将对孩儿黑天的慈爱之情、对伙伴黑天的友爱之情、对恋人黑天的爱欲之情，升华至对大神黑天的虔爱之情，从内在精神的层面达到对于世俗关系的离欲，纯净对黑天的情感，通过这些来消除痛苦。

二、妻妾成群的英雄领袖

苏尔达斯创作《苏尔诗海》中有关“德瓦尔卡功行”成年黑天娶亲的诗歌时，继承了《薄伽梵往世书》中的故事传统，刻画了黑天骁勇善战、有勇有谋的刹帝利英雄形象，同时着重突出大神吉祥黑天慈爱和恩泽众生的救世主形象。如果进一步结合印度古代社会和历史现实，就能发现其中也体现了黑天信仰通过武力征服和编造神话故事实现对各个部族信仰的整合，以及印度历史上刹帝利新贵阶层为谋求王国或家族权力、利益、荣誉与威望而与传统旧势力展开的争斗与结盟。在《苏尔诗海》中，黑天的妻子号称共有一万六千零八位[1]，主要有艳光（鲁格米妮）、姜巴沃蒂、萨蒂耶帕玛、伽陵蒂、米德拉文陀、萨迪亚、帕德拉、拉奇曼娜以及妖王婆玛修罗（Bhaumāsura）后宫的一万六千名佳丽。其中，伽陵蒂号称自己乃太阳神之女，在叶木拿河畔与黑天相遇，被黑天娶回宫。除她之外，其余的妻子都是王国或小部族的公主。

《苏尔诗海》中，黑天骁勇善战、智勇双全的刹帝利英雄和新贵形

1 在“往世书”中，关于黑天在德瓦尔卡娶妻的数目说法不一，《毗湿奴往世书》和《迦楼罗往世书》中称有一万六千一百零八位，《莲花往世书》中则称有一万六千零八位，两者的具体差别在于对黑天从妖王婆玛修罗或称那罗迦修罗（Narakāsura）的后宫中收编的妻子数目说法不一，一说有一万六千一百名，一说有一万六千名。在《薄伽梵往世书》的同一章中，妖王婆玛修罗的后宫佳丽人数有一万六千一百名和一万六千名两种说法，在《苏尔诗海》中说有一万六千名。笔者采用《苏尔诗海》的说法。

象是通过黑天的罗刹婚(rākṣasa-vidhi vivāha)[1]、联姻、比武娶亲这些婚娶故事体现的。事实上,成年黑天的娶妻故事正显示出印度列国时代各王国之间以及部落联盟的王国内部各部族之间因为名望、利益、权力和资源而引起的争斗与联合。黑天通过武力征服各部族,获得部族的臣服,与之结成姻亲,获得丰厚的嫁妆和武器装备,巩固王国的财富和军事武装,以此展现他的英明神武,增强了自身作为刹帝利新贵及雅度族的威望。从这个层面讲,黑天履行了刹帝利的职责,是符合正统规定的刹帝利的部分业行的。

成年黑天通过罗刹婚,即抢亲的形式迎娶公主艳光、米德拉文陀以及拉奇曼娜。之所以用抢亲的形式,是因为这些公主所在的国家统治者并不认可黑天是一个高贵的刹帝利,不认可黑天所在部落和国家的威望,轻视黑天及其部族,不愿与之结盟。

遍遍忆想念诃利[2]

遍遍忆想念诃利,诃利莲足置心间。
艳光忆念诃利时,诃利施恩选中她。
言说彼事用心听,说者听者皆得福。
贡顶城王毗湿摩,心愿虔爱毗湿奴。
具备宝光等五子,女儿艳光恋诃利。
国王熟虑告宝光,雅度王适公主郎。
宝光怒向父亲言:伯地偷奶雅度主,
且将艳光许童护,联姻世间享美名。
国王闻此向妻诉,听后彼心如火焚。
宝光派遣婆罗门,出使前往车底国,
皆为婚姻之事宜,召唤邀请童护来。
组队迎亲他至彼,吉祥艳光心不悦,
言称我夫吉世尊,或嫁予他或自尽。

---

1 即抢亲,刹帝利勇士用武力抢走姑娘并与之成婚。

2 苏尔达斯著,姜景奎等译:《苏尔诗海》,第1294—1295页。

决意如此写书信，一伴即唤婆罗门。
赋予书信把话言：呈给诃利此般诉，
苏尔言，
毗湿摩家艳光女，日夜吟唱汝美名。

艳光的哥哥，贡顶布尔国（Kundinapur）的王子宝光（Rukmin）要把妹妹嫁给车底国（Cedi）国王童护（Śiśupāla），公开反对妹妹嫁给黑天。宝光与童护均鄙视和痛恨黑天，当得知妹妹倾心于黑天，非他不嫁时，“宝光怒向父亲言：伯地偷奶雅度主，且将艳光许童护，联姻世间享美名”[1]。宝光从骨子里瞧不起黑天，他向父王毗湿摩（Bhīṣama）进言说：雅度族的黑天只不过是伯勒杰牧区一个盗窃奶油的惯偷，身份卑微，人品卑劣，不能把艳光许配于他，而应该将她许配给与贡顶布尔国实力相当的车底国的国王童护，这样的联姻才能够在“世间享美名”。而摩德罗国（Madra）国王沙利耶（Śalya）[2]虽是般度五子的舅舅，但支持的却是难敌，当然也不能把女儿拉奇曼娜嫁给黑天。阿槃提国（Avanti）的国王文陀（Vinda）和阿奴文陀（Anuvinda）都站在持国百子一方，是黑天的敌对势力，更是不可能把妹妹米德拉文陀嫁给黑天。因此，黑天通过抢亲的方式娶走这三个国家的公主，击溃了反对势力的军队，收获了丰厚的嫁妆和武器，打击了反对势力的气焰，增长了自身的威望和雅度族的荣光。

黑天通过部族联姻，迎娶了姜巴沃蒂、萨蒂耶帕玛和帕德拉公主，这三位公主都是被家族主动奉献给黑天的。其中，帕德拉是竭迦夜国（Kekaya）的公主，这个王国的部族支持黑天和般度五子，因此主动与黑天联姻，结为盟友。而黑天迎娶姜巴沃蒂和萨蒂耶帕玛的故事则充满了曲折，这两桩婚事都与一块著名的宝石相关。

这条宝石项链名为司亚门德格（Syamantaka maṇi），原为太阳神苏利耶（Surya）所有。这块宝石光彩闪耀如同太阳神降临，并且具有神奇的法力——能够带来繁荣昌盛，能够抵御一切自然灾害和饥荒，并

1 苏尔达斯著，姜景奎等译：《苏尔诗海》，第1295页。

2 沙利耶是般度次妻玛德利（Mādrī）之兄。

且每天能够产生过百斤的金子。雅度部落内部有不同的氏族，萨德拉基德（Satrājita）是苾湿尼的儿子苏米德拉（Sumitra）的后代，黑天则是苾湿尼的儿子提婆米杜舍（Devamīduṣa）的后代，苾湿尼是他们的高祖父，两人平辈但属于不同的支系。萨德拉基德原本是太阳神虔诚的信徒，一日他在沐浴后祭拜太阳神之时，太阳神显现在他面前，应他的请求将司亚门德格宝石赐予了他。萨德拉基德佩戴着宝石项链回到马图拉城之时，被百姓误认为是太阳神降世。黑天得知萨德拉基德拥有这块神奇的宝石，想让他将宝石交予国王乌格尔森，庇佑整个王国，但他不愿意，黑天便作罢。之后某次，萨德拉基德将宝石送予其兄弟佩戴，他的兄弟在林中打猎时，被狮子杀害，宝石也被狮子夺走了。之后，熊族的首领姜姆万德（Jāmavanta）[1]杀死了那头狮子并获得了宝石。萨德拉基德见其弟许久没有回来，便作想很可能是黑天觊觎宝石，杀死其弟，夺走了宝石。城中此谣传被黑天知悉后，黑天立刻前往森林查明真相，发现是姜姆万德夺走了宝石后与之展开激战，最后姜姆万德臣服于黑天，并献出宝石和自己的女儿姜巴沃蒂。黑天将姜巴沃蒂和宝石带回了马图拉城。黑天将宝石交给萨德拉基德，并向他说明了真相。萨德拉基德羞愧万分，主动将宝石和自己的女儿萨蒂耶帕玛奉献给黑天。黑天迎娶了姜巴沃蒂和萨蒂耶帕玛，把宝石还给了萨德拉基德。之后因为这块宝石，雅度族内部的另一支系阿格鲁尔与人合谋，杀死了萨德拉基德，夺取了宝石。阿格鲁尔拿着宝石逃至迦尸国，后得到黑天的原谅又返回了马图拉。

在这个故事中，太阳神的宝石象征着财富和资源，不同势力之间的杀伐也是为了抢夺这些财富，而黑天没有参与抢夺，却在最后将各方势力降服。黑天展现了自己英勇善战、足智多谋和宽宏大量的领袖风范，使得熊部落和雅度部落内部各支系氏族臣服于他，巩固了部落联盟。

此后，黑天又通过比武娶亲，降服了廓瑟尔国（Kosala）的七头无敌雄牛，迎娶了该国公主萨迪亚，萨迪亚带来了丰厚的嫁妆。黑天通过一系列的娶亲，展现了作为刹帝利的英勇和业行，作为新贵，他与传统的

1 姜姆万德，Jāmavanta，在《薄伽梵往世书》（10.56.14）中名为Jāmbavān。

刹帝利旧势力势不两立，但仍然遵守一些正统规定的刹帝利业行。在《摩奴法论》中，刹帝利被规定应从事以下行为：

尚未得到的，他应该通过武力去获得；已经得到的，他应该通过缜密的注视去保护；已经保护好的，他应该通过添加让它增长；已经增长的，他应该把它施舍给相宜的接受者。(7.101)[1]

他应该始终使军队常备不懈。(7.102)[2]

整个世界都惧怕有常备不懈的军队的人；因此，应该用武力制服一切人。(7.103)[3]

黑天并没有完全按照正统传承经典中规定的刹帝利业行规范来行事，在武力争斗中，他经常使用计谋，通过一些计谋取得胜利。这是与《摩奴法论》的规定相悖的。《摩奴法论》中规定："他应该光明正大地为人，他无论如何不应该施诡计。"(7.104)[4]

黑天作为刹帝利并没有按照这条规定来行事，这是黑天作为刹帝利阶层新贵对旧有传统法规的挑战与破坏。诛杀外族国王[5]加尔耶文(kālayavana)[6]时，黑天因为对方的威猛无敌而放弃直接对战，转而通过计谋将其诱至姆鸠贡德(mucukunda)沉睡的洞穴中，将自己的黄衫披盖在沉睡的姆鸠贡德身上，然后躲藏起来。当加尔耶文追赶黑天至此时，他误认为披着黄衫沉睡的人是黑天，黑天要以沉睡为借口躲避与他的激战。因为正法规定不能杀死沉睡中的人，所以加尔耶文用脚踢醒了沉睡中的姆鸠贡德，当姆鸠贡德醒来时，他的目光投向加尔耶文，加尔耶文瞬间被火焰烧为灰烬。姆鸠贡德曾帮助以因陀罗为首的众天神与阿修罗作战，经过长期不眠不休的鏖战终获胜利，保护了众神。众神为了感谢他，赐予他长眠休息，许他沉睡于一处，如果中途被谁打扰，那

1 蒋忠新译：《摩奴法论》，第127页。
2 蒋忠新译：《摩奴法论》，第127页。
3 蒋忠新译：《摩奴法论》，第128页。
4 蒋忠新译：《摩奴法论》，第128页。
5 外来人，原文mleccha，指古代印度吠陀文化之外的人，此处指侵入印度的希腊人。
6 加尔耶文是摩揭陀国王妖连的盟友，受妖连之托前去马图拉攻打黑天领导的雅度族人。

么扰他沉睡之人一旦被他目光所触，将即刻被火烧为灰烬。

黑天正是运用了计谋，借用了姆鸠贡德的力量，不费吹灰之力将加尔耶文消灭了。在这个故事中，黑天并没有"光明正大"地与加尔耶文一较高下，而是运用计谋将对手杀死了，这与《摩奴法论》中的规定是相悖的。在《摩诃婆罗多》史诗描述的俱卢之野的战争中，黑天经常堂而皇之运用诸如此类的"兵不厌诈"的计谋。黑天作为出身于吠舍种姓的刹帝利新贵，[1]受到正统的鄙视，在《摩诃婆罗多》中，俱卢族王子难敌和车底国国王童护都曾咒骂他是下贱的东西，是奴才，是牧牛人，并且还是行为不端的小偷，不配和国王及王子们坐在一起。黑天的战斗基本都是发生在与反对他的敌人或敌人的盟友之间的，所以，黑天通过抢亲与这些敌对王国的作战，代表了新兴统治者阶层为树立自己的权威与老牌所谓正统的统治者之间的斗争，也代表了"兵不厌诈"的"新法"与"光明正大"的"旧法"之争。

在宗教文献和宗教文学作品中，历史和现实并非作者所关心的，宣教和赞颂大神才是作者关注的重点。黑天信仰中掌握知识和话语权的虔信徒在历史传说的基础上，通过编造大量神话故事，来丰富和提升史诗《摩诃婆罗多》中的黑天形象与地位。这些神话故事集中体现在《薄伽梵往世书》中，都是以展现吉祥黑天的大梵本质及至高、自在、慈爱和恩宠等大神特性为主旨的。苏尔达斯继承了《薄伽梵往世书》的这一传统，在《苏尔诗海》中描述成年黑天娶亲时着重刻画的是大神吉祥黑天的平等、慈爱、恩宠及其从困境中解救信徒的救世主形象。同时，黑天娶亲故事也体现出黑天信仰传播的三个方面，一是黑天信仰主要通过女性信徒及其与女神信仰的融合来传播和影响其他部落和部族，二是吉祥黑天通过展现其具备的六德及慈爱、恩宠的特性吸引其他信仰的信徒臣服和皈依，三是宣扬讲述和闻听黑天这些功行故事能够得到福果。

---

1 黑天所属的萨德沃德族在《摩奴法论》(10.23)中被认为是不入婆罗门教的吠舍种姓。《摩奴法论》中称："沙德弗德（sātvata）出自弗罗提耶吠舍。""弗罗提耶"（vrātya）的意思是"再生人与种姓相的妻子所生的儿子凡是因为不发愿持戒而不得入（婆罗门）教者"。参见蒋忠新译：《摩奴法论》，第207—208页。

除了抢亲、联姻和比武娶亲的婚娶形式，黑天还从其诛灭的妖王婆玛修罗的后宫解救出一万六千名公主，并迎娶了她们。除此之外，黑天还在叶木拿河畔遇到了太阳神之女，叶木拿河女神伽陵蒂。伽陵蒂曾发愿要嫁给黑天，一直住在叶木拿河底等待黑天。黑天满足了她的愿望，带其回宫并与之结婚。在黑天的这些娶妻故事中有一个共同的情节特征，即所有的女子都对黑天情有独钟，渴望黑天，日夜冥思念诵黑天，非黑天不嫁，并且这些女性信徒对于黑天炽热的奉爱得到了回应，黑天来到她们身边，施予她们恩宠，解救她们出困境，并满足她们的愿望，娶了所有的女子。“遍遍忆想念诃利，诃利莲足置心间。艳光忆念诃利时，诃利施恩选中她。”[1]这些女子正是黑天忠实的信徒，因此获得了黑天的慈爱和恩宠。

黑天的妻子们在嫁给他之前，她们之间的身份和社会地位悬殊，有以熊为图腾的原始部落酋长之女，有大国的尊贵公主，也有弱小国家或族群的公主，还有太阳神之女。对于黑天来说，无论这些女子富贵贫贱，无论她们的种姓族群，黑天对她们都一视同仁，一样宠爱，时刻陪在她们身边，他分身无数，每晚都陪在每个妻子身边。这体现了大神吉祥黑天平等对待每位信徒。

大神吉祥黑天的救世主形象不仅体现在对凡人的解救上，同时也体现在对天神的解救上。黑天诛灭妖王婆玛修罗的故事正体现了这个特点。婆玛修罗是一个威震三界的阿修罗，拥有无人能敌的力量，他偷走了众神之母阿底提的耳环，众天神不堪其扰，天神之主因陀罗也奈何不了他。受到因陀罗和众神的请求，吉祥黑天偕妻子萨蒂耶帕玛，[2]乘

---

1 苏尔达斯著，姜景奎等译：《苏尔诗海》，第1294页。

2 萨蒂耶帕玛想要获得因陀罗天宫中的宝树之一劫波树（kalpavṛkṣa）神奇美丽的花朵，因此黑天带着她一起出行，在诛灭婆玛修罗后前往因陀罗天宫讨要该神树。劫波树，又称劫树，芳香遍熏的天树之王。劫波，原文kalpa，是时间的意思。该树在佛经中经常出现，是生长于帝释天（即因陀罗）所居住（天宫）喜林园中的树名，由此树的花开花谢，可以测知天上的昼夜时间，所以称之为劫波树，又称如意树，意指此树能应时产生一切所需之物，如衣服、庄严的饰物、日常资生用具等。据传，劫波树是一种能达成心愿的宝树，由于劫波树能生出一切的特质，所以也用来比喻如来能应一切众生心，使众生心欢喜。同时，劫波树能生出种种衣具、珍宝等，因此又称为衣树。

坐大鹏金翅鸟迦楼罗去往婆玛修罗的城堡，黑天运用神力将其诛灭，解救了被婆玛修罗囚禁在后宫的一万六千名公主，并获得了之前被婆玛修罗抢走的阿底提的耳环。之后，黑天偕妻子乘坐迦楼罗前往因陀罗的天宫将耳环交还给他，同时向他索要劫波树。因陀罗赞颂了黑天并将宝树赠予他。因此，在诛杀婆玛修罗这个功行故事中，黑天既解救了一万六千名公主，又解救了众天神，同时还满足了妻子萨蒂耶帕玛的心愿，赐予了她极大的恩宠。

除了展现吉祥黑天的大神特性，黑天娶亲故事也体现出黑天信仰传播的三种方式。一是通过女性信徒及与女神信仰的融合来传播和影响其他部落和部族。在黑天娶妻故事中，可以明显看出，不论是同盟国还是敌对国，各国的公主及女子都钟情于黑天，热爱黑天，渴望黑天，希望嫁给黑天这样的夫君。黑天信仰正是通过展现女子对黑天如此炽热的爱恋和信赖来影响受众的。女子在古代印度的地位是非常低下的，她们与首陀罗一样不能参加拜神祭祀，她们唯一的神就是她们的夫主。《摩奴法论》(9.17，18)中云："摩奴把贪睡、偷懒、爱打扮、好色、易怒、说假话、心狠毒和行为可恶赋予女子。女子无权接受伴诵祷告词的圣礼，这是固定的法；女子没有气力、不识吠陀、妄语成性，这是常情。"[1]黑天信仰正是通过为这些被正统吠陀传承经典和婆罗门宗教所轻视的女子提供情感需求和信仰支撑来增强自身的传播力和影响力的。

黑天迎娶太阳神之女伽陵蒂的故事体现出了黑天信仰与女神信仰的融合。伽陵蒂是印度圣河叶木拿河的另一个名字。[2]印度人认为这条圣河富有无限的爱和慈悯，在此河中沐浴，死后可以超脱亡人国度[3]。

1 蒋忠新译：《摩奴法论》，第178页。

2 一说因为叶木拿河发源于伽陵达山（Kalinda Mountain），因而得名伽陵蒂（Kalindī）；一说因叶木拿河水为黑色，伽陵蒂的名词与黑色相关。在"吠陀"中，叶木拿河女神名为阎蜜，但在之后的宗教文学中，阎蜜，即叶木拿河女神，被称为伽陵蒂。

3 指地下世界，即死神阎摩统治的世界。

因此，伽陵蒂作为叶木拿河女神，[1]受到印度人民的崇拜。[2]黑天迎娶伽陵蒂为妻，女神成为黑天的配偶，这体现了黑天信仰将女神信仰纳入其体系之中，与之融合，从而扩大受众群体，增强了黑天信仰宣传的广度和深度。

二是通过展现黑天具备的六德及慈爱、恩宠的特性吸引信徒臣服和皈依。在有关司亚门德格宝石的故事中，黑天在与熊族首领姜姆万德交战之时，展现了精勇，在降服他时展现了自在和吉祥。姜姆万德了解了黑天的至高性，因而臣服于他。黑天在帮误会并诽谤他的雅度族人萨德拉基德寻找真相和找回遗失的宝石时，在对待阿格鲁尔的罪恶行径时，展现了知识、名誉和离欲的德性，以及宽容、慈爱和恩宠的特性，正是这些特性，使得以姜姆万德为首的熊族[3]和原本信奉太阳神的萨德拉基德都皈依于他，同时，阿格鲁尔对黑天的信爱也得到了巩固和加强。

宣扬黑天信仰的第三个方法是向受众强调讲述和闻听黑天功行故事能够得到福果。苏尔达斯在诗歌中屡屡唱诵这样的诗句：“言说彼事用心听，说者听者皆得福。”[4]这种方式使黑天信仰的传播途径变得简单易行，将民间百姓的信仰需求与娱乐需求完美地融合在一起，这种喜闻乐见的方式增强了黑天信仰宣传的强度，加大了宣传力度，提升了宣传效果。

三、苏达玛的挚友与赐福者

苏达玛功行是黑天“德瓦尔卡功行”故事中的重点主题之一。这则故事主要突出的是黑天与苏达玛之间的友情，并通过黑天对苏达玛

1 在“吠陀”中，阎蜜是亡人世界之王阎摩的妹妹，太阳神苏利耶之女。在《梨俱吠陀》(10.10)中，阎蜜钟情于哥哥阎摩，求爱于他，遭其拒绝。阎摩规劝阎蜜，要她去寻找一位合适的配偶。在之后的“往世书”神话中，阎蜜，即伽陵蒂，嫁给了黑天。

2 George M. Williams, *Handbook of Hindu Mythology*, Oxford: Oxford University Press, 2003, p. 174.

3 熊族很可能是以熊为图腾的原始部落。

4 苏尔达斯著，姜景奎等译：《苏尔诗海》，第1294页。

的赐福将苏达玛对黑天的友情升华至对大神黑天的信爱，宣扬和赞颂吉祥黑天的慈爱与恩泽。在《薄伽梵往世书》中，该主题故事展现了吉祥黑天崇高伟大、慷慨仁慈以及谦逊恭谨地接待和礼遇婆罗门的形象，但其重点在于宣扬和赞颂黑天的圆满至高性、侍奉与服务师尊的重要性以及信爱黑天的果报。而在《苏尔诗海》中，苏尔达斯在继承《薄伽梵往世书》的基础上，对故事情节进行了改变和创新，将吉祥黑天的人性形象与神性形象有机结合，丰富细腻地塑造了刹帝利领袖黑天友爱谦恭、知恩图报、仁慈和善的礼法至上者形象，着重突出黑天不分贫富贵贱，不论种姓出身，重视友情的人物形象。

苏达玛是一位贫穷的婆罗门，但他洁身自好，身心纯净地过着居家生活，没有任何物质欲求，尽管家徒四壁，衣衫褴褛，却心意满足，没有欲求。他的妻子与他一样过着这种极度清贫的生活。天长日久，两人因饥饿而形容枯槁。一天，瘦骨嶙峋的妻子饿得浑身发抖，她终于忍受不住饥饿的折磨来到丈夫身边，请求丈夫去同窗好友黑天那里，说明自己居家过活，却因无米缺粮而痛苦，祈求黑天能够赐予他们财富。妻子赞颂黑天的功绩和伟大，又说黑天现在是博遮、苾湿尼和安陀迦构成的雅度人的首领，居住在德瓦尔卡，他肯定会施恩于苏达玛，将财物赏赐于他。

苏达玛是黑天的同窗好友，两人曾一起在婆罗门光明圣人处求学，结下了深厚的友谊。苏达玛对朋友黑天十分热爱，也十分想念，他心下思量：自己也不祈求什么财物，但是如果能觐见黑天，那将是莫大的福乐。因此，为了能够觐见黑天，也为了能够满足妻子的愿望，他便打定主意去拜望昔日好友。临行前，妻子到周围几位婆罗门邻居家中挨家借米，东拼西凑收集了四把炒扁米，用布包好，作为赠奉给黑天的礼物，让丈夫小心翼翼地收入怀中。就这样，苏达玛上路了，他边走边想，现在身居王宫、身份显赫的首领黑天会如何对待他这位贫穷破落的旧友呢？是以王者的身份还是以朋友的身份呢？他担心连黑天的面还没见着就会被把守宫门的卫士阻拦了。就这样犹犹豫豫、走走停停，他来到了位于德瓦尔卡的黑天居住的宫殿门口，竟然无人阻拦，他径直步入了黑天的宫殿中。

黑天本卧在王榻上休息，"惬意卧躺睡床上，艳光旁边拂尘摇"[1]，远远看到旧友前来，便立刻起身，"激动赤脚疾步趋"[2]。黑天欢喜不已，激动万分，打着赤脚疾步向前，迎接好友，热情地拥抱他，眼中涌出了喜悦的泪水。黑天将他请上自己的王榻，对他恭敬地行迎接婆罗门之礼，亲自侍奉他，与他同坐一处，对他嘘寒问暖。以艳光为首的众妃子十分诧异，不明就里，议论纷纷，这"身体瘦弱腌臜现"[3]之人何许人也，为何黑天如对待兄长大力罗摩一般，亲自侍奉他，对他恭敬致礼。黑天紧握苏达玛的双手，回忆起了两人从前一同在师尊光明仙人处求学时期的生活经历。其间，苏达玛不断赞颂黑天。黑天乃为内控者，知晓人心所想，与苏达玛亲切攀谈了许久后，他便微笑着询问苏达玛从家里给他带了什么礼物来，让他快快拿出来赠予他。苏达玛从破烂的衣服中掏出用破布包裹的四把炒米团进献黑天。黑天马上抓了一把送入口中，大嚼起来，当他欲抓起第二口吃时，艳光阻止了他。

苏达玛在黑天的王宫得到了很好的招待，得到了黑天与艳光的侍奉，他仿佛觉得自己身在毗恭吒界。他离开时，黑天没有回赠他任何金银财宝。但当他回到家中，他惊奇地发现自己的房屋变成了富丽堂皇的宫殿，里面的设施一应俱全，还有奴仆、马、象、黄金、如意神树和其他财宝，妻子也容光焕发，美饰华服，盛装打扮，焕然一新。这时，他才发觉黑天已暗中施恩于他，消除了他的贫困痛苦，赐予他无尽的财富和幸福。苏达玛与妻子感动不已，赞颂黑天。

《薄伽梵往世书》和《苏尔诗海》对这个故事梗概的描述是相同的，但两者在对该故事的情节内容和主题思想的表现方面却存在一些差异。

两者关于故事情节内容的表述存在以下几点差异：首先，在对于苏达玛身份的描述方面，《薄伽梵往世书》(10.80)极力突出他的纯净婆罗门身份，用brāhmaṇa-devatā来称呼他，处处体现他作为高级婆罗门所享有的黑天对他的恭敬的招待和礼遇；而在《苏尔诗海》中，苏尔达

1 苏尔达斯著，姜景奎等译：《苏尔诗海》，第1314页。
2 苏尔达斯著，姜景奎等译：《苏尔诗海》，第1312页。
3 苏尔达斯著，姜景奎等译：《苏尔诗海》，第1314页。

斯弱化苏达玛的婆罗门身份，强调苏达玛作为黑天好友的身份，着重刻画苏达玛贫穷羸弱的困苦人士形象。

其次，在描述黑天迎接苏达玛时，《薄伽梵往世书》（10.80）详细地描述了迎奉婆罗门礼仪的各个步骤，先恭敬地行触足礼，将婆罗门双足置于自己的头顶，再用檀香、番红花和樟脑等名贵香料特制成的香水（aragajā）涂抹婆罗门的全身，再行阿尔迪礼，最后向婆罗门奉献母牛和槟榔包，行礼完毕时口诵“欢迎大驾光临”。在《苏尔诗海》中，苏尔达斯并没有对黑天恭迎婆罗门苏达玛的礼节步骤进行如此详尽的描述，他强调的是黑天衷心欢迎有恩于他的好友苏达玛，描述黑天充满爱意和谦恭周全的待友之礼，亲自为苏达玛以水濯洗双足，让人服侍苏达玛沐浴涂香。苏尔达斯细致入微地刻画了黑天见到旧友同窗时内心激动、兴奋和喜悦的状态，通过对黑天言行举止的细节描绘，展现了黑天对于苏达玛的热情与友爱，突出的是黑天对好友知恩图报、依礼而行以及平易近人的性格和美德。

第三，在描述黑天与苏达玛曾经的同窗生涯时，《薄伽梵往世书》描述的是黑天和苏达玛被师娘派去森林中捡拾薪柴，突然天降暴雨，电闪雷鸣，四周黑暗侵袭，两人都迷路了的故事。在迷途中两人手拉手，相互给对方鼓励，就这样在林中度过了一夜。第二天清晨，师尊光明仙人得知两人一夜未归，焦急不已，派出学生到森林中寻找他们。在找到他们之后，光明仙人发现两人在森林的暴雨中都受了伤，感动不已，赞扬他们不畏体肤之辛劳和伤痛，身心奉献，虔诚地侍奉和服务于师尊，并对他俩赐福，愿他们心想事成，今生和来世都无恶果（尽得善果）。在《苏尔诗海》中，这个故事情节完全被改变了，变成了表现苏达玛对于黑天的无私救助：

当初我们从师尊家去森林[1]
替我聚拢拾木柴，所有劳苦自身受。
一日林中下大雨，滞留彼处不得回，

1 苏尔达斯著，姜景奎等译：《苏尔诗海》，第1318页。

我未受累他恩赐，次日黎明回师门。
那日之事我未忘，苏达玛之恩惠施。
苏尔言，
自言自语穆罗敌，做何能把此恩报？

从上述引诗可以看出，《苏尔诗海》突出的是苏达玛对于黑天的恩情，黑天将苏达玛对他的友情和恩情铭记于心。苏达玛怕黑天受累，主动承担了所有的工作，在经历森林暴雨时，他主动救助黑天，因而黑天并没有受伤，“我未受累他恩赐，次日黎明回师门”。黑天一直惦记着如何报恩于挚友苏达玛。

第四，两者对于黑天进食苏达玛所赠炒米团的故事情节的描述也有不同。在《薄伽梵往世书》(10.81)中，艳光阻止黑天继续进食苏达玛所赠炒米团时说道：“一把米就能让他(苏达玛)今生和来世尽享荣华富贵，这全因你的喜悦而成。”黑天吃过炒米后，对苏达玛说道：“亲爱的朋友！你给我带来了满具爱意的礼物。这些炒米，不仅使我满意，而且还让整个世界都得到了满足。”这凸显了黑天乃至高圆满的恩泽主，黑天即是整个世界。而在《苏尔诗海》中，苏尔达斯对这个情节的描述主要是从世俗生活出发的，并不过分强调大神黑天的至高性，而是意在展现刹帝利王者黑天平易近人的亲切形象。

除了在情节内容方面的差异之外，两者在故事主题思想的表达方面也存在差异。首先，《薄伽梵往世书》通过黑天礼遇婆罗门的描述，宣传了刹帝利应供奉礼待婆罗门的职责和正确方式。而《苏尔诗海》却没有强调这个主题，苏尔达斯着重宣扬的是信徒身心奉献于黑天，虔爱黑天，即能获得黑天同样的热爱。

其次，《薄伽梵往世书》的“苏达玛功行”故事宣扬的是侍奉和服务师尊的重要性。黑天在与苏达玛畅谈两人在师尊家求学的经历时，宣讲了通过对师尊的虔心侍奉和服务，人们就能内心安宁，获得圆满。同时他又强调这种通过对师尊侍奉所得到的内心满足是那些禁欲苦行的出家人所欲得到却又难以企及的。这个故事情节和主题思想在《苏尔诗海》的“苏达玛功行”故事中被删减了。苏尔达斯改变故事情节和主题，着重塑造黑天知恩图报、友爱谦恭、仁慈伟大的刹帝利领袖形象，宣扬黑天作为礼法至上者的美德。

第三，《薄伽梵往世书》(10.80—81)单纯宣扬和赞颂黑天圆满至高的神性，强调信爱黑天的果报，充斥了大量的直白宣教，诸如“世间一切天堂、解脱、大地和那些瑜伽修行者要获得的至高者也不过就是为了顶礼膜拜黑天的双足罢了”，“无知愚蠢的信徒去向黑天祈求财物物质，黑天不会赐予他们，只有对黑天奉爱，才是获得一切恩泽的唯一原因”，“吉祥黑天伟大慷慨、仁慈宽容，只要谁念诵他的莲花足，他就对这些虔爱于他的信徒施予恩泽。因此，尽管信徒不去祈求更多财物和福乐，他也会恩赐他们无尽的福乐”。而在《苏尔诗海》中，苏尔达斯运用高超的艺术手法，将黑天作为伟人的性格和品德与他的神性进行了有机融合，将黑天的神性宣教融入世俗生活，从人性的角度出发，刻画黑天礼法至上者形象的同时，展现了黑天作为刹帝利王者的美德与性格，他充满了人性的感恩与谦恭，突出黑天作为苏达玛的挚友和赐福者，是穷苦人的恩主与救星的形象。无疑，相较于《薄伽梵往世书》，《苏尔诗海》中的黑天形象更加饱满动人。

第 四 章

《苏尔诗海》黑天形象的基本特征与后世影响

苏尔达斯在《苏尔诗海》中塑造出的黑天形象是永恒动人的。他将至高人格神黑天所具有的神性与人性完美地融合在其作品中，向世人展现了黑天世俗与超世俗的双重形象。他在继承传统宗教文献和黑天文学的同时，丰富和创新了黑天的文学艺术形象，以喜闻乐见的文学艺术形式为载体，增强了大神吉祥黑天在印度民间的号召力和感染力，既促进了黑天信仰在民间的传播与发展，又丰富了印度文学的形式与内涵。因此，《苏尔诗海》成为印度中世纪宗教文学（黑天文学）传世的经典之作。《苏尔诗海》中的黑天形象对后世的宗教信仰和印度文学乃至社会文化生活产生了深远的影响。

第一节 黑天形象的基本特征

苏尔达斯将黑天视作自身生命的唯一信仰和依靠，他所塑造出的黑天形象，既是至高、自在的大梵，是信徒的胜尊、恩主和救星，也是充满福乐、情味和爱意的亲人、朋友与恋人，又是依法行事、礼法至上、保护子民的刹帝利王者。在黑天形象中，既可以看到至高无上、全知全能、慈爱恩宠的大神形象，又可以看到充满烟火气息和人情味儿的、满具爱意、可亲可爱又值得尊敬的完人形象。

黑天形象是多面的，他是薄伽梵，是诃利，是内控者，是吉祥主，是慈悲藏，是解脱授，是穆罗敌，是摩图诛，是伯勒杰主，是牛护，是牛得，是牛主，是托山者，是婆薮提婆子，是雅度主，是摩豆裔，他也是难陀子，是黑子和小黑黑，是迷心者，是莫亨，是青云，是持笛者，是风流情味主，是舞胜，等等。黑天的这一系列名号，对应的是他不同的形象与特征，总结起来，黑天形象的基本特征有四个：享乐性、恩慈性、双重性和完满性。

一是《苏尔诗海》的黑天形象具有享乐性。享乐性与黑天作为至高圆满大梵的形象相关。这里的“享乐”并非指狭义的外在物质享乐，而是指内在精神的欢喜愉悦。黑天信仰的宗教哲学理论认为世界至高者大梵具有真、知、乐三个属性，世界是因大梵“娱乐和游戏”的愿想而产生的。黑天作为圆满至高梵的主神形式，是大梵在人间的化身。世界万物都是为了配合黑天在世间的娱乐而被创造出来的。因此，大梵的化身黑天在人间的所有行为被称为大梵的游戏，即本事。在黑天信徒的宗教哲学观中，世界是充满欢喜福乐和美妙情味的大梵化身黑天的游乐场。大梵的游乐，即黑天的嬉戏是世间万物产生的原因，同时也是万物生存的终极目的。

大梵在世间的本事主要体现他的三种状态，即创造、情爱和战斗。其中，创造和战斗状态是不定态，而情爱和福乐则是大梵永恒的状态，因此，黑天支派认为伯勒杰是大梵永恒欢喜之地，那里是黑天出世和尽情享乐之地，是永恒的圣地。黑天在伯勒杰的本事为虔诚诗人的创作带来了源源不断的灵感和取之不竭的题材。黑天派虔诚诗人所创作的文学作品的主题都是为了展现黑天的本事，即大梵化身在人间的游戏，不管是创作者创作之时，还是广大受众闻听之时，都能够从中体会美妙的情味，从而感受福乐，以达到与黑天在一起的至高欢喜。

黑天在世间游戏所表现出的种种形象能够激发出人们的各种情感体验，无论是平静、恭顺、亲情、友情还是甜蜜的爱情，这些情感和由此产生的情味在《苏尔诗海》中都可以被人们感知和品尝。信众追求黑天，念诵黑天，奉爱黑天，都是为了与黑天在一起嬉戏。

这种解脱观与传统的吠檀多哲学所宣扬的不忧不喜的“解脱”不同，追求黑天即是对大梵“乐”性的追求，是内在精神对于欢喜和福乐的追求。这种对于“乐”的追求是基于对现象世界和世俗生活真实存在的肯定的。面对充满种种不如意的现实的世俗生活，信仰黑天的人们追求的是“身在世俗，而心在黑天”这种内在精神的解脱，而非离欲避世与瑜伽苦行的无身解脱。无论在何世，今世或来世，无论在何界，天国还是人间，只要与黑天在一起，就能尽享福乐。

《苏尔诗海》中，伯勒杰的人民是黑天最纯粹的信徒。他们对于黑天的追求是经历了由世俗之情升华为虔爱之情的过程的，但无论是世俗之情还是对大神黑天的信爱之情，都是以得福乐为果报的。牧女们赞颂黑天是"莲花眼者福乐聚，我之至极迷人友"[1]，其中"福乐聚"（sukha rāsī）是牧女对黑天的称呼。黑天不仅与牧女们一起共享欢乐，还对伯勒杰的亲人和牧人都施予了福乐。苏尔达斯在唱诵诗歌时，经常使用"福乐"这个词汇，例如"难陀跑至见儿面，我不能描彼福乐"[2]，"主人乃为福乐海，俊美黑子小黑儿"[3]，"此福一瞬亦幸运，纵活百劫又如何"[4]，"耶雪达之此福乐，湿婆梵天皆不得"[5]。由此可见，获得幸福和快乐的内在情感体验是参与黑天本事的唯一目的和结果。无论对黑天奉献何种情感，亲情、友情、爱情，抑或是仆役恭顺之情等，都是信众出于对内心喜悦状态的追求而激发出的对黑天的情感。他们对黑天的信奉，实质上是对欢喜福乐的信奉与追求。因此，黑天形象中的享乐性就决定了崇拜黑天的信众都是肯定现象世界和世俗生活的居家之人。《苏尔诗海》突出的是黑天作为凡人在人世间所做的游乐本事。这种游乐本事体现了印度哲学思想传统中的享乐主义和幸福论。

二是《苏尔诗海》的黑天形象具有恩慈性。恩慈性与黑天救世主的形象相关。黑天区别于其他印度教大神的明显特征就是慈爱和恩宠，这个特征也是苏尔达斯在《苏尔诗海》中极力刻画和宣扬的。黑天的恩慈性体现在黑天对于参与他凡间本事的一切众生的赐福与解救之中。无论是亲人还是仇人，是朋友还是敌人，是情人还是妻子，是天神还是妖魔，只要参与了黑天本事，都能够获得黑天的恩泽。不同的是亲近黑天之人在现世就能获得福乐的果报，而仇害黑天之人都被诛灭升

1 苏尔达斯著，姜景奎等译：《苏尔诗海》，第1182页。
2 苏尔达斯著，姜景奎等译：《苏尔诗海》，第99页。
3 苏尔达斯著，姜景奎等译：《苏尔诗海》，第101页。
4 苏尔达斯著，姜景奎等译：《苏尔诗海》，第127页。
5 苏尔达斯著，姜景奎等译：《苏尔诗海》，第205页。

入天国而获得解脱。

关于恩宠宗教的神学，欧洲学者认为有“猫儿派”和“猴儿派”理论。所谓“猫儿派”理论是以母猫用嘴衔起小猫作比，指的是“不可避免的恩宠”，而“猴儿派”理论是以小猴紧紧抱住母猴之颈作比，指的是“合作的恩宠”。[1]不可避免的恩宠指救世主赐人恩宠是没有条件和不索取代价的，而合作的恩宠则是有条件的，需通过正确行事取悦于神，才能获得恩宠。黑天的恩慈是对所有参与他本事的众生所言的，因此，是有条件的恩慈，可以称之为“合作的恩慈”。黑天信徒所信奉的“黑天的恩慈”是“合作的恩慈”，是因为黑天支派认为基于虔信意识的一切仪式行为和任何的救赎实践，只有在其最终与救世主黑天有所关联时，才会显现其价值和果报。所以，获得黑天恩慈的最基本条件就是参与黑天的本事。

参与黑天本事的众生中，一开始并非所有人都是黑天的信奉者，《苏尔诗海》中那些黑天的敌人、仇视憎恨黑天的妖王、屡次加害黑天的妖魔，与那些一心念诵黑天、信爱黑天的伯勒杰人民以及所有女子不同，他们是通过被黑天的武力或神力降服而认识到黑天的至高性，从而皈依黑天的。这种站在黑天对立面的势力的皈依虽然展现了黑天的慈爱、宽容和恩宠，但却并非黑天信徒所注重的。同时，《苏尔诗海》中“恭顺诗”组诗部分所唱诵的充满仆役恭顺味的诗歌所展现出的情感也非黑天信徒所看重的。例如“恭顺诗”中的《身形已憔悴》《世尊现在请救我》《胜尊啊，众沉沦中吾翘楚》等众多诗歌都表现了信徒对黑天痛陈自己过往生活的可憎与可怜，苦苦祈求黑天的恩泽的场景：“不曾虔爱莲花眼，人生败尽如赌博。日夜沉溺尘世乐，因而四个皆破裂。现受痛苦始懊悔，信仰命运皆逝去。色苦褴褛丑陋徒，何人不得恩惠度？故祈慈悲神中宝，为何要把苏尔忘？”[2]“你既舍我救他人，心中伤痛如何消？无人罪重与我同，咧嘴微笑且告知。苏尔因你之错死，沉沦无人堪比我。”[3]这些所谓的脱离物质欲求，平静冥思黑天抑或极力贬低

1 参见马克斯·韦伯著，康乐等译：《印度的宗教：印度教与佛教》，第427页。

2 苏尔达斯著，姜景奎等译：《苏尔诗海》，第34页。

3 苏尔达斯著，姜景奎等译：《苏尔诗海》，第39页。

自己，极度卑微，苦苦祈祷，哀求黑天解救的行为是充满悲情和苦情的，是不具有丝毫的欢喜与福乐的行为。这些行为虽然也能得到黑天的恩慈，但这却被黑天支派认为是不够纯粹的、低层次的信仰。

苏尔达斯在《苏尔诗海》中着力宣扬的是伯勒杰人民对黑天纯粹的虔信与热烈的奉爱。伯勒杰人民对黑天的信爱是毫无保留的，身心俱献的，如痴如狂的，充满美妙情味的，是从世俗之情中升华出的超世俗之情。苏尔达斯在诗歌中唱诵："黑子掌控众牧女，身心命献来维护。"[1]"屋内牧女见此醉，心中充满无限喜。睹黑子容显呆相，心献诃利不能语。"[2]"端量瞧看儿面庞，耶雪达妈乐开花，欣然欢喜见乳牙，沉迷爱中身失觉。"[3]只有这种状态的爱才是对黑天的纯粹的爱，也只有通过这种纯粹的爱才能够获得与黑天在一起共享欢喜和福乐的恩慈。由此可见，黑天施予恩慈的条件并非与外在的物质和身份相关，而是与纯粹的内在层面的信爱相关。

三是《苏尔诗海》的黑天形象具有双重性。双重性与黑天作为至高人格神的形象相关。黑天形象所具有的双重性中的两个方面是并列且平衡存在的，它具体体现在黑天人性与神性的平衡。

在《苏尔诗海》中黑天是一个天真可爱的妙婴孩，是一个淘气顽皮的俏牧童，是一个多情风流的美少年，是一位保家护国的大英雄，是一位向英雄阿周那宣教新法新论的思想家，同时他也是圆满至高的大梵，是对信徒施予恩泽的救世主，苏尔达斯将黑天具有的人性与神性有机融合为一体。黑天的这种人神兼具的特性源于其从人上升为神的发展过程。"克里希纳在《摩诃婆罗多》的一些故事里远不是什么神的形象，他所属的雅度族在许多地方被描写为粗俗的游牧民族，克里希纳也被敌手骂为'奴隶'或'牧民'，他没有丝毫神的灵光，只不过是一位游牧民族的英雄。然而在《诃利世系》中却成了毗湿奴的化身、成了至高无上的尊神。"[4]《摩诃婆罗多》原始故事中的黑天是雅度部落联盟

1 苏尔达斯著，姜景奎等译：《苏尔诗海》，第173页。

2 苏尔达斯著，姜景奎等译：《苏尔诗海》，第177页。

3 苏尔达斯著，姜景奎等译：《苏尔诗海》，第119页。

4 毗耶娑著，张保胜译：《薄伽梵歌》，第20页。

中萨德沃德民族(Jati)的英雄,萨德沃德民族是一个种姓族群,在《摩奴法论》(10.23)中被称为“出自弗罗提耶(vrātya)吠舍”,即因为不发愿持戒而不入婆罗门教的吠舍种姓。[1]由此可见,雅度部落联盟中的黑天信仰早期是不入婆罗门法眼的民间信仰,是被出身于某些吠舍种姓的“刹帝利”武士统治阶层和牧民族群所推崇的信仰,是印度社会大变革中出现的反对婆罗门教的一个民间宗教。这个民间宗教即薄伽梵教(Bhāgavata-dharma)。

薄伽梵教的起源非常古老,甚至早于公元前6世纪前后的佛教和耆那教。该教与佛教和耆那教一样反对暴力杀生的吠陀祭祀等旧有宗教禁锢,只不过该派以平和但坚定的方式在吠陀宗教文化内部进行抗争,没有像佛教、耆那教那样声势浩大,没有像佛教与耆那教那样站在吠陀和婆罗门的对立面进行尖锐激烈的批判,没有直接反对吠陀传统,没有公然反对婆罗门。他们在传统吠陀文化体系内加入自己的声音,在婆罗门之外的民间群体中宣扬自己的主张。但此时婆罗门阶层利用自身的文化优势,秉承“拿来主义”,将反对他们的各个流派的理论加以穿凿、雕饰,将几个主要流派的思想理论、观点主张和概念术语收为己用,“借尸还魂”,使其变成婆罗门教能够接受的东西,并且缓和了当时反对者的激烈情绪。正是这种方法挽救了婆罗门教的衰亡。

约公元前4世纪至公元4世纪,印度社会不断被侵入的异域外族元素所影响,社会结构随着经济结构的进一步变化而发生了更大的改变,新的外来技艺使得首陀罗和吠舍阶层的经济实力提升,许多富商巨贾都是从这些人中诞生的,他们甚至控制了城镇的经济,在印度社会中的作用越来越显著了。新的社会状况使得人们僭越了旧有的秩序结构和社会分工,而向着容易得到财富的职业和权位转移。原有的宗教秩序和社会结构秩序已经不能适应这种新的变化,婆罗门教所卫护的原有种姓等级制以及他们所精制的伦理和道德规范被洞穿,被质疑,被反对。因此,婆罗门教不甘于自身的衰颓,开始与民间信仰相融合。婆罗门教中需要经济支援的庙宇婆罗门祭司出于经济原因的考虑开始扩大

1 参见蒋忠新译:《摩奴法论》,第207—208页。

收纳信徒群体，同时开明婆罗门为了宣传教义，也接受举行非吠陀的民间祭祀的邀请。此时需要一位能够融合吠陀文化和民间文化的大神出现，他能够同时被婆罗门和民间群众承认和接纳，而薄伽梵教中融合了牛护形象的婆薮提婆子黑天和"吠陀"中地位不高的神明毗湿奴则是合适的选择。由此，那罗延—毗湿奴与婆薮提婆子黑天信仰相融合，毗湿奴大神借助黑天信仰扩大和增强了影响力，提升了地位，这种融合促成了后期毗湿奴信仰的崛起。而黑天信仰借助与那罗延—毗湿奴信仰的融合，婆薮提婆子黑天的形象由一位人间英雄上升至神明，随着之后黑天信仰的发展，在印度中世纪出现的黑天支派中，黑天甚至超越了那罗延—毗湿奴，而直接成为至高圆满梵本身，成为至高人格神而居于那罗延—毗湿奴之上。

在上升为至高人格神的发展过程中，黑天本身就兼具了人性与神性的双重特质。其人性形象，包含了牛护形象的婆薮提婆子黑天，是世俗性的，是入世的，而其神性形象，即作为至高圆满梵的化身，是超世俗的，是出世的。这种兼具了世俗与超世俗、入世与出世的双重性正是《苏尔诗海》中所展现的黑天形象："某大力者持化身，只手将我威风灭。胜尊乃灭刚沙者，为信徒益持化身。"[1]"化身降世为信徒，不受业行达磨控，瑜伽祭祀心不念。穷人求助耳充闻，听见傲语心焦灼。依附众人之情存，其他丝毫亦不惧。由虫至梵遍布者，予众福乐祛除苦。虔情之处来现身，黑子自彼不移离。"[2]黑天作为有形的大梵，乃是遍布者，为了施予福乐，解救信徒而化身降世。黑天信仰通过化身之说和虔信之爱，将正统的脱离现实生活的禁锢人性的玄虚的崇信理论和救赎理论转变得适合现实生活和人性，简单易行，促进了印度宗教信仰的世俗化和普世化。

四是《苏尔诗海》的黑天形象具有完满性。完满性与黑天在世俗生活中的完人形象相关。完满性是黑天形象中最突出的特征。作为至高圆满大梵的化身，黑天本身具有大梵的一切完满特质。作为完满

1 苏尔达斯著，姜景奎等译：《苏尔诗海》，第111页。

2 苏尔达斯著，姜景奎等译：《苏尔诗海》，第432页。

的至高者，他所具有的真、知、乐三种属性，使他在世间呈现出完人的特征，这也是他相较于其他人格神和大神化身的殊胜之处。他在印度颇受信奉和喜爱的原因正是来源于他在世俗间的完人形象。

黑天的完人形象满足了几乎所有印度人的信仰需求。印度学者S.拉达克里希南曾这样评价黑天："比罗摩或许更受欢迎的黑天是一个几乎可以满足所有人需要的罕见的完美且宽宏大量的神。作为神之子，他使印度妇女的热情的母性本能要求得到了满足。作为爱神，他给一个仍然被古代的行为规范紧紧控制住几乎不能自由地进行性爱的社会实现了浪漫的愿望的满足。在俱卢之野战场上，作为英雄阿周那的驭手，他帮助一切求助于他的人。即便是一个罪犯，只要他对神有足够的信仰，他也会使他免遭坏的转生。"[1]

黑天人性形象中的牛护形象和婆薮提婆子形象分别代表了民间生活与宫廷生活，通过黑天的故事，这两个形象被有机融合在一起，从而在民间百姓与上层统治者之间构架起桥梁。黑天信仰来源于民间，推崇奉行于新兴的刹帝利统治阶层，后经婆罗门的改造而终成印度社会上下阶层都承认和接纳的偶像，因而其信众群体在印度十分庞大，分布于社会各个阶层。

黑天的完人形象主要表现在三个方面：思想家、有情人和功行者。这三个形象主要来源于人类的三种原动力，即知识力（jñānaśakti）、欲望力（icchāśakti）和行动力（kriyāśakti）。黑天的世俗形象兼具这三种原动力的最高值点，集中反映了人们对知识、情感和行动的欲求，所以他是世俗间最完美的人。

在《苏尔诗海》中，黑天明了一切知识，作为一个宣教者和说教者，他对牧女讲明世界的真相，教化乌陀皈依有形崇拜，在俱卢之野的战场上更是对阿周那阐明了"利害关心"与"业"行、至高者与自我等瑜伽哲理的思辨。这个思想家的形象体现了黑天信仰对于吠檀多哲学思想的继承、改造和发展。不过黑天的思想家形象并非重点，在《苏尔诗海》中，"有情人"和"功行者"这两个形象才是被着力刻画的重点。

---

1 A. L. 巴沙姆主编，闵光沛等译：《印度文化史》，第119页。

有情人的形象突出的是爱和情味，这个形象主要表现在亲情、爱情、友情和仁慈四个方面。其中亲情、爱情和友情这三个方面与黑天作为伯勒杰牧童的形象相关，而仁慈的情感则与黑天作为刹帝利王者的形象相关。在伯勒杰，黑天的有情人形象的外在表现为形色之美。无论是在父母和长者眼中，还是在牧女和牧童眼中，黑天都是俊美迷人、光彩照人、醉人心弦的。“眉毛弯弯美眼上，卷发浅笑迷人心。莞尔微笑乳牙闪，似珠安家莲花上。”[1]“森林之中牧牛归，雀翎冠旁发辫耀，宛若蜜蜂得所爱；莲花脸上享甘露，欲飞却又不得起。”[2]在牧女的眼中，黑天是妙“舞胜”，形色迷人、充满情味的。“眼极灵动眉毛弯，一喻疾现此美上：两只鹡鸰见弓惧，欲飞不能慌张急。无双嘴唇吹竹笛，起调高利[3]绵长奏。腰系黄衫金饰带，边舞边唱悠扬歌。”[4]黑天还是牧女心中的“美丽之海”“青黑美云”，使人沉迷不得渡。黑天的有情人形象的内在表现为与难陀耶雪达夫妇、与牧童和牧女之间的深情厚谊、浓情蜜意。难陀耶雪达夫妇与孩儿黑天之间的亲情是美妙温馨、妙趣横生又感人至深的，牧童与小黑天之间的友情是趣味盎然又真挚动人的，牧女与情郎黑天之间的爱情是活色生香、扣人心弦的。黑天是伯勒杰人民的情味之主，是人们情感的依托和生命的全部。

在马图拉和德瓦尔卡，黑天的形象逐渐从牧童转变为刹帝利王者。作为统治阶层的刹帝利领袖，黑天依然展现了他有情人的形象，此时主要表现出仁慈之情。《苏尔诗海》中，黑天解救出所有奉爱于他的公主，并娶了她们，给予她们平等的福乐和欢喜。对于曾经帮助过自己而现今却贫穷落魄的同窗好友苏达玛，黑天热情接待他，把他奉为自己的兄长上宾，赐予他享用不尽的荣华。这些都展现了黑天作为刹帝利王者的仁爱与慈善。

---

1 苏尔达斯著，姜景奎等译：《苏尔诗海》，第123页。

2 苏尔达斯著，姜景奎等译：《苏尔诗海》，第236页。

3 起调高利，原文为gaurī rāga alāpi。其中gaurī rāga指在黄昏时候演奏的一种拉格，alāpi是拉格演奏中的起音部分，通常在这部分中奏者或歌者以拉长主音的方式起调。

4 苏尔达斯著，姜景奎等译：《苏尔诗海》，第477页。

功行者的形象主要表现在黑天除妖降魔、诛杀妖王、征恶扬善、保护众生这些方面。无论在伯勒杰、马图拉还是德瓦尔卡，黑天都展现出了功行者形象。在伯勒杰，小黑天降妖除魔，消除林火，智斗梵天，勇斗因陀罗，保护伯勒杰牧民的生命和财产安全。在马图拉和德瓦尔卡，黑天诛杀妖王，与屡屡进犯雅度族的入侵者英勇作战，等等。黑天的这些功德善行使他获得了各个阶层民众的欢迎、支持和爱戴，成为人民拥护的偶像。

正是因为具有享乐性、恩慈性、双重性和完满性这四个基本特征，黑天才成为印度最受人民欢迎和信奉的大神。中国学者张保胜曾这样描述在印度的切身经历："1984—1986年我作为访问学者在印度呆了差不多两年，纵贯印度南北，从郑和曾经访问过的印度最南端的科麻林角到印度北部佛陀寂灭地戈拉克普尔，不论在天上还是在地上，也不论在人流如潮的大街上还是在绿草如茵的庭院内，凡是印度人出没的地方，都仿佛看到了克里希纳慈祥的微笑，听到了克里希纳不倦的教诲。"[1]

第二节 黑天形象对印度文学文化的影响

《苏尔诗海》中塑造的黑天形象是印度人民喜闻乐见并广为传颂的经典形象，诗歌通过描绘黑天与印度人民日常生活中的点滴，表现了信众与黑天之间的深情厚意，同时表达了对黑天的虔敬与信爱。正是因为其塑造出了人神兼具、欢喜自在、慈爱恩宠、充溢着爱与美的完满的黑天形象，才使得《苏尔诗海》具有了震撼人心的力量，体现了文学和艺术的永恒魅力，从而超越了其原本的宗教意图，成为永恒的文学经典，对后世的宗教信仰、印度文学艺术以及社会文化生活都产生了深远的影响。

《苏尔诗海》本质上是一部宗教文学作品，通过黑天形象的宗教性书写，主要目的在于充分传达自身的宗教体验和宗教情感，在民间宣扬

---

1 毗耶娑著，张保胜译：《薄伽梵歌》，第9页。

和传播黑天信仰。

首先,《苏尔诗海》中黑天作为“爱”与“美”的化身,被重点描绘的是其人性形象,而非神性。黑天最突出、最经典的形象乃是在伯勒杰地区贪吃奶油的令人欢喜的可爱稚子,是专偷奶油专搞破坏的令人哭笑不得的顽童,是手持竹笛的与牧女日夜欢歌起舞的风流美少年。通过黑天童年与少年时期的这些经典形象,苏尔达斯在《苏尔诗海》中体现了与黑天在一起的伯勒杰人民所获得的各种美妙情味及福乐,着重表达了伯勒杰人民对黑天无私的慈爱、友爱与炽热的情爱。这正契合了印度中世纪有形黑天信仰所推崇的“虔爱”之说,推动了黑天信仰在民间的传播和普及。因此,充满凡人性格特征的大神吉祥黑天成为黑天信仰普世化和现代化的基石。

其次,随着虔敬和信爱有形黑天的理论的推行,徘徊在婆罗门的主知主义救世论之外的广大中下层民众找到了与永恒至高存在者沟通的途径。通过奉行简单易行的“虔爱”,就能得到福乐和解脱,这种主张“虔爱”的救世论得到了占社会主体的印度广大中下层人民的大力支持,在民间产生巨大的影响,众多婆罗门也纷纷走下神坛,加入世俗生活的行列。因此,对有形黑天的“虔爱”加速了印度宗教的世俗化。

再次,随着《苏尔诗海》中至高人格神黑天的“人性”形象的凸显,以及印度中世纪黑天支派宗教哲学理论对于“现象世界乃为真实”的肯定,更加强化了“化身理论”在印度宗教中的作用和影响。现今印度存在的如恒河沙数般的大小林立的教派之中,其教主或教派领袖都宣称自己是或被信徒们尊奉为“现世神”。这样的“现世神”崇拜,不仅仅局限于宗教中,一些政治领袖和社会伟人,也纷纷被尊奉为“现世神”,受到人民的敬拜。

在宗教性书写的同时,苏尔达斯在继承之前黑天文学传统的基础上,将民间文艺形式和人民生活及风土人情融入《苏尔诗海》中,增强了文学创造的张力,并运用艺术的魅力使黑天形象具有了极大的审美价值。《苏尔诗海》中的黑天形象为后世的文学和艺术提供了内容资源、主题形象及特定的表达样式,丰富了黑天的人物形象与性格特质,强化了文学作品中黑天形象的多样性和全面性，强化了后世文学的意义创构与思想性，满足了艺术对于内容和灵感的索求。

首先，苏尔达斯运用伯勒杰语创作《苏尔诗海》，其塑造的黑天形象及其作品的艺术魅力，影响和感染了广大人民群众乃至上层统治者，将伯勒杰方言文学发扬光大。这奠定了其后近四百年间北印度诗歌文学语言中伯勒杰方言文学的优势地位。

其次，《苏尔诗海》中的黑天形象丰富和增强了印度中世纪“帕克蒂”（虔诚和信爱）文学的艺术魅力和感染力，同时，为后世黑天文学提供了主题、内容、思想和表达样式的范本。但“帕克蒂”文学之后，随着大量文人投奔统治者，宫廷文学又重新繁荣起来，印度文学进入艳情文学时期，此时的黑天文学受到《苏尔诗海》极大的影响，主要是黑天人性形象的影响。在艳情文学中，吉祥黑天成为一个凡人，他的化身本事被描述成了凡人的传奇故事和爱情故事，其神性渐渐被抹去。之后随着现代思想和意识的发展，黑天故事中的黑天形象仍然继承之前《苏尔诗海》中黑天的人性形象，没有得到任何创新。黑天故事和黑天形象在文学创作中被碎片化，各个零碎的故事和形象被现代作家赋予了新的思想内涵。阿约提亚辛赫·乌巴提亚耶（Ayodhyāsiṃha Upādhyāya）[1]的诗集《爱人远居》（*Priya-pravāsa*, 1914）描述了黑天保护人民、惩恶扬善、除妖降魔的伟人形象。杰根纳特达斯·拉德纳卡尔（Jagannāthadāsa Ratnākara）的《乌陀百首》（*Uddhavaśataka*, 1929）没有任何的创新和发展，完全继承《苏尔诗海》“黑蜂歌”中的黑天形象，且只展现了艳情的虔诚情感。印度独立运动政治家德瓦尔卡伯勒萨德·密施拉（Dvārakāprasāda Miśra）的诗集《黑天故事》（*Kṛṣṇāyana*, 1947）以《苏尔诗海》为创作蓝本，重点描写黑天的马图拉和多门岛功行，突出其政治领导人形象。

第三，苏尔达斯在《苏尔诗海》中塑造出的黑天形象具有极大的艺术魅力和审美价值，因而为后世艺术提供了源源不断的题材和灵感。在绘画、雕塑、舞蹈、音乐和戏剧领域，艺术家们从黑天的各种本事和功

1 阿约提亚辛赫·乌巴提亚耶亦名“诃利奥特”（Hariaudha）。

行故事中汲取资源，从黑天形象所具有的爱和情味中获取灵感，创造出了大量优秀的有关黑天的艺术作品。苏尔达斯对黑天细致入微、栩栩如生的文学刻画为画家和雕塑家们提供了精致的范本。苏尔达斯精通音律，在《苏尔诗海》中，罗列了种种与印度传统音乐和民间音乐相关的元素，这些拉格（rāga，曲调）和韵律为后世音乐家的创作提供了样章。在舞蹈和戏剧方面，《苏尔诗海》中完整的黑天故事、丰富多彩的人物形象以及饱满的人物性格都为舞者和剧作家提供了全面细致的参考。

苏尔达斯在《苏尔诗海》中塑造出的黑天形象，彰显了印度中世纪社会的人文诉求和感性精神；同时他借助宗教文化的影响力和文学艺术的审美价值，表达了对印度社会文化和人民生活的关切。

第一，苏尔达斯通过其塑造出的黑天形象表达了当时印度社会中下层人民的人文诉求，尤其是过着家居生活的人们的信仰诉求，推动了印度“享乐主义”的发展。《苏尔诗海》中的黑天既是刹帝利英雄，又是载歌载舞、喜爱嬉戏游乐的充满情味与爱意的牧童和少年。无疑，苏尔达斯着力刻画的是黑天的牧童和少年形象。在牧区生活的黑天代表着永恒的欢喜与福乐，这正契合了印度广大人民群众的信仰需求，符合广大民众在俗世生活中所处的实际环境和具体状况。黑天支派宣扬以奉爱黑天获得欢喜福乐的解脱，这种主张以感性对抗正统吠檀多宣扬的理性知识，以纯粹的奉爱对抗吠檀多派对于人性的禁锢，打破了印度正统吠檀多派的绝对“禁欲主义”之道，确立了广大俗世之民的奉爱之道——黑天的恩泽之道。对黑天奉爱，需要努力履行宗教义务，即唱颂、冥思、念诵、服务等，通过各种简单易行的方法荣耀至高者黑天，以求得心灵的净化，以获得与黑天在一起的福乐与欢喜。这种追求欢喜的解脱观使得身在俗世之人找到了内在的慰藉和依赖。黑天支派讲求身在俗世，内在离欲，在做着世俗职业的同时，以对吉祥黑天的纯粹虔诚和信爱为途径，达到内在精神的离欲，因此，奉爱黑天的情感增强了印度世俗之人内在的幸福感。同时，信徒荣耀和赞颂黑天的种种方式多与载歌载舞、共享美食、共赏戏剧等娱乐活动相关，因为他们相信世界就是大梵的游乐场，世人都要加入其中，与大梵的化身黑天一起游戏欢乐,因而这些载歌载舞又欢喜的娱乐活动和信徒对于欢喜世界的认识及充满感性精神的信爱思想进一步发展了印度社会文化中的享乐主义。

第二,黑天形象中所包含的内在“离欲”思想与“不带利害关心”而全心信爱黑天的“业行”相关,信徒内心怀抱着对黑天的爱超脱于世俗社会,这是对世俗关系和现实社会的淡漠与懈怠。这种内在“离欲”的思想使人漠视其原有的社会属性,因此,该思想也是造成印度社会现代化进程缓慢的原因之一。

第三,至高人格神黑天所具有的欢爱游乐的超俗性使得印度伦理道德观薄弱。兼具人性和神性的黑天既身在世俗,又超脱世俗。本是违背道德和礼法的俗世爱欲故事,正是因为主角是黑天,因为他至高者大神的身份,所以就具有了超脱世俗的神圣性。这种信奉至高人格神的宗教是超越世俗伦理道德的,这种宗教缺乏基本的伦理道德观,缺乏自律与约束,虽然其教义强调信徒对黑天的奉爱是超脱世俗关系的,但不能摆脱七情六欲的俗世之人很难厘清和把握这种世俗与超世俗的爱的区别。因此,黑天支派中单纯宣扬通过赞颂黑天的情爱故事以奉爱于黑天而得解脱的一些教团,很容易被别有用心之人误解和歪曲其教义,致使一些不明真相的信徒步入邪道,对教团和社会造成不良甚至恶劣的影响。

第四,《苏尔诗海》中的黑天形象丰富了人民生活。苏尔达斯在《苏尔诗海》中描述黑天与父母或牧童一同进食之时,几近铺陈,罗列各式各样的甜食与干果、各种美味饭食,这成为黑天信仰中的一种祭典仪式——“圣餐会”,即信众不分种姓,围坐在一起共享圣餐。这种对于饮食的讲求丰富了印度人民的饮食文化。同时,黑天贪吃奶油和偷奶油的形象深入人心,他既代表了印度人饮食奶制品的传统文化,又加强了印度人民对于牛奶文化的热爱。

第五,《苏尔诗海》中黑天的俊美迷人主要吸引的是女性信众,同时他与伯勒杰的人民亲密无间,这些人中有吠舍农民,也有婆罗门好友,还有刹帝利阶层的信徒,这些人的种姓身份都被苏尔达斯在其作品中弱化了。在婆罗门教中被列入最低等的女子和低种姓民众成为信爱黑天的主要群体，在黑天的心中，只要全心全意念诵他，信爱于他的子民，无论贫富贵贱、大小强弱，一律平等慈爱、施予恩泽，这些信众都是他要保佑和庇护的。这种信仰平等的意识具有一定的进步意义。

第六，《苏尔诗海》中黑天对婆罗门好友苏达玛的谦恭礼遇和财富施予，以及苏达玛对黑天的感恩与赞颂，在某种程度上向世人宣扬了刹帝利阶层与婆罗门阶层和谐相处的思想。这种思想体现了婆罗门家族对于王族的依附，神权与王权的共生。同时，黑天作为刹帝利能够与婆罗门苏达玛共同求学于婆罗门圣人，这在一定程度上反映了当时社会秩序的变革，印度社会中的种姓划分更多依据的是职业而非出身。代表着印度社会新秩序的刹帝利黑天形象在一定程度上维护了印度上层社会结构的稳定。

第三节 黑天形象对现代印度社会的启示与影响

《苏尔诗海》塑造的黑天形象成为后世印度社会大众普遍崇拜的对象，在现代印度社会中起着至关重要的作用。作为印度社会文化中智慧、爱情、勇气和慈悲的化身，黑天象征了印度社会的精神内涵，同时也代表着印度不同文化的融合。学者埃德文·弗朗西斯·布莱恩特(Edwin Francis Bryant)指出："黑天的故事在不同的印度语言和文化背景下被改编和重述，这使得当地民间传统和文化与黑天信仰进行了更广泛的融合。"[1]这种文化融合体现在印度不同地区的节日习俗、仪式和艺术表现之中，对现代印度民众的精神生活产生了深刻的启示与影响。

一、黑天形象对现代印度社会文化实践的影响

扬·阿斯曼认为："社会通过构建出一种回忆文化的方式，在想象

1 Edwin F. Bryant: "Introduction", in *Krishna: A Sourcebook*, Edited by Edwin F. Bryant, Oxford University Press, 2007, p. 3.

中构建了自我形象，并在世代相传中延续了认同。”[1]文化记忆是认同社会自我形象、加强社会整体凝聚性和构建民族共同体的重要方式。文化记忆是一种对整体性意义的认同和传承，而这种对文化意义的记忆、认同与传承是通过节日仪式和社会习俗等文化实践层面实现并强化的。通过一系列重复的现时化的文化实践形式，印度社会得以构建，民族凝聚性得以加强，印度文化的意义得以传承和巩固，而黑天形象在构建印度社会整体性和传承印度文化的实践中起到了至关重要的作用。

在印度文化中，黑天的形象无处不在，他的故事和教义被印度民众代代相传。无论是在社会节日仪式还是在人民生活习俗中，黑天形象的存在不仅增强了印度民众的信仰，同时也塑造了印度社会的整体风貌。

在众多印度节日中，除了洒红节（Holi），黑天诞辰节（Janmashtami）也是一个非常重要的节日，时间是在印历六月（Bhadrapada）黑半月[2]的第八天。在这一天，全印度各地都会举行盛大庆祝活动，包括斋戒、唱诵《薄伽梵歌》等仪式活动，以及重现黑天本事的戏剧表演和争夺奶油罐的叠人塔等活动。除了日常的祭拜祈祷、唱颂赞神曲（bhajans）以及寺庙仪式之外，黑天诞辰节庆祝活动的核心部分是斋戒和集体唱诵《薄伽梵歌》，该活动的深层含义不仅体现了印度民众对黑天无条件的奉爱和崇敬，也体现了他们个人精神净化和自我反省的过程。而

---

1 扬·阿斯曼著，金寿福、黄晓晨译：《文化记忆：早期高级文化中的文字、回忆和政治身份》，北京大学出版社，2015年，第8—9页。

2 印历每月中，由新月至满月期间被称为白月或白半，由满月至新月期间被称为黑月或黑半。从印历一月开始，三个月中，白昼的时刻延长，夜晚的时刻缩短。然后，白昼的时刻缩短，夜晚的时刻延长。到了七月，白昼和夜晚的时刻相等。然后，三个月按照相反方向，夜晚的时刻延长，白昼的时刻缩短。太阳运行的一段行程为一个月。从雨季开始的六个月是太阳南行期，从寒季开始的六个月是北行期，这两个行期构成一年。这是按照太阳运行计算的量度。十五个昼夜构成半个月，月亮增盈的半个月是白半月，月亮亏缺的半个月是黑半月。吠陀的礼仪和祭祀都依据这样的时间概念。白半月和黑半月构成一个月。（印度）圣者和诗人们都依据这样的月份。这样，两个月构成一季。六季构成一年。天文学家以（印历）一月为一年的开始。而世俗以（印历）五月为一年的开始。其中，（印历）五月和六月是雨季，（印历）七月和八月是秋季，（印历）九月和十月是霜季，（印历）十一月和十二月是寒季，（印历）一月和二月是春季，（印历）三月和四月是夏季。参见迦梨陀娑著，黄宝生译：《六季杂咏》，中西书局，2017，第75—76页。

节日期间最受印度民众欢迎的庆祝活动，则是通过戏剧表演重现黑天顽皮可爱的童年故事，以及黑天与牧女之间嬉戏互动的情爱本事（rasa līlā），男女老幼热衷于扮演黑天故事诸场景中的某个角色，因为黑天的一生，尤其是童年黑天和少年黑天的生活，同普通印度百姓毫无二致，他们能够感觉到黑天就是其家庭中的一员，对他们来说，黑天是可爱的孩子、亲密的爱人、忠实的朋友。通过这些传统仪式，黑天所象征的文化意涵与印度民众的身体相互作用，“仪式把象征和身体的相互作用戏剧化”[1]，因此，这些极具吸引力的戏剧表演成为了文化传承的活生生的载体。

在现代印度社会和当代文化中，黑天的故事和传说通过黑天诞辰节等充满活力的节日得到广泛传播，这些节日已成为促进印度各社群联系和国内外文化交流的重要活动。这些文化活动不仅增强了印度民众的信仰和归属感，也促进了印度文化的传承和发展；不仅加深了人们对黑天所承载的追求智慧、珍视爱情、直面挑战及慈悲宽容等印度文化意涵的理解，也增强了各印度社群间的联系与凝聚力。同时，这些节日活动在保护和传播印度丰富的文化遗产中起到了关键作用，特别是在全球化的背景下，成为印度侨民连接故乡文化的一种重要途径和方式。当然，随着科技的发展，节日仪式的表现方式也出现了变化，包括线上集体唱诵和虚拟网络中的戏剧表演，这些现象表明传统节日能够适应现代社会的需求，继续发挥其文化和宗教凝聚作用。在现代多元化社会中，有关黑天的诸多文化实践也为非印度教徒提供了认识和体验印度文化的机会，从而促进了跨文化的交流，促进了不同文化背景人群之间的理解和尊重。

“文化记忆可以被理解为无形宗教的制度化，即形式的总和，在这些形式的总和中，一个综合的符号化的意义世界可以被交流和传承下去。”[2]黑天作为印度多元文化的一个综合意义符号，在现代印度社会的文化实践中发挥着重要作用，对印度文化记忆的传承产生了巨大影

1 扬·阿斯曼著，黄亚平译：《宗教与文化记忆》，商务印书馆，2018年，第12页。

2 扬·阿斯曼著，黄亚平译：《宗教与文化记忆》，第44页。

响；而印度民众对于黑天的崇拜及相关的节日仪式和社会习俗等活动，也反映了印度人对于生命、死亡、爱情、勇气等人生问题的思考和探索，体现了黑天这一重要文化符号所承载的印度文化的深刻内涵和人文关怀。

二、黑天形象与印度现代艺术

在印度文化中，黑天作为备受尊崇的神祇，其形象、故事以及象征意义早已渗透到印度宗教经典、文学、艺术等各个领域。在印度史诗《摩诃婆罗多》和圣典《薄伽梵歌》中，黑天的形象被赋予了深刻的神性和哲学意义，他不仅是宇宙的主宰，更是智慧的象征，他的言行举止都蕴含着深奥的哲理和智慧；而在印度文学和艺术作品中，黑天的形象则被赋予了丰富的情感色彩和人性特征，使得他更加贴近人们的生活和情感。黑天的形象不仅在传统文化和古典艺术中得到了广泛的展现，而且随着时间的推移，现代艺术家们也开始以新颖的视角和手法来诠释这一经典主题，从而形成了黑天与印度现代艺术之间独特而深刻的关联。

印度现代艺术家们对黑天形象的诠释，往往不再局限于传统的神圣和庄严形象，他们通过独特的视角和创新的技法，将黑天形象融入现代审美，使之呈现出全新的面貌；而黑天的故事丰富多彩，涵盖了爱情、战争、智慧等多个方面，也为艺术家们提供了源源不断的题材和灵感，使得他们能够通过不同的艺术形式和手法，将这些故事以全新的方式呈现在观众面前。融合了传统与现代印度文化的黑天形象更加具有吸引力，现代艺术中的黑天形象诠释了随着时间的推移而发生的演变，更承载了古代传统与现代人民情感相融合的文化基因。我们可以在现代音乐、舞蹈、视觉艺术、大众文学和流行文化中观察到这种融合了传统与现代的黑天形象。

在音乐领域，印度传统“拉格”曲调中，具有与黑天叙事相关的特定曲调，这些曲调能够唤起人们在唱诵或聆听时对黑天的特定情绪，通过使用这些特定的“拉格”，印度人创作了许多经典的传统赞神曲和圣歌(kirtan)。除了奉献给黑天的传统赞神曲和圣歌之外,音乐家们通过将传统和现代元素融合,催生了新的流派和风格,通过融合现代西洋乐器和编曲,展现和赞颂黑天的神圣人格。例如印度音乐家潘迪特·贾斯拉吉(Pandit Jasraj)、阿努伯·贾罗塔(Anup Jalota)和克里希纳·达斯(Krishna Das)等,他们致力于将古老的黑天颂曲(Krishna bhajan & kirtan)进行现代化的创新,并在世界各地进行推广和宣传。

在舞蹈领域,印度古典舞蹈形式也融合了传统和现代美学来描绘黑天的故事,刻画黑天的形象。例如在奥迪西舞(Odissi)、婆罗多舞(Bharatanatyam)和卡塔克舞(Kathak)等印度主流舞种中,表现黑天故事和赞颂黑天形象的舞蹈作品占有极大比重,而编舞家将创新的动作和主题融入传统舞蹈中,在保留奉爱黑天的精神本质之上,通过对现代美学的应用,创造性地重新诠释了黑天故事的舞蹈叙事。黑天的神圣游戏及其与罗陀的欢爱象征着个人灵魂(小我)与神圣大梵(大我)的结合。这种神秘的梵我合一概念影响了印度诗歌、音乐和舞蹈中有关神圣之爱的意识,启迪和培养了印度人对于爱情和信仰的行为观念。

在视觉艺术领域中也可以看到关于黑天形象的现代与传统元素的融合。一些艺术家们仍然使用传统技艺描绘黑天形象和表现黑天故事,这些传统艺术形式提供了一种传承感和连续性,同时他们也尝试使用现代颜料、构图和视角来更新传统。例如M. F. 侯赛因(M. F. Husain)、贾米尼·罗伊(Jamini Roy)、特南贾伊·穆克尔吉(Dhananjay Mukherjee)等现代印度画家,他们通过油画、水彩等技法,将黑天的故事以细腻的笔触和丰富的色彩展现出来,让观众在欣赏艺术作品的同时,也能深入了解和感受黑天故事所蕴含的深刻意义。另一些印度画家,例如曼吉特·巴瓦(Manjit Bawa)、安乔丽·埃拉·梅农(Anjolie Ela Menon)等人,则通过现代的绘画技法,通过大胆的色彩和简化的形式来描绘黑天,巴瓦有关小黑天偷奶油的画作及梅农的《耶雪达与黑天》(Yashodha and Krishna)就是此类画作中的精品。此外,一些艺术家将黑天描绘为现代青年或时尚偶像,赋予他时尚的元素和现代的装扮,以此来吸引年轻一代。同时他们将黑天这一文化符号的意涵进行了现代性的重塑，利用各种创造性的表达方式，将黑天形象与消费主义进行结合，通过不同视角，让观众思考消费主义的含义，以及如何使用黑天智慧来更好地驾驭现代生活。在此类作品中，艺术家们对传统黑天形象进行了颠覆性尝试，黑天不再是身着黄衫、头戴雀翎冠、手持长笛的传统形象，而被描绘成一个现代青年形象，他身着时尚潮服或西服正装，佩戴耳机，携带笔记本电脑，手持智能手机或信用卡，或是坐在街头咖啡馆与朋友交谈，身后背景是各种琳琅满目的商品和广告牌，或是身在一个充满未来科技感的城市景观中。这些作品不仅展示了黑天形象在现代社会中的新面貌，也反映了艺术家对于传统与现代关联性的深度思考。他们将黑天与现代消费文化相结合的创作方式，不仅打破了传统黑天形象的神圣与庄严，也深刻揭示了现代社会中物质主义对人们精神世界的冲击，引发人们思考黑天智慧与现代化社会生活之间的关系。

除了绘画领域，一些现代雕塑家通过雕塑的形式，将黑天的形象以及故事中的场景和人物塑造得栩栩如生，为观众带来了更加直观和生动的艺术体验。这些艺术品可能融入了受流行文化、城市环境、社会热点或全球影响启发的元素，象征着黑天永恒的存在与现代世界的融合。例如印度艺术家苏达尔桑·帕特奈克（Sudarsan Pattnaik）于2023年9月6日黑天诞辰节这天在普里海滩（Puri beach）创作的一座黑天雕塑，这座4英尺高的沙雕以黑天为主要人物，背景则塑造了整个宇宙，并在其中绘制了月球和太阳，以及月船3号（Chandrayaan-3）和太阳神L1号（Aditya L1），用以庆祝黑天诞生日及表达对印度空间研究任务取得阶段性成功的祝福和自豪之情。艺术家们不仅运用现代技术和材料来制作具有现代感的黑天雕塑，还使用数字绘画软件绘制出具有未来科技感的黑天形象，他们尝试探索使用数字媒介、混合媒介和装置来创造现代黑天的独特样貌。

在大众文学领域，黑天形象也成为了传统意象与现代意象融合的载体。现代印度作家和诗人在当代语境中重新想象并诠释了黑天的故事、教义和智慧。例如鲁斯克因·邦德（Ruskin Bond）的《蓝色雨伞》（*The Blue Umbrella*）和阿什温·森克伊（Ashwin Sanghi）的《黑天钥匙》(*The Krishna Key*)等小说,通过象征主义的写作手法将黑天意象融入现代叙事之中,吸引了广泛的读者受众。

在流行文化领域,印度电影、电视连续剧和网络连续剧经常描绘黑天的故事,导演、编剧和演员们利用现代科技呈现了逼真的视觉效果,带给观众真实、震撼的感受。这些影视作品试图在坚守传统故事的真实性和利用现代叙事手法、科学技术手段来吸引现代观众之间寻求平衡。这些作品重塑了黑天形象和黑天故事在现代社会中的样貌,例如2012年出产的由维克拉姆・维杜里(Vikram Veturi)执导的动画电影《黑天与刚沙王》(Krishna Aur Kans),其中讲述了黑天的早年生活、他与妖魔的战斗以及他诛杀邪恶国王刚沙并取得最终胜利的经历;1993年至1997年由拉玛南德・萨格尔(Ramanand Sagar)、莫迪・萨格尔(Moti Sagar)和阿斯拉姆・汗(Aslam Khan)联合执导的大型电视连续剧《黑天》,讲述了黑天的一生;1981年由卡里德・萨米(Khalid Sami)执导的印地语电影《小黑儿》(Kanhaiya)讲述了少年黑天在沃林达林的生活;2004年由桑特拉姆・沃尔马(Santram Varma)执导的宝莱坞恐怖电影《黑天小屋》(Krishna Cottage)讲述了凭借黑天的神力与庇护而免受邪灵伤害的一群朋友所经历的超自然故事。此外,还有1935年由马尼克・拉尔・坦东(Manik Lal Tandon)执导的泰米尔语电影《南达纳尔》(Nandanar)、1971年由卡迪里・温卡德・雷迪(Kadiri Venkata Reddy)执导的电影《黑天真理》(Sri Krishna Satya)、2012年由乌梅什・舒克拉(Umesh Shukla)执导的印地语电影《偶滴个神啊!》(OMG: Oh My God!),等等。这些电影对黑天的现代形象进行了独特的诠释,融合了神话、信仰、价值批判和现代娱乐等多重维度的黑天形象同样深受现代观众的喜爱。

在影视剧领域之外,现代和传统黑天意象的融合在时尚和设计领域也很突出。时装设计师经常从黑天充满活力的形象和故事中汲取灵感,创造出融合传统美学和现代潮流的现代服装系列。黑天的神圣形象及其作为顽皮的孩子、亲密的情人和仁爱忠实的朋友的形象已经渗透到印度流行文化中,影响了时尚、设计和消费产品,进一步将他的存在嵌入了印度百姓的日常生活中。

综上所述，黑天与印度现代艺术之间存在着紧密而深刻的关联。通过现代艺术的形式和手法来诠释和展现黑天形象、故事以及象征意义，不仅体现了印度现代艺术的创新精神和多元包容性，也为观众带来了更加丰富和深刻的艺术体验。黑天所代表的印度文化符号不是一成不变的，而是随着时代的发展不断更新换代，不断适应时代的需求，展现当下社会的风貌的。同时，这些新颖的诠释方式，不仅展现了黑天形象的多样性和包容性，也体现了印度现代艺术对于传统与现代的融合与创新。黑天现代和传统形象的融合，扩大了教义和神话对现代观众的可及性，同时，融入现代元素使得黑天这一文化符号能够突破年龄、文化和语言的障碍而更具包容性和整体关联性。

三、黑天形象对现代印度社会价值观和民族性格的影响

黑天作为《摩诃婆罗多》《薄伽梵歌》《薄伽梵往世书》和《苏尔诗海》等印度古代经典中的主要人物，其形象复杂多面。在以瓦拉帕派为代表的黑天支派看来，黑天代表了终极的宇宙至高存在，即大梵（Brahman），他在印度宗教哲学思想、宗教实践、社会文化和百姓生活中占据至高无上的地位。黑天在《薄伽梵歌》中的教诲，特别是对于业（karma）、正法（dharma）和解脱（mokṣa）的阐述，为印度社会提供了重要的哲学、道德及行为指导。黑天形象不仅反映了印度的宗教信仰，也极大影响了印度社会价值观和伦理道德，进而深刻影响了印度民族性格的形成。

《薄伽梵歌》作为《摩诃婆罗多》中最重要的有关宗教哲学的插入成分，主要讲述了在俱卢族和般度族两方大战的第一天，面对敌方俱卢族，般度五子中的阿周那却对这场战争产生了极大疑虑——这场战争是否合乎正法？在接受黑天的教诲之前，阿周那认为同族自相残杀破坏宗族法和种姓法，罪孽深重。[1]因此，他主动放下武器，宁可坐以待

1 参见毗耶娑著，黄宝生译：《薄伽梵歌》，第8—12页。

毙，也不愿投身战斗。这里，阿周那认为的“正法”实际上是传统婆罗门精英阶层编造的“旧法”，这种旧法植根于纯净的血统宗族和种姓制度之上，是基于垄断吠陀仪式知识和居于精神领导地位的婆罗门至上的陈腐观念的，在这种旧有的种姓制度中，婆罗门种姓在等级上超越了作为世俗统治者的刹帝利种姓。然而，随着社会经济和政治格局的发展演变，以阿希尔牧人群体为代表的底层群众开始不断挑战保守婆罗门精英垄断的旧有信仰和社会结构，最终他们成功逆袭并在开明婆罗门的帮助下跃升为新兴刹帝利阶层。这些新兴刹帝利阶层要求打破旧法，倡导新法，这种诉求得到了宗教哲学理论层面的呼应，因而在《薄伽梵歌》中，黑天成为至上世尊，代表新兴刹帝利阶层的诉求向世人宣扬“新法”。黑天在《薄伽梵歌》中向阿周那阐明达到人生最高目的解脱的三条道路：业瑜伽（karma-yoga，行动瑜伽）、智瑜伽（jñāna-yoga，知识瑜伽/智慧瑜伽）和信瑜伽（bhakti-yoga，信爱瑜伽/虔爱瑜伽）。这里，黑天所谓的瑜伽，是要求行动者约束自己，与至高存在（代表大梵的黑天）合一。

在黑天所谓获得解脱的三种瑜伽途径中，业瑜伽指“以一种超然的态度履行个人的社会义务和职责，不抱有个人的欲望和利益，不计较行动的成败得失……行动本身不构成束缚，执着行动成果才构成束缚，因此，不怀私利，不执着行动成果，只是为履行自己的社会职责而行动，就能获得解脱”。在此，黑天宣扬了一种有别于旧业的新业。在印度上古时代的吠陀文献中，“业”常常特指祭祀活动，因为秉承“吠陀天启，祭祀万能，婆罗门至上”的婆罗门教将祭祀视为最高的“业”，宣扬祭祀保证现世幸福和死后升入天国。黑天并不全然否定吠陀推崇的祭祀，但认为遵循吠陀的教导，执着行动成果，不能获得解脱；他将祭祀推衍为广义的行动，强调每个人要履行自己的社会职责，从事行动而不执着行动成果。黑天教导阿周那，在这场战争中，会有合法与非法，也就是正义与非正义的区别。战争发生在特定的历史背景中，按照史诗本身的描写，般度族和俱卢族的这场大战中，般度族代表正义的一方，因此，黑天鼓励阿周那不要执着于行动成果，而应履行执掌王权和征战讨伐的社会职责，通过履行职责，从事行动，不执着于行动的成败得失，摆脱行动成果对个体灵魂的束缚，由此求得人生解脱。[1]

智瑜伽指"以数论和奥义书的哲学知识和智慧指导自己的行动"，主要包含了"原人与原质""善性、忧性、暗性""梵我同一""梵涅槃"等理论概念和知识。其中值得一提的是黑天要求阿周那分清原人和原质，行动是原质的行动，而非原人（灵魂）的行动。原质体现人的本性。原质的三种性质始终处在运动之中。依据这三种性质组合的比例，人可以分为善性之人、忧性之人和暗性之人，行动也可以分为善性行动、忧性行动和暗性行动。古代印度的人性论既不是性善论，也不是性恶论，而是认为人性中包含此三性，每个人的人性特征取决于这三性组合的比例。而黑天则要求保持原人（灵魂）的纯洁，不受这三性束缚，行动出自人的本性，是为履行社会职责从事行动，不谋求私利，不执着行动成果，灵魂就能摆脱原质的束缚，达到"与梵同一"的解脱境界。[2]

信瑜伽指"虔诚地崇拜黑天，将一切行动作为对黑天的奉献"。吠陀时代的婆罗门教是多神崇拜，在史诗时代演变为"梵天、毗湿奴、湿婆"三大主神崇拜，而《薄伽梵歌》则在此基础上，综合了奥义书中绝对精神（梵）的一元论思维，努力进行了将大神毗湿奴的化身黑天奉为至高原人和至高绝对精神——大梵的一神论尝试。黑天要求阿周那一心一意崇拜他。崇拜黑天不需要采取吠陀时代婆罗门教繁琐的祭祀仪式，只要献上"一片叶，一朵花，一枚果，一掬水"(9.26)，表示虔诚的爱意即可。更重要的崇拜方式是修习瑜伽和弃绝行动成果。修习瑜伽即冥想默念黑天，以黑天为最高目的。弃绝行动成果是从事行动而不执着于行动成果，把一切行动作为祭品献给黑天。创造、维持和毁灭是世界的存在方式，是黑天的安排；生而为人，就必须履行自己的社会职责，以奉爱黑天为目的，只要这样做，无论是位高权重的婆罗门和刹帝利，还是出身卑微的吠舍和底层的首陀罗，都能达到至高归宿，获得"与梵同一"的解脱。[3]

《薄伽梵歌》中自称为至高存在的黑天即是《薄伽梵往世书》和

1 参见黄宝生：《译者前言》，毗耶娑著、黄宝生译《薄伽梵歌》，第VI—VII页。

2 参见黄宝生：《译者前言》，毗耶娑著、黄宝生译《薄伽梵歌》，第VIII—IX页。

3 参见黄宝生：《译者前言》，毗耶娑著、黄宝生译《薄伽梵歌》，第X—XI页。

《苏尔诗海》中被赞颂的主角。《薄伽梵往世书》注重凸显黑天的神性，而《苏尔诗海》则更注重刻画黑天的人性，尤其是黑天童年和少年时期的故事，这些故事中黑天所呈现出的可爱婴儿、顽皮孩童、风流少年的形象深入人心，激发了印度民众深层的情感共鸣和热忱信仰。在中世纪印度帕克蒂运动中，信爱黑天被视为同时达到精神解放及与梵合一的途径，个人对黑天的信爱能够超越社会阶级、种姓和性别界限，由此印度社会底层民众通过信爱黑天能够获得追求精神平等和信仰自由的权力。黑天宣教自己是至高存在，他说："通过智慧苦行获得净化，许多人进入我的存在。这样的人走向我，我就会接纳他们，阿周那啊！每个地方，都有人追随我的道路。"(《薄伽梵歌》4.10，4.11）黑天宣告了在信爱和解脱面前众生平等的权力。从这个意义上讲，信爱黑天在一定程度上标志着早期现代（early modern）印度社会对于自由和平等的追求。

黑天对于现代印度社会价值观的影响是巨大的，他在《薄伽梵歌》中宣扬的对新正法的遵循，成为现代印度社会核心价值观的主要内容。这种区别于旧法的新正法主要包含了关于遵循家庭、社会责任和道德义务、正直履行社会职责的重要性，以及勇敢和自我牺牲、信爱、同情与包容性等价值观内容。首先，以苏尔达斯、米拉·巴依等为代表的中世纪黑天派虔诚诗人致力于推广对黑天的信爱，这种信爱黑天的虔诚观在广大印度民间群众心中培养了一种普遍的爱和包容。这种包容性对印度文化和社会产生了巨大影响，有利于促进印度社会的整体凝聚性。其次，黑天对同情和同理心的倡导也深刻影响了现代印度社会价值观中的多元统一性。黑天强调对他人友善和理解的重要性，无论他人的家庭背景、种姓或社会地位如何，都应互相同情、宽容和包容，这就促进了现代印度社会，主要是印度教社会内部的和谐发展。

黑天的"神话的和图像的'伟大故事'的'想象'……这些都活在一个民族的珍宝库中或者可被重新激活"[1]。黑天形象代表了印度多元文化的融合，作为文化融合和文化记忆的符号，黑天形象对印度民族共同体的形成、发展和巩固作出了巨大贡献，同时也对印度民族性格产生

---

1 扬·阿斯曼著，黄亚平译：《宗教与文化记忆》，第9页。

了极大影响。

首先,黑天形象及其智慧,为印度民族提供了面对生活挑战时的精神和行为指导,帮助印度人理解责任、爱、牺牲和自我实现的重要性。黑天对行动的和不执着于结果的“业瑜伽”的强调对印度民族性格产生了深刻影响,促成了印度人面对生活挑战的投降感和接受感,培养了印度民族的韧性和平静,这种精神观影响了许多印度人在个人和社会斗争中的态度。同时,黑天关于不执着于行事结果的教义让印度人形成了行事的随性和不确定性,这当然又与现代化社会的进程产生了一定的矛盾。

其次,黑天形象促进了印度民族内在的和平与自我反省。在快节奏和压力巨大的现代生活中,黑天的形象成为寻求内在和平和精神平衡的方法和标志。对黑天无条件的爱与奉献,推动了印度民族宗教实践的转型,使得印度民众更加倾向于个人化和内在化的宗教体验。他们通过冥想、瑜伽和其他灵性实践,并结合对黑天教诲的沉思,积极探索内心世界,实现自我的平和与超越。

第三,黑天在《摩诃婆罗多》《薄伽梵歌》中作为正法的化身和作为政治家的角色塑造了印度民族的雄心,使得他们希望自己充当世界的领导者和导师。黑天关于责任、伦理和正义的教诲和宣扬塑造了印度民族积极成为统治者或领导者的理想。

总而言之,黑天形象通过对艺术、文学、音乐和哲学思想的影响,对现代印度社会价值观的构建和重塑产生了重大影响,对印度民族性格的影响亦是多方面的。与黑天相关的故事及其形象的象征意义是印度民族创造性表达和文化话语的灵感来源。他关于责任、正义和超然的教导,影响了印度社会的领导力和韧性概念。此外,他对虔诚、信爱、包容和精神奉献的强调塑造了现代印度社会价值观,强化了普世之爱与文化融合的理念。此外,他的影响也体现在各种艺术表现形式中,为印度文化审美的丰富度作出了贡献。同时,我们也应看到,黑天形象来源于印度民间的智慧和力量,他身上自然流露出的泼皮、施行诡计、为达目的不惜打破誓言、注重眼前利益、锱铢必较等破坏正统礼仪和纪律的天性,也在某种程度上渗入了现代印度民族的文化基因之中。

现代印度社会民众对黑天形象的认可、接受和崇拜,源自黑天所代表的民间伦理道德和价值观对印度民众乐观、坚韧和自我意识的滋养。黑天形象激励和影响了现代印度社会,他的教义、故事和品质塑造了这个国家的道德结构、文化表现和精神面貌。他所代表的民间大众的力量与智慧,为印度民众在职责、伦理和精神层面提供了指导,也为我们理解当代印度社会的复杂性提供了一个观察窗口。理解黑天形象背后的精神文化意涵,是理解和把握印度民族性格的关键。

第 五 章

黑天形象意涵与印度民间文化

第一节　黑天本尊“四臂相”寓意

黑天是印度教中最有代表性和影响力的神祇之一，是毗湿奴大神最为重要的化身之一。在《摩诃婆罗多》的晚出部分《薄伽梵歌》中，他作为至高存在，对英雄阿周那所讲授的《薄伽梵歌》，对千百年来的印度社会、文化产生了难以估量的影响。在印度中世纪宗教文学经典《苏尔诗海》中，黑天的形象与毗湿奴的形象完美融合在一起。黑天具有与毗湿奴大神同一不二的地位。作为毗湿奴的完满化身，黑天也具有“四臂相”，但与毗湿奴大神本尊不同的是，黑天的“四臂相”还融入了部族英雄神“婆薮提婆子（黑天）”以及民间牧童神“牛护（黑天）”形象的标识。黑天的“四臂相”体现出古代印度土著文化与外来雅利安文化的碰撞与融合。

在《苏尔诗海》中，黑天的降生本身就是一件神奇的事迹。虽然他作为毗湿奴大神化身下凡，但黑天降生的形象却与毗湿奴的其他化身大不相同，其地位也明显高于其他化身，与毗湿奴大神本尊地位相同。在“往世书”的传统中，黑天信仰与那罗延—毗湿奴信仰融合后，成为毗湿奴大神的主要化身之一。尽管如此，在苏尔达斯皈依的布什迪支派看来，黑天才是宇宙的至高存在，是圆满的至上大梵。黑天大神的具体形象，虽与那罗延—毗湿奴大神的形象融合在一起，却亦有不同。考察下面这首描述“黑天出生”的诗，就可以看出黑天的“四臂相”与毗湿奴“四臂相”的异同。

内心诧异提婆吉[1]

为何不来看儿面，何处亦未见此神：
四臂黄巾头上冠，婆利古足胸口具。
诃利[2]言说前世事：此装乃为你所求，
镣铐已开看守睡，大门门扉亦打开，
即刻送我至牛村。言此立持婴儿装。
彼时听此富天起，欣喜即去难陀家，
苏尔言，
放下孩儿携神女，复又来至摩图城[3]。

黑天从提婆吉的子宫中降生后，身陷囹圄的富天和提婆吉看到婴孩的奇异相：他的身体具有四只手臂，身上覆着黄色披巾，头上戴着雀翎冠，胸口有婆利古仙人的足印。在夫妇两人百思不得其解之时，由大神变化的具有神相的男婴突然开口对两人言道："我向你们展示了我的神性。你俩在前世曾希冀以我为子，现在这神奇的婴孩正是我的降世化身，正是你们所祈求的儿子啊！你们的孩儿马上要大祸临头了，刚沙命令看守：一有孩子出生，就即刻杀死。我已经施展神力让看守熟睡，并打开了你们手脚上的镣铐和牢房的门扉，为避灾祸，你们此刻就把我送到牛村难陀夫妇家！"大神言毕，便又化作普通男婴相。

黑天从降生时就展现了神相与神力。刚诞生的婴儿会开口说话，所言的是大神的前世之事，这是《薄伽梵往世书》中毗湿奴大神的事迹，表明黑天作为毗湿奴的化身被归入了毗湿奴教派这个大的体系中，

1　苏尔达斯著，姜景奎等译：《苏尔诗海》，第96—97页。

2　诃利，hari，指大神的名号。在那罗延—毗湿奴信徒看来，指代毗湿奴大神的名号。在虔信黑天者看来，指代黑天大神的名号。毗湿奴信仰与黑天信仰融合后，两者的神话故事也随之融合为一体。

3　根据《薄伽梵往世书》，主要故事是说富天受到大神的指引，将刚出生的黑天带到牛村，用黑天换取了牧人难陀和耶雪达夫妇刚出生的女儿，并带其回到马图拉城。富天这样做是为了使小黑天免于黑天的舅舅马图拉国王刚沙的迫害。刚沙王是富天妻子提婆吉的兄长，他是一个残酷的暴君，有预言说他将会被妹妹生出的儿子所杀，他得知后便把富天和怀孕的提婆吉关进监牢，并传令他俩的孩子一出生，即刻杀死。

黑天信仰从属于毗湿奴教派，但在神相上，黑天形象与毗湿奴形象混合在一起，难分彼此。《苏尔诗海》中的黑天代表了毗湿奴大神本尊，他不同于“大鱼”“人狮”等毗湿奴大神的其他主要化身，而是完满的大神本尊的降世。

婴孩所显现的“四臂相”，身覆“黄巾”，“头上冠”以及胸口所具“婆利古足”印，混合了婆薮提婆子黑天、牛护黑天、那罗延—毗湿奴信仰中的各个形象。

婆利古足印（bhṛgu-pad），bhṛgu是仙人“婆利古”的名字，pad意思是“足”。据印度教毗湿奴教派的神话传说，众神需要决定究竟尊奉哪一位大神，于是他们请婆利古仙人前去考察梵天、湿婆、毗湿奴三位大神。婆利古仙人素来傲慢，他分别去找了湿婆和梵天，但这两位大神都对婆利古的傲慢十分愤怒。最后，婆利古来到了毗湿奴的住所，当时毗湿奴正在休息，婆利古毫不客气地在毗湿奴的前胸踢了一脚，毗湿奴醒来后见到仙人，急忙握住他的脚，问道：“我的胸膛十分强壮，不知仙人柔足有否受伤？”毗湿奴这种谦逊高尚的品德赢得了众神的称赞，他们一致决定尊奉毗湿奴大神。由此，婆利古足印也被称作“吉祥胸”印（śrīvatsa）[1]，成为毗湿奴大神独特神相之一。

“四臂相”是印度教中毗湿奴大神的经典特征。大神有四只手臂，分别持有莲花、轮宝、仙杖和法螺。[2]手持的次序在不同时期均有变化，此不赘述。但有时也会出现大神三手分持三件法器，右下方之手作出意为庇护世界的“施无畏印”[3]或“与愿印”[4]的形象。[5]

有印度学者认为毗湿奴手持的莲花和法螺是水的象征，代表着

1 有译作吉祥旋毛，胸生白色旋毛。参见葛维钧：《毗湿奴及其一千名号》，《南亚研究》2005年第1期，第49页。毗耶娑著，黄宝生等译：《摩诃婆罗多》第6卷，第441页。

2 Gopal Madan, K.S. Gautam, *India through the Ages*, Delhi: Publication Division, Ministry of Information and Broadcasting, Government of India, 1990, p. 80.

3 施无畏印，右手抬起，随右前臂上举于胸前，与身体略成直角，掌心向外，手指自然向上舒展，是一种表示庇佑的手印。大神作这种手印，意为施予庇佑，使众生安，无所畏怖。

4 与愿印，仰掌舒五指而向下，即手自然下伸，垂于膝前，指端下垂，掌心向外，是一种表示满足愿望的手印。大神作这种手印，意为顺应众生祈求。

5 毗湿奴大神亦有两手持弓秉剑的形象，分别为“角制弓”（Sarnga）和“欢喜剑”（Nandaka），法器译名参见葛维钧：《毗湿奴及其一千名号》，《南亚研究》2005年第1期，第49页。

生命和爱，而仙杖和轮宝则是火的象征，代表着毁灭和对世界万物的主宰。[1]这个观点是成立的，但这四件法器还有更深层和更丰富的象征涵义。

"莲花"作为大神所执法器之一，象征着世界的创造和运转、宇宙的维持。在史诗和"往世书"神话中，那罗延—毗湿奴居于宇宙汪洋的蛇床上，吉祥天女为其侍足，毗湿奴动念后肚脐生出莲花，莲花上坐着创造世界的梵天。在梵语中，padma（莲花）是阳性的，梵天的一个称号是padmaja，意思是"莲花生者"。《摩诃婆罗多》"和平篇"中，整个宇宙本是一片汪洋，至高者（尊神）"那罗延"居于水上，[2]梵天自莲花（一说金胎）中出现后，开始遵照至高者的意愿创造世界，之后世界又会在大洪水中被毁灭，梵天在莲花中入睡，待他醒来，又开始新一轮的创造。[3]大神[4]为了欢愉进行创造（sṛṣṭi）和毁灭（pralaya）的本事。[5]梵语中pralaya这个词是阳性名词，意思是"毁灭、消亡，世界末日，大洪水泛滥后一片汪洋"。世界的创造、维持和毁灭即构成大神的本事，在大神的意念中，世界不断被创造并被毁灭成一片汪洋。这种创世观与印度人身处的特殊自然地理环境有关，水和莲花成为印度文化中独特的象征。莲花生自水中，先有莲花，后有世界，世界毁灭后再生出莲花，因此，莲花作为创造和运转的意象，经常出现在毗湿奴的四臂相中。

在《摩诃婆罗多》故事中，轮宝和仙杖这两件神器分别是火神阿耆尼和水神伐楼拿赠予黑天的武器，[6]黑天凭借这两件神器与阿周那一起打败了因陀罗。之后，在天帝城王祭之时，黑天再用轮宝斩杀了妖王童护。

---

1 Devdutt Pattanaik. *Seven Secrets of Vishnu*. Airdrie: Westland, 2011, p. 70.

2 参见毗耶娑著，黄宝生译：《摩诃婆罗多》第5卷，第653—661页。

3 黄宝生：《导言》，毗耶娑著、黄宝生译《摩诃婆罗多》第5卷，第2页。

4 依据各派信徒信仰主神的不同，此处宇宙至高大神可指那罗延，亦可指毗湿奴，亦可指吉祥薄伽梵——婆薮提婆子黑天。那罗延和婆薮提婆子黑天在毗湿奴教派中都被归为毗湿奴的不同名号。

5 参见Dhīrendra Varmā. *Hindī Sāhitya Kośa*, Vol.1, p. 684。

6 参见葛维钧：《毗湿奴及其一千名号》，《南亚研究》2005年第1期，第49页。

轮宝的名字是“妙见飞轮”，sudarshan chakra，梵语阳性名词，因此也被后世拟人化，作为一个附属于毗湿奴的男神被崇拜。毗湿奴手持妙见飞轮相象征着他是天国及众天神的主宰。在许多南印度毗湿奴寺庙中，“妙见飞轮”作为一个从属男神形象被奉在主神旁侧的神龛中，在南印度的马杜赖（Madurai）和纳加芒格阿拉（Nagamangala）等地也有单独崇拜供奉他的寺庙。这件武器在历史上有真实记载，在印度北方邦米尔扎普尔（Mirzapur）的一幅公元前800年前后的洞穴岩画中，有一位手持轮宝进攻土著居民的战车御者，这个轮宝被描画成一个可以投掷并足以斩下敌人首级的锐利飞轮。[1]经考证，这轮宝应该是雅利安人为争夺铁矿，与土著居民战斗时所用的武器。在古老的印度神话中，妙见飞轮被描述成一个内圈有6根轮辐、外围带有108条锋利锯齿形刀刃的能自动旋转的圆盘，6根轮辐象征着六季的循环往复，[2]锯齿形利刃能够诛杀一切妖魔恶徒，是杀敌致胜的首要兵器。它在印度宗教文化中被看作除暴惩恶、维护正法和宇宙秩序的象征。同时，妙见飞轮也被认为能够带来吉祥，能够铲除罪恶，抵挡一切邪恶和灾祸。因此，它的形象被用在印度古老的火祭等祭祀仪式（sudarshana homa）中，象征着吉祥和灵魂的运转。[3]

仙杖名为“月光杖”[4]，kaumodaki gada[5]。这个类似棒或锤一样的

---

1 D. D. 高善必著，王树英等译：《印度古代文化与文明史纲》，第128—129页。

2 参见Suresh Chandra, *Encyclopaedia of Hindu Gods and Goddesses*, Delhi: Sarup & Sons., 1998, p. 363。

3 参见M.G. Prasad, *Sudarshana Homa*, http://www.durvasula.com/Taranga/sudarshan_homa, 2016.1st. September。

4 该锤名为“月光”，此译名参照葛维钧：《毗湿奴及其一千名号》，《南亚研究》2005年第1期，第49页。毗耶娑著，金克木等译：《摩诃婆罗多》第1卷，中国社会科学出版社，2005年，第476页。

5 kaumodaki一词的来源尚无定论。有说是因该杖（gada）的形状与莲花相似，因此可能来源于梵语词kumuda，意为“莲花”。佛经将之译作拘物头或俱物头华等，属睡莲科，花茎有刺，色白或赤，亦有黄色或青色。有说该词来源于毗湿奴的一个名号kumodaka，“悦大地者”。有说据《毗湿奴往世书》，该词的意义为“眩惑心智者，迷醉心智者”。参见Nanditha Krishna, *The Book of Vishnu*, Delhi: Penguin Books India, 2009, pp. 6–25; Jan Gonda, *Aspects of Early Visnuism*, Delhi: Motilal Banarsidass Publ., 1993, p. 99; Alain Daniélou, *The Myths and Gods of India: The Classic Work on Hindu Polytheism from the Princeton Bollingen Series,* Rochester: Inner Traditions Bear & Company, 1991, p 156。

武器，与因陀罗所使用的武器金刚杵（vajra）不同。[1]该武器最初也是印度先民在战斗中常用的最具威力的武器之一。在《毗湿奴往世书》中，它作为毗湿奴化身斩妖除魔时所使用的主要武器，象征着力量。在后期毗湿奴教派信仰中，此仙杖则象征着原初的知识、智慧和时间的力量，象征着宇宙原初物质和喜悦的力量。[2]梵语中gada是阴性名词，因此后世印度教毗湿奴教派信徒也把gada拟人化为女神来崇拜，在毗湿奴寺庙中也有她的神龛被供奉。在印度古代雕像中，她与"妙见"侍立在毗湿奴大神近旁。[3]在毗湿奴教派的文献经典中，kaumodaki gada被认为是阴性萨克蒂力量的象征。在《毗湿奴法上往世书》（*Vishnudharmottara Purāṇa*）中，kaumodaki gada象征着吉祥天女。[4]在《黑天奥义书》（*The Krishna Upanishad*）中，则象征着迦利女神（kali，时母）。[5]

法螺的名字是"五生螺号"，panchajanya shankha。据《摩诃婆罗多》的传说，黑天杀死了居于水底的名叫五生（pancaja）的螺阿修罗，拿走了他的螺壳，即五生螺号。在俱卢之野，般度族与俱卢族大战伊始，黑天吹响了五生螺号。五生螺号象征着正理和正法的宣扬，闻听后善者增添吉祥与勇气，恶者厄运连连。在毗湿奴教派看来，panchajanya，在梵语中的意思是"五生"，象征构成世界的五种基本元素，[6]同时，螺号发出的声音类似创世之音om[7]，法螺发出的声音预示着创世之音。[8]

---

1 gada，意为"权杖，狼牙棒"，一头粗的武器。而vajra，是金刚的意思，指代金刚杵。杵作为武器，是两头粗，中间细的形状。笔者认为，gada与vajra形状完全不同，不能通用一个"金刚杵"的翻译。

2 参见Suresh Chandra, *Encyclopaedia of Hindu Gods and Goddesses*, p. 363; Alain Daniélou, *The Myths and Gods of India: The Classic Work on Hindu Polytheism from the Princeton Bollingen Series*, p. 156。

3 印度古代有些雕像中会出现"五生（法螺）"的拟人形象，与"妙见"和"月光"一起侍立于毗湿奴旁侧。

4 Pratapaditya Pal, *Indian Sculpture: 700–1800*, Oakland: University of California Press, 1988, p. 53.

5 Nanditha Krishna, *The Book of Vishnu*, p. 25.

6 印度哲学认为，宇宙万物都是由五种基本元素构成，分别为地、水、火、风、空，有说地、水、光、风、空。参见毗耶娑著，黄宝生译：《摩诃婆罗多》第5卷，第331—339页。

7 奥义书中，宇宙至高者发出的第一个声音。

8 参见Suresh Chandra, *Encyclopaedia of Hindu Gods and Goddesses*, p. 363。

螺号外壳上的纹路象征着太阳的升沉和宇宙的演进。[1]因此，法螺也象征着生命的起源。

从以上“婆利古足”印和“四臂相”的分析中，可以得知“婆利古足”印与“莲花”是那罗延—毗湿奴的关联物，而“轮宝”“仙锤”和“法螺”则是与婆薮提婆子黑天相关的法器。毗湿奴大神的持世者神相中融合了部族英雄婆薮提婆子黑天的传说故事和特征。而诗中所描述的“黄巾”和“头上冠”则是牛护黑天的特有形象。

“黄巾”，指的是黄色的衣衫。黄色，很容易让人联想到土地。作为大地的颜色，黄色代表着毗湿奴对大地的喜爱和保护，他曾多次化身下凡拯救大地。在经典的描述中，身着黄衫是牛护黑天的特征。黄色象征印度四大种姓中的吠舍阶层，在《摩诃婆罗多》(12.181）中，婆利古仙人向婆罗堕遮解释说，“婆罗门为白色，刹帝利为红色，吠舍为黄色，首陀罗为黑色”(12.181.5)[2]，“有些婆罗门不遵行自己的正法，从事养牛，以耕种为生，呈黄色，成为吠舍”(12.181.12)[3]。从事耕种或牧牛的农民或牧民都被归入吠舍的种姓，所以这个黄色衣衫代表着神与牧牛人之间的联系。

“头上冠”指的是孔雀羽翎制成的华冠。孔雀是印度的国鸟，象征着吉祥与尊贵、仁爱与美丽、自由与和平、荣誉与不朽。它是印度民间常见的美丽飞禽，丛林、田野和地头都有它的身影，被奉为百鸟之王。孔雀羽翎显示了黑天与在丛林及田野中生活的牧民的联系，也是印度牧民传说中名为牛护的牧童神的经典头饰。

牛护本是印度北方邦叶木拿河岸古老牧牛民族阿毗罗族(今阿希尔种姓，牧牛者)信仰的部落神。随着阿毗罗族(与萨德沃德族、苾湿尼族和安陀迦族一样)被雅度族所兼并，牛护黑天这一形象出现，与婆薮提婆子黑天的信仰合并，婆薮提婆子传说与牧童神传说共同构成黑天神话故事的主体内容。从上文所引用的《苏尔诗海》“黑天出世”那

---

1 参见Sapasagroup. *The Role of Conch in Hindu Gods*. https://sites.google.com/ site/sapagroup1/pujo/religion/the-role-of-conch-in-hindu-gods, 2016.1st. September。

2 毗耶娑著，黄宝生译：《摩诃婆罗多》第5卷，第340页。

3 毗耶娑著，黄宝生译：《摩诃婆罗多》第5卷，第340页。

首诗可以看出，牛护黑天的形象与婆薮提婆子黑天形象完美地融合在一起。通过生身父母富天、提婆吉夫妇与养父母难陀、耶雪达夫妇之间的联系，黑天有了完整的身世和双重的经历。

身着黄色衣衫、头戴雀翎冠、手持威力武器的牛护黑天形象，骁勇善战的婆薮提婆子黑天形象以及居于水面观想创造的那罗延形象等，都是毗湿奴大神神相中的重要组成部分。关于他们的神话传说丰富了毗湿奴在吠陀经典中作为“大步者”[1]的单一形象，融合了种种地方部族信仰之后的印度吠陀文化具有了新的形式和内容，古老的印度吠陀宗教不再以单一崇尚祭祀为主，而是融入了（掌握祭祀的）婆罗门之外的各阶层有识之士对宇宙本体的认识以及对人类自身的观照。凡此种种，皆能够在《苏尔诗海》中得窥一二。

自吠陀时代开始，雅利安婆罗门与印度土著文化便一直处于相互冲突、相互发展、相互融合的状态之中。早在《梨俱吠陀》中，就出现了两个名为“黑天”的人物，一个是与雅利安民族的主神因陀罗对抗的土著部族首领黑天，一个是作为祭祀仙人的黑天。这两个身份迥异的黑天为之后两者的融合提供了初始形象。在对雅利安正统宗教和神权文化的不断抗争中，黑天作为非雅利安人代表和雅利安人内部中下层民众的代表，逐步树立起自己的光辉形象和权威。由此，黑天作为部族的“英雄神”受到崇拜。正是在对正统婆罗门神性文化的不断抗争中，黑天作为中下层种姓的代表逐步树立起自己的光辉形象和权威，从而形成了崇拜黑天、宣扬“以人性自由为本”的薄伽梵教（Bhāgavata-dharma）。[2]

薄伽梵教是毗湿奴教的前身，是当时印度社会变革的产物，其起源非常古老，甚至早于公元前6世纪前后出现的佛教和耆那教。该教反对吠陀祭祀、反对暴力杀生、反对婆罗门教以神性的名义而对人性所实行的宗教禁锢。它以平和而坚定的方式在吠陀宗教文化内部进行抗争，而不像佛教与耆那教那样，对吠陀婆罗门教进行尖锐激烈的批判。

1　大步者，参见葛维钧：《毗湿奴及其一千名号》，《南亚研究》2005年第1期，第49页。

2　参见Dhīrendra Varmā, *Hindī Sāhitya Kośa*, Vol.1, pp. 536–537。

它没有直接反对吠陀正统，也没有公然反对婆罗门，而是在传统吠陀文化体系内加入自己的声音，在婆罗门之外的民间群体中宣扬自己的主张。早期的薄伽梵教并不入正统婆罗门的“法眼”，它只是受到中下层人民所推崇的民间信仰。黑天作为被崇拜的英雄神也仅仅局限于民间信仰之中，并不被正统婆罗门所接受。

公元前4世纪至公元4世纪，印度社会结构随着经济结构的变化而不断地发生着改变。吠舍阶层（中下层）的经济实力提升，他们变成了富商巨贾，控制了城镇的经济，在印度社会中的作用越来越显著了。原有的宗教秩序和社会结构秩序已经不能适应这种新的变化，婆罗门教所维护的严格的种姓等级制以及他们所精心制造的伦理和道德规范不断地受到冲击。因此，婆罗门教不得不进行改革以适应社会发展的要求，开始吸纳更受欢迎的民间信仰。薄伽梵教中的婆薮提婆子黑天和吠陀文献中地位不高的神明毗湿奴，正是在这样的社会背景下被正统婆罗门和民间群众所共同承认和接纳，从而上升为大神的。那罗延—毗湿奴大神借助黑天信仰扩大和增强了影响力，提升了地位；与此同时，黑天则借助那罗延—毗湿奴，从一位部族首领上升为被婆罗门正统文化所承认的大神。而在《薄伽梵歌》中，黑天更是替代甚至超越了毗湿奴，成为至高的宇宙存在，非婆罗门正统的信仰文化在后期印度社会文化中占了上风。时至今日，印度人普遍认为，展现黑天智慧与瑜伽教导的《薄伽梵歌》才是由人类自身矛盾造成的社会苦难和生存困境的唯一解脱途径。

相较于毗湿奴的“四臂相”，黑天的“四臂相”可以说是古印度正统的婆罗门教的神灵崇拜和多重民间信仰相互融合的结果。印度古代宗教、文学和文化的发展并非以吠陀文明或雅利安文化为单一主体，长久以来，一直都存在着吠陀文明与非吠陀文明、雅利安文化与非雅利安文化、婆罗门教文化与非婆罗门教文化的长期并存。这其中，冲突与对抗时时发生，而黑天“四臂相”的形成与演变就深刻体现了印度雅利安文明与非雅利安文明、吠陀信仰与非吠陀信仰以及宗教经典文化与民间流行文化的融合与发展。也正因其源头的多样性及其形象的民间化，黑天才具有了长久的生命力和无穷的活力，得以从古至今，一直存活在印度人民的思想和生活之中。

第二节　“黑天诛妖”故事及其文化哲思

黑天是印度教毗湿奴大神的主要化身之一，在印度教信仰体系中，拥有与毗湿奴大神同一不二的主神地位。在印度，有关黑天诛妖的民间故事可谓家喻户晓、妇孺皆知。这些民间故事被宗教传播者加以利用，广泛地记录在印度宗教典籍和宗教文学经典中，成为黑天神话系列故事的重要组成部分，深刻地影响了印度教社会文化和人民生活。本节将以印度中世纪“有形派”“黑天支”虔诚文学中最有成就和影响力的代表作《苏尔诗海》为例，考察其中“黑天诛妖”故事的创作来源、结构类型及其背后蕴含的印度教哲思。

一、神话故事与历史叙事：黑天故事的文学创作溯源

维谢洛夫斯基（Alexander Veselovsk，1838—1906）的历史诗学理论认为：“诗起源于‘混合艺术’，而诗歌及其样式则是随着社会文化的历史发展逐步从混合艺术中演化出来的……随着礼仪和祭祀活动的出现，即兴的表演变成了某种比较稳定、完整、更富有意义的东西。”[1]印度历代诗人根据代代相传的零散的民间故事和英雄祖先故事，按照内在的叙事逻辑将这些与黑天相关的故事编织在一起，创造出了广为流传的稳定的叙事格式和风格，从而形成了印度文学中与宗教信仰和哲学密切相关的黑天系列神话故事。印度黑天诛妖故事作为黑天系列神话故事的重要组成部分，凸显了黑天作为“牧神”的形象，同时也体现出黑天“牛护”称号的由来。

在印度，黑天系列神话故事被称作Kṛṣṇa Līlā，国内学界将之翻译为“黑天本事”。根据现代汉语词典的解释，“本事”意为“文学作品

1　维谢洛夫斯基著，刘宁译：《历史诗学》，百花文艺出版社，2008年，第13页。

主题所根据的故事情节”[1],据此,“黑天本事”则意为“以黑天为主题的文学作品创作所根据的故事情节”。然而,在印度教徒看来,Līlā的含义则更为丰富,该词包含了大神创世,在世间所行事迹的总和的意思。Kṛṣṇa Līlā一词突出了深刻的印度教世界观、哲学观和历史观。他们认为世界是虚幻的,只有大神的境界是永恒存在的终极福乐之境。随之,印度人产生了其独特的历史观。印度人历史观的最大特征,可以借用康福德(Francis Macdonald Cornford, 1874—1943)评价修昔底德的一个词来形容,即mythistoricus[2]。这是一个复合形容词,它来源于其名词形式mythistory,该词是由myth和history组合而来的。根据《牛津英语辞典》的解释,mythistory意为“混杂有虚构的神话传说的历史”,mythistoricus则意为“虚构的、混杂传说的”。印度人的历史观最大的特点就是mythistoricus,即是说印度人所传颂和记载的历史是“虚构了的历史”,或者说他们“将历史神话化”了。“神话与历史相结合”的这个特征渗入了印度人文社会的骨髓之中,印度人在构思和创作艺术作品之前,不自觉地就已经将这种“神话化的历史”烙入了自身的思维结构之中。

公元1世纪佛教学者马鸣的《佛所行赞》(*Buddhacarita*)(1.5)中记述了关于牛护黑天的几节诗颂。[3]此外,跋娑的五幕剧《神童传》也取材于民间流行的黑天故事。[4]

公元5世纪至9世纪前后,南印度信奉毗湿奴大神的阿尔瓦尔[5]虔诚诗人创作了大量诗歌唱颂黑天,展现对毗湿奴、那罗延、婆薮提婆子以及他们的化身罗摩和黑天的虔诚信爱。南印度阿尔瓦尔诗人对于牛护黑天本事的艺术创作在题材、体裁以及宗教虔诚情感方面都对北印

1 中国社会科学院语言研究所词典编辑室:《现代汉语词典》,商务印书馆,2017年,第62页。

2 弗朗西斯·麦克唐纳·康福德著,孙艳萍译:《修昔底德:神话与历史之间》,上海三联书店,2006年,第2页。

3 季羡林、刘安武编:《印度两大史诗评论汇编》,第36页。

4 季羡林主编:《印度古代文学史》,第263页。

5 阿尔瓦尔,原文Ālavāra,意即“毗湿奴教圣徒”,指南印度毗湿奴教派的虔诚诗人。参见季羡林主编:《印度古代文学史》,第409页。

度中世纪的黑天文学（虔诚诗歌）产生了很大的影响。[1]

公元7世纪前后，印度教“往世书”文学形成，以《薄伽梵往世书》为代表的诸多“往世书”中都记载了完整的黑天神话故事。在印度人民看来，无论是印度两大“史诗”，还是“往世书”文学，都是构成印度古代历史的不可或缺的主要组成部分。

公元8世纪至10世纪，在一些民间俗语大诗及梵语诗集中，黑天的形象已经较为完备，作为牧人的黑天与耶雪达、牧童和牧女之间展现慈爱、友爱和情爱的故事受到诗人和剧作家的重视。

公元10世纪至11世纪，北印度西部地区诗人戈希门德尔创作了诗歌集《十化身传》，其中描述了相对完整的黑天故事。

公元12世纪，黑天文学的发展趋于成熟，这一时期黎拉修格的梵语诗集《黑天耳中甘露》、伊士瓦尔普利的梵语诗集《吉祥黑天本事甘露》和胜天的《牧童歌》最为著名。公元12世纪之后的梵语黑天文学作品仍然以歌颂牛护黑天本事为主，主要讲述黑天的童年和青少年时期的故事，其中以公元13世纪初的梵语诗集《耳中甘露嘉言》、公元13世纪至14世纪的梵语诗集《诃利本事》和《殊胜雅度裔》较为有名。

公元13世纪始，随着北印度帕克蒂运动的盛行，印度文学被注入了新的生机和活力。公元13世纪之后，各地开始用方言来创作黑天颂诗。

公元15世纪至16世纪之间，由于穆斯林的侵入和统治者对伊斯兰教的推行，印度本土的宗教受到严重挑战和威胁。由于之前佛教与耆那教的势力遭到了伊斯兰教的重创，此时印度教成为了能够与伊斯兰教抗衡的主要力量，这主要得益于印度教帕克蒂运动的盛行和帕克蒂文学的发展。在此时期，苏尔达斯以《薄伽梵往世书》为蓝本，在继承之前黑天叙事诗歌的基础之上，受到民间文学、民间音乐和民间生活的滋养，在精通梵语文学和帕克蒂宗教哲学的“布什迪”派宗教领袖、婆罗门师尊瓦拉帕的指点下，融入自身丰富的情感和宗教体验，创作出了黑天文学中的不朽名篇《苏尔诗海》。《苏尔诗海》是黑天叙事诗歌文

---

1 Dhīrendra Varmā, *Hindī Sāhitya Kośa*, Vol.2, p. 95.

学中的集大成者。苏尔达斯继承了黑天诗歌文学的传统，按照内在的逻辑结构完整、详尽地记录了黑天诛妖故事，从而使得《苏尔诗海》中的"黑天诛妖"组诗成为一种被大众喜闻乐见的稳定的叙事格式和抒情风格。

二、是诛杀还是降伏：黑天诛妖故事的结构类型

黑天诛妖故事主要是在牧人群体从牛村迁至水草丰美的沃林达林居住时发生的，按照黑天的成长阶段，此时为黑天的童年时期，"牛护""牛得"等名号均来源于黑天童年时期的各个情节故事。通过童年黑天诛妖降怪的主题故事，黑天作为保护牧区的儿童牧神的形象被凸显出来。在《苏尔诗海》中，黑天诛妖故事的叙事情节模式反映的是远古牧人群体的生活状态，黑天在沃林达林中的诛妖故事更具牧区传说的特色。正如维谢洛夫斯基所说，"构成文学作品的叙事基础的情节具有一定的模式，这些模式大都形成于原始社会，反映了远古时代人们的生活方式与文化习俗，诸如图腾信仰、母权制与父权制的习俗等"。[1]印度远古人认识外部世界的思维方式是直接的，具有很强的形象性，在牧人部族的日常生活中，他们经常受到外部的袭击和侵扰，同时，为了争夺资源，也需要经常与其他部落作战。因此，《苏尔诗海》中，按照叙事的情节模式来分，可以将黑天诛妖故事归结为两种主要叙事结构类型：妖怪聚集某地→黑天主动攻击→黑天诛杀妖怪→牧人部族获得土地；妖怪霸占资源→牧人日常生活被妨碍→黑天出击降服妖怪→牧人恢复正常生活。

在第一类诛妖故事中，黑天对妖怪毫不留情，坚决诛杀。《苏尔诗海》的组诗中，叙述了一个黑天诛杀野驴怪的故事："彼时同伴语诃利：现今且去棕榈林，彼林果实甚美妙，那般我等从未食。驴阿修罗守彼处，大力林环[2]笑言走。牧童偕同诃利去，笑舞歌颂牛护德。阿修罗眠

1 维谢洛夫斯基著，刘宁译：《历史诗学》，第15页。

2 林环，原文为banavārī，通banamālī，即佩戴用林间的野花编成的花环之人，指黑天。

树荫下，闻声即刻起身奔。她见持犁前来到，两蹄用力蹬又踹。力贤抓住足蹄甩，摔入树中将她杀。复有许多她亲族，诃利持犁同杀尽。牧童喜食林中果，沃林达林启程回。”[1]这首诗完整地叙述了黑天诛杀野驴怪的始末。黑天与伙伴一同前往棕榈林，要享用那里甜美的果实，但那里却是野驴怪盘踞之地，于是，黑天与兄弟大力罗摩一起，诛杀了所有的野驴怪，获得了野驴怪的地盘和资源（果实）。

在远古时代，野驴怪代表着阻碍牧民拓展牧场的野驴群或者以野驴为图腾的部落势力。大力罗摩与黑天一起消灭野驴怪和野驴族群的这个故事可以反映出牧神黑天为维护牧民的利益做出的功行事迹。人们之所以创造神话故事，是因为“人是通过他的自我意识的形成来掌握外部世界的形象的，尤其是原始社会的人，他还没有养成进行抽象的、非形象的思维的习惯，虽然这一思维并不缺乏伴随它的一定形象性”[2]。黑天主动攻击，诛杀妖怪的故事类型可以反映出牧民将生活寄托与部族信仰都寓于黑天的童年牧神形象中。

第二种类型的叙事结构则以黑天降服蛇怪迦利耶的故事为代表。迦利耶原本为蛇王，居住在拉曼拿哥岛，由于惧怕（发愿食尽天下龙族诸蛇的）众鸟之王金翅鸟迦楼罗的攻击，被迫离开原本的居所，四处躲藏。迦楼罗曾受到仙人森毗尔的诅咒，一靠近沃林达林就会死亡，因此迦利耶得以在沃林达林的叶木拿河中藏身。但它本身是一条黑色的带有剧毒的大蛇，因此，自从它藏身叶木拿河之后，河水变成黑色，含有剧毒，飞禽走兽以及人畜都不敢靠近那里，河岸附近除了团花树再无他物。

蛇怪迦利耶盘踞在河水之中，霸占了此处水资源，严重影响了牧人部族的日常生活。此时，黑天再次出手，制服蛇怪，取得胜利，最后黑天以“舞胜”的形象——“雀翎羽冠大眼睛，耳上环佩快速晃，腰间黄衫舞胜妆，诸兜帽上来回舞”[3]——在迦利耶的一千个兜帽[4]上舞蹈，在它

1　苏尔达斯著，姜景奎等译：《苏尔诗海》，第261页。
2　维谢洛夫斯基著，刘宁译：《历史诗学》，第151页。
3　参见苏尔达斯著，姜景奎等译：《苏尔诗海》，第296页。
4　有说迦利耶一百一十个蛇头，但在《苏尔诗海》中它被描述成千头（sahasau mukha）。

的蛇头上留下足印，宣告对蛇王迦利耶的征服，牧人部族的生活重新恢复正常。“对于原始人来说，求生存的斗争是双重的。一方面……敌对部落或民族的攻击，干旱和饥荒的损耗，还受制于经济需求、社会传统和宗教习俗的统治者；另一方面……像神话和神灵也在斗争中扮演着突出角色。……个人和土地是人类为求生存而进行的无休止的战争的两个焦点。”[1]在历史记载中，黑天是部落英雄，作为军事领袖，在远古人遭受各种自然灾害、外来侵害或争夺土地、资源等为谋求生存而进行的斗争中，起到了守护部落、开疆拓土的重要作用；与此同时，维护牧人部落安全和利益的“黑天诛妖”故事也在民间部落信仰中广为流传。[2]

在黑天诛妖的故事类型中，妖怪的结局有两类，一类妖怪是被黑天诛杀，另一类则是被黑天降服，并没有被诛杀。这两类故事结构深具神话原型象征的隐喻性。无论是对自然资源的争夺还是为个人生存而进行的各种战斗，无不蕴含着人的各种欲望和认知，而“神话乃是对以欲望为限度或近乎这个限度的动作的模仿”[3]。以牧神黑天为原型象征的牧人部族，在对待文明程度、军事力量比本部族低下的孤立的弱小野蛮部落时，他们的态度是残酷的，因为他们轻而易举就能够斩草除根，夺取土地；而在对待文明程度与本部族相当，也颇具战斗实力，且与其他强大部落（神话中以“森毗尔仙人”为隐喻）有利益联系的部落时，他们则以降服和联合为主，并不予以彻底杀戮，以免引来更多恶战。

三、各命的解脱方式：黑天诛妖故事的宗教哲思

不同于作为历史比照的文学叙事所蕴含的隐喻性，在印度“往世书”文学中，黑天诛妖故事的意义和目的则是为了展现大神黑天消灭罪恶、拯救善人、救苦救难的慈悲。神话作为多维的综合体“为表达宗教思想提供了形式……它不仅可以服务于诗歌的目的，而且可以服务

1 J. B. 维克里：《〈金枝〉：影响与原型》，引自叶舒宪《神话——原型批评》，陕西师范大学出版社，2012年，第18页。

2 参见Edwin F. Bryant. “Introduction”, in *Krishna: The Beautiful Legend of God*, pp.12–13。

3 N. 弗莱：《原型批评：神话理论》，引自叶舒宪《神话——原型批评》，第171页。

于宗教的目的”[1]。《苏尔诗海》作为中世纪印度教帕克蒂运动中的宗教文学代表性经典之一，其作者苏尔达斯创作黑天诛妖故事的目的即是服务于宗教。苏尔达斯以《薄伽梵往世书》为蓝本，继承了师尊瓦拉帕的宗教哲学理念，秉承瓦拉帕的“喜乐”和“恩泽”解脱之道，创作了《苏尔诗海》。

《薄伽梵往世书》是中世纪印度教帕克蒂运动中的主要文学性宗教经典，被帕克蒂运动的各派奉为宗教圣典。关于该书的成书年代，学界众说纷纭，有说公元前12世纪前后，有说公元13世纪等，一般认为该书不属于古老的往世书，但也不会晚于公元10世纪。[2]《薄伽梵往世书》为帕克蒂运动提供了主要的理论依据和主题内容。其中描述的黑天故事成为后世宗教文学的创作蓝本，其中的黑天形象体现了人性与神性的混合，神性黑天的崇拜价值和人性黑天的亲近价值合而为一，为有形梵黑天信仰提供了成熟的宣传题材和理论依据。

在北印度有形派黑天支派中，苏尔达斯的师尊瓦拉帕大师创办了瓦拉帕派，又称布什迪派。瓦拉帕认为大神具有“游乐的意愿”，世间万物由此产生，由大神（主神薄伽梵）的游戏创造出了世间所有（有生命的和无生命的），由此形成（黑天）大神本事。同时，他倡导“布什迪之道”（意为“恩泽之道”）的虔爱理论，主张信徒通过大神吉祥黑天的恩泽获得解脱。[3]

布什迪派继承了《摩诃婆罗多》和《薄伽梵往世书》的宗教文学传统。苏尔达斯在《苏尔诗海》中主要唱颂黑天下凡游乐的故事，展现黑天作为至高大梵的化身，赐予众信徒福乐，充满情味的恩泽至上主形象。与此同时，他也描述了诸多黑天在牛村和伯勒杰诛妖降怪的故事。这些故事属于同一个主题，都是赞颂黑天大神的神力与仁慈，展现其正法至上者的大神形象以及慈悲的恩泽至上主形象。这与布什迪派的教义以及瓦拉帕关于恩泽与解脱的宗教哲学理论密切相关。该派

---

1 维谢洛夫斯基著，刘宁译：《历史诗学》，第154—155页。

2 薛克翘、姜景奎等：《印度中世纪宗教文学》上卷，第51页。

3 John Stratton Hawley, “Introduction”, in Kenneth E. Bryant ed., John Stratton Hawley trans., *Sur's Ocean*, pp. 9–12.

主要推崇的是黑天的游乐本事，大神是为了恩泽众生而化身下凡。相较之前史诗和“往世书”文学中的黑天故事，大神下凡的目的改变了，主要是为了满足大神的游乐愿想，大神在下凡游乐的同时施予恩慈，使虔爱于他的信徒获得福乐和解脱。所以，黑天诛妖故事的主要目的不再是往世书时期的惩恶助善、救苦救难，而变成了大神在世间游乐，同时使参与其游乐本事的众信徒获得解脱。信徒们摒弃其他所有修行方式，只要参与黑天本事，心念黑天，虔爱黑天，皈依黑天，就能获得解脱。

受印度宗教文学中神话故事“三分法体系”的影响，即迪缪塞尔认为的“最早的印度神谱是反映这个分等级的社会结构的，特别是三个雅利安种姓。甚至在作为全部印度作品中最古老的《梨俱吠陀》里可以发现等级森严、职能相异的三个阶层的神——这种形式在后来的吠陀和婆罗门教中不断地出现，并且的确在伟大的印度史诗《摩诃婆罗多》中以某种改变了的形式保持了下来”[1]。瓦拉帕的宗教哲学理论尽管存在某种先锋性和现代性，但他仍然无法摆脱这种固有的传统分级观念。瓦拉帕将众生分为若干层级和类别：第一层是神性命和阿修罗命，神性命又分为第二层级的恩泽命与正法命两种，在恩泽命中又分为第三层级的四种命：纯净恩泽、奉爱恩泽、正法恩泽和轮回恩泽。这四种恩泽命是为奉爱大神而生的，生来就是为了参与大神的游乐，他们都能够依据自身不同的境遇，通过相应的虔诚方式奉爱于神而得到神的恩泽。正法命则恪守吠陀中的正法和传统经典规定的业行，通过学习知识而获得智慧，以此为途径达到天国，获得与梵合一的解脱。阿修罗命则一直处于轮回之中不得解脱。这主要是指那些拥有邪知的不参与大神凡间本事的阿修罗命，他们会一直在生死轮回中受苦，不得解脱。但其中无知无智的阿修罗命则能够通过参与大神的游乐本事，站在黑天的对立面，“扮演”黑天敌人这个角色而获得解脱的机会。无智阿修罗在临死前的最后一刻能够觉醒，了解黑天作为大梵化身的真相，皈依黑天，他们能够通过被大神诛杀而获得大神的恩泽，

1 S. 列特尔顿：《迪缪塞尔教授与新比较神话学》，引自叶舒宪《结构主义神话学》，第220页。

跳脱轮回，升入天国，融入至上圆满梵，获得解脱。《苏尔诗海》中被黑天诛杀的妖怪都是如此，他们在临死前都皈依念颂黑天，因而获得了解脱。

在“黑天诛妖”故事中，迦利耶并非一般意义上的阿修罗妖怪，而是有身份的蛇王。当黑天显现真身并施展神力将它制服时，它确信了他乃至上者的化身。于是，迦利耶用千口赞颂黑天“吉祥吉祥世之父”，并“一遍一遍说皈依，呼唤牛护行庇佑”[1]。蛇王迦利耶与毒乳怪、鹤妖、罪蛇怪（巨蟒的模样）不同，作为有身份的蛇族，它具有一千个蛇头，与千头蛇王湿舍地位相同，与大神、大仙联系紧密。在印度神话中，这些具有兜帽（蛇冠）的蛇族或成为大神头顶的华盖，或成为大神休憩的蛇床，经常出现在大神左右，所以其神性突出。苏尔达斯在“彼时黑子显现巨伟身”[2]一诗中以黑天解救木柱女黑公主、象王以及般度五子的事迹作比，来描述黑天对迦利耶的慈悲。这本身就说明了蛇王迦利耶的身份与阿修罗不同，它具有的是与黑公主、象王及般度五子同等的皈依黑天的神性命。因为它具有神性命，而非阿修罗命，所以迦利耶在现世就能获得黑天的解救，而不必通过被诛杀来获得解脱。

“在文学中如同在生活中一样……动物的生命同人的生命一样都受制于自然法则。”[3]布什迪派认为，并非所有“有生物”都能得到黑天的恩泽，无论是动物，还是人，乃至世间所有生命，都需依据自身的命的种类施行相应的虔诚，才能获得黑天的恩泽，获得相应的解脱。概言之，世间各命，无论对于黑天是何种情感，慈爱中的亲子之情，情爱中的男女之情，愤怒中的敌我之情，恐怖中的诛杀之情，只要参与了黑天的本事，配合了黑天的功行，就能够获得解脱，只是各命的虔诚方式以及得到解脱的方式有分别。

以《苏尔诗海》为代表的印度宗教文学经典中的“黑天诛妖”故事，展现了黑天作为牧人部族儿童牧神的形象。该形象源于印度民间，

---

1 苏尔达斯著，姜景奎等译：《苏尔诗海》，第294页。

2 苏尔达斯著，姜景奎等译：《苏尔诗海》，第292页。

3 N. 弗莱：《原型批评：神话理论》，引自叶舒宪《神话——原型批评》，第193页。

并在文学经典中不断被叙述和流传；同时该神话故事的两种结构类型体现了印度远古人在达到理论思维之前的一种认识世界和解释世界的形象性思维方式及世界观。黑天神话是印度文化的有机成分，“它以象征的叙述故事的形式表达着一个民族或一种文化的基本价值观”[1]。苏尔达斯在《苏尔诗海》中所塑造的降妖除魔的童年黑天形象不仅仅是对传统文学中黑天形象的继承，更是基于布什迪派教义和瓦拉帕宗教哲学主张的创新与再造。

第三节 “牛村本事”组诗意蕴：牧童黑天与“慈爱味”

《苏尔诗海》在印度影响深远，时至今日仍然广为流传、深受广大印度人民喜爱的重要原因之一，是其在继承古典梵语文学黑天故事叙事传统的基础上，运用伯勒杰方言[2]在《苏尔诗海》中塑造出了与印度平民大众亲密无间的黑天形象，尤其他与慈母耶雪达、牧女罗陀之间平凡却真挚的情感以及浓浓的情意最为动人。《苏尔诗海》中展现了黑天与母亲耶雪达日常生活的方方面面，他通过对慈母耶雪达形象的塑造与刻画，表现了母亲耶雪达对于孩儿黑天的深情厚意，同时也以此表达了自己对于黑天的虔敬与信爱。

对于孩儿的慈母深情，是人类乃至动物最原始最天然的基本情感，也是最不能被割舍的情感，苏尔达斯在《苏尔诗海》中对于耶雪达慈母深情的描述可谓精妙，对于耶雪达慈母形象的刻画可谓淋漓尽致，惟妙惟肖。他对于慈母形象的刻画主要分为慈爱与严厉两个方面，同时，按照传统黑天故事中黑天长大成人后离开伯勒杰前往马图拉的成长历程，还展现了与孩儿会合及与孩儿分离这两个阶段的慈母形象。由此，本文将从三个方面来分析耶雪达的慈母形象，分别为：与孩儿会合时的慈爱形象、与孩儿会合时的严厉形象以及与孩儿分离时的悲伤

---

1 叶舒宪：《导读：神话——原型批评的理论与实践》，引自叶舒宪《神话——原型批评》，第8页。

2 伯勒杰方言，原文Braj Bhasha，通行于北印度伯勒杰地区，今印度北方邦马图拉及其周边地区，属于印度印地语方言之一。参见刘安武：《印度印地语文学史》“序论”，1987年。

形象。

与孩儿会合的阶段是指黑天在伯勒杰地区从刚出生的婴儿成长为翩翩少年的这个时期。这个阶段耶雪达一直与黑天朝夕相处，黑天在她的悉心哺育抚养下从婴孩成长为风流潇洒的少年郎。耶雪达的慈爱与严厉表现在与孩儿黑天朝夕相处的日常生活中。

耶雪达的慈爱形象主要可以分为甜蜜温柔、殷殷希冀、欣喜欢乐、惴惴不安、循循善诱、宠爱包容这六个层面。

下面这首描写耶雪达为小黑天摇摇篮，哄他入睡的诗便展现了耶雪达甜蜜温柔的慈母形象：

摇晃爱昵亲吻哄，顺口哼唱歌些许，
瞌睡且来我儿旁，何故不来哄入眠，
为何你不快快来，黑黑[1]在把你呼唤。
诃利时而合上眼，时而嘴唇响噗噗。
以为入眠便沉默，屡做手势来示意。
此间诃利忽不安，耶雪达又甜甜唱。[2]

苏尔达斯对于耶雪达甜蜜温柔形象的刻画是分步骤、有层次的。在这首哄睡小黑天的诗歌中，耶雪达作为母亲，先是摇摇篮、亲脸庞并爱抚着儿子哼唱甜蜜的摇篮曲；待到儿子闭上眼睛，安静下来，进入熟睡之时，耶雪达便停止摇晃和唱曲，静静地坐在摇篮旁边，守护着沉睡的儿子，频频向周围家人做手势让他们不要发出声响，以免打扰儿子；儿子在沉睡中时也许是做了噩梦，忽然不安，身体翻动起来，她便又赶忙抚慰儿子，重新唱起了摇篮曲。这些对耶雪达哄睡小黑天时言行举止的刻画是十分完整和细腻的。摇晃、亲昵、哼唱摇篮曲这些动作描写突出了耶雪达作为慈母的细腻、温柔和甜美的形象。尤其是本诗最后的情节描写更加凸显出母亲对于刚刚出生的孩儿的关切与疼爱。

1　黑黑，原文 kānh，意译为“黑黑”，黑天的名号之一。

2　Sūradās, *Sūrasāgar*, Vārāṇsī: Nāgarīpracariṇī Sabhā, 1964, p. 276.

作为母亲，都期盼着自己的孩儿快快长大，能够与自己有更多的交流和互动，下面这首《耶雪达心中祈愿》正表达了慈母耶雪达对孩儿小黑天的殷切希望，盼望他快快长大：

何时我儿膝爬行？何时地上迈两步？
何时看见俩乳牙？何时咿呀话出口？
何时呼唤难陀爸？何时反复叫我妈？
何时莫亨[1]抓我襟，说这说那吵闹我？
何时能够食些许，自己亲手填满口？
何时欢笑对我言，由彼美妙苦去除？[2]

如同人世间所有抚育孩子的母亲一样，耶雪达就这样沉浸在祈盼的幸福之中，在心中想象着小黑天成长的模样，想象着儿子在成长过程中将会给她带来的福乐。苏尔达斯将耶雪达对儿子的殷切期盼和拳拳深情刻画得淋漓尽致。

在母亲的精心养育和照料下，孩子一天天成长，成长过程中一点一滴的进步，成长中的每一个“第一次”都会给母亲带来许多纯真的欢乐和惊喜。比如小黑天三个半月大的时候第一次翻身：

夫人喜悦来翻身，随后亲脸吻面颊：
长命百岁我宝贝，我有福气好幸运！
我的孩儿小黑黑，已有三个半月大，
大腿蹬踹会翻身，我要欣喜来庆贺。
难陀之妻满喜乐，告知伯勒杰女子。[3]

耶雪达夫人走近小黑天的摇篮，看到原本仰面躺着的小黑天现在俯身趴在摇篮里，马上意识到小黑天自己会翻身了，特别欢喜。她笑嘻

1 莫亨，原文mohan，意思是“吸引人的，迷人者”，此处音译为“莫亨”，黑天的名号之一。
2 Sūradās, *Sūrasāgar*, pp. 286–287.
3 Sūradās, *Sūrasāgar*, p. 284.

嘻地将小黑天翻过身来，亲昵地吻着小黑天的脸颊，之后，满心欢喜地走家串户去通知伯勒杰的女人们一起来庆祝这个喜讯。

又比如小黑天长出第一颗乳牙时，耶雪达乐开了花：

欣然欢喜见乳牙，沉迷爱中身失觉，
当即向外唤难陀：且看俊美予福者，
且看小小乳牙齿，来使眼睛具成果[1]。[2]

在小黑天张口欢叫的时候，耶雪达妈妈发现儿子长出了一颗洁白的小乳牙，顿时欣喜不已，沉浸在幸福喜悦之中。突然，她意识到要马上同夫君分享这个喜讯，便即刻呼唤夫君难陀来瞧看这美景。

再比如瞧见小黑天第一次自己走路，耶雪达十分欢喜：

地上顿足蹒跚走，看见妈妈予展示。
行走去至门槛处，复又折返回此处。
屡次摔倒不能越，致使天神牟尼虑，
千万梵卵[3]瞬间造，毁灭亦不需多时。
难陀之妻带着他，各式游戏逗弄耍。
手扶黑子耶雪达，彼时步步向下走。[4]

小黑天刚刚学会了走路，在屋子里高高兴兴地要展示给妈妈看，只见他在地上一步一顿足迈开了脚步，走得还不是很稳当，摇摇晃晃，蹒跚踉跄。耶雪达看到儿子能够独自行走，十分喜悦，看到儿子走路还是有些蹒跚，时时摔倒，心疼不忍，于是上前来拉着小黑天的手，与他一边做各种各样的游戏，一边拉着他慢慢向屋门外走去。走到门槛处，耶雪

1 来使眼睛具成果，原文 nain saphal karau āī，是耶雪达催促难陀来瞧看孩子乳牙的语句。这句描写，把眼睛拟人化，意思是让难陀的眼睛看到长出的乳牙，感到十分满足，与下句的“双眼望颜被满足”都是指难陀看到儿子长出乳牙后，内心喜悦满足。

2 Sūradās, *Sūrasāgar*, pp. 288–289.

3 梵卵，原文 brahmṇḍ，印度教认为梵卵是宇宙的胚胎，意为“宇宙，世界”。

4 Sūradās, *Sūrasāgar*, p. 303.

达小心翼翼地手扶着小黑天的身体，帮助他越过门槛，又扶着他一步一步走下台阶，走向庭院中。

在这首诗中，苏尔达斯展现了黑天作为大神的化身，一举一动都饱受天神和圣仙的关注，并追忆了他的非凡伟业，同时，又表达了耶雪达作为一位平凡的母亲对于儿子的关注和疼爱。耶雪达对黑天为大神化身一事并不知情，因为黑天故意展现出一个平凡普通的孩童相。即便小黑天做出一些神奇非凡的举动，耶雪达也不愿意相信和接受儿子是大神化身的事实，她从不祈求孩子持有什么非凡本领或造就什么宏图伟业，只期望自己的儿子如天下所有平凡普通的孩子一样平平安安、健健康康长大成人。

母亲都期盼着孩子健康快乐成长，孩子的一举一动都牵扯着母亲的身心，孩子身体稍有异常，她便惴惴不安起来。因为黑天是毗湿奴大神的化身，所以小黑天身体天赋异禀，体魄雄健，从不生病，但耶雪达却并不知道这个实情，她认为黑天就是一个普通的婴孩，但凡小黑天身上出现任何异常情况，耶雪达都慌张不已，为孩儿的健康担心忧虑，四处奔走。下面这首《诃利在耶雪达肩头欢叫》栩栩如生地展现了耶雪达惴惴不安的慈母情：

口中三界显现出，惊异不安难陀妻。
挨家奔走示手相，虎甲[1]饰品戴脖颈。[2]

耶雪达怀抱着小黑天，看着他趴在自己肩头玩耍。小黑天一时高兴，展现出了他的神性，张嘴欢叫时在口中显现出了三界众生相。耶雪达看到这般景象惊异不安起来，不知儿子为何会显出这样神奇的异象来，心想：是中了什么妖术魔法吗？她立刻带着小黑天在牛村四处奔走，挨家挨户询问，期盼有人能解开她心头的疑惑和担忧。耶雪达向人们述说她看到的儿子的异象，向人们展示儿子的手相，但没人知道小黑

1 虎甲，原文baghaniyāṁ，意思是“老虎爪甲”，因其坚硬锋利，被印度教徒制成饰品，作为护身符用。

2 Sūradās, *Sūrasāgar*, p. 289.

天为何会显出这般奇相。耶雪达多方奔走询问打听此般缘由，结果却一无所获。为求平安，她又向婆罗门大师求来虎甲制成的饰品作为护身符戴在小黑天的脖颈上。诗中“挨家奔走示手相，虎甲饰品戴脖颈”的情节描写更加凸显出耶雪达作为一个普通农妇对于孩儿特有的关切方式与呵护疼爱。

在孩子的成长过程中，除了要担心孩子的健康问题，母亲还要不断循循善诱，哄慰爱儿，以防他们擅自出门，遭遇不测。下面这两首诗歌表现了耶雪达面对懵懂无知却又固执己见想要出门玩耍的小黑天，不得不出言哄慰吓唬他的情形：

今日我闻啊呜[1]至，你尚幼小不知道。
刚刚看见一男孩，逃跑奔来他哭泣，
它会扯掉众人耳，男孩对此明知晓。
快快走吧早些回，逃跑奔向自己家。[2]

小黑天任性想要离开家门跑到远处去玩耍。妈妈耶雪达担心他年幼出门遇不测，想把他留在家中，就吓唬他说大怪物“啊呜”来了，它会撕扯掉大家的耳朵。耶雪达想要通过这样的方式留住孩子。

莫亨在此双眼前，片刻莫与其分离。
奉献于你眼之星，不得见你我焦虑。
我儿且唤同伴来，嬉戏自家院落中。
你等美妙孩童戏，观之如若见蛇宝[3]。
蜂蜜干果油炸品，甜酸咸味之吃食。
黑子你想要哪样，吾儿尽可来索要。[4]

---

1 啊呜，原文hāū，猛兽发出的声音，由拟声词生出的妖怪名字，成人吓唬孩童而编出的妖怪名字。

2 Sūradās, *Sūrasāgar*, p. 335.

3 蛇宝，原文phanig kī mani。phanig意思是“大蛇”。mani通maṇi，意思是“宝石”。印度神话传说中，大蛇在蛇信子下藏有珍宝，此处用“蛇宝”来形容小黑天游戏本事的奇异珍贵。

4 Sūradās, *Sūrasāgar*, p. 360.

耶雪达担心小黑天出门惹是生非，同时又怕小黑天出门会遇到危险，于是哄劝他留在家中玩耍，许诺他可以把同伴们召唤来，并给他们准备一切美食。

苏尔达斯在这两首诗中将耶雪达的慈母形象刻画得更加具体真实。耶雪达作为一个普通村妇，她对于孩子的教育是极富平民特色的。她不会跟孩子讲什么大道理，而是编造故事吓唬儿子，用众多美食诱惑儿子，她用这样的方法劝阻儿子不要擅自出门玩耍，不要出去惹事生非。作为一位对儿子循循善诱的普通母亲，耶雪达可谓是煞费苦心，吓唬哄骗，苦苦哀求，物质利诱，使尽浑身解数。

对于母亲来说，养育孩子的过程是辛苦琐碎却充满快乐的，个中的辛酸都会在孩子一点一滴的进步中，在孩子一言一行的举止中，在孩子一颦一笑的表情中全部消融，化作甘露，滋润身心。无论黑天乖巧还是顽皮，耶雪达都对小黑天宠爱包容，呵护备至。即便是在黑天顽劣成性，经常骚扰牧人牧女，引得村中牧女竞相前来告状之时，作为母亲，耶雪达也只是据理力争，一味包容维护自己的爱儿，与牧女们吵架争辩。耶雪达的这种情感形象在《苏尔诗海》“偷奶油本事”中体现得最为完整。

众牧女来找耶雪达告小黑天的状，耶雪达却同她们理论争辩，毫不示弱，极力维护自己的爱儿，认为她们不过是要找借口来家里瞧看可爱的小黑天罢了，认为她们都在编造谎言，诬陷无辜可怜的小黑天：

如今众人说谎话

不过五岁多几日，何时能行偷窃事。

牧女藉此来瞧看，信口开河粗鄙俗。

指责毁谤无罪人，大神岂会赐宽恕。

其臂如何触碰得，何速才能返回此。[1]

耶雪达丝毫不相信牧女们的话，认为她们在胡言乱语，反驳说：“我

1 Sūradās, *Sūrasāgar*, pp. 358–359.

之黑黑汝牧女，此天渊别不能解。[1]”[2]又说：“借口抱怨前来此，得见孩童[3]起笑颜。”[4]耶雪达认为这些牧女怎么能跟她圣洁纯净的黑黑比？她们这些粗俗之女、村野鄙妇说的话实在不可理喻！

即便是在牧女接二连三、反复前来告状之后，耶雪达心中有所动摇之时，这个妇人也站在儿子这边，极力维护他，辱骂前来告状的牧女：“言说众女皆卑劣。”[5]

事实上，面对牧女越来越犀利的指责和羞辱，耶雪达心中不免又吃惊又惭愧。她万万没有想到自己的儿子越长越大，不仅不让她省心，反而惹的麻烦越来越多，但她仍然把黑天看作是她一直向大神渴求得来的爱儿，是她的心头肉、掌中宝！苏尔达斯通过描述牧女与耶雪达之间的交锋，体现了耶雪达对黑天深切的慈母之情。无论自己的孩儿在别人眼中有多么的顽劣，在别人口中有多么的不堪，又无论她为了这个坏名声的儿子担负了多少无端的指责和谩骂，她都义无反顾，深深疼爱自己的孩子，视他为世上最珍贵的宝物。

耶雪达的严厉形象主要表现在她对于黑天的淘气顽劣和屡教不改忍无可忍之时，这一形象主要出现在《苏尔诗海》“石臼上被绑本事”中。其中，严厉形象表现为厉声严辞、恼羞成怒、心疼后悔这三个层面。

面对牧女的屡次指控，耶雪达意识到如果再对黑天疏于管教，他会更加无法无天从而招致大麻烦，于是她叫来了黑天。虽然之前屡次哄劝他都不起什么作用，耶雪达很无奈，但孩子是自己的，只能由她来管教。因此，她刻意板起脸孔，厉声严辞地对着黑天训斥道：

1　我之黑黑汝牧女，此天渊别不能解，原文kahaṁ merau kānh，kahāṁ tum gvārini，yeh biparīti n jānī。其中，kahaṁ merau kānh，kahāṁ tum gvārini，通kahāṁ merau kānh，kahāṁ tum gvārini，“kahāṁ……kahāṁ……”的意思是“甲是甲，乙是乙，相差悬殊，天渊之别”，前半句意思是“我家的黑黑与你们这些牧女口中所说的黑黑相差悬殊，天渊之别”，后半句yeh biparīti n jānī意思是“这个差异让人不能理解”。

2　Sūradās, *Sūrasāgar*, p. 364.

3　孩童，原文kuṁvar，意思是“儿子，男孩，王子”，此处指黑天。

4　Sūradās, *Sūrasāgar*, p. 364.

5　Sūradās, *Sūrasāgar*, p. 367.

黑儿啊,你不怕我!

家中六味食皆弃,缘何他家行偷食。
苦口婆心劝你累,丝毫不曾觉羞耻。
族长伯勒杰之主,而你为他添耻辱。
真是我家好儿郎,如今我方晓此事。
一直原谅你黑子,至此看清你伎俩。[1]

尽管耶雪达如此严厉批评小黑天,可是顽劣成性的孩子并不听话,依然出门耍无赖、耍流氓,祸害村民。面对村民的指控,耶雪达恼羞成怒,把小黑天用绳子捆在石臼上,扬言要拿棍子抽打他:

难陀之妻手拿棍,恼怒至极身颤抖。
我以父之名起誓,今不打他不罢休。[2]

苏尔达斯在上面这首诗中淋漓尽致地刻画了母亲耶雪达对屡教不改的小黑天爱恨交织的形象。下面这首《今日绑你谁人救》则更体现出了耶雪达为教育儿子,用心良苦的慈母形象:

多次跟我耍滑头,扭臂绳捆石臼上。
知晓母亲怒气盛,任绑望母眼泪淌。
伯女[3]闻此皆跑来,言今何不放黑黑?
捆上石臼为抽打,耶雪达手折枝棍。[4]

耶雪达尽管恼羞成怒,但一看到被自己硬下心肠绑在石臼上的可怜兮兮、泪眼汪汪的儿子,心中自是不忍,但她不得不教训他,让他知道害怕,也好对那些受祸害的乡邻牧女有个交待,以便堵上她们天天来登

1 Sūradās, *Sūrasāgar*, p. 370.

2 Sūradās, *Sūrasāgar*, p. 373.

3 伯女,原文braj-juvatīṁ,意思是“伯勒杰少女”,由于字数限制,此处简译为“伯女”。

4 Sūradās, *Sūrasāgar*, pp. 374–375.

门抱怨的嘴！不过耶雪达很注意分寸，捆绑黑天之后，也不过是手里扬着棍子虚张声势，并非真的要抽打他——她怎么忍心弄伤自己的宝贝儿子呢？

在众牧女和家人的集体劝说下，黑天终于被父亲难陀给释放了。苏尔达斯把耶雪达发脾气责罚儿子之后那种心疼后悔，但又担心孩子屡教不改的复杂心情描述得十分精彩：

现今莫往别家去

如今你还缺何物，为何要在别处食？
绑你之绳已烧毁，捆你之手已断掉。
束缚捆绑小黑儿，难陀对我多苛责。
放开黑子自由时，我家持犁毛病除。
胜尊为食莫他往，奶油酸奶你家有。[1]

耶雪达快步上前搂抱小黑天，劝慰他，轻轻擦拭小黑天的脸庞，温柔地哄着。苏尔达斯在本诗中惟妙惟肖地刻画了母亲耶雪达因为责罚儿子之后又心疼又后悔，所以加倍疼惜儿子的慈母形象。

这里，慈母耶雪达先是一改宽容慈祥的面容，变得刻板严厉起来，严苛对待屡教不改的小黑天，其慈母形象也丰满了起来。经过反思，耶雪达认识到问题的严重性，如若只是一味安慰哄劝小黑天，不仅起不到作用，反而还会纵容他越来越放肆，闯出大祸。因此，无奈之下，耶雪达只能暂时放下自己的仁慈可亲，板起脸孔，疾言厉色，从慈母变成了一位严母。但责罚过后，耶雪达又心疼后悔起来，对儿子更加温柔疼惜。究其根本，无论是慈母还是严母，无论是和蔼可亲还是横眉怒目，她都是为了小黑天能够平安健康地成长，其情也深深，其意也拳拳！

与孩儿分离的阶段是指黑天成长为少年后离开伯勒杰前往马图拉城，勇斗刚沙王，与亲生父母团聚并留居在马图拉王宫的时期。这个时

1 Sūradās, *Sūrasāgar*, p. 389.

期的耶雪达因与黑天分离而悲伤，主要表现为幽怨思念、哀伤请求、深爱祝福的母亲形象。

黑天派遣使者乌陀去往牛村探望那里的父母乡亲。耶雪达便向乌陀诉说了她对爱儿黑天的思念和哀伤，委托乌陀向黑天转达她的情意与祝福。下面这两首诗即展现了耶雪达幽怨思念的形象：

行礼我触乌陀足，且对黑子言此语：
居住如此近距离，怎把自己爹娘忘？
那日黑子离别时，美妙身往摩图城[1]，
彼时我眼化杜鹃[2]，渴望相见燥不安。
你曾玩耍所到处，难陀见之伤悲厥。
每当清晨起身后，为挤牛奶至牛舍，
眼见人家儿挤奶，叹命为何还不休？
何时复得再看见，稚嫩小手食酸奶。[3]

缘何你到我身边

雅度子为提母生，黑黑何不住马城？
牛奶酸奶缘何偷，缘何林中牧牛犊？
罪蛇牛怪黑蛇除，又于毒水救众伴。
吃奶夺取毒乳命，常久取悦耶雪达。
众人迷惑小黑黑，如今怎成他人儿？[4]

耶雪达苦苦思念黑天说：渴望相见却不见，我的双眼就如那因干渴而盼望雨露滋润的杜鹃鸟一样焦急不安啊！黑子你曾经在牛村玩耍的地方，你的难陀老爹每每见到都忧伤不已。我每天清早去牛舍挤

1 摩图城，原文madhupuri，即今印度北方邦的马图拉城。

2 杜鹃，原文papīhā，印度杜鹃鸟。传说它们只喝月入大角星时天降的雨露，一年之中只有这个季节才能喝到水，所以它们平日里处于干渴焦灼、渴望雨露的状态。此处指耶雪达如杜鹃期盼雨露般渴望见到黑天。

3 Sūradās, *Sūrasāgar*, p. 1470.

4 Sūradās, *Sūrasāgar*, p. 1471.

奶的时候，只要一看到别人家的孩子在牛舍玩要嬉戏，就想起我的小黑儿。见不到我爱儿，我痛彻心扉，生不如死。什么时候我才能再见到我家黑子用稚嫩的小手抓吃酸奶呢？

想着念着的同时，耶雪达也喋喋不休抱怨黑天，质问他：只不过是如此短的距离，为何就能把你的爹娘忘了呢？你既然是提婆吉的亲生儿子，为何不在马图拉待着做你的雅度王子，为何要到我的身边生活呢？为何要在牛村偷食奶油，为何要在林中为我们放牧牛群呢？你又为何要保护我们，消灭来侵犯的妖怪，为何驱除了河水中的毒蛇，祛毒使河水恢复清澈，又为何救活你那些同伴呢？你为何降服毒乳怪？你为何一直做这些取悦耶雪达的事情呢？黑黑啊，你是受了人们的迷惑啊，他们都说你是提婆吉的儿子，你就相信了吗？现如今你怎么就成了别人的儿子了呢？

耶雪达回顾了小黑天曾在牛村生活的种种事迹，用黑天过去对她对牛村人民的种种恩情来衬托黑天现在的“无情”，满是对黑天的抱怨和质问，但在这些幽怨质问的言辞背后却饱含着母亲对儿子的深切思念。苏尔达斯把作为母亲的耶雪达对儿子思念和幽怨交织的复杂微妙的情感描绘得淋漓尽致。

在诗中，苏尔达斯刻画耶雪达对黑天哀伤请求的形象时，并没有直接叙述耶雪达内心的苦痛，而是通过耶雪达口述黑天曾经放牧的群牛与要好的牧童伙伴，以及村中牧人和父亲难陀的痛苦情状，来衬托她心中的极度哀伤：

（莫亨，）圈起你的牛

四处散开不认人，且稍奏响竹笛声。
白牛灰牛黄与黑，亲瞧[1]游荡森林中。
知道属己来照控，现将此念放心中。
世间众生你庇护，切莫残酷又无情。

1　亲瞧，此处“亲”，指对黑天的称呼，亲爱的，瞧是补词。

牧童母牛牛犊泣，且见他们把身现。[1]

那时妙臂[2]身渐瘦

妙力[3]食饭仅一半，牧童内心皆焦灼。
屋后难陀与牧人，双眼流泪空徘徊。
本事喜乐皆消逝，无人心中存热情。
再来一次伯勒杰，且吃酸奶满叶杯[4]。
进得牛村片刻后，发誓允返摩图城。[5]

耶雪达向黑天倾诉他曾经放牧的群牛现在无人照料的可怜情状，以及牧童、牧人与难陀因极度思念黑天而悲痛消瘦的情形，想要以此来打动黑天，呼唤他归来。

尽管对爱儿百般思念，哀求不断且有诸多抱怨，但作为慈母，耶雪达理解黑天肯定有自己的苦衷和原因，并非故意不愿回来，所以耶雪达最后的倾诉完全表达了自己对黑天的深爱与思念：

传去耶雪达祝福

无论居住在何处，难陀爱子寿千万。
酥油满罐与竹笛，交予乌陀置头顶。
世主喜爱之母牛，此油乃是其所产。[6]

耶雪达托付乌陀转达她对黑天的祝福，并让乌陀把黑天曾经最爱的竹笛和最爱吃的食物带给他。无论孩儿身在何方，无论他能不能在身旁尽孝，慈母对于孩儿所怀的永远只有深爱和祝福。

---

1 Sūradās, *Sūrasāgar*, p. 1472.

2 妙臂，原文subāhu，黑天的一个朋友。

3 妙力，原文subal，黑天的一个朋友。

4 叶杯，原文Patukhi，印度的大树叶片。古时印度人用叶片做碗盘和杯子来盛饭和饮品，今天的印度农村仍用此俗。

5 Sūradās, *Sūrasāgar*, p. 1472.

6 Sūradās, *Sūrasāgar*, p. 1472.

苏尔达斯在《苏尔诗海》中塑造的慈母耶雪达的形象是丰满而生动的，他对于母子日常生活的描摹，对于母亲在孩子不同成长阶段中所表现的言行举止及心理活动的刻画是鲜活而妙趣横生的。虽然作者的创作目的是展现其宗教意图，传播黑天崇拜与黑天信仰，但苏尔达斯在具体的诗歌叙事中塑造出的耶雪达却并没有将黑天当作大神来看待。虽然黑天是毗湿奴大神的化身，但耶雪达毫不知情，只是将他看作自己的亲生儿子，对于黑天没有其他索求，处处尽显平凡普通的母亲对于平凡普通的儿子的深情与慈爱。正是苏尔达斯对于这种平凡而伟大的慈母形象的塑造以及日常母子情深的展现，使得《苏尔诗海》具有了震撼人心的力量，体现了文学和文化的魅力，从而超越了作者原本的宗教意图，超越国界与时空，成为永恒的文学经典。同时，作为一部深入人心、平民百姓喜闻乐见的宗教文学经典，《苏尔诗海》凭借这般艺术创作魅力，有效地推广了黑天崇拜，强有力地推动了黑天信仰在民间的进一步传播与发展，使得黑天信仰更加世俗化、普世化。

第四节　“情味本事”组诗意蕴：风流黑天与“艳情味”

马克思曾说，一个淫乐世界和一个悲苦世界这样奇怪地结合在一起的现象，在印度宗教的古老传统里早就显示出来了，印度的宗教“既是纵欲享乐的宗教，又是自我折磨的禁欲主义的宗教”[1]。纵欲与禁欲、淫乐与离欲原本是两个极端，为什么两者会在古老的印度宗教里奇怪地结合在一起？本文试图以苏尔达斯的颂神诗集《苏尔诗海》中的艳情诗为例，对此加以阐释，以期从一个侧面对这种现象进行认知。

苏尔达斯，印度中世纪宗教诗人，是“印度教有形派虔诚文学中最有成就和最有影响的黑天派诗人代表”[2]，“在整个印度文学史上都占有重要地位，他以虔诚诗人著称”[3]。在皈依黑天派之前，苏尔达斯就已

1　马克思、恩格斯著，中央编译局译：《马克思恩格斯选集》第2卷，人民出版社，1972年，第62—63页。

2　姜景奎：《简论苏尔达斯》，《北大南亚东南亚研究》第一卷，第173—187页。

3　刘安武：《印度印地语文学史》，第84页。

经是当地远近闻名的宗教圣人歌者，但其唱颂的内容却与黑天本事关系不大。在皈依黑天派并受到宗教领袖瓦拉帕大师的开示之后，苏尔达斯以《薄伽梵往世书》为蓝本创作了《苏尔诗海》这部以“欢喜”与“福乐”为主旨和基调的颂神诗集。

苏尔达斯在《苏尔诗海》中通过描写毗湿奴大神凡间化身黑天的种种本事和功行，既淋漓尽致地表达了对于大神黑天的虔诚与信爱，又行之有效地宣扬了黑天信仰的福乐与果报。其中，展现黑天与罗陀及牧女们欢爱和离别的艳情诗占据了整部诗集近三分之二的篇幅。为什么一个虔诚的宗教诗人会在颂神诗集中如此热衷于艳情的描写呢？“艳情”与“宗教”是如何通过“虔诚”的情感而融合在一起的呢？这些问题的答案可在《苏尔诗海》艳情诗所蕴含的“爱欲”与“离欲”两者的关系中窥其一二。

一、会合艳情诗中“爱欲”的特征

《苏尔诗海》的会合艳情诗描述的是牧女与黑天相会和欢爱的情状。其中，黑天与牧女相会时的亲密举动被细细描绘，突出表现的是牧女与黑天相会时产生的身体欢愉，通过相视、抚触和爱语会产生甜蜜的快感，这种外在的快感正是人类“世俗爱欲”的直接表现。然而，作为宗教颂神诗，这类“艳情化”诗并非旨在表达人类的爱欲，而是有其深刻的宗教哲学特征，即通过展现黑天与女子欢爱的艳情诗，将人的世俗爱欲转化为对黑天的信爱。其具体过程是通过唱诵或听闻关于黑天的艳情诗歌，产生外在身体的愉悦与快感，体会到与黑天大神纵欲合一的至喜欢愉，将所有感官喜悦全部集中于黑天，对黑天产生狂热与迷醉，达到全身心奉爱的忘我之境，从而将世俗爱欲完全集中于黑天，以摆脱世俗伦理与欲望的束缚。

从描述的内容来看，这类诗不同于《圣经》中的宗教爱情诗，因为其中充满了淋漓尽致的“爱欲”色彩，与其说是情感的流露，不如说是外在身体的快感。“周身打量黑子喜，笑将慧女抱入怀。相拥牙齿咬嘴唇，手抓下巴托抬起。鼻鼻相对紧紧贴，目目互碰轻接触。此间情女望胸前，彼时犹豫挣脱开。”[1]从表面上看，诸如此类的情爱描写不仅远离了宗教的“圣洁性”和社会道德的“纯洁性”，而且将世俗的男欢女爱尽其所能地“艳情化”了。

印度宗教哲学中，“爱欲”不仅被认为是人类本能，而且具有浓厚的宗教意味。在印度古典文学传统中，所谓艳情，梵语是śṛṅgāra，即指情爱欲，这种艳情与人类本能的性欲和爱欲密不可分。与这种艳情对应的爱，梵语是rati，意思是“爱恋、迷醉，淫乐、快感，交媾，爱情”。艳情在印度文论中，尤其是印度中世纪之后的味论（美学）范畴中带有浓厚的宗教虔诚信仰，多用于描绘大神黑天与牧女的爱，其中体现的就是虔诚艳情味。[2]美国学者霍利评论曰：“苏尔达斯所描绘出的诃利（黑天）之风流，实际上反映了他内心（对于黑天）的虔诚之爱。”[3]

《苏尔诗海》的艳情诗所体现的“爱欲”（rati），不同于简单的“性欲”[4]。黑天与牧女和罗陀之间的爱主要体现的就是人类的情欲本能，这是人类的本能欲求，具体表现为强烈的情爱欲。在一首描写黑天与罗陀在林间幽会的诗中有云：“亲手纱丽装饰身，言说此乃一心愿。女子羞涩面露笑，朝向别处一直瞧。双双精通情爱艺，三界之中无人及。”[5]诗中的“情爱艺”，原词是koka-kalā[6]，意思是性学，性爱的艺术。但由此并不能简单地得出结论说《苏尔诗海》艳情诗中的爱欲即是性欲。因为性欲更多地指向人的动物性本能，而《苏尔诗海》则是将人的欲望以“艳情化”“狂欢化”的方式引向“黑天大神的境界”。实际上，《苏尔诗海》中艳情诗的大部分内容都在描绘黑天与牧女们的嬉戏与舞蹈，强调的是黑天与女子之间的欢爱之情，而非性欲的满足或宣泄。

黑天在印度文化中被看作完美的爱神，他不同于印度神话中的欲

---

1 苏尔达斯著，姜景奎等译：《苏尔诗海》，第719页。

2 黄宝生：《印度古典诗学》，第72—73页。

3 John Stratton Hawley, “Braj: Fishing in Sur’s Ocean”, in Edwin F. Bryant ed., *Krishna: A Sourcebook*, p. 225.

4 此处所指“性欲”，原文kāma，作名词时指的是人的情欲、性欲和人的欲望。参见Sūradās, *Sūrasāgar*, p. 621。

5 苏尔达斯著，姜景奎等译：《苏尔诗海》，第756—757页。

6 Sūradās, *Sūrasāgar*, p. 1067.

神(kāmadeva)。"欲神" 在不少有关印度神话的国内著述中经常被译作 "爱神",事实上,kāmadeva的主要工作是催发男女的肉体情欲,与具有社会属性和精神需求的 "爱情" 关系不大,所以,他被译作 "欲神" 或 "欲天" 更为恰当。与 "欲神" 不同,黑天是完美的爱神,凌驾于 "欲神" 之上,他不仅具有完美的性爱技艺,而且他更能满足女子们的精神欢愉。

在一首有关黑天于怡人月夜同女子们翩翩起舞的艳情诗中,黑天施展神通,显现出无数分身,陪伴在每个牧女身边。他们载歌载舞,共舞情味。情态各异的众女子都沉醉在风流之主黑天的美妙游戏之中。诗人禁不住赞叹,"何述共伴莫亨状"[1],此句中 "莫亨" 的原词是mohana[2],本义是 "迷人的、令人神往的,有吸引力、有魅力的人",后被用作黑天的名号,指黑天的俊美与迷人、黑天对信徒的无比吸引力。正是因为 "莫亨" 的陪伴与嬉戏,众女已然沉浸于黑天的魅力之中,满足了自身的情欲需求,"情欲已然迷妙女"[3],此句中 "情欲" 的原词是kāma[4],这正说明了女子在黑天这里得到和满足的爱欲并非只是肉体的欲求,更是精神上的欢喜和愉悦,或者说这是精神对肉体的回归与升华,是全身心投入的 "奉爱",是 "自我" 身、心、灵的完全奉献与牺牲。正是这种虔诚奉爱的感召与驱动,使牧女们对黑天充满了狂热与迷醉,通过与黑天大神的合一,达到了忘我的境界。

会合艳情诗表达的主要是对神灵的毫无保留的奉献精神,在黑天的恩泽以及与黑天的合一之中,使 "自我" 融入无尽的欢喜与福乐之中。"自彼日起心深陷,欲拔不出黑蜂啊"[5],牧女对 "俊美身" 黑天迷恋不已,因为牧女的 "自我" 在与黑天的 "神我" 接近合一中得到了忘我的 "至喜" 与 "福乐"。这种欢喜与福乐是人类 "爱欲" 的毫不压抑的自由表达。

---

1 苏尔达斯著,姜景奎等译:《苏尔诗海》,第374页。

2 Sūradās, *Sūrasāgar*, p. 621.

3 苏尔达斯著,姜景奎等译:《苏尔诗海》,第374页。

4 Sūradās, *Sūrasāgar*, p. 621.

5 苏尔达斯著,姜景奎等译:《苏尔诗海》,第1084页。

"爱欲"是人类社会历久弥新的话题,但对这种话题的探讨,长久以来,人们多侧重于"爱"而有意回避了"欲"。弗洛伊德认识到这个问题,将"爱"的问题与"欲"结合起来,从"欲"的角度对人及人类文明进行了较为深入的探讨。在弗洛伊德看来,"欲"是eros[1],指人的性本能,人类本能的欲求及后天的行为都源于这种被社会文明所压抑的"爱欲"本能。弗洛伊德认为,"文明以持久地征服人的本能为基础","人的本能需要的自由满足与文明社会是相抵触的,因为进步的先决条件是克制和延迟这种满足"[2],人类个体的本能性欲与人类社会的文明和文化的发展是相抵触的,在漫长又残酷的历史进程中,这种人类个体的本能性欲慢慢受到社会文化的"驯化",而转化为"爱欲",进而在社会文明中升华为"爱情"。在社会文明中,"性欲因爱而获得了尊严"[3]。社会文明对"力比多"[4]进行了改造,把它从限于生殖器至上的性欲改造成对整个人格的爱欲化。这是力比多的扩展,这种扩展将个人欲求扩大至私人关系和社会关系的领域,这种对个体本能性欲的社会化扩展,即由性欲扩展至爱,沟通了由社会文明的压抑而造成的个体本能欲求与社会文明及文化进步之间的鸿沟。在这种"社会化的扩展机构"中,被改造过的"力比多"得到了自由的发展,"性欲"本能得到了自我升华。

在《苏尔诗海》的艳情诗中,苏尔达斯实际上早已接触到"爱欲与文明"的问题。黑天信仰正是这样一个"社会化扩展机构",人类原始的本能性欲在其中得到了升华,信仰者的性欲本能转化为对黑天的虔诚与"信爱"。尽管《苏尔诗海》中"爱欲"的概念与西方精神心理学的认知有某些契合之处,都偏重于人类的天性本能,但苏尔达斯对爱欲的展现及其对爱欲与文明问题的接触是在宗教帷幕的掩饰下进行的,这与弗洛伊德、马尔库赛从社会、文明的角度所做出的探讨有所不同。

---

1 参见Herbert Marcuse, *Eros and Civilization: A Philosophical Inquiry into Freud*, Boston: Beacon Press, 1974, p. 1。

2 马尔库塞著,黄勇等译:《爱欲与文明:对弗洛伊德思想的哲学探讨》,上海译文出版社,2008年,第1页。

3 马尔库塞著,黄勇等译:《爱欲与文明:对弗洛伊德思想的哲学探讨》,第131页。

4 力比多,libido,由弗洛伊德提出的泛指"性力"的概念术语,是一种人类原始的力量,是一种本能,是人类精神和心理现象的驱动力,是被压抑的性的欲望,同时泛指一切身体器官的快感。

不过，即便如此，《苏尔诗海》中的艳情诗依然对人们的心灵和社会产生了极大的振荡与冲击，它冲破了世俗道德和伦理束缚，即使在今天看来，其中所表现出的价值观念依然让人感觉不可思议。

黑天信仰者在唱诵和听闻《苏尔诗海》艳情诗的过程中，会认为自己犹如牧女，或者说自己就是牧女，他们在对黑天的信仰和“奉爱”中得到了如同牧女一般的欢喜与福乐，这种欢喜正是对人类爱欲需求的满足。黑天信仰者将自身的爱欲需求转化到黑天那里，在他们心目中，黑天是充满情味的完美的唯一至高存在。对黑天的全身心奉爱，对黑天的“纵欲”，正是信仰者“离欲”的初步经验：人们抛弃了自我，抛弃了世俗的爱欲；信徒全身心奉献黑天之后，便会忘记世俗的家庭、社会，对之感到厌恶甚至是舍弃，排斥、抗拒各类世俗伦理和道德观念，摆脱身心上的任何束缚。“仿若河流奔入海，那般疾跑向黑子。父母严厉行恫吓，畏惧羞愧丝毫无。……沉浸诃利情爱中，不再遵守世俗礼。”[1]牧女舍弃世俗道德、礼义廉耻及家庭关系，不畏家族亲人的威胁和恫吓，不顾忌世俗社会之羞耻道德，决然离家出走，找寻黑天。与黑天相会，获得黑天的情爱是她们唯一的欲望与目的。她们与黑天就如“石灰姜黄着颜色”[2]一般，姜黄和石灰混合后会变成红色，一方面是说两者已发生化学反应，合二为一，不能分离；另一方面是说两者在一起会产生激情与喜悦，红色代表着极致欢喜与至高福乐，牧女们可以为此不顾一切。抛弃世俗关系与俗世欲求是狂热的信仰者对黑天“奉爱”的最为强烈的表达方式。

黑天信仰者正是通过唱颂和听闻黑天艳情故事，在牧女与黑天的情爱本事中寄托了自身的爱欲需求，通过对黑天的狂热“奉爱”，舒散了自身的爱欲。在黑天信仰这个“社会化扩展机构”中，信徒的天然性欲需求转化为对黑天的爱欲，信徒在对黑天的爱欲抒发中获得了精神上的极致欢喜与至高福乐，这种能够获得欢喜与福乐的对神的爱欲，使得信徒的本能爱欲出离了社会和家庭关系的世俗之欲。对黑天信徒来

1 苏尔达斯著，姜景奎等译：《苏尔诗海》，第454页。

2 苏尔达斯著，姜景奎等译：《苏尔诗海》，第454页。

说，口诵、耳闻有关牧女与黑天的艳情诗是必要的修行，这是他们最终达到“离欲”和获得“解脱”的必由之路。

二、分离艳情诗中“离欲”的信仰追求

《苏尔诗海》艳情诗展现黑天与牧女之间的爱欲，依据牧女不同的情感状态，可以将这些艳情诗分为会合艳情诗和分离艳情诗。会合艳情诗中，牧女与黑天的欢爱所激发出的外在快感是人类“爱欲”的直接表现；分离艳情诗中，牧女与黑天分离而产生的相思苦痛所激发出的内在心绪是人类“离欲”的必要条件。但究其根本，“离欲”才是黑天信仰者的最终目的。信徒要到达“离欲”状态并不能一蹴而就，需要经历和体会与黑天离别后的十种痛苦状态，逐渐认识到引发痛苦的源头乃是自身欲望，进而主动净化对黑天的爱欲，使之升华为对黑天的信爱，超越世俗，超越“摩耶”[1]。

《苏尔诗海》的分离艳情诗，通过与黑天的分离进一步表达了“离欲”式的“信爱”。与黑天在一起的纵欲使牧女脱离了世俗的爱欲和家庭，而与黑天分离则使牧女们更深一步地体味了“离欲”的痛苦以及从这种痛苦中所生发的“信爱”，这依然是一种艳情，是对“世俗爱欲”的进一步弃绝，是对黑天“爱欲”的进一步净化。通过分离艳情诗，信徒可以体会到与牧女一般的相思离别之苦，正是这种离别之苦的经验，纯净和升华了信徒对黑天的爱欲。通过体验这种离别之苦，黑天信仰者的“爱欲”进一步升华为对黑天的纯粹的“信爱”。这种对黑天的信爱，主要是精神层面的，需要克服世俗摩耶的迷惑与束缚而达到对黑天的纯净的奉爱。通过这种对黑天的纯粹的精神“信爱”，黑天信仰者达到了真正的内在“离欲”状态。

印度古代哲学早已将“离欲”分为外在和内在两种。《金七十论》卷1中记载，数论派创始人迦毗罗仙人（Kāpila）论离欲有两种，外离欲

1　摩耶，māyā，“幻力”，亦被称作“瑜伽摩耶”。Yogamāyā，“瑜伽幻力”，一种奇妙的变化力量。黑天派认为，瑜伽摩耶是大神黑天的原质的创造力，黑天通过瑜伽幻力创造了世界万物，而黑天的自我隐蔽在瑜伽幻力中，不生不变。参见毗耶娑著，黄宝生译：《薄伽梵歌》，第77页。

和内离欲:"外者,于诸财物,已见三时苦恼……因此见故,离欲出家,如是离欲未得解脱……内离欲者……先得内智,次得离欲,因此离欲,故得解脱。"[1]由此可见,"外离欲"是舍弃身外之物,了断俗情,戒杀害,不被诸外相挂碍,这种"避世的出离"并不能得到真解脱。只有达到身体与精神层面的出离,才能真得解脱。而要达到最终的解脱,"内智"的获得是必要条件。先获得"内智",之后才能达到身体与精神层面的"内在离欲",并进一步得"解脱"。这个"内智",在黑天派看来,只有通过念诵、听闻、唱颂和冥思黑天才能获得。这种"内智"充分表达了对黑天的虔诚与信爱,通过对黑天的纯净信爱,信徒即能达到"内离欲",并最终获得解脱。

黑天支派的"离欲",并非强调身体的厌世弃俗,而是强调在精神层面超脱世俗的迷惑与束缚,即精神层面的"离欲",在精神上升华对黑天的至高虔爱。信徒无论是出家还是居家,只要身心奉献黑天,在精神上皈依黑天,冥想念诵黑天,就能够时刻与黑天在一起,并得到黑天的庇佑与恩泽。信徒通过"离别之苦"将自身的"世俗之爱"升华至对大神黑天的纯净的"信爱",这"信爱"虽依托于"世俗之爱",但却是超越"世俗之爱"的"神之爱"。世俗人类之爱是期望得到报答的爱,而黑天信徒对大神黑天的奉爱是不期望得到报答的爱,没有任何附加的世俗关系,只是纯粹地虔诚奉爱黑天,而不祈求任何回报,不祈求任何事物。全身心地冥思黑天,赞颂黑天,自会得到黑天的庇佑和恩泽,获得欢喜和福乐。牧女通过经历与黑天离别之苦的洗礼,最终她们会将对黑天的认知从恋人关系上升到信徒对大神的认知,将对恋人黑天的爱欲之情升华至对大神黑天的虔爱之情,从内在精神的层面达到对于世俗关系与世俗爱欲的出离,净化对黑天的情感。

黑天由于使命需要,离开沃林达林,前往马图拉城,与罗陀和牧女们相分离,牧女们对黑天产生极度思恋,这种相思之爱引发了极大的痛苦,这些描述牧女们离别之苦的诗构成了《苏尔诗海》分离艳情诗

---

1 自在黑著,真谛译:《金七十论》第1卷,《大正藏》第54册,经号2137,1251a。

的主体内容。苏尔达斯通过大量的喻体描写，表达了主体的焦灼和忧虑，展现了饱受相思之苦的牧女所经历的十种状态，分别是渴望、忧虑、回忆、赞美、烦恼、悲叹、疯癫、生病、痴呆和死亡。这些状态突出的重点即是痛苦，由爱欲和渴望而引发的痛苦。“望眼欲穿泪盈盈，胸前衣裳尽湿透。仿若鱼儿与鹧鸪，无水焦灼渴不消。心神不安惶恐极，勿忘我等苦别女。双目候望马图拉，凝神注视眼不眨。无有诃利在此地，饮鸩自尽伯勒杰。”[1]牧女与黑天分离后处于焦灼痛苦之中。苏尔达斯将与黑天离别的牧女比作离开水的鱼儿和渴望天空雨水的鹧鸪，将牧女思恋黑天的情状比作鱼儿与鹧鸪渴望水滴。苏尔达斯意在呈现牧女们渴望的情态。黑天信仰者通过品读此首诗，能够直接感受到牧女与黑天离别的痛苦，这种痛苦的情爱能够激发出他们内心的潜在印象。再如这首表现罗陀与黑天离别后处于痴呆、几近死亡的艳情诗：“蓬头垢面牛光女，胸衣浸湿诃利汗，贪恋情爱不浣纱。垂首不向别处顾，仿若输钱赌徒乏。面容枯槁发凌乱，宛如莲花遭霜打。闻诃利信即昏死，离女本苦蜂又蛰。”[2]通过罗陀的痛苦之情，听者能够体会出罗陀这位牧女的忧伤之苦，从而品尝到分离艳情味，这种味之审美的获得会进一步引发听者内心之中相同的痛苦经验，使听者对罗陀的相思苦痛感同身受。

《苏尔诗海》的分离艳情诗通过本体与喻体之间的巧妙转换和运用，栩栩如生地刻画了牧女深受离别相思煎熬的苦痛，这能够激发出黑天信徒的情感共鸣和内心体验。黑天信仰者通过唱诵和闻听这些分离艳情诗，能够体会到与神主黑天分离而引发的痛苦，这种痛苦源于自身的爱欲和渴望。黑天信徒与神主黑天的分离是客观现实，因为就身体而言，神主黑天不可能出现在信众肉身旁边，这种离别的痛苦是信徒必经的状态。在黑天支派看来，这种离别的苦痛也是神主黑天对于信众的考验，因为只有遭受离别苦痛的煎熬，信徒内心之中对黑天的爱欲才会升华至对黑天的纯净的信爱，艳情诗中由世俗爱欲引发的奉爱才会

1　苏尔达斯著，姜景奎等译：《苏尔诗海》，第1224—1225页。

2　苏尔达斯著，姜景奎等译：《苏尔诗海》，第1236页。

转变为圣洁的虔爱。

在《苏尔诗海》中，黑天在劝诫伯勒杰的子民之时，要他们“撕下虚伪之纸张”[1]，指的是超越世俗关系中的爱人关系、母子关系等，超越摩耶对于世人的束缚与迷惑，超越世俗关系中的聚散离别，将这些世俗关系升华为对于大神黑天的虔爱，要时刻牢记与黑天在一起的福乐欢喜，心念黑天。这即是黑天信仰者的“离欲”状态。

三、从爱欲到离欲的“喜乐解脱”

黑天派认为，信徒只有经过从“爱欲”到“离欲”过程的洗礼，才会最终获得“喜乐解脱”。黑天派的解脱观与印度传统的吠檀多哲学所宣扬的无忧无喜的“解脱”不同，黑天信仰者对于黑天的“信爱”与追求即是人类“内在精神”对于“欢喜与福乐”的追求。这种追求是基于对现象世界和世俗生活真实存在的肯定之上的。面对充满种种不如意的世俗生活，黑天信仰者追求的，并非离俗避世与瑜伽苦行的“无身解脱”，而是“身在世俗，心在黑天”的这种内在精神的解脱——无论在何世，今世或来世，无论在何界，天国还是人间，只要与黑天在一起，就能尽享福乐。

合一与分离、纵欲与离欲，在《苏尔诗海》中是如此奇怪地结合在一起！从世俗、道德、伦理的角度，我们会觉得从纵欲的角度来表现离欲的情感，令人费解，甚至会给人一种畸形的感觉，但在黑天虔诚文学中，任何超常的现象，只要是基于对黑天的虔诚与“奉爱”，便不是什么反常，因为世界的存在与人的灵魂的奥秘，本来就是不可思议的，任何的知识、价值、意义都是不确定的。因此，在《薄伽梵歌》中，黑天教导人们：“你的职责就是行动，永远不要考虑结果；不要为结果而行动，也不固执地不行动。……对于成败，一视同仁……瑜伽就是一视同仁。……具备这种智慧的人，摆脱善行和恶行……摒弃行

1 苏尔达斯著，姜景奎等译：《苏尔诗海》，第804页。

动的结果，摆脱再生的束缚，达到无病的境界。”[1]这里所谓的“一视同仁”，指的是好坏、善恶、美丑、崇高与低下等，并没有本质的差别，只要虔诚地向神，一切都没有差别。古代印度文化认为人生与世界充满了痛苦，这种痛苦的主要根源便在于欲望。因此，无论是印度教、佛教还是耆那教，都曾主张苦行和禁欲，但随着印度宗教文化的发展，禁欲又与纵欲结合在了一起。不过这种纵欲本质上并不是性欲的放纵，而是将宗教情感从思想和心灵的追求回归于人们日常生活的感受之中，尤其注重对于身体即人的欲望的探究，密教的兴盛便是如此。

《苏尔诗海》的创作，某种程度上有可能受到了原始密教的影响，其艳情诗的纵欲与禁欲奇特的结合，并不是一种独立的现象。但同时它并不像密教那样致力于对性爱秘密的探究，这些艳情诗，从形式上看是描写世俗男女之间的爱情，但究其内涵，会发现其中体现了根植于民间的黑天信仰者对于“离欲”“解脱”的认识，其强调的是对黑天的奉爱和虔信。无论是与黑天的合一还是分离，无论是纵欲还是离欲，表达的都是对黑天的毫无保留的虔诚与“信爱”，唯有如此，方能得到黑天大神的恩泽。

《苏尔诗海》艳情诗中所描述的牧女与完美情人黑天的关系，在宗教信仰层面上即是指虔诚信徒与大神黑天的关系，这种充满宗教色彩的艳情文化传统与印度中世纪的帕克蒂运动亦具有直接关联。该运动主要强调对至高大神的奉爱，这种“奉爱”的信仰把大神看作阳性的存在，而把信徒看作阴性的存在。因此，在以赞颂大神为主旨的印度中世纪宗教虔诚文学作品中，能够看到几乎所有的作者都以女性人称自居，以对大神毫无保留地奉献爱情为主题，赞颂大神，展现自己的虔诚。《苏尔诗海》艳情诗即是如此。作为“虔诚文学”的代表之一，它体现出的“爱欲”与“离欲”思想具有与印度其他宗教派别所不同的哲学内涵。

黑天派的这种认知与他们的群体身份有很大关系。以苏尔达斯所

1　毗耶娑著，黄宝生译：《薄伽梵歌》，第25—26页。

属的布什迪派为例，该派的创始人和宗教领袖，开明有识的婆罗门瓦拉帕大师富于改革精神，反对正统吠檀多哲学所倡导的解脱之道，反对禁欲苦行，主张享受世俗欢乐，提倡享乐主义和幸福之道，因而创立了布什迪派，崇尚福乐之道，宣扬大神的恩泽之道。[1]他认为崇拜神灵不是靠裸露身体和虐待体肤，"而是靠华丽的衣着和佳肴美餐；不是靠独身禁欲和克制情感，而是靠世俗的享乐和尽情的欢乐"，"一个人只要崇爱神，顺从神意，就可以得到神的恩泽和慈爱"[2]。

黑天作为恩泽至上主，其信徒主要是印度社会的广大中下层民众，黑天信仰者反对"吠陀救世论"和"高贵的主知主义救世论"[3]。与富有传统吠陀知识而独善其身的正统婆罗门阶层不同，与弃世出家的托钵僧和双重离欲（外离欲与内离欲）的瑜伽苦修者不同，他们既不具备吠陀传承的正统知识，又不能也不愿放弃世俗的家居生活。黑天信徒信爱有形至上者、情味之主黑天，即能够得到黑天赐予的极致欢喜和至上福乐，这种单纯通过"信爱"而得到的"至喜"与"福乐"可以使信徒超越世俗关系，摆脱内在痛苦，此为"喜乐解脱"。

《苏尔诗海》的艳情诗体现的是黑天信仰者由"爱欲"到"离欲"的过程。在会合艳情诗中，信徒将人的世俗本能爱欲转化为对情味之主、完美爱人黑天的爱欲，通过对黑天的狂热信仰与迷醉爱恋，信徒具备了从内在精神层面出离世俗社会与家庭关系的条件。在分离艳情诗中，信徒通过体验与黑天分离的痛苦，意识到与大神黑天的现实距离，在这种离别苦痛中，对完美爱人黑天的爱欲进一步升华为对大神黑天的纯粹的精神奉爱，这种对黑天的纯净"信爱"成为黑天信徒获得"喜乐解脱"的唯一途径。

黑天信徒通过对有形黑天的热烈信爱和皈依，从而达到精神上的内在离欲，这种主张既满足了印度中下层民众达到精神解脱的迫切内

1 John Stratton Hawley, "Braj: Fishing in Sur's Ocean", in Edwin F. Bryant ed., *Krishna: A Sourcebook*, pp. 9–12.

2 刘建、朱明忠、葛维钧：《印度文明》，第321页。

3 马克斯·韦伯著，康乐等译：《印度的宗教：印度教与佛教》，第408页。

在需求，又不妨碍他们正常的世俗生活，为他们在离欲的精神生活与世俗享乐的家居生活之间找到了平衡点。作为能够调和人类本能爱欲与社会文明之矛盾的“乌托邦”，有形黑天信仰更加受到印度广大中下层民众的欢迎和信赖。

第五节　“乌陀送信”组诗中的教化者黑天与印度民间话语建构

《苏尔诗海》是中世纪印度虔诚文学经典中一部重要的文学作品，它形成于16、17世纪，是中世纪印度虔诚文学中有形派黑天支派尊奉的经典，由瓦拉帕派依据在北印度伯勒杰地区民间广为流传的“苏尔诗歌”编纂而成，属于民间诗人和文人学者的集体创作。目前已知“苏尔诗歌”的最早抄本是印度Fatehpur地区1582年的本子，其中有239首诗歌，在1640年Ghānorā地区的抄本上，首次出现了“苏尔诗海”这个书名，其中有795首诗歌。[1]它是一部用北印度方言伯勒杰语创作的民间诗歌集，实质上属于被婆罗门权威所利用的大众文学。虽然该诗歌集被婆罗门知识精英收编利用，但其中源自民间的基因血脉却一直绵延赓续。本节以对其中“乌陀送信”组诗的考察为例，重点分析中世纪印度虔诚文学经典文本所承载的话语形式与内涵，及其所展现的文化权力之间的互动与博弈，具体来说，即是虔诚文学经典中所凸显的民间话语对精英话语的挑战，以及民间圣徒诗人与婆罗门知识精英群体在文化信仰层面的互动与权力的部分转移。从中我们可以追问，民间信仰群体对婆罗门文化话语权威发出的挑战是如何体现在中世纪印度虔诚文学经典中的呢？究竟两者是如何在文学话语的层面进行互动和博弈的呢？为何会出现这种互动和博弈，其目的和意义何在？本节将依据印度学界公认的权威版本瓦拉纳西印度天城体推广协会1964年出版的《苏尔诗海》两卷本中“乌陀送信”组诗原文，对其中的民间话语

1 John Stratton Hawley. “The Early *Sūrsāgar* and the Growth of the Sur Tradition” , in *Three Bhakti Voices: Mirabai, Surdas, and Kabir in Their Times and Ours*, pp. 194–207.

建构进行考察，结合印度古代经典《薄伽梵歌》《薄伽梵往世书》[1]及吠檀多不二一元论（advaitavāda）的代表人物商羯罗的《示教千则》等相关文献进行比较分析，挖掘其中印度民间信仰群体对婆罗门知识精英话语的挑战与解构以及民间话语形式和内涵的确立，探究其背后的底层逻辑和意涵。

一、《苏尔诗海》对《薄伽梵往世书》中“乌陀送信”故事的改写

《苏尔诗海》中的“乌陀送信”故事与《薄伽梵往世书》中的故事有所不同。在《苏尔诗海》乌陀送信的故事中，黑天不只是一位派遣乌陀前往伯勒杰慰问牧人牧女、坚定他们对黑天纯粹的虔爱之情、抚慰他们的极度思恋、平息伯勒杰信徒们所受离别之苦的恩主，更是一位仁爱恩慈、足智多谋的宣扬有形信仰的教化者。在诗中，黑天所拥有的智慧以及善于谋划和心思缜密的特征没有用于讨伐征战，而是用于教化信仰吠檀多不二一元论的异教徒乌陀皈依有形黑天信仰。

在改写后，使者乌陀的形象也发生了极大变化。在《薄伽梵往世书》（10.46）[2]中，乌陀是黑天最亲密的伙伴，他是木星（Bṛhaspati）的学生，是元老乌本戈（Upaṅga）的儿子（亦称“乌本戈子”，Upaṅga-suta），是苾湿尼——雅度族中令人敬爱的大臣，他真诚热爱黑天，作为黑天最忠实的信徒和代表，前往伯勒杰抚慰饱受离别之苦的牧人牧女，听他们追忆细说黑天在牛村和伯勒杰的各种美妙本事，忠实地向他们转达黑天的音讯和宣扬黑天的本质——黑天并没有离开他们，只要他们一直保持虔爱，持续念诵黑天和唱颂黑天本事，黑天便会一直在他们身边，热爱和庇佑他们，因为他乃是遍及一切，却又超越一切，超越世间摩耶的至高存在。乌陀在伯勒杰停驻了六个月，圆满完成了黑天交付的任务，平息了伯勒杰民众的离苦，进一步纯净和升华了伯勒杰信徒对黑天

1 本文主要使用印度最大宗教文本出版商Gita Press出版的《薄伽梵往世书》（*Bhāgavata Purāṇa*）2009年原文版本，涉及《薄伽梵歌》内容主要使用黄宝生、张保胜先生译本，版本信息详见参考文献。

2 Veda Vyasa, *Bhāgavata Purāṇa*, Vol.2, Gorakhpur: Gita Press, 2009, pp. 349–354.

的虔爱之情。同时，乌陀被伯勒杰民众追忆和赞颂的充满福乐与情味的黑天本事深深打动，并被伯勒杰民众对黑天炽热的虔爱之情深深感动，因而称颂他们，并赞颂了流传着黑天本事的伯勒杰地区的神圣性。

在《苏尔诗海》中，乌陀虽是一样的身份和地位，却被塑造成一个表面上与黑天亲密无间的朋友，实际上却与黑天貌合神离的异教徒，他一心崇尚至高者无形的不二一元论学说，仅将黑天视为物质要素构成的“三德身”，而非超越（由三德组成的）世间万物的至高者，认为黑天只是具有物质属性的而并非永恒存在的偶像。三德（triguṇa，亦译三性），指喜德（sattva，亦译萨埵，善德）、忧德（rajas，亦译罗阇）、暗德（tamas，亦译答磨），三德之说来源于印度数论派哲学，三德“即是世界原初物质所具有的三种最基本的性质”[1]。喜德表示轻盈、光明和喜悦的性质，是物质趋于明朗、纯净、有序的积极趋势，其特征是有识；忧德表示激动、急躁和忧虑的性质，是物质变化、运动、更新的稳定趋势，其特征是情欲和不快；暗德表示沉重、阻碍和迟钝的性质，是物质趋于迷惘、迟钝、漠然的消极趋势，其特征是无知。“三德是世界万物的组成成分，是世界多样性及其运动变化（世界万物的创造、维系和毁灭）的决定因素，同时也是束缚自我（ātman，灵魂）的桎梏。”[2]乌陀鄙视伯勒杰民众对黑天的虔爱之情，认为这些感情不过是虚妄无用的世俗之情，只会使人徒增痛苦和烦恼，深陷摩耶幻力泥沼，只会束缚自我，沉入轮回而不会得到解脱。他认为伯勒杰的民众都是无知（ajñāna）的，他们对黑天的热爱是由于无知引起的，他一心想要以明知（vidyā）来消除伯勒杰民众的无知，将吠檀多经典知识灌输和传授给崇拜有形黑天的伯勒杰民众。因此，黑天为了教化他，让他认识到有形黑天信仰的殊胜之处，先对他的论点假意赞同，故意将他派遣至伯勒杰，让他去宣扬自认为是真理的吠檀多不二一元论知识，然后通过伯勒杰牧女对乌陀宣扬的学说的拒绝与反驳，通过伯勒杰民众对黑天的信爱以及对黑天情味本事的追忆和唱颂来感动和教化乌陀。最后乌陀认识到了有形黑天信仰

1 毗耶娑著，黄宝生译：《薄伽梵歌》，第25页。

2 毗耶娑著，张保胜译：《薄伽梵歌》，第29页。

的真谛，彻底抛弃了枯燥乏味、不近人情的吠檀多知识，转而信奉有形黑天。

在瓦拉帕派“福乐”与“欢喜”主旨的影响下，创作《苏尔诗海》的圣徒诗人如此改写乌陀送信的故事和人物形象，为的是使《薄伽梵往世书》中民间群体所崇尚的有形黑天信仰的分量更加突出，对婆罗门精英话语发出挑战，借助炽热虔爱黑天的伯勒杰民众之口展现民间话语力量对“乌陀”所代表的不二一元论知识真理的反驳，批驳高贵的主知主义婆罗门精英的吠檀多不二一元论解脱之说。

二、《苏尔诗海》“乌陀送信”组诗中民间话语的建构

在《苏尔诗海》有关“乌陀送信”故事的组诗中，信仰和秉持吠檀多不二一元论之说的乌陀作为文本符号代表了婆罗门知识精英的主知主义，而作为黑天信众的伯勒杰民众则代表了民间信仰话语的力量。《苏尔诗海》中，乌陀在接受黑天信仰教化之前曾对黑天说道：“诃利懊悔为何故？此爱不可永留存，一切皆将化虚无。苏尔言，胜尊且听我一言，唯与一元有关联。”[1]乌陀鄙视排斥“爱”（hita，世俗关系之爱）而信奉追求“一元”（eka，合一），乌陀的论调正契合了吠檀多不二一元论的主张。而伯勒杰民众对此进行了强烈的反驳，其反驳主要包含三方面内容，一是黑天作为至高者大梵超越“三德”，二是黑天作为恩泽至上主赐予信徒不同于“合一”（ekatva或sāyujya，回归大梵之中）的福乐解脱，三是对于无明之苦的认识。正是通过伯勒杰民众从“大梵”“解脱”“无明之苦”这三个根本层面对乌陀的辩驳，《苏尔诗海》在解构婆罗门主知主义解脱说的同时，建构起了民间信仰话语的形式和内涵。

1. 将黑天等同于超越“三德”的至高者大梵

《苏尔诗海》中，乌陀在接受黑天信仰教化之前，信仰至高者大梵

1 苏尔达斯著，姜景奎等译：《苏尔诗海》，第996页。

无形的吠檀多一元论之说，他曾对黑天宣扬“胜尊且将我闻听，唯与一元有关联”。在“乌陀送信”组诗文本中，民间话语对“乌陀”代表的精英话语发出的第一重挑战即是对有形黑天和现象世界认知的反驳。乌陀信奉的吠檀多不二一元论认为至上大梵是永恒的存在，无属性、无差别、无制限，是无形的。乌陀认为伯勒杰民众信爱的黑天是有形象的人格化的神，属于“三德身”，有属性、有差别、有制限，是一种现象或经验的东西，仍属于现象世界。有形黑天和现象世界一样，都是梵通过摩耶幻力显现出的幻相，人们因为无明或无知而产生虚妄的认识，认为有形黑天和现象世界是真实存在的，其实这是一种幻相，就如同绳子通过人的虚妄认识，被误认为是蛇一样，蛇其实是幻相，绳子的本性永远是绳子。绳子即至高的大梵，真实存在却无形无性，蛇即现象世界和有形的人格神黑天，都是虚妄的幻相。

受民间话语教化之前的乌陀对黑天并没有发自真心的虔爱，因为他对于离别黑天的痛苦没有丝毫的感受，认为至高存在大梵乃是“形”“色”“显色”皆无的，现象世界也是虚幻的。乌陀信奉的至上者大梵是没有任何特征、任何属性的，也不会表现为任何形式，只有“念诵无味之味咒”[1]，学习吠檀多知识，才能消除轮回的因由，即消除无知，才能获解脱。这种不二一元论学说将无形大梵视作唯一存在，认为黑天也不过是由“原质构成之三德”[2]，是处于摩耶幻相中的存在，而不把黑天看作至高存在的大梵，认为崇拜和虔爱“三德身”黑天是虚妄的，并不能获得终极解脱。

来源于民间的黑天信仰群体则借助伯勒杰人之口发出辩驳，认为黑天是超越三德的至高存在，黑天即是圆满至高的大梵，为了救世，化作“有德身”下凡，世界是圆满至高梵的一部分。他们辩驳的理论根据则是瓦拉帕派的哲学理论——“纯净不二论”，这个理论与吠檀多不二一元论的本质区别在于该理论认为轮回的现象世界是真实存在的，是由大梵的“乐”性部分所产生的，并非幻相。该理论中有一个经典的

1　Sūradās, *Sūrasāgar*, p. 1302.

2　商羯罗著，孙晶译释：《示教千则》，第190页。

比喻，即大梵为火焰，世界为火花，火花产生于火焰，火花虽然转瞬即逝却是真实存在并不断产生于火焰。因此，在现象世界中，黑天作为圆满至高梵的化身，他所受到的信徒的虔信和热爱是真实不虚的。黑天作为大梵的主神形式乃是至高存在，是恩泽众生的至高人格神，他的主要特性是慈爱与恩宠。[1]

在《苏尔诗海》中有类似"胜尊功行不可数，尼笈摩经颂非此"[2]的诗句来赞颂黑天。其中，"尼笈摩经"(nigama)是指吠陀经典，"非此"即"非此非彼"(neti, neti)，在《广林奥义书》(2.3.6)中本是指自我(ātman，大我，无上我，至高灵魂)，在吠檀多不二一元论中被引申为对至高存在"梵我"的描述。吠檀多派认为，"对梵我只能意味着非此也，非彼也(neti, neti)"[3]，而在编纂《苏尔诗海》的黑天支派瓦拉帕派看来，这个"非此非彼"的至上"梵我"即是黑天，在赞颂黑天本事和功行的组诗中，经常出现类似"千口以及尼笈摩，非此非彼歌颂他"[4]的诗句。

2. 以信爱黑天超越原有意义上的"合一"解脱

《苏尔诗海》中，伯勒杰民众所代表的民间话语力量对"乌陀"原本信奉的吠檀多不二一元论的第二重挑战，在于对"合一""解脱"的反驳。解脱(mokṣa)一词在梵文中原意为"解放"或"释放"等，在印度正统吠檀多哲学中一般代表着一种寂静(śānti)的境界，或者无忧无虑(uparati)的状态。[5]正统吠檀多哲学所指的这种寂静和无忧无虑的状态是对世俗和现象世界冷漠的、崇尚禁欲主义的状态。而瓦拉帕派的哲学理论却与此相反，该派认为解脱意味着至上主黑天赐予的恩泽，并非信徒直接追求的目的，纯粹的信徒追求的是与黑天在一起永享福乐和欢喜，这种解脱观与世俗生活相关，着重的是依托于现象世界又超

---

1 Dīnadayālu Gupta, *Aṣṭachāpa Aura Vallabha-Sampradāya*, pp. 393–515.

2 Sūradās, *Sūrasāgar*, p. 404.

3 商羯罗著，孙晶译释：《示教千则》，第14页。

4 Sūradās, *Sūrasāgar*, p. 1119.

5 孙晶：《商羯罗的解脱观及其思想渊源》，《哲学研究》2008年第12期，第52页。

越世俗关系和世俗礼法的精神解脱。

继承婆罗门正统的吠檀多派奠基人物商羯罗继承了《梵经》等正统经典，关注人在现世的痛苦。[1]为解救现世人的苦难，他主张学习吠陀经典知识和证悟“梵我同一”以求获解脱，这种主张“真知”和“上智”[2]的理论实际上是一种“高贵的主知主义(或称主智主义)救世论”。韦伯曾评价这种救世论:“古代高贵的主知主义救世论不仅拒斥而且漠视所有迷狂——忘我的、感情性的要素。”[3]这种崇尚“上智”和经典吠陀知识的拥有精英意识的吠檀多不二一元理论是排斥、漠视甚至鄙视有形黑天信仰中信徒对黑天的狂热信爱和热烈的虔诚情感的。因此，在闻听黑天讲述难陀耶雪达夫妇以及伯勒杰牧人对他的养育之恩和深情厚爱之后，乌陀坚守自身的论点，并对黑天与养父母和伯勒杰牧人之间的爱表现出了轻视，“笑闻黑子之话语，自我原则得确立。”[4]在闻听黑天讲述他与牧女之间难分难舍的过往情爱之后，乌陀又表现出了不屑，并用一元论的理论观点来教育黑天。

乌陀之所以轻视黑天信众，是因为他所秉持的是商羯罗创立的所谓正统婆罗门吠檀多不二一元论。该理论认为产生轮回的原因是无明，商羯罗曾“对轮回产生的原因归纳如下：无明→欠缺→身体/语言/心的活动等→喜好嫌恶(欲念)→业行→诸业积聚形成果报”[5]。无明就是把灵魂与身体、“真我”与“命我”混为一体，将感官思维这些身体(命我)的属性附托在灵魂(真我)上，于是由无明生起欲念，欲念生起业行，从而陷入轮回。同时，无明还是轮回的支配者，如果不消除无明，人将受无明的影响和支配永陷于轮回之中。无明指知识的缺乏和误识，其中误识不仅指错误的认识，还包括实际认知的错位。世俗之人由于无明，对哲学本体的误解，导致认识主体和认识对象错位，把肉身和灵魂等同，把命我与真我等同，因而会使感官系统发生作用，产生欲念

1 刘建、朱明忠、葛维钧:《印度文明》,第308—314页。

2 商羯罗将人的智慧分为“上智”和“下智”,上智指一种超越世俗经验而真正把握真理的智慧或观点,下智指一般凡人的世俗经验或错位观点,即人的无明或虚妄认识。

3 马克斯·韦伯著,康乐等译:《印度的宗教:印度教与佛教》,第408页。

4 Sūradās, *Sūrasāgar*, p. 1305.

5 孙晶:《商羯罗的解脱观及其思想渊源》,《哲学研究》2008年第12期,第49页。

和业行。只有得到真知，明白这个现象世界和个我（命我）的虚幻，才能消除无明。

乌陀信奉的不二一元论认为人生是虚幻的，人生的终极目的就是通过吠陀经典知识来消除无明，获得“真知”和“上智”，通过证悟“梵我同一”而消除轮回，最终获得“梵我合一”的解脱。乌陀对牧女宣扬道：“完满不灭不可知，它见容于诸罐中。吠陀往世书中颂：无真实智不解脱。有形形色摈除去，禅定无形一心意。践行彼法渡别苦，彼时梵来与你见。”[1]其中的“诸罐”，意指人的身体，“真实智”即指“上智”和“梵我同一”的真知。乌陀认为，大梵是完满不灭不可知的，同时也存在于每个“个我（命我）”之中，但世俗凡人认识不到这种“梵我同一”的真知，只有通过“吠陀”和“奥义书”等经典知识消除无明，摒除虚无的形色，一心一意冥想大梵，去除虚妄的世俗认知，消除一切因无明而生的感官活动，消除欲念和业行，得到完全的真知，认识真我即大梵，“彼时梵来与你见”，才能终获“与梵合一”的解脱。

瓦拉帕派则信仰救世主，通过个人对救世主的内在信赖关系，通过对超世俗的至上人格神黑天的皈依和纯粹而热烈的信爱，完全摆脱不净的思维和感官冲动，例如愤怒、嫉妒和贪欲等，通过不断升华对黑天的虔爱而达到内在的精神纯净，由此得到黑天的恩赐解脱。

以瓦拉帕派为代表的有形黑天信仰正是用救世主黑天来对抗正统婆罗门的吠陀救世论，以对黑天纯粹的狂热的信爱来对抗婆罗门所倡导的学习吠陀和冥思禅定的解脱手段。黑天支派认为黑天就是有形的至高存在大梵。信徒崇尚虔爱黑天，皈依黑天，通过对黑天的爱来获得黑天的恩泽，被赐予解脱。有形黑天信仰支派理论可以在其信奉的经典《薄伽梵歌》中找到相应的支撑依据。在《薄伽梵歌》中，黑天曾宣称信徒通过皈依黑天，就能够超越三德（即三性），超越摩耶幻力，摆脱无知和迷惑：“我的这种神奇幻力，由三性造成，难以超越，但那些归依我的人，能够超越这种幻力。”（7.14）[2]《薄伽梵歌》中的黑天是至高的

1 Sūradās, *Sūrasāgar*, p. 1324.

2 毗耶娑著，黄宝生译：《薄伽梵歌》，第75页。

“自我”，[1]在具体修行的方法中，他讲述了业瑜伽、智瑜伽和信瑜伽三种方式。黑天支派崇尚的是“信瑜伽”。所谓的“信瑜伽”在黑天支派中被赋予了具体的解释，即奉行对黑天的“信爱”，强调对黑天热烈的虔爱，通过虔爱黑天净化内心，一直持续不断地奉爱黑天，以不求回报地一心一意奉爱黑天为终极目的。尽管不以解脱为目的，慈爱的救世主黑天自会对他的信徒赐予恩宠和解脱。

在《苏尔诗海》中有一首牧女对黑蜂（实际是对乌陀）辩白的诗：

我等之力难阻爱

黑蜂且听何象王，被缚易断莲茎绳？
黑子使者送信来，唤醒沉睡之爱欲。
微弱瑜伽火之焰，何法可使离海干？
苏普勒格子[2]同你，俩且将我解脱夺。
苏尔言，
想要相会与胜尊，怎能相信你欺骗？[3]

上述引诗的“俩且将我解脱夺”一句中，牧女将黑天称作“解脱”，原词是mukuti，对于有形黑天崇拜的信徒来说，黑天就意味着解脱。[4]黑天有个名号就是“解脱授”，原词为mukunda。此词可以拆分为mukun+da，即mukti dene vālā，意思是赐予解脱的人，这个名号表达和赞颂了黑天即是赐予信徒解脱的恩慈至上者。

黑天信众以感性对抗理性，反对婆罗门的主知主义与避世的冥思，反对吠檀多不二一元论主张的弃世和禁欲苦行，也反对不二一元论所主张的“梵我合一”的解脱。在黑天派信奉的经典《薄伽梵往世书》中有关于五种解脱的论述，依据信徒不同的虔爱情感和欲求，不同的人

1 毗耶娑著，张保胜译：《薄伽梵歌》，第22页。

2 苏普勒格子，原文为Suphalak-suta，意为苏普勒格的儿子，指阿格鲁尔。他奉刚沙王之命将黑天与大力罗摩带离伯勒杰地区，领至刚沙王所在的马图拉城。

3 苏尔达斯著，姜景奎等译：《苏尔诗海》，第1177页。

4 Sūradās, *Sūrasāgar*, p. 1428.

获得不同的解脱，分别为“同界”（与大神同居一界）、“同伴”（毗邻大神，侍奉大神左右）、“同荣华”（拥有与大神相同的荣华富贵等）、“同色”（具有与大神一样的神相）、“合一”（7.1.31），[1]不过其中也讲述了在大梵层面或毗湿奴界，至高虔信的纯净信徒是不需要祈求也不需要接受这五种解脱的，“同界同伴同荣华，同色形象同合一，纵然被予亦不受，奉我纯徒不需要”（3.29.13），[2]同时也解释了原因——纯净信徒仅以奉爱为最终目的，不欲求任何解脱，尽管如此，他们会自然而然通过他们持续的纯净奉爱而获得这四种解脱（即同界、同荣华、同伴及同色）（9.4.67）。[3]黑天为纯净的信徒赐予该四种解脱，而“合一”的解脱并不被信仰有形黑天的信徒所接受。这种“合一”的解脱只有通过弃世和禁欲苦行才能达到，这种反世俗的冷漠的禁欲主义是黑天信众极力反对的，他们追求的是超越解脱的“解脱”，即信爱黑天自会获得“恩宠”，获得永恒福乐和欢喜，是为“福乐解脱”。

3. 对于无明之苦的解构和新识

伯勒杰民众对乌陀发出的第三重挑战在于对“无明之苦”的反驳，尤其是对离别之苦的理解。乌陀认为伯勒杰民众离别黑天后之所以感到痛苦，是因为他们的无明，是因为他们的误识，没有看到梵我与个我的本质；只有得到真知，理解了梵我一同的本质，才会明了一切存在乃虚空，世间万物及一切世俗关系都是虚无，才会知道痛苦不过是由于无明而身在轮回中的世人的错误感知，只有消除无明，通过瑜伽修行达到无喜无忧的宁静状态，证悟大梵，归于大梵，才能够摆脱轮回，达到彻底的解脱，此时也就不会再有痛苦。商羯罗在《示教千则》中说：

我“苦”观念确能生，
身体即“我”误会起；

1 Veda Vyasa, *Bhāgavata Purāṇa*, Vol. 1, p. 672.

2 Veda Vyasa, *Bhāgavata Purāṇa*, Vol. 1, p. 301.

3 Veda Vyasa, *Bhāgavata Purāṇa*, Vol. 2, p. 19.

好似“我具听闻”念。

依据“我为内我”说。[1]

“我是苦的”这一观念的产生，是由于把身体等误认为是“真我”，才产生出痛苦来，就好像“我具听闻”这个观念一样，都是根据“我为内我”的错误观念而生出的。因为这种误识，把身体等同于真我，所以错误地以为“(真)我具听闻”，事实上只是身体在进行认知活动。因为无明，所以身体控制一切，即会感觉痛苦。

商羯罗认为“我具听闻”的观念、“我受苦”的观念，都是虚幻的世俗之见，只看到了事物的表面，没有看到事物的实质，把个我(身体)当成了真我(灵魂，超验之我)。“其时经验痛苦事，意非动时不感苦。因此苦若属内我，此种说法不合理。”[2]因为个我的“意动”，所以外在的个我会有痛苦的感受，而非真实内我的经验，痛苦也是虚幻的经验。只有通过对真我(灵魂、梵我、阿特曼)的正确知识，通过上智即识别智，才能去除痛苦和业行。因为真我对现象世界是无感觉的，内在的真我是没有苦的经验的，“自己非苦无业行”[3]，内在的我，即“真我”是恒常解脱的，无苦无业行。“自身受苦之观念，内我即梵常消除。”[4]世人如果认识到“梵我同一”，获得上智时，现象世界的身之痛苦就不存在了。所以，乌陀认为伯勒杰民众对于黑天的离别之苦即是如此，是由无明引起的，要将之消除，就要明知明智，证悟“梵我同一”，与梵合一，才能恒常解脱，达到无忧无喜，自然也会无苦。

黑天信众却对痛苦有不一样的认识，痛苦并非是需要刻意消除的，只要心念黑天，全心全意奉爱黑天，随着对黑天的信爱不断地升华至纯净的境界，内在精神和心意中只存在纯净的对于黑天的爱，痛苦自然就会消除。在有形黑天信徒看来，痛苦是奉爱黑天的必须步骤。信徒只有意识和经受了与大神吉祥黑天的分离与苦痛，他们对黑天的信

---

1 商羯罗著，孙晶译释：《示教千则》，第333页。

2 商羯罗著，孙晶译释：《示教千则》，第337页。

3 商羯罗著，孙晶译释：《示教千则》，第346页。

4 商羯罗著，孙晶译释：《示教千则》，第347页。

爱情感才会更加热烈，才会在持续不断期盼与大神会面中升华这份虔诚信爱。在"乌陀送信"组诗中可以看到牧女和耶雪达除了表达与黑天分离而痛苦难安的炽热情感之外，还有一些对黑天言辞犀利的抱怨，但实际上她们爱之深，责之切，有多么的愤怒苦痛，就有多么地爱恋黑天。

在乌陀受到伯勒杰牧女的教化，"颠覆瑜伽之舟"，转变信仰，皈依有形黑天信仰，返回马图拉觐见黑天，向黑天表明"摩豆裔啊，极致福乐我得到"，当乌陀理解了黑天教化于他的良苦用心之后，黑天道出了对世俗民众施予恩宠的准则，这种恩宠可被称为"合作的恩宠"[1]。"世世灾难消除掉，盈喜福乐庇护佑，虔敬我者我敬他，我脚落于此准则。"[2]信徒通过经受痛苦将他们的世俗之爱升华至纯净的对黑天大神的信爱，这信爱虽依托于世俗之爱，但却是超越世俗之爱的。世俗人类之爱是期望得到报答的爱，而黑天教导信徒，对他的这种奉爱是不期望得到报答的爱，没有任何附加的世俗关系，只是纯粹地虔诚奉爱黑天，而不祈求任何回报，不祈求任何事物，只要全身心地冥思黑天，赞颂黑天，自会得到黑天的庇佑与恩泽，获得欢喜和福乐。伯勒杰民众经历痛苦的洗礼，最终他们会将对黑天的认知从孩儿、伙伴、恋人关系上升到信徒对大神的关系，将对孩儿黑天的慈爱之情，对伙伴黑天的友爱之情，对恋人黑天的欲爱之情，升华至对大神黑天的虔爱之情，从内在精神的层面达到对于世俗关系的离欲，纯净对黑天的情感，通过这些来消除痛苦。

三、结语

在《苏尔诗海》"乌陀送信"组诗中，我们可以看到民间大众百姓话语与婆罗门精英话语之间的互动和博弈，民间话语试图通过信爱黑天去撼动掌控文化权力的婆罗门知识精英所塑造的话语秩序，

---

1 马克斯·韦伯著，康乐等译：《印度的宗教：印度教与佛教》，第427—428页。

2 苏尔达斯著，姜景奎等译：《苏尔诗海》，第1289页。

对婆罗门知识精英发出了挑战，对他们的理论和话语进行了突破、解构和重塑，这种努力是具有成效的。在中世纪印度虔诚运动（bhakti movement）中，以黑天支派圣徒诗人为代表的大量民间诗人——他们来自于印度的各个种姓和社会群体，他们创作的脍炙人口的虔诚颂诗时至今日仍然广为流传——在该运动中形成了大量的虔诚文学经典，这些文学经典在一定程度上彰显了民间话语的力量和诉求、权力和影响。

在此，我们需要进一步思考的是，东方传统民间文学中的话语与权力是否适合用例如福柯、哈贝马斯等人的西方现代思想和理论框架进行分析和考察呢？它是否拥有自身的发展规律和特征呢？作为源自于民间的文学经典，《苏尔诗海》既是民间的（folk），属于平民的（people，commoners），亦与知识精英有着复杂的关联。开明的婆罗门知识精英想要控制这些民间的话语能量，并利用他们在文化修养上的权威对民间诗人进行“提升”，通过被他们垄断的阅读和书写技能对民间口头诗歌进行编撰。因此，我们在考察印度民间话语与婆罗门精英话语在文化权力层面的互动与博弈时，不能将其简单放置在二元对立的结构框架中，而要结合处于变化中的历史文献文本、宗教思想和社会动态来深入理解。

结 论

经过对《苏尔诗海》中黑天形象的深入探究与分析，我们可以清晰地看到，黑天作为印度文化中一位复杂而多面的神祇，其形象在印度文学、宗教以及民间信仰中占据了举足轻重的地位。本书从印度黑天文学传统出发，结合《苏尔诗海》的具体内容，对黑天形象进行了全面而细致的分析与解读，并深入探讨了其在印度文学文化中的地位、影响及其对现代印度社会的启示。

印度黑天文学传统具有悠久的历史和深厚的底蕴，而黑天形象也在印度文学中经历了漫长的发展和嬗变。这种变化不仅体现了印度文学对黑天形象的丰富塑造，也深刻反映了印度人民对黑天信仰的深厚情感。在《苏尔诗海》中，黑天被赋予了极其丰富而复杂的性格特征。他既是宇宙的主宰，展现出威严与神力，掌控着宇宙的秩序和命运；同时又是凡人的家人和朋友，流露出深情与智慧，与人们一起历经喜怒哀乐。这种多维度的塑造使得黑天形象在印度教文化中独树一帜，深受民众的敬仰和喜爱。

通过对《苏尔诗海》中黑天形象发展演变的分析，我们可以看到以箭垛式人物苏尔达斯为代表的印度民间诗人，他们运用真挚的虔诚情感、丰富的语言艺术和修辞技巧，将黑天描绘成了一个生动、立体、多面的角色。这使得黑天故事充满了冒险、爱情、战争和哲学等元素，引人入胜，令人陶醉。更为重要的是，《苏尔诗海》中的黑天形象体现出了民间诗人的人文视野，及其对人民生活和人生意义的终极关切。诗人运用精妙的艺术手法，在其作品中着力表达“爱”与“美”的力量，这不仅丰富了黑天的人物形象和情感，也为之前传统而略显单薄的黑天形象增添了血肉，赋予了传统黑天文学和宗教文学新的生命力。这使得原本被拔高为至高人格神的黑天变得更加具象化，与民间百姓的生活和情感以及社会文化紧密相连，使大神黑天成为人们至爱的亲人、完美的情人和亲密的伙伴。

《苏尔诗海》中具有人神共融特性的黑天体现了其形象源流的多重性，体现了新宗教对于旧有宗教的批驳和反抗，体现了黑天支派对黑天大神教义和主张的虔信。在《苏尔诗海》中，诗人以慈母的视角，以感人至深的慈爱情来塑造和展示童年黑天形象，又以牧女的视角，以动人心弦的爱欲艳情来刻画和表现少年黑天的形象，将世俗凡人的品行完美地融入大神黑天“游乐”与“恩泽”的本事之中。黑天的童年形象主要展现了母子“福乐”，其少年形象主要展现了恋人“情味”，其成年形象主要展现“仁慈”和“精勇”。

《苏尔诗海》注重的是对于充满福乐和情味的童年和少年黑天形象的刻画，由此宣扬黑天信仰的主旨，即“爱”“恩泽”与“福乐”。黑天是信徒的唯一信仰和生命依靠，他既是永恒的至高存在，又是世俗间最完美的“人”，他是全面全能的，满足信徒所有内在欲望诉求。黑天的世俗形象主要源自印度哲学中人类的三种原动力，即知识力、欲望力和行动力。苏尔达斯塑造出的这种“完美”“福乐”及充满情味的黑天形象，体现了源自民间的印度哲学思想传统中的享乐主义和幸福论。

大神黑天的世俗形象是印度宗教文化和黑天信仰传统中的一大特色。这个充满情味的世俗形象并非来自哪个宗教人士或诗人文学家的凭空臆想和独创，而是婆薮提婆子黑天信仰与牛护黑天信仰以及那罗延—毗湿奴信仰在印度历史文化长河中不断融合、发展和演变的结果。黑天具有的种种形象和品性是正统婆罗门祭祀信仰与民间信仰不断冲突融合的结果，也是印度正统文学与民间文学艺术不断融合的结果。黑天形象的最终形成，是印度自古以来众多宗教哲学思想家，与富有才华且具有丰富细腻情感的诗人文学家们集体智慧的结晶。

印度学者S. 拉达克里希南在《印度教》一文中称：“对于印度教徒来说，宗教是心灵的体验或心态。它不是一种想象，而是一种力量；不是一种理智的命题，而是一种生活的信念。宗教是对基本现实的感知，而不是一种关于神的理论。宗教的天才人物不是空谈家或梵学者，不是诡辩家或辨证论者，而是本身就体现精神洞察力的先知、圣人或仙人(rishi)。当灵魂向内进入心灵本身时，它就接近自己的神性的根本，并逐渐为另一种自然力的光辉所充满。一切宗教的目的都是实际认识最高真理，是直观现实、洞悉真理、接触至高神、直接理解现实。"[1]拉达克里希南是作为印度教信徒来看待和理解印度教的本质的，他的看法虽有些主观唯心主义，但可以从中看出宗教对于人类的慰藉以及给予了人类生活的信念与生存的力量。黑天信仰作为印度教中一个重要的分支，是对世俗居家之人的灵性关怀及对备受社会道德与伦理传统所压抑的人性的精神解放。

赫伯特·马尔库塞(Herbert Marcuse, 1898—1979)在《爱欲与文明》一书中提出：福利国家摆脱战争命运的唯一途径是要争取一个新的出发点，使人能在没有"内心禁欲"的前提下重建生产设施，因为这种内心禁欲为统治和剥削提供了心理基础。[2]他在书中提出了"非压抑性生存方式"这一概念。他的这一概念来自于弗洛伊德的学说。弗洛伊德认为人的所谓高级机能具有实现快乐原则的可能，但这种自由满足快乐的本能却与社会文明是相抵触的，人类的幸福必须服从社会文明进步所要求的工作纪律，服从一夫一妻制生育的约束，服从社会的法律秩序和制度。人类要与社会文化和社会发展相适应，就必须牺牲力比多(性力)。人类的历史就是人性被压抑的历史，文明社会文化的进步压制了人的社会生存和生物生存，压制了人的本能结构。因为，人类的本能需求，即未加控制的爱欲，是一种纯粹的、自私的、无止境的满足，如果不加以限制，则将与自然环境和人类环境发生冲突，具有破坏社会结构和社会稳定的力量。人类的本能需求是完全满足各种无止境的自私的欲求，而社会文明的进步则是与此相左的。社会文明强调的是一种压抑的、延迟的、稳定的集体需求。

人类为天性的自由解放而与社会正统文明不断作斗争，因为这种正统文明往往被统治阶层所掌控，为了自身利益，即他们自身对"权力

1 A. L. 巴沙姆主编，闵光沛等译：《印度文化史》，第91页。

2 赫伯特·马尔库塞：《1966年政治序言》，赫伯特·马尔库塞著、黄勇等译《爱欲与文明：对弗洛伊德思想的哲学探讨》，第3页。

与快乐”的需求，统治阶层往往在文明对人性压抑的同时额外施压，意图奴役中下层群体以巩固自身的统治，“他们害怕被压迫者的反抗就成了实行更严厉控制的动力”[1]。在社会文明和统治阶层的双重压迫下，人的本能中的“价值标准”发生了变化，由天然的“快乐原则”转变为社会性的“现实原则”，从直接的满足到延迟的满足，从无尽的快乐到有限的快乐，从欢乐消遣到苦役工作，从接受消费到生产，从无拘无束、毫无压抑到追求安全感。虽然人类的心理机制和本能的“价值标准”发生了转变，但天然存在的追求快乐的意识并没有完全消失，而是进入了人类的无意识之中，快乐原则仍然发挥着作用，影响着人类的文明进程，只不过更多地成为文明的“禁忌史”和“隐蔽史”。弗洛伊德认为：“文明在多大程度上要通过消除本能才能得到确立；在多大程度上（通过克制、压抑或其他手段）要以强烈的本能得不到满足为前提条件，这个问题是不可能被忽略的。这种‘文化挫折’在人类的社会关系中占据很广泛的领域。我们已经知道，它造成了一切文明都必须反对的对文明的敌意。它也对科学工作提出了严格的要求，对此我们尚需作许多解释。认识如何才能剥夺对本能的满足是不容易的。要毫无危险地做到这一点也是不可能的。如果本能的损失得不到满意的补偿，严重的混乱肯定会接踵而来。”[2]

自古以来，人类历史上众多有识之士为了调和人性本能与社会文明之间的矛盾作出了不懈的努力，这其中，人类的“幻想”起到了举足轻重的作用。幻想“把无意识的最深层次与意识的最高产物（艺术）相联系，把梦想与现实相联系；它保存了这个属性的原形，即保存了持久的，但被压抑的集体记忆和个体记忆的观念，保存了被禁忌的自由形象”[3]。人类的自然属性与社会属性不断产生冲突，快乐原则与现实原则不断进行斗争，在具有对抗性的个体化原则的世界上，“想象”保持了人类原始的要求，从而与这个现实世界发生对抗。人类“幻想”和“想

1 西格蒙·弗洛伊德著，严志军等译：《一种幻想的未来：文明及其不满》，上海人民出版社，2007年，第74页。
2 西格蒙·弗洛伊德著，傅雅芳等译：《文明与缺憾》，安徽文艺出版社，1996年，第41页。
3 赫伯特·马尔库塞著，黄勇等译：《爱欲与文明：对弗洛伊德思想的哲学探讨》，第92页。

象”的直接产物即是神话和宗教。“神话学和宗教哲学是一种非压抑性的文化观，目的是为了建立本能与理性的新联系。”[1]黑天神话故事和黑天信仰代表了印度人对此问题的解决途径。印度人认为，黑天作为自在风流大神，是超越人类现实社会的，是对压抑和禁锢的现实原则的反抗；在黑天信仰中，信徒个体与社会整体、人性欲望与社会现实、人性对于幸福和快乐的感性追求与社会理性得到了调和；黑天信仰将人天然的“性欲”转化为适应社会文明的侍奉大神黑天的“爱欲”，这“使生命体进入更大的统一体，从而延长生命体并使之进入更高的发展阶段的一种努力”，将生物内驱力转变成了文化内驱力。[2]

人之本性，是客观存在的，它超越了社会道德和世俗伦理的范畴，超脱于社会和压抑的文明之外，无所谓善恶好坏。而黑天信仰，正是源于印度民间，它饱含了那些无法接受知识教育的印度底层群众的原始本能欲求。这是一种从人性出发的宗教，是人类观照自身欲求的产物。表面上看，黑天信仰似乎超越了社会道德和世俗伦理，与社会正统文明相左。然而，从本质上讲，它却是印度民众追求快乐的人类天性与压抑自由和快乐的社会文明相调和的产物。黑天支派所倡导的“享乐主义”，正是这一宗教主旨的体现。它解放了受压抑的人性，让人们在狂热地奉爱黑天的过程中，释放了个体内在精神的压抑感。因此，可以说黑天信仰是印度世俗居家人士的“心灵补偿”。它为那些在日常生活中受到压抑和束缚的人们提供了一个释放自我、追求快乐的途径。

黑天形象的演变与其信仰的发展相辅相成，正是黑天身上所蕴含的印度文化中关于智慧、勇气、慈悲、包容等价值观元素，使他在印度文学文化中持续占据重要地位，并对后世社会产生了深远的影响。从古至今，无论是古代史诗还是现代文学作品，黑天形象一直是印度文学中的重要元素。其丰富的内涵和独特的魅力吸引了无数文学家的关注与创作，为印度文学的发展注入了新的活力。更为重要的是，黑天形象对现代印度社会也具有重要的启示与影响。他所蕴含的深层文化和哲学

1 赫伯特·马尔库塞著，黄勇等译：《爱欲与文明：对弗洛伊德思想的哲学探讨》，第129页。
2 赫伯特·马尔库塞著，黄勇等译：《爱欲与文明：对弗洛伊德思想的哲学探讨》，第139页。

意义与印度的宗教观念和社会风俗相互作用。在印度教中，黑天代表着“梵”，即宇宙的本质和真理。他的存在超越了时间和空间，具有无限的可能性和创造力。他既是创造者，又是守护者，用智慧和力量维护着宇宙的和谐与平衡。同时，黑天形象也蕴含着印度教中的“业”“解脱”和“轮回”等哲学观念。他的故事充满了因果报应和生死轮回的主题，强调了人们应该追求善行和正义，避免恶行和犯罪。这种道德观念在印度社会中产生深远的影响，成为了印度人行为准则的重要组成部分。

在当今全球化的时代，各种文化与文明之间的交流和碰撞日益频繁。黑天形象作为印度文化的重要代表，对其进行深入研究和了解，不仅有助于我们更好地领略印度文化的独特魅力和价值，还能促进不同文化之间的相互理解和尊重。未来，针对黑天形象的研究仍具有广阔的空间和潜力。我们可以从跨学科综合研究、跨地域比较研究、数字化转型研究、图像学研究等多角度、多领域对黑天形象进行更加全面和深入的分析。这将为我们的文学和文化研究提供更广阔的视野，使我们能够更深入地理解印度文化，进而为国与国之间的政治与经济互动提供准确的参考和助益。

附录一

论《苏尔诗海》黑天名号的汉译*

作为印度中世纪宗教文学名著,《苏尔诗海》主要展现的是毗湿奴大神的化身黑天一生的事迹。对应这种种事迹,《苏尔诗海》中出现了众多的黑天名号,这些名号都与黑天功行故事及黑天崇拜密切相关。通过对这些名号的分类梳理,可以看出《苏尔诗海》作为宗教文学经典,带有浓厚的宣扬黑天信仰与虔诚崇拜的色彩,其作者苏尔达斯所属黑天教派的一支——瓦拉帕派的玄义哲学亦蕴含其中。《苏尔诗海》中众多的黑天名号深刻体现了印度独特的宗教文学思想和艺术特色,因而我们不能简单地以中文语境和词汇去理解与翻译黑天名号,不能完全用中国文化与价值观去表达印度教文化和价值观。在此认知的基础上,笔者认为对于黑天名号的翻译,应该遵循一个原则、一种策略以及四种具体翻译方法。

一、《苏尔诗海》中黑天的名号与内涵

印度宗教的一大特点是对其所奉神明的众多名号进行赞咏和称颂,印度教黑天派即是如此——非常重视其主神黑天的多重名号及其意义,注重唱颂黑天及其名号的功效。作为至高人格神,黑天的每一名号背后都蕴藏着典故与内涵,涵盖了他的形象、习性、特质、品行、功业与神迹。从宗教崇拜的角度看,赞颂黑天名号时,这些礼赞都是同其后所蕴藏的黑天故事及其涵义相关联的,否则,赞颂便不具意义,更不具

* 该文已发表,载于《东方语言文化论丛》(第36卷),世界图书出版公司,2017年。

赞颂的效验了。从文学创作的角度看，黑天的众多名号除了具有定义其人物出身、性格、形貌特征等修饰作用之外，还因其各名号音节不等或长短音组合的不同，具有便于颂诗作者按照诗律的不同需要而任意挑选使用的功能。印度中世纪黑天派虔诚大诗人苏尔达斯在《苏尔诗海》中对于黑天名号的赞颂，就恰如其分地体现了大神名号在宗教崇拜与文学创作两个维度的作用。

苏尔达斯的宗教信仰受到帕克蒂运动虔诚派大师瓦拉帕的影响，他放弃了修士诗人、贤哲诗人的唱诗内容和修行方式，皈依成为黑天派信徒，一心一意歌颂有形神，赞颂毗湿奴大神的化身黑天，颂扬黑天在世间的本事和功行故事，描述黑天在世间的"游乐"。苏尔达斯遵从师教，把余生都献给了黑天，在伯勒杰地区的牛增山黑天庙里虔敬侍奉神灵，不断创作和唱颂黑天故事，成为著名的"八印"[1]之一。《苏尔诗海》的主体内容就是苏尔达斯在黑天庙服务期间创作完成的。《苏尔诗海》这部诗集以颂扬黑天大神为主旨，其核心是讲述毗湿奴大神的化身黑天在人世间的本事与功行，对黑天唱咏赞颂的诗歌占该诗集五分之四以上的篇幅，其余的篇幅描述了毗湿奴大神的其他几个主要化身的故事。概而言之，《苏尔诗海》主要展现的是黑天一生的事迹。与此相应，展现黑天功行和神迹故事的不同名号在《苏尔诗海》中被广泛地赞颂，正如在黑天派圣典《薄伽梵歌》第十八章第六十五颂中，黑天对阿周那所言："你要思念我，崇拜我，祭祀我，向我敬礼。"[2]对黑天的礼敬、崇拜和赞颂是身、心、灵如一的，在具体行动上表现为口中念诵、心中冥想黑天名号及其蕴含的典故意义。表现黑天功行和神迹故事的不同名号显示出了黑天形象多样化的特征。这种不断念诵其名号的简单易行的修持，使黑天形象在崇拜者心中更加具体、鲜明，更利于黑天崇拜的传播。

《苏尔诗海》中的黑天名号，按照其背后蕴含的不同形象，主要分为以下三个类别：与大神崇拜相关的名号、与英雄领袖崇拜相关的名

1　八印，原文अष्टछाप，特指印度毗湿奴教派黑天支派八位著名的圣徒诗人。

2　毗耶娑著，黄宝生译：《薄伽梵歌》，第168页。

号、与牧童崇拜相关的名号。在这三类名号之下，黑天的不同名号又蕴含着各自的主题故事、身份、形貌或性质。这些多样的名号，使黑天的形象特征及内涵得到了极大的丰富、发展与传播。

在《苏尔诗海》中，与大神崇拜相关的名号有：诃利（हरि）、吉祥主（श्रीनाथ）、解脱授（मुकुंद）、内控者（अंतर्यामी）、慈悲藏（करुनाकर）等等。与大神崇拜相关的名号，是指对黑天作为“至高存在”的描述，该类名号特指黑天具有与诃利、那罗延—毗湿奴大神同一不二的地位。黑天形象原本为人，在印度悠久的历史长河中，经过与其他大神形象的不断融合与自身的嬗变，逐渐上升为“至高存在”的大神。在《摩诃婆罗多》中，黑天便与“那罗、那罗延、诃利”并列，成为四位保护“正法”的大神之一。[1]之后，随着黑天崇拜广泛而深入的传播，黑天形象更是与那罗延—毗湿奴形象相融合，黑天的名字甚至可以与毗湿奴本名彼此混同、互相取代。“黑天一名不单在化身层次上使用，更常在本神的层次上用来直接指称毗湿奴。”[2]同时，黑天崇拜影响下的黑天文学也在不断地蓬勃发展，信仰与文学的有机融合扩大了黑天大神的影响力，使得黑天虽为化身，但却拥有与毗湿奴界限模糊、难分彼此的地位。为此，下文将以《苏尔诗海》中一首赞颂“诃利”名号的诗为例，论述该名号所蕴含的黑天大神形象的具体特征。

内心诧异提婆吉[3]

为何不来看儿面，何处亦未见此神：
四臂黄巾头上冠，婆利古足胸口具。
诃利言说前世事：此装乃为你所求，
镣铐已开看守睡，大门门扉亦打开，
即刻送我至牛村。言此立持婴儿装。
彼时听此富天起，欣喜即去难陀家，
苏尔言，

1 参见毗耶娑著，黄宝生译：《摩诃婆罗多》第5卷，第611页。

2 葛维钧：《毗湿奴及其一千名号续三》，《南亚研究》，2006年第2期，第64页。

3 श्री नंददुलारे वाजपेयी, सूरसागर, नागरीप्रचारिणी सभा, वाराणसी, 1964, No.626, p. 260.

放下孩童携神女，复又来至摩图城。

上述引诗描述的是提婆吉在牢狱之中生下黑天，黑天即刻显现出神相。神相出现时，黑天的名号是“诃利”，这个译名音译自हरि，其本意是“大神”。从引诗中，可以总结出大神“诃利”形象的几个外在特征：四臂、黄巾、头上冠、婆利古足印[1]。在外在形象上，黑天（कृष्ण）带有的特征，已不再局限于化身自身具备的显相，如黑皮肤（कृष्ण，意为“黑色”）、“黄巾”（金丝绸衣）、“头上冠”（孔雀翎羽制成的头冠）等，而是更常与毗湿奴的特征相一致，比如“四手臂”，并持莲花、轮宝、法螺与仙杖，胸脯上有“婆利古足印”，亦被称为莲花足等。由此可见，“诃利”这个名号凸显了黑天拥有毗湿奴众多化身中仅有的、特殊的与毗湿奴自身等同视之、同一不二的大神地位。以“诃利”为代表的这类名号，体现了黑天的至高神性。

《苏尔诗海》中，与英雄领袖崇拜相关的名号有：雅度主（यदुनाथ）、雅度王（यदुराज）、富天之子（वासुदेव）、摩豆裔（माधव）、诛灭摩图者（मधुसूदन）、穆罗敌（मुरारी）、穷苦之主（दीनानाथ）等。这类名号多为意译，从字面就可以看出黑天英勇无畏、善爱穷苦的领袖形象。苏尔达斯在《苏尔诗海》中，注重赞颂黑天光辉仁慈的“人性”形象，而非《薄伽梵歌》与《薄伽梵往世书》中所突出的黑天悲悯的神性；因此，在颂诗中，苏尔达斯常常把展现黑天英勇功绩的名号，甚至展现神性的名号用在亲友对黑天的称呼之时，下文将以一首“苏达玛功行”主题颂诗中的“摩图诛”等名号为例，着重论述黑天作为英雄领袖，善待贫穷挚友的仁爱形象。

1 婆利古足印，原文भृगु-पद。婆利古，相传为古印度神话传说中七大仙人之一，他为判定梵天、湿婆、毗湿奴三大主神中谁是最殊胜者，就依次对他们进行考验。他先来到梵界，对梵天态度傲慢。梵天盛怒，决定严惩婆利古，反而遭到这位仙人的诅咒，此后再无人敬奉梵天。随后，婆利古来到盖拉莎山拜访湿婆，适逢湿婆夫妇正享男女之欢，气愤的仙人诅咒湿婆将仅以林伽（男性生殖器）的形象接受信徒膜拜。最后，婆利古来见毗湿奴，正逢毗湿奴在休憩。婆利古立刻朝他胸口猛踢一脚，因此留下了一个足印。被此举惊醒后的毗湿奴非但没有愤怒，反而关切地询问仙人道：“我的胸口强健坚硬，没有伤到您的脚吧？”婆利古听罢此言欣然宣告，毗湿奴乃三神之首。由此，婆利古足印被印度毗湿奴教派信徒视为隐忍和宽容的象征。

摩图诛处夫君去[1]

摩图诛处夫君去，听说他是你朋友，
发小祛灾又灭祸，解脱授和穆罗敌。
若见深厚虔爱意，自心身爱即忘却。
既喜所有予信众，不思穷人或国王。
知足常乐你所颂，觐见福乐你却离。
苏尔达斯言，
恩主赐见苏达玛，恒福尽予不再移。

上述引诗中，"摩图诛"是मधुसूदन意译"诛灭摩图者"的简略译法。"摩图诛"和"穆罗敌"这两个名号表现了黑天诛杀妖魔"摩图"和"穆罗"的英勇功绩。在这首诗歌中，除了这两个名号之外，还有"解脱授"这个表现黑天神性的名号，这些名号都是为了展现黑天的伟大。作为英雄领袖，他却对儿时"发小"，现今衣衫褴褛、一身腌臜的苏达玛亲热无比，紧紧拥抱，并为他濯洗双足。

在《苏尔诗海》中，与牧童崇拜相关的名号有：持笛者（मुरलीधर）、牛村之主（गोकुलपति）、伯勒杰主（व्रजनाथ）、牛得（गोविंद）、牛护（गोपाल）、饰野花环者（बनवारी）、难陀子（नन्दकुमार）、莫亨（मोहन）、迷心者（मनमोहन）、托山者（गिरिधर）等。除了在两个意义相同之名号中（为避免意译名称的重复）选其一进行音译之外（例如"莫亨"和"迷心者"），该类名号亦多以意译为主。这类名号表现的是经典的黑天牧童形象，这个形象在伯勒杰牧区的神话传说中又细分为二：一是可爱、顽皮又神奇的孩童，二是英俊风流的牧区少年。这个经典的牧童形象是苏尔达斯在《苏尔诗海》中浓墨重彩、着重刻画的。在刻画牧童形象时，苏尔达斯仍是以突出黑天的"人性"为主，因此，在颂诗中使用该类名号时，均以牧童的神迹或神性指称的名号来描述黑天日常的世俗生活。下文将以"托山者"名号为例，论证这一观点。

1 श्री नंददुलारे वाजपेयी, सूरसागर, नागरीप्रचारिणी सभा, वाराणस, 1964, No.4845, p.1537.

诃利啊，我认清你了[1]

我家吊篮酸牛奶，日日偷窃成恶习。
伯勒杰女止脚铃，突然现身家门口。
偷喝奶后打碎罐，今凭己力怎逃脱。
苏尔达斯言，
胜尊已陷妙圈套，我心所爱不得去。
托山者满捧酸奶，洒眯其眼叽笑逃。

上述引诗中，“托山者”本是表现黑天神迹的名号。为保护伯勒杰地区牧人与牧牛免遭因陀罗所降暴风雨的侵袭，牧童黑天以单指托举起牛增山，“托山者”名号由此而来。一般而言，诗中的“托山者”及“诃利”名号，均是展现黑天神迹与神性的称呼，此处却被苏尔达斯用来指称一个在牧女家偷窃奶油、调皮捣蛋的顽劣小娃，这种以“神性”名号来指代日常百姓家的牧童黑天的方式，是《苏尔诗海》中的一大艺术特色——通过对充满烟火气的俗世生活的刻画来展现黑天与民间百姓的亲密无间。

二、《苏尔诗海》黑天名号的汉译原则与策略

从上文论述可以看出，在对《苏尔诗海》及同类宗教文学作品中的黑天名号进行汉译时，不能随意和草率地进行简单的意译或音译，而应依据一定的原则。其实，这种宗教文学作品的汉译原则古已有之。

早在汉译佛经出现时，就有了一定的汉译理论，三国时期的支谦主张意译以及译文的雅致、简约，他竭力将音译和直译减至最少，尽量删去梵本的繁冗复杂之处，其翻译原则可用“信、雅、约”来概述。支谦之后，亦有鸠摩罗什的“依实出华”、释道安的“五失本，三不易”和彦琮的“八备”理论。及至唐朝，玄奘法师成为历代佛经汉译家中的集大成者。他在综合一系列汉译佛经翻译经验的基础上，提出了“五不翻”原

1 श्री नंददुलारे वाजपेयी, सूरसागर, नागरीप्रचारिणी सभा, वाराणसी, 1964, No.905, p.357.

则，即：秘密故不翻、多含故不翻、此无故不翻、顺古故不翻、生善故不翻。玄奘法师的佛经汉译原则将意译、音译和直译进行了圆满的调和，因而备受后人推崇。

2007年，黄宝生翻译《薄伽梵歌》时，即遵循了玄奘的“五不翻”原则，“‘薄伽梵’（भगवान्）是对黑天的尊称，意谓尊者或世尊。唐玄奘提出的‘五种不翻’，其中就包括‘薄伽梵’这类词语。”[1]2013年，中印国家级双边新闻出版合作项目“中印经典和当代作品互译出版项目”开启，该项目中方负责人薛克翘、刘建、姜景奎等研讨商议后，共同制定了译名的“约定俗成，将错就错”原则。这与玄奘的“顺古故不翻”原则是相似的。对于一些约定俗成的名汇，已经广泛传播、广为人知的，为了防止混淆，要沿袭前人的翻译，例如“诃利”这一名号，前人已有“诃利世系”等译文，且已被学界认可，因此，在翻译时需承袭此汉译名号。

笔者认为，“顺古不翻”的原则主要适用于一般常识科普性译名，但对于印度宗教文学中大神名号，仍需力求准确无误为宜，盖因每一个名号背后都蕴含了大神的典故或神迹。为此，笔者认为在翻译《苏尔诗海》中的黑天名号时，有一个应遵循的原则就是：在前人经典译名基础上，忠于原文，合乎逻辑，信达简约。

有了这个原则，接着就是采取异化翻译策略。众所周知，翻译策略分为归化策略和异化策略，那么为什么在《苏尔诗海》黑天名号的汉译过程中需要采用异化策略而不用归化策略呢？笔者认为原因有二：一是因为印度教有一个明显的特点，就是异常重视神名的意义，格外强调唱颂的功效；二是因为印度宗教文化与中国文化有着极大的差异。所谓异化译法，就是尽量传译原文的“异质因素”，具体说来，就是要尽量传达原作的异域文化特色、“异语”语言形式，以及作者的异常写作手法。运用异化策略翻译《苏尔诗海》，既能揭示颂诗的深层含义，又可再现原文的表层形式。这一方面丰富和完善了汉语的表达力，使表达意思的手段更准确，更多样化；另一方面，也为

1 毗耶娑著，黄宝生译：《薄伽梵歌》，第14页。

我们了解印度文化打开了一扇“探索之窗”。当然，在使用异化策略的基础上，应灵活运用翻译方法，尽可能地接近中国读者的理解和感受。

三、《苏尔诗海》黑天名号的汉译方法

在“忠于原文，合乎逻辑，信达简约”的翻译原则和异化策略的基础上，笔者认为对《苏尔诗海》黑天名号的汉译应以意译为主，音译为辅，并融合直译。

首先，讨论在黑天名号的汉译过程中，音译和意译的使用比重孰轻孰重的问题。名号翻译一般分为音译和意译，在具体翻译过程中，究竟哪种译法更合适呢？要解决这个问题应该首先认识到：汉语和印地语分属两大语言体系，语素发音截然不同。从敬拜大神的角度来说，音译可以直接保留原名号的发音，其意思可以通过加注脚解释。但音译出的名号通常很长，由于字数的限制，在诗歌翻译中很难实现所有名号的音译，并且会增加读者阅读的隔阂感和障碍，造成不佳的阅读体验。所以在翻译黑天颂诗，尤其是翻译黑天名号时，意译更为常用。同时，为了不使名号的发音功能缺失，译者可以加注脚将原名号用拉丁字母转写列出，并佐以意义上的解释。这样既能优化读者的阅读体验，又可以保留原名号的念诵功能。下文以姜景奎等的《苏尔诗海》汉译本中的一首译诗为例，展现上述问题的解决方法。

女伴啊，我等双眼终有主

迷醉牛护*瞧望见，悲苦皆忘女伴啊。
遣去苏普勒格子，携他到此自牛村。
心智狡诈之刚沙，设局角力唤至此。
穆希提克迦奴尔，听闻强壮如大山，
耶雪达之此儿郎，看似柔弱同莲花。
造物速速予帮助，以使他等获胜利。
苏尔达斯言，

难陀爱儿两兄弟，消灭敌人寿无疆。

---

* 迷醉牛护，原文为madanagopāl，madan意为“迷醉的，沉醉的”，gopāl意为“牛护”，因此，madanagopāl译为“迷醉牛护”，黑天的名号之一。[1]

其次，在翻译过程中，译者需要灵活把握音译与意译。在单纯的音译和意译之外，还可以根据伯勒杰语合成词的特点，采取部分构成词音译、部分构成词意译相结合的方式。例如：诛摩图者（मधुहारि）、摩豆裔（माधौ）、难陀子（नंदनंदन）、难陀子（नंदकुमार）等。

第三，在汉译《苏尔诗海》颂诗过程中，由于诗句字数的限制，省略法用得多，而增补法基本不用。例如：黑天的名号之一मधुसूदन意译应为“诛灭摩图者”，但在汉译颂诗时，按照“简约”的原则，常将其简略意译为“摩图诛”；而श्रीबनवारि这个名号，直译应为“吉祥饰野花环者”，在颂诗的汉译文中则被简译为“吉饰环”。

第四，直译在《苏尔诗海》汉译过程中的灵活运用亦颇为重要。直译是指在译文语言条件许可时，在译文中既保留原文的内容，又保持原文的形式——特别是保持原文的比喻、形象和民族、地方色彩等。需要强调的是，直译与意译最大的区别在于“更加忠于原文”。下面以姜景奎等在《苏尔诗海》汉译本中的一首译诗为例，进行评述和论析，以展现姜景奎所带领的《苏尔诗海》汉译工作小组对于黑天名号传统汉译缺失的修订方法，进而说明直译在黑天名号汉译中的重要性与合理性。

难陀对耶雪达把话言[2]

何处知晓何所见，对我黑黑生怒气。
我的黑儿五岁大，你之所言令人奇。
无故拿着木棍跑，之后悲伤又哭泣。

---

1 苏尔达斯著，姜景奎等译：《苏尔诗海》，第726页。

2 श्री नंददुलारे वाजपेयी, सूरसागर, नागरीप्रचारिणी सभा, वाराणसी, 1964, No.875, p.347.

大力黑子两安康，嬉戏吃饭沐浴时。
苏尔言，
为何要把黑子打？孩儿身体柔又娇。

在前人有关《苏尔诗海》的译诗中，将所有意为“黑色”的名号统一译为黑天或小黑天，现在看来，此法有些欠妥。कृष्ण是黑天大名，“天”是大神的指称，比如梵天、帝释天等，黑天的汉语意思为“黑色神”。कृष्ण原本只是黑色的意思，只被用作凡人的名字，后来随着黑天信仰的流行，成了大神的名字。尤其在宗教文学作品中，कृष्ण就用来指称大神，前辈学者将其汉译为黑天，这个名号有着恭敬虔诚的内涵意味。然而在诗歌中，黑天的人性形象多种多样，并拥有不同的身份：对父母和长辈来说，他是顽皮淘气又惹人怜爱的孩儿；对牧童来说，他是亲密友爱的伙伴；对牧女来说，他是英俊风流的情郎。事实上，苏尔达斯在诗歌中很少使用कृष्ण这个名号，也不会使用带有虔敬意味的कृष्ण来称呼作为孩儿的黑天，不会用कृष्ण来称呼作为亲密伙伴与爱人的黑天。在《苏尔诗海》所唱颂的诗歌故事中，称呼黑天时，不同身份的人物使用的名称是不同的，父母双亲称呼黑天为कान्ह，长辈称呼黑天为कन्हैया，朋友称呼他为श्याम。这些词的意思都是“黑色”，但不能一并意译为黑天，翻译这些名号时，用直译会更加准确贴切，合乎逻辑。综合这些因素，将कान्ह直译为“黑黑”，将कन्हैया直译为“黑儿”，将श्याम直译为“黑子”，则更加符合《苏尔诗海》以世俗生活来刻画大神黑天的艺术风格和特色。正是这些不同于“黑天”的亲昵名号，黑黑、黑儿、黑子等，展现了人与神的亲密无间，体现了印度中世纪虔诚运动中有形派毗湿奴信仰的特点——神不仅是全知全能的人类的主宰，更是父母、亲朋、伙伴和爱侣。

总而言之，因为印度宗教文化中神名、圣名所具有的特殊意义及目的，对《苏尔诗海》黑天名号的汉译极其重要，也存在许多问题与困难。在某种程度上，文学翻译工作比文学创作更为困难。翻译研究学者袁伟认为，由于翻译者自身的局限性，翻译比创作更难，“因为你十之八九是在追仿功力远远高于自己的人，是在往上走，被人拖着、拽着，要翻山越岭，上九天揽月；又在朝下坠，被人踢着、踹着，要飘洋过海，下五洋捉鳖"[1]。同时译者还要逼迫自己，竭力做到与作者一样"心驰神往，做游刃有余状。那次第又怎是一个难字了得，当然远不及窝在自家的后花园里随意弄点花草来得自在惬意。又好比端开了架势去临摹王羲之的草书，那种被人扼住了手腕的描红当然不如自己撒开了手脚的狂草来得痛快"[2]。所以，翻译工作的个中辛酸滋味，外人未尝能知也。尽管如此，翻译工作却又实在是非常重要。文学翻译是联系国与国之间友好往来的纽带，它使得文学作品的创作能够超越国界，超越语种，进而跨越地域，跨越历史形成中某些特定的社会习俗和人际关系，使得作品所反映的人类普遍相通的人性关怀得以彰显。作为外国文学和文化的使者，文学翻译工作者为人们打开了解外国文化的明窗和门扉，哪怕只是开启了一丝小小缝隙，也是功德无量的事。

1 袁伟:《文学翻译文学吗?》,《世界文学》,2015年第2期,第280—281页。

2 袁伟:《文学翻译文学吗?》,《世界文学》,2015年第2期,第281页。

附 录 二

论18世纪早期印度《苏尔诗海》抄本插图中的“语—图”互文*

印度梅瓦尔画派（Mewar School），属于印度拉其普特（Raja Putra）绘画中拉贾斯坦（Rajasthan）流派（平原派）的一个支派，是由以梅瓦尔土邦为主的王室贵族[1]赞助的宫廷画派。梅瓦尔（Mewar，约1300—1900年）位于印度拉贾斯坦南部，是当时拉其普特各土邦中最古老最强大的一支，其赞助的梅瓦尔画派是拉贾斯坦流派中历史最早最长的支派之一。[2]梅瓦尔派画作深刻体现了民间艺术与宫廷艺术的完美融合，代表了拉其普特绘画的本质——“贵族式的民间艺术”[3]，其艺术魅力深深地吸引着印度教传统社会中的各个阶层。[4]梅瓦尔细密画（约1550—1900年）大体上可分为早期（16世纪中至17世纪初）、中期（17世纪中至17世纪末）、晚期（18世纪初至19世纪末）三个阶段，题材多以印度教神话，尤其是黑天传说故事为主，其艺术风格融合了印度民间艺术、耆那教抄本插图和波斯细密画的特点，[5]同时又受到莫卧儿宫廷贵族艺术风格的影响，质朴中带有精致。大部分梅瓦尔细密画以印度教宗教和文学经典的抄本插图形式存在，诗文与插图交相辉映，互为解

---

* 该文已发表，载于《东方语言文化论丛》（第41卷），世界图书出版公司，2023年。

1 梅瓦尔画派的赞助人主要以梅瓦尔土邦王公及与其有联姻关系的土邦王公Rajas of Amber/Amer为主。

2 王镛：《印度细密画》，中国青年出版社，2007年，第142页。

3 王镛：《印度美术》，中国人民大学出版社，2004年，第457页。

4 Coomaraswamy A. K., *History of Indian and Indonesian Art*, New York: Kessinger Publishing, 1927, p. 128.

5 王镛：《印度细密画》，第145页。

说，互相补充，为读者呈现出一个极为动人并有着持久感染力的“语—图”“统觉共享”之情境，这种情境作为铭刻在印度人集体意识中的文化记忆而长久存在。

18世纪早期，梅瓦尔细密画的风格已经定型，其人物基本遵循梅瓦尔画派传统的稚拙造型，动物以精细的写实技法描绘。[1]这种风格在印度梅瓦尔画派所制《苏尔诗海》抄本中一幅有关“黑天诛妖”的诗歌插图中得到完美体现，本文以此幅插图为例，研究梅瓦尔派《苏尔诗海》插图本的“语—图”互文性，通过剖析诗歌插图手稿中“语象”与“图像”之间的互动关系，考察梅瓦尔派艺术家对于经典文本的理解和展现，从文学与艺术双重层面去客观审视近代印度教宗教思想传播的需要与宗教世俗化的倾向，以及印度古代艺术的传统精神和印度教宫廷贵族的审美情感。

一、印度梅瓦尔画派创作《苏尔诗海》抄本插图的背景

印度梅瓦尔画派的出现和发展源于梅瓦尔王室及与其联姻的王室成员的赞助和鼓励。这些王室成员信奉毗湿奴教，尤其喜爱毗湿奴大神的重要化身之一黑天。15世纪的梅瓦尔土邦王公古姆帕（Maharana Kumbha，1433—1468）曾著有《牧童歌》注释本。16世纪的女诗人米拉·巴伊（Mirabai，约1503—1573）相传是拉其普特公主，1516年嫁给梅瓦尔王公波杰拉杰（Bhojraj），但她舍弃了王宫的荣华，献身于虔诚的信仰，在她的诗中梦想自己嫁给了她真正唯一的主人黑天。梅瓦尔画派最重要的赞助人之一梅瓦尔王公贾伽特·辛格（Jagat Singh I，1628—1652）造就了印度梅瓦尔画派的黄金时代，他是一位虔诚的毗湿奴派信徒，积极赞助并大力支持宫廷画师创作有关印度教经典的抄本插图，[2]贾伽特·辛格雇佣的穆斯林画家萨西布丁（Sahibdin）主持绘制了《薄伽梵往世书》组画（1648年）、《乐调之环》组画（1650

1 王镛：《印度细密画》，第153页。

2 Shaktawat S., “The Golden Period of Mewar Painting”, *Artistic Narration*, 2014(6), p. 24.

年)、《罗摩衍那》组画(1649—1653年)等作品。[1]王公贾伊·辛格(Jai Singh II, the Raja of Amber, 1688—1743)统治期间,梅瓦尔派画师创作了包括122幅《苏尔诗海》[2]抄本插图在内的近5000幅细密画作品。在梅瓦尔王朝统治的几百年间,诞生了大量的细密画、宫殿、城堡等艺术作品,王朝统治者极力彰显王室的富裕和对艺术的钟情:“印度教绘画……插图手稿,作为视觉绘画与正文文本的完美结合,从小型的棕榈叶手稿演变为装订漂亮的书本,广受国王和私人收藏者的喜爱,因为它们既是他们宗教归属的标志,又是其财富和名望的象征。”[3]“梅瓦尔王公像莫卧儿皇帝一样把拥有藏书丰富的图书馆视为王室的荣耀。”[4]由此可见,这些王公贵族对于印度教经典抄本插图艺术创作的赞助主要出于宗教信仰、兴趣爱好、艺术外交和彰显实力的需求。

二、18世纪早期梅瓦尔画派所制《苏尔诗海》“黑天诛妖”诗歌插图的表现特色

18世纪早期梅瓦尔画派创作的《苏尔诗海》诗歌插图,继承了梅瓦尔画派“黄金时期”细密画(17世纪中至17世纪末)的特色,体现了民间艺术传统与莫卧儿宫廷艺术的融合。其背景是平涂的鲜艳色彩,动植物的呈现偏图案化,建筑结构没有景深,呈扁平化,人物额头狭窄,鼻子凸出,眼睛如鱼状,嘴唇不大,长方形的边框突出了景物和人物,背景中的大树、河流均为深色的背景,也为这幅色彩艳丽的作品增添了抒情诗般的美感,明暗对比凸显叙事画面。梅瓦尔细密画后期的画师在

1　王镛:《印度美术》,第463页。

2　《苏尔诗海》是印度中世纪宗教文学作品中的一块瑰宝,在印度影响深远。其作者苏尔达斯是印度民间虔诚诗人,崇拜毗湿奴大神的化身黑天,一生致力于创作唱颂黑天的诗歌,被认为是中世纪虔诚文学中“有形派”“黑天支”的杰出代表,他的代表诗作《苏尔诗海》,是苏尔达斯的诗歌全集,主要描写黑天的事迹。该诗集以《薄伽梵往世书》为蓝本,是一部用北印度方言伯勒杰语创作的带有叙事色彩的抒情诗,其中着重描写了黑天的童年和少年时期。《苏尔诗海》塑造出的牧童黑天形象成为后世的经典,体现了黑天大神人性与神性的完美融合。

3　苏西玛·K.巴尔著,张霖源、欧阳帆译:《印度艺术五千年》,四川美术出版社,2017年,第104页。

4　王镛:《印度细密画》,第147页。

创作时，既保留了印度教传统中的古老元素，"同时吸收了从莫卧儿大师那里学到的新元素，对大自然的艺术呈现尽管不太自然，但更加精致、细致，并与当地的戏剧和传奇故事的诗意保持一致"[1]。

通过梅瓦尔画师所创作的一幅《苏尔诗海》"黑天诛妖"诗歌插图，可以从构图模式、人物表现、空间设计三个方面考察此时期细密画插图的表现特色。

（一）构图模式

在这幅插图中，画师使用了多重空间叙事的"戏剧式"构图。"黑天诛妖"的故事属于"黑天本事"中的一部分，"黑天本事"通常被印度教各阶层作为戏剧进行演出，这是他们娱乐生活中不可或缺的重要部分。插图的构图也沿用了这种"戏剧模式"，但却并不是连续的叙事模式，而是通过景物和建筑，对图像进行多重空间的区隔，各部分既有逻辑联系和时空联系，又各自成为独立的叙事单元，类似于在不同时空同时上演的多幕剧，而将不同时空的多幕剧联系起来的主角和线索就是黑天。诗歌的作者苏尔达斯在插图中手持铙钹，在一个封闭独立的建筑空间内进行唱颂，观者仿佛身临现场，听着苏尔达斯对"黑天诛妖"故事进行唱颂。我们在18世纪早期梅瓦尔派画师所绘的同一本《苏尔诗海》抄本中，可以看到"黑天出生"这幅诗歌插图，作者苏尔达斯同样身处一个独立封闭的空间之内，密闭的四个边框，将苏尔达斯同整幅插图进行了绝对的隔绝，展现了苏尔达斯独立所在的一重时空。这种构图模式可以说是印度教细密画构图中的一抹亮彩。

（二）人物表现

此幅插图中各个人物的比例尺寸基本相同，动物、植物、景物和建

1 苏西玛·K. 巴尔著，张霖源、欧阳帆译：《印度艺术五千年》，第103页。

筑也都依据相应的比例进行了缩减，突出了人物形象和行为动作。图像中，所有人物都是扁平化描绘的，人物面部只呈现二分之一的侧脸和一只眼睛，额头窄小，鼻子突出，眼如鱼形，继承印度拉贾斯坦梅瓦尔支派细密画的一贯传统，人物所穿着的衣衫是拉贾斯坦当地的传统印度服饰，女人身着纱丽，男人赤膊穿围裤，只有在马图拉城的国王、贵族以及侍从，除围裤外还穿着透明长衫。黑天杀死刚沙王，夺取王权之后，端坐在马图拉宫廷王座上，旁边有两个贵族男子，着装体面，穿衣戴帽。整体而言，在伯勒杰地区（郊区农村）的男子通常都光着上身，而在马图拉城的男子（除了摔跤场的大力士）都穿戴轻薄的长衫，并不裸露身体。黑天在诛杀刚沙、夺取王权之前的形象，也都是裸露上身的，由此可看出城市贵族与农村平民的衣着差异。

插图中除了色彩鲜艳的服饰，最明显的人物装饰就是涂上的泥金，这种以金入画的人物造型中的用金比重在梅瓦尔画派发展后期日益加强。在一幅由贾伊·辛格赞助画师所作的名为《贾伽特·辛格欢庆灯节，观赏黑天本事剧》的细密画中，牧女身穿的纱丽大多布满了道道金光，让人感觉所有纱丽仿佛是用金线绘就的。一方面，这体现了梅瓦尔画派后期艺术创新技艺的衰落，只能靠华丽的金银来装饰。另一方面，也体现出梅瓦尔宫廷的衰落。越是衰落，便越是想要通过世俗绘画艺术上的金碧辉煌来彰显没落王室表面上的荣耀和财力。

插图中的人物造型略显稚拙，并不如莫卧儿宫廷绘画一般写实。作为传统的印度教细密画，这些非写实的人物造型源于印度古代传统绘画非同一般的理想和精神理念。在古代印度绘画理论著作《画相》（*Citralakṣaṇa*）中，记载着绘画的起源故事。绘画起源的叙事模型为：梵天（Brahmā）的恩赐（Grace）→那伽那吉特（Nagnajit，意为“裸体饿鬼的征服者”，原名Bhayajit，意为“征服恐怖和危险的人”，后得梵天赐名Nagnajit，被认为是掌握绘画知识的第一个人类，《画相》一书的作者）毗首羯磨（Viśvakarman）的知识和技法（Vidyā）。[1]而在

1 Citralakṣaṇa edited by Phananindra Nath Bose, *Principles of Indian Śilpaśāstra*, from the Punjab Oriental [Sanskrit] Series (XI), Lahore, 1926, p. 79. 参见Zimmer H, *The Art of Indian Asia: Its Mythology and Transformations* (Vol. 1), Kingsport: Kingsport Press, 1955, p. 383。

《毗湿奴无上法往世书》(*Viṣṇudharmottara Purāṇa*)中，绘画起源故事的叙事模型为：那罗延(Nārāyaṇa)→毗首羯磨(Viśvakarman)→人类。[1]

这两个起源故事，体现了印度绘画的精神内核：出于神祇影响人类灵魂的目的，而不是为了纪念一个人或是彰显人的名声。在梵天的神力恩赐下，那伽那吉特的一幅画能把死去的婆罗门青年带回人间，将青年的视觉存在以图画的形式投射进人类内心，进而召唤回他；那罗延的一幅画则通过创造出一种前所未有的超越"飞天"(天女)的形体，而使所有"飞天"相形见绌。这些故事都说明，印度传统肖像画从来都不是"直接从坐着的模特身上进行复制"的作品。印度绘画的艺术理想是："艺术不应该是对模型的复制，而应该是对一种在易受影响的精神视觉材料上的投射(it should be a projection into susceptible materials of a mental vision)。"[2]印度教绘画的传统精神是以图像(肖像)为媒介，通过视觉存在，对人类内在的精神和灵魂产生直接影响(某种魔力)。因此，印度教传统细密画这种不重写实的人物造型应当得到应有的尊重和价值承认。

(三) 空间设计

在这幅插图中，画师通过扁平化的自然景物、河流和植物，以及平面化的建筑物，分隔出了不同的空间，各个空间都呈现不同的叙事，插图被流淌的叶木拿河从中间一分为二，马图拉和伯勒杰的空间各占图像的一半，其他各个叙事空间的比例也基本相同。各个叙事空间在一幅图像中同时展现，扁平化的绘图和比例基本相同的各个空间设计，表明了各个叙事空间有着同等的重要性。

---

1 Citralakṣaṇa edited by Phananindra Nath Bose, *Principles of Indian Śilpaśāstra*, from the Punjab Oriental [Sanskrit] Series (XI), Lahore, 1926, p. 80. 参见Zimmer H, *The Art of Indian Asia: Its Mythology and Transformations* (Vol. 1), p. 384。

2 Zimmer H, *The Art of Indian Asia: Its Mythology and Transformations* (Vol. 1), p. 384.

三、“黑天诛妖”诗歌抄本插图中的“语象”表达与象征意义

（一）诗歌“语象”的表达

在梅瓦尔画派所作的这幅插图上部，书写着有关“黑天诛妖”的一首诗歌，摘录如下：

॥ राग आसाउरी ॥ मईया नेंक बरो करि लैरी । बाढ़ूंगो तब टहल करूंगो मारूंगो सब बेरी ॥ दूध दद्यौ मांषन मधु मेवा जब मांगों तब दैरी ॥ कंसें मारि अषारो जीतुं घीसिव हांउं नेंरी ॥ असौ (ओसौ) सुबल कहांउं सब हिनतें जेसौ नांहिन कोरी ॥ सूरदास की प्रांन प्रत्यंग्या बेठों मुथरा मेंरी ॥ 29 ॥

上面这首诗文中，天城体文字的间隔符号“।”和“॥”，以及“राग आसाउरी”和数字编号“29”都是后期由画师的助手用红色笔触增添上去的，以区别于诗文字体的颜色。这首诗文的拉丁转写体如下：

॥ Rāg Āsāurī ॥ Maīyā neṅk baro kari lairī । Bāḍhūṅgo tab ṭahal karūṅgo sab berī ॥ Dūdh dadyau māṃṣan madhu mevā jab māṅgoṃ tab dairī ॥ Kaṃseṃ māri aṣāro jītuṃ ghīsiv hāṃuṃ neṃrī ॥ Asau (esau/osau) Subal kahāṃuṃ sab hinateṃ jesau nāṃhin korī ॥ Sūradās kī prāṃn pratyaṅgyā beṭhoṃ muthrā meṃrī ॥ 29 ॥

笔者尝试将整首诗歌汉译如下：

（阿萨乌利调）

妈妈啊，请听我细细描述

我已长大成人，要做大事，诛杀一切敌人；

请给我牛奶、酸乳、奶油、蜂蜜和干果；

决胜摔跤场，我将刚沙拽下王座，杀死了他；

我让妙力众友讲述的这些事迹，无人能及；

苏尔达斯命之所系，声名赫赫，端坐在马图拉。

插图上书写的这首诗歌，首先注明了其演唱乐调为阿萨乌利调（Raag Asavari）。阿萨乌利曲调是在清晨演唱的一个调式，该曲调充满活力和热情，其演唱目的是要鼓励听众完成必要的任务。演唱该乐调时需表达内心的真情实感，展现勤恳和努力劳作的本性，而并非炫耀。[1]

诗歌使用的语言是拉贾斯坦语的梅瓦尔方言，跟苏尔达斯的《苏尔诗海》原作所使用的伯勒杰语有差别，其原因应是画师将流传在梅瓦尔地区的民间口颂诗歌进行了记录。诗歌内容非常简单，语言平铺直叙，使用白描的叙事手法，采用第一人称叙事，诗歌大意是：黑天托好友妙力将自己的话转达给养母耶雪达，主要是关于黑天在马图拉城诛杀妖王的伟大功绩。从诗歌文义可以看出，该诗的“语象”简单直接，主要讲述了黑天在马图拉摔跤场取胜，并诛杀妖王刚沙的故事。从上述诗文可以看出，除了押“-Rī”的韵脚之外，其“语象”显得苍白无力，而且诗文内容逻辑感极差，有生搬硬凑韵脚之嫌，毫无美感和艺术价值可言。这首诗歌很可能是一首流传在梅瓦尔地区的“苏尔诗文”的伪作。由此可以推测，梅瓦尔派宫廷贵族对于插图上所书诗文的艺术选择和价值判断并不十分在意，他们对表现黑天故事的插图本身倾注了更多的精力，他们更注重诗文故事内核所承载的精神信仰在视觉材料上的投射。

（二）《苏尔诗海》“黑天诛妖”诗歌的象征意义

尽管刚沙是黑天的舅舅，但黑天依然对刚沙毫不留情，坚决诛杀。这是因为刚沙乃是妖王转世，是阿修罗（妖魔）的首领，在“黑天本事”中，是作为黑天的敌人而存在的角色。从历史叙事的角度来看，妖王刚沙代表了城邦贵族对生活在城市周边林区牧民的欺凌和剥削，黑天诛杀妖王的故事可以反映出牧神黑天为维护牧民的利益所做的功行

1 Ragas in the Guru Granth Sahib [EB/OL], [2019-09-05], https://www.sikhiwiki.org/index.php/Ragas_in_the_Guru_Granth_Sahib.

事迹。在历史记载中，黑天是部落英雄，作为军事领袖，在远古人类遭受各种自然灾害、外来侵害时，或为争夺土地、资源等以谋求生存而进行的斗争中，发挥了守护部落、开疆拓土的重要作用。与此同时，维护牧人部落安全和利益的“黑天诛妖”故事也在民间部落信仰中广为流传。不同于作为历史比照的文学叙事所蕴含的隐喻性，黑天诛妖故事在《苏尔诗海》中象征着具有“邪知”的“阿修罗命”的解脱，世间万物存在的目的，都是为了配合大神游戏人间、行“黑天本事”以及被大神施与恩赐解脱。

在印度“往世书”文学中，黑天诛妖故事的意义和目的是展现大神黑天消灭罪恶、拯救善人、救苦救难的慈悲。《苏尔诗海》作为中世纪印度教帕克蒂运动中的宗教文学经典之一，其作者苏尔达斯创作黑天诛妖故事的目的即是服务于宗教。苏尔达斯以《薄伽梵往世书》为蓝本，继承了师尊瓦拉帕的宗教哲学理念，创作了《苏尔诗海》。苏尔达斯的师尊瓦拉帕大师（Vallabhācārya，1478—1530）创办了瓦拉帕派。瓦拉帕认为大神具有“游乐的意愿”，世间万物由此产生，由大神（Bhagavān，主神薄伽梵）的游戏创造出了世间所有（有生命的和无生命的），由此形成（黑天）大神本事（Bhagavān Kī Līlā）。同时，他倡导“布什迪之道”（Puṣṭi Mārga，意为“恩泽之道”）的虔爱理论，主张信徒通过大神吉祥黑天的恩泽获得解脱。

瓦拉帕派继承了《摩诃婆罗多》和《薄伽梵往世书》的宗教文学传统。苏尔达斯在《苏尔诗海》中主要唱颂黑天下凡游乐的故事，展现黑天作为至高大梵的化身，赐予众信徒福乐，充满情味的恩泽至上主形象。与此同时，他也描述了诸多黑天在牛村和伯勒杰诛妖降怪的故事。这些故事同属一个主题，都是赞颂黑天的神力与仁慈，展现其正法至上者的大神形象以及慈悲的恩泽至上主形象。这与瓦拉帕派的教义以及瓦拉帕关于恩泽与解脱的宗教哲学理论密切相关。该派主要推崇的是黑天的游乐本事，大神是为了恩泽众生而化身下凡。相较于之前史诗和“往世书”文学中的黑天故事，大神下凡的目的改变了，主要是为了满足大神的游乐愿想，大神在下凡游乐的同时施予恩慈，使虔爱于他的信徒获得福乐和解脱。所以，黑天诛妖故事的主要目的不再是往世书时期的惩恶助善、救苦救难，而变成了大神在世间游乐，同时使参与其游乐本事的众信徒获得解脱。信徒们摒弃其他所有修行方式，只要参与黑天本事，心念黑天，虔爱黑天，皈依黑天，就能获得解脱。

瓦拉帕的宗教哲学理论将众生分为若干层级和类别：第一层是神性命和阿修罗命，神性命又分为第二层级的恩泽命与正法命两种，在恩泽命中又分为第三层级的四种命：纯净恩泽、奉爱恩泽、正法恩泽和轮回恩泽。这四种恩泽命是为奉爱大神而生的，生来就是为了参与大神的游乐，他们都能够依据自身不同的境遇，通过相应的虔诚方式奉爱于神而得到神的恩泽。正法命是恪守吠陀中的正法和传统经典规定的业行，通过学习知识而获得智慧，以此为途径达到天国，获得与梵合一的解脱（sāyujya）。阿修罗命则一直处于轮回之中不得解脱。这主要是指那些拥有邪知（durjña）的不参与大神凡间本事的阿修罗命，他们会一直在生死轮回中受苦，不得解脱。但其中无知无智（ajña）的阿修罗命则能够通过参与大神的游乐本事，站在黑天的对立面，“扮演”黑天敌人这个角色从而获得解脱的机会。无智阿修罗在临死前的最后一刻能够觉醒，了解黑天作为大梵化身的真相，皈依黑天，他们能够通过被大神诛杀而获得大神的恩泽，跳脱轮回，升入天国，融入至上圆满梵，获得解脱。《苏尔诗海》中被黑天诛杀的妖怪都是如此，他们在临死前都皈依念颂黑天，因而获得了解脱。瓦拉帕派认为，并非所有“有生物”都能得到黑天的恩泽，而需依据自身的命的种类施行相应的虔诚，才能获得黑天的恩泽，获得相应的解脱。概言之，世间各命，无论对于黑天是何种情感，慈爱中的亲子之情，情爱中的男女之情，愤怒中的敌我之情，恐怖中的诛杀之情，只要参与了黑天的本事，配合了黑天的功行，就能够获得解脱，只是各命的虔诚方式以及得到解脱的方式有分别。

这种黑天诛妖故事背后的精神象征意义，在这首“伪作”诗歌的文字叙事中没有得到体现，但在该诗歌插图的图像叙事中却得到了细致的展现。

四、“黑天诛妖”诗歌“语象”在“图像”中的诗意“绽开”

(一)“黑天诛妖”插图对诗歌“语象”的转译模式

1. 应文直译

丰子恺将自己依据鲁迅小说而创作的绘画称之为“我把它们译作绘画,使它们便于广大群众阅读,就好比在鲁迅先生的讲话上装一个麦克风,使他的声音扩大”[1]。丰子恺认为,文学插图应为小说文字的转译,他是为了显示“自己对原作的忠诚;他同时提醒观者这些插图仅仅为了‘便于阅读’,而不是要‘代替阅读’,他的漫画‘图说’不能代替白纸黑字里的‘言说’”[2]。然而,在18世纪早期梅瓦尔画派观念中,诗文只是插图中有限的附属部分,只是对抄本插图传统的形式继承,对他们来说,诗文中所涉及的黑天故事,才是最值得关注的,他们通过自己的理解和图像叙事技巧,不仅将诗文中的“决胜摔跤场,我将刚沙拽下王座,杀死了他”“妙力讲述”“端坐马图拉”这些文字情节描写和“黑天”“刚沙”“耶雪达”“黑天好友妙力”以及唱颂者“苏尔达斯”等人物形象“应文直绘”[3]在插图中,而且还将“黑天诛妖”故事“直译”在插图绘画中。梅瓦尔派画师对“译”的理解、观点和目的与丰子恺不尽相同。同样是绘制插图,丰子恺是为了更好地扩大鲁迅小说的影响,他认为自己的插图是为了观者“便于阅读”,而不是要“代替阅读”;但梅瓦尔画派所制抄本插图却企图“代替阅读”,而非使民众“便于阅读”文学经典原作,插图本身即是完整的绘画作品,而非诗文的附庸。而梅瓦尔画派所制插图中所用诗文正是采于民间的“过于直白”的口传诗歌,这种直白而毫无文采的语言表达符合民间百姓的审美特点,也为梅瓦

1 丰子恺:《绘画鲁迅小说·序言》,肖振鸣《丰子恺漫画鲁迅小说集》,福建教育出版社,2005年,第5—6页。

2 赵宪章:《语图传播的可名与可悦——文学与图像关系新论》,《文艺研究》,2012年第11期,第33页。

3 赵宪章:《诗歌的图像修辞及其符号表征》,《中国社会科学》,2016年第1期,第165页。

尔画师的插图创作提供了“应文直译”的空间，这种宫廷艺术创作本身就是对本土民间文学和民间艺术的良好呼应。

2. 旁见侧出

赵宪章曾提出“旁见侧出”的诗意图像修辞类型，他认为：“旁见侧出并不是直接绘出诗语本意，而是将诗歌的语意延伸、旁逸，从而和源诗[1]形成了错彩互文的效果。”[2]在“黑天诛妖”诗歌插图中，画师将“决胜摔跤场”这一情节描画展现为黑天挥动着从大象“冠蓝莲”（kubalayā或Kubalayāpīḍ，刚沙王最勇猛的一头战象）身上拔掉的两根象牙，显现出正欲诛杀的姿态，而手持武器的大力士早已匍匐在地，被黑天牢牢揪住，不得动弹，大象“冠蓝莲”也扑倒在地，口吐鲜血。“决胜摔跤场”这一文字不能直接画出来，所以画师增添了摔跤场上的人物“大力士”和动物“冠蓝莲”被黑天制服、被诛杀这种民众耳熟能详的故事情节，将诗歌的语意进行了延伸和拓展，向观者更详尽、更全面地展现了“决胜摔跤场”的语意情节。

（二）“黑天诛妖””插图对诗意的填补

梅瓦尔派画师对“黑天诛妖”诗歌插图的构思在某种意义上可以运用赵宪章对中国古代“诗意图”的相关理论来解析。赵宪章认为，诗意图所依据的“‘原诗’意味着诗意图也是诗，但事实并非如此，它（诗意图）完全是另一种艺术——图像艺术，而不是诗歌那样的语言艺术”[3]。就“黑天诛妖”诗歌插图来看，插图作品本身完全是独立的图像艺术，而并不依据诗歌的语言艺术，不仅如此，正如“诗意图作为诗意的图像再现，表面看来是‘语象而图像’的符号切换和诗意转译，实则

---

1 赵宪章认为：“诗意图只是取意于诗歌，或者说源自诗歌立意，并非诗歌的完整再现，也不是它的如实翻版，故本文用‘源诗’而不用‘原诗’。”参见赵宪章：《诗歌的图像修辞及其符号表征》，《中国社会科学》，2016年第1期，第163页。

2 赵宪章：《诗歌的图像修辞及其符号表征》，《中国社会科学》，2016年第1期，第166页。

3 赵宪章：《诗歌的图像修辞及其符号表征》，《中国社会科学》，2016年第1期，第163页。

远非如此，更重要的还在于对意向性空白的‘填补’，从而使诗意的感觉得以‘完满’”[1]。“黑天诛妖”诗歌插图的图像叙事更是对诗歌“语象”中“意向性空白”的“填补”，画师刻意凸显图像叙事较之于语言文字叙事的重要性和优越性。诗歌的语意象征隐藏在诗歌的文字叙事中，成为“意向性空白”，刚沙是一个国王（人类）的形象，如何能跟“妖魔”联想在一起呢？除非熟知黑天故事的完整情节，否则只看、单听诗文，很难产生这种“黑天杀刚沙”即是“诛灭妖王”的语意联想。画师在创作插图时，通过添加“黑天诛杀鹤妖”这一图像叙事情节，将“鹤妖”“大力士”“大象”与“刚沙王”进行等同，使插图中被黑天诛杀的所有人物、动物皆为妖魔（Demons）的联想成立，显现出黑天作为“诛妖者”（Krishna as the Destroyer of Demons）的英雄形象，“填补”了诗歌文字中的“意向性空白”，使观者一目了然。

五、“黑天诛妖”插图对诗歌“语象”的“屏蔽”与转换

（一）“黑天诛妖”插图对诗歌“语象”的“屏蔽”

除了对“黑天诛妖”诗歌“语象”的“转译”与“填补”，诗歌插图亦存在对诗歌“语象”的“屏蔽”。这种“屏蔽”，具体表现在对于诗歌中叙事人称、叙事视角以及叙事时空的屏蔽。诗歌使用的是第一人称叙事，叙事视角展现的是黑天的视角，叙事地点在马图拉城，叙事时间是黑天诛杀刚沙，夺取王权之后，而这些故事要素在插图中都被画师“屏蔽”了，因为黑天作为故事的主人公，第一人称叙事和主人公视角在图像叙事中难以体现，即便勉强为之，也很容易引起观者的误解和意识错乱。

（二）“黑天诛妖”插图对诗歌叙事视角及时空的转换

为了清晰地呈现黑天诛妖的伟大业绩，展现苏尔达斯对于黑天诛

1 赵宪章：《诗歌的图像修辞及其符号表征》，《中国社会科学》，2016年第1期，第169页。

妖故事的唱颂和虔诚，插图改用第三人称叙事，将黑天的叙事视角转换为苏尔达斯的叙事视角，而插图运用了多重叙事时空。首先是苏尔达斯唱颂整个故事时所在的一重时空。其次是黑天功行故事的四重时空，有黑天去往马图拉之前在沃林达林中诛杀鹤妖的一重时空，有黑天去往马图拉诛杀大象、大力士以及刚沙王的一重时空，有黑天在马图拉夺取王权之后的一重时空，有以妙力为首的黑天好友们在接受黑天委托之后，回到伯勒杰地区向耶雪达转述黑天话语的一重时空。与妙力等好友及耶雪达同在一个时空的，还有两位牧女，她们在一旁回忆思念黑天之前的诛妖功行——诛杀鹤妖，这正与诛杀鹤妖的另一重时空进行了关联，同时也对诗歌叙事情节及故事框架的添加和"填补"作出了合理的解释。叙事的时间各有不同，但整体的叙事空间被插图中间的叶木拿河自然地一分为二，河岸的一边是马图拉城，另一边则是包含牛村、沃林达林在内的伯勒杰地区。梅瓦尔派画师通过自然景物——河流、植物以及建筑物，将插图分成了不同的区块，这些不同的区块各自成为一重叙事时空，这是十分成熟而巧妙的艺术特色。

六、结论

通过考察和分析这幅18世纪早期梅瓦尔画派所制"黑天诛妖"诗歌插图，本文得出的结论有三。

第一，通过对插图顶部所书诗文原文的考察和诗歌插图艺术特色的分析，我们可以发现，插图中的诗歌很有可能是在拉贾斯坦梅瓦尔民间传唱的口头诗作，并非《苏尔诗海》诗歌中的精品。虽然诗歌本身并不具备任何艺术特色，语言描绘寡淡无味，但诗歌语言的直白有利于画家的描绘，有益于直接展现黑天诛杀妖魔故事的图像叙事。同时，插图故事的精神意涵主要继承自印度教古老传统。由此可见，18世纪早期梅瓦尔宫廷细密画更注重与本土民间文学和民间艺术的融合，信奉印度教的梅瓦尔宫廷贵族更注重印度教精神信仰在画作本身的视觉材料上的投射，他们企图以此审美经验和精神信仰来坚守自己的印度教民族身份。

第二,18世纪之后,梅瓦尔宫廷画师的创作观念在某种程度上随着其赞助人梅瓦尔王公贵族的审美变化而转变,梅瓦尔画派后期的绘画装饰愈加富丽堂皇,大量地使用金、银等贵重金属,以此来慰藉日趋没落的王室宫廷。同时,受莫卧儿王室画风的影响,经典抄本插图中诗文本身的书写更多是作为插图的附庸说明而存在,宫廷艺术更注重图像艺术所传达的直观、写实的世俗生活,而非诗文本身所蕴含的抽象艺术。作为印度教宫廷艺术的代表,梅瓦尔画派对于宗教文学题材的世俗化转变,在某种程度上展现了印度教宗教信仰和社会文化生活不可避免地受伊斯兰文化冲击后的世俗化走向。

第三,尽管受到莫卧儿宫廷绘画艺术的影响,梅瓦尔画派的宗教文学经典抄本插图仍然继承和体现了印度传统细密画的特色。略显稚拙的人物画风不似莫卧儿的人物描摹那般精致,图像中的植物和建筑仍然保留平面化风格,忽略景深,只强调景物在图像叙事中区分时空的功用。梅瓦尔画派彰显出的是印度教传统绘画的文化精神,即:不在于写实的模仿,而在于对人类精神灵魂的直接触及。

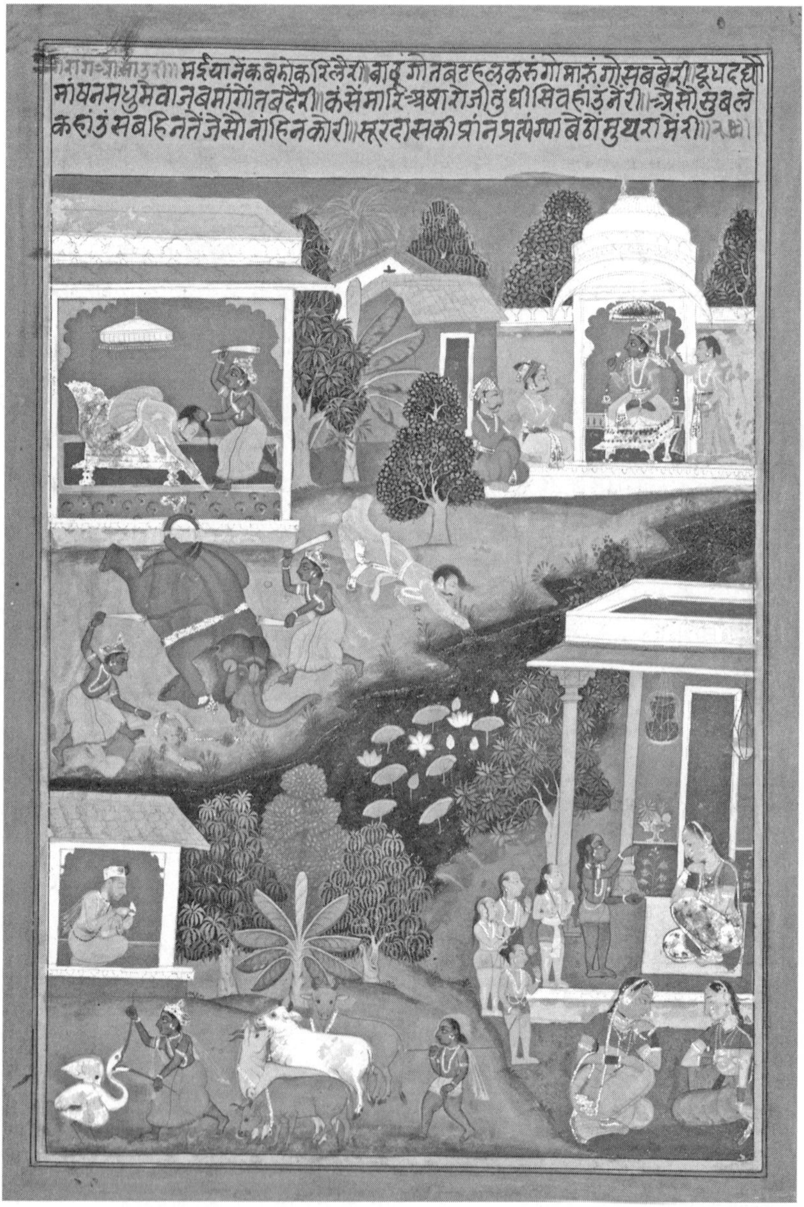

附图一：苏尔达斯诗集《苏尔诗海》抄本中的黑天诛妖插图（Krishna as the Destroyer of Demons），18世纪早期，印度拉贾斯坦，梅瓦尔画派，不透明水彩、墨水和泥金纸本画（插图），原画整体尺寸：36.5厘米×25.4厘米，现藏于美国克利夫兰艺术博物馆（The Cleveland Museum of Art）

附图二：苏尔达斯诗集《苏尔诗海》抄本中的喜庆黑天出生插图(The birth of Krishna)，18世纪早期，印度拉贾斯坦，梅瓦尔画派，不透明水彩、泥金纸本画(插图)，原画整体尺寸：37厘米 ×25.4厘米，现藏于美国克利夫兰艺术博物馆(The Cleveland Museum of Art)

附图三：梅瓦尔王公贾伽特·辛格欢庆灯节，观看“黑天情味本事剧”(Maharana Jagat Singh Attending the Raslila, to celebrate the New Year festival of Diwali)，1736年，印度拉贾斯坦，梅瓦尔画派，不透明水彩、泥金、泥银纸本画，原画整体尺寸：67.5厘米×49厘米，现藏于美国克利夫兰艺术博物馆(The Cleveland Museum of Art)

附录三

《苏尔诗海》六首诗歌的分离艳情味赏析

诗人苏尔达斯是印度中世纪虔诚文学有形派黑天支的代表人物，他的代表作《苏尔诗海》是一部以颂扬黑天的人间本事[1]和功行[2]为主的诗歌集。《苏尔诗海》在印度传统诗歌文学中占有重要地位的原因之一是其对于印度传统文学审美理论——味论进行了充分的展现，尤其是对印度中世纪诗学味论中极富特色的虔诚艳情味[3]的展现。虔诚艳情味具有印度独特的宗教文化色彩，它分为女子与黑天[4]的会合和分离两种状态。笔者将以《苏尔诗海》中六首展现分离艳情味的诗歌为例，以婆罗多、胜财、新护、鲁波·高斯瓦明等人的味学理论为依据，分析诗歌中的分离艳情味，鉴赏其中的审美情感。

一

艳情味从属于印度味论诗学范畴。味论是富有印度特色的诗学理论和美学理论。味（Rasa），在《梨俱吠陀》中就已出现，指植物的汁液，这是“味”最根本的意义。在《梨俱吠陀》中，“味”还指粮食的汁液、奶

---

1 本事，原文Lila，意指印度教大神在人间的娱乐和游戏生活。

2 功行，原文Carita，意指印度教大神在人间的功德事迹。

3 虔诚艳情味，是笔者对于发展至印度中世纪虔诚文学阶段的艳情味的概念表述，详见下文。

4 黑天，是大神毗湿奴的人间化身之一。根据印度“往世书”记载，印度教三大主神之一毗湿奴主要有二十四次人间化身，重要的有十次，这十次化身中影响最大的两次化身为黑天和罗摩。关于黑天的故事主要见于《摩诃婆罗多》和《薄伽梵往世书》等文献；关于罗摩的故事主要见于《罗摩衍那》。

或水等，这都说明了“味”最早是一种客观存在的物质，具有可品尝的属性。

在《梨俱吠陀》中，“味”(Rasa)一词还出现在苏摩酒(Somarasa)中，指代令人陶醉的液体，用于敬献神明的宗教仪式中，后又与印度传说中诸神享用的不死甘露(Amrta)相关。此时“味”的意义有了微妙的变化，它不仅具有物质的客观属性，还具有了令人陶醉、与神接近的主观特质。这种变化预示了“味”从客观存在向主观体验的发展。

在奥义书时期，“味”的概念被广泛引入农业、天文学、医学、哲学、宗教等各个领域。其中，“味”的含义在宗教领域中得到了主要发展，“味”的主观特质开始替代物质属性。“味”由此“成为梵我合一的欢乐体验的符号”[1]。

在印度史诗时代，“味”的概念被引入文学领域。在《罗摩衍那》中，“味”有艳情、怜悯、滑稽、暴戾、恐怖、英勇、厌恶的文学意味。印度有文论家据此认为“味”的诗学意义开始于史诗时代。但多数文论家认为，这时期“味”的意义仍停留在生活的实践意义上，其正式主观审美的理论含义并未确立。印度学界普遍认为，“味”的诗学理论意义，始于伐蹉衍那(Vatsyayana，约公元前4世纪)的《欲经》(*Kamasutra*)时代，成熟于婆罗多(Bharatamuni，具体生卒年不详，约公元前2—公元2世纪)的《舞论》(*Natyasastra*)时代。[2]

此后，味论正式作为印度文学审美理论，不断发展至今。在印度，关于文学中“味”的客观性和主观性的讨论一直未曾停歇。《舞论》中，婆罗多认为“味”具有可品尝的属性，强调其在文本中存在的客观性。而此后胜财(Dhananjaya，公元10世纪)、新护(Abhinavagupta，公元10、11世纪)、毗首纳特(Visvanatha，公元14世纪)、世主(Jaganatha Panditaraja，公元17世纪)等众多印度文论家则认为“味”是主观的，强调其为观众或读者内心的感受体验，是作品中表现出的常情

1 倪培耕：《印度味论诗学》，漓江出版社，1997年，第11页。

2 参见倪培耕：《印度味论诗学》，第13页。

(Sthayibhava)[1]激发了观众或读者心中的潜在印象，从而使观众或读者产生了味感。在我国，印度学家季羡林认为“味”类似我国文学作品中的色彩、基调、倾向等感情倾向。[2]金克木认为“味”是文学作品中统一的基本情调。[3]印度古典诗学研究学者黄宝生则将“味”解释为审美快感。[4]

笔者不拟论述学者们对于“味”的客观性抑或主观性的讨论，亦不论述其在文本中是客观存在还是依据于文本中常情的主观表现等，仅依据婆罗多的《舞论》、胜财的《十色》(*Dasarupaka*)和新护的《舞论注》(*Abhinavabharati*)等诗学论著中“味”最基本的概念和理论进行阐释。各国学者公认的统一结论是“味”产生于情(Bhava)，“味”是通过情由(Vibhava)[5]、情态(Anubhava)[6]和不定情(Vyabhicaribhava)[7]的结合，[8]激起常情而产生的。作品中的情是借助语言和形体表演，通过情

1 根据婆罗多《舞论》阐述，常情有八种，分别为爱、笑、悲、怒、勇、惧、厌、惊，这八种常情分别对应八种味，依次为艳情、滑稽、悲悯、暴戾、英勇、恐怖、厌恶、奇异。参见黄宝生译：《梵语诗学论著汇编》上册，昆仑出版社，2008年，第44页。

2 参见季羡林主编，刘安武副主编：《东方文学辞典》，吉林教育出版社，1992年，第953页。

3 参见金克木：《古代印度文艺理论文选》，《金克木集》第七卷，生活·读书·新知三联书店，2011年，第279页。

4 参见黄宝生：《印度古典诗学》，第48页。

5 根据婆罗多《舞论》和胜财《十色》的阐述，情由的同义词是原因、缘由和理由，语言、形体和真情表演依靠它而展现。情由分为所缘和引发两类。所缘情由(Alambana Vibhava)是基本情由，指作品中的人物；引发情由(Uddipana Vibhava)是辅助情由，指作品中的时空背景及言行妆饰。参见黄宝生译：《梵语诗学论著汇编》上册，第52、53、460页。

6 根据婆罗多《舞论》阐述，情态与语言和大小形体动作有关，让人感受到产生各种意义的语言、形体和真情表演，即为情态。本文所论述的情态中还包含有真情(Sattvika)。婆罗多在《舞论》中认为，有八种真情，分别为瘫软、出汗、汗毛竖起、变声、颤抖、变色、流泪、昏厥。同时，他将真情归于戏剧中“情”的一种。但实际上，真情从属于情态。胜财在《十色》中认为，味通过情由、情态、真情和不定情，常情产生甜美性，这被称作味。其中，真情是对演员表达状态和方法的一种要求，要求戏剧演员如实表达感情时应产生于内心的真性。真情实为感情的表现情态，而非感情本身，因此真情从属于情态。但因为印度古典戏剧中要求演员表演如实于真性，模拟人类感情本身，因而自成一类。参见黄宝生译：《梵语诗学论著汇编》上册，第45、53页。并见黄宝生：《印度古典诗学》，第49、50页。

7 根据婆罗多《舞论》阐述，不定情的意思是，带着与语言、形体和真情有关的各种东西走向味，有三十三种。参见黄宝生译：《梵语诗学论著汇编》上册，第44、45、56页。

8 金克木将Vibhava译为别情，将Anubhava译为随情。黄宝生将Vibhava译为情由，将Anubhava译为情态。笔者认为金克木的译法虽然字面上非常忠实于梵语原文，但其汉语译文稍显晦涩，对这两个梵语词的意义解释不够直观明显，而黄宝生的译法准确，从汉语来说更为直观易懂，因而采用黄译。

由和情态传达的。作品中的情有欢喜也有悲伤,但被激发出来的味感则是欢喜的。笔者倾向于采用黄宝生对“味”的解释,通过考量“味”在文学审美中的意义与性质,[1]可以认为它近似于汉语中的“审美快感”。

根据《舞论》可知,婆罗多将味描述为八种类型:艳情(Srngara)、滑稽(Hasya)、悲悯(Karuna)、暴戾(Raudra)、英勇(Vira)、恐怖(Bhayanaka)、厌恶(Bibhatsa)和奇异(Adbhuta)。之后,随着文学创作和文学理论发展,味由原来的八味变成了九味(增加平静味,Santa),再后又加入了慈爱味(Vatsalya)和虔诚味(Bhakti)成十一味。另有学者提出了其他种种不同的具体“味”,莫衷一是,[2]但上述“十一种味”[3]是印度学界普遍承认的。

二

艳情味是印度古典文学传统的一大特色,有别于中国和西方传统文学理论概念。古往今来,艳情描写一直是印度古典文学作品的主流之一。艳情味的梵语原词是Srngara Rasa,所谓艳情Srngara,即是情爱欲[4]。据婆罗多、胜财和新护等人的论述,艳情味产生于常情爱[5](Rati)。它以爱悦欢愉为本质,以男女为原因,以美丽的少女为本源,具有引发爱情的时间、地点、环境,拥有漂亮的衣服、情爱的技巧和甜蜜的形体动作。在婆罗多《舞论》时期及其后数个世纪,艳情味一直被认为是基本的主味之一。

在印度中世纪虔诚文学时期,艳情味的概念有了新的发展变化。受到印度中世纪帕克蒂运动(Bhakti Anadolan)[6]思想的影响,艳情味被

---

1 参见黄宝生:《印度古典诗学》,第48页。

2 参见黄宝生:《印度古典诗学》,第48—64页。

3 Hausilaprasada Sinha, *Sura Kavya Mimansa*, Mulcanda Enta Bradarsa, 1979, p. 89.

4 根据Monier Williams Sanskrit-English Dictionary, Srngara的解释为Love, Sexual passion or desire or enjoyment,即情爱欲。

5 常情爱,原文Rati,根据Monier Williams Sanskrit-English Dictionary, Rati的解释为the pleasure of love, sexual passion or union, amorous enjoyment,特指男女之间的欢爱、情爱。

6 帕克蒂运动,也被称为虔诚运动。

纳入虔诚味的范畴内，成为虔诚文学中展现和宣扬宗教虔诚思想的文学味概念。印度中世纪文论家鲁波・高斯瓦明（Rupa Goswami，公元15、16世纪）在《虔诚味甘露河》（*Bhaktirasamrtasindhu*）和《鲜艳青玉》（*Ujjvalanilamani*）中创造性地将味论运用于毗湿奴教的宗教虔诚感情，由此提出虔诚味。他依据毗湿奴教派的虔信理论，将虔信者与大神毗湿奴分成五种类型关系，分别为沉思型、奴仆型、朋友型、父母型和情人型。与此相应，他将虔诚味也分为五种，依次为平静、侍奉、友爱、慈爱和甜蜜。其中，甜蜜味是最主要的虔诚味，被称为虔诚味王。所谓甜蜜味，即表现为艳情味的虔诚味，这是一种特殊的艳情味。[1]印度中世纪的艳情味具有宗教虔诚的特点，笔者称之为虔诚艳情味[2]，它的常情特指毗湿奴大神凡间化身黑天的爱，情由是黑天和他的情人、黑天的言行装饰等。

印度中世纪虔诚文学阶段是艳情味在印度文学史中的重要发展阶段之一，在其后的法式文学时期，艳情味逐渐发展成为众味之首，诸味之王。

婆罗多认为艳情味的两个基础是会合和分离。胜财则将艳情味分成失恋、分离和会合三种。新护认为分离和会合是艳情味的两种状态。多数印度学者沿用婆罗多和新护对艳情味的阐述，将艳情味分为“会合艳情味和分离艳情味”[3]。与此对应，虔诚艳情味也分为女子与黑天会合的艳情味和女子与黑天分离的艳情味。

印度中世纪诗歌集《苏尔诗海》主要描写毗湿奴大神凡间化身黑天的种种本事和功行，有关黑天与罗陀及牧女们的欢爱和离别的诗歌是其主要内容之一。《苏尔诗海》表现的常情爱（Rati）指的是黑天与牧女的爱，其中展现的是虔诚艳情味。牧女与黑天相会所产生的欢愉以及相会时通过甜蜜相视、抚触和爱语产生快感，这样欢喜的情感

1 参见黄宝生：《印度古典诗学》，第72、73页。并见尹锡南：《梵语诗学中的虔诚味论》，《南亚研究季刊》，2011年第3期，第86—89页。

2 笔者称这一时期的艳情味为虔诚艳情味，并非意指印度中世纪文学展现的艳情味皆与大神黑天的爱有关，此时仍存在世俗文学和民间文学对于世俗男女爱情的表现及世俗艳情味的展现，但印度中世纪文学以虔诚文学为主流，而文学中展现的艳情味也以虔诚艳情味为主流。

3 Hausilaprasada Sinha, *Sura Kavya Mimansa*, p. 91.

激发出来的审美快感就是会合艳情味。牧女因某种原因与黑天分离而产生相思之苦，这样痛苦的情感激发出来的审美快感是分离艳情味。会合艳情味的情感心绪是外在的，分离艳情味的情感心绪是内在的。

《苏尔诗海》的分离艳情味产生于牧女们的焦灼和忧虑，具有期望的性质，主要表现的是牧女的思恋和痛苦，其常情是痛苦的相思之爱，这种爱情具有十种状态，分别为渴望、忧虑、回忆、赞美、烦恼、悲叹、疯癫、生病、痴呆和死亡。[1]黑天由于使命需要，离开沃林达林，前往马图拉城，与罗陀和牧女们相分离。这种分离艳情味的情由是黑天、罗陀和牧女们，以及他们的言行妆饰和身处的时空环境。同时，这种分离伴随有流泪、叹息、憔悴、披头散发等情态。

《苏尔诗海》中激发虔诚艳情味的常情爱不同于日常生活和世俗生活中的爱情。首先，在日常生活中，男女之间爱欲的情态是间断的，而诗歌中的常情爱则是贯穿始终的，读者通过对诗歌的品读能够一直体会到其中的情爱，内心中被激起的审美快感是贯穿品读过程始终的。这需要诗人苏尔达斯创作诗歌时心中蕴含世俗爱情的潜伏印象，通过在诗歌中创造情由，使文本中人物呈现种种不同的情态和不定情，而读者通过对诗歌的品读，即对诗歌所描写的情由、情态和不定情的品读，体会到诗歌所表现的常情爱。此时，拥有潜伏印象的读者内心被激发出一种喜悦的对于常情爱的审美快感，由此便品尝到了艳情味。其次，苏尔达斯在《苏尔诗海》中描写的爱情并非世俗男女之爱，而是大神黑天与一万六千个牧区女子之间的情爱，这种常情爱是非凡超俗的。《苏尔诗海》中大神黑天兼具神性和人性，苏尔达斯通过用大幅篇章描写类似世俗男女间的情爱来表现大神黑天与牧女的情爱。他在《苏尔诗海》中所表现的超俗之爱虽类似世俗情爱，实则超越了世俗情爱。苏尔达斯的这种创作手法符合印度中世纪传统文论的要求，满足了当时社会底层人民的需求，使听众或读者更容易体会其中的情味，并感觉到大神与人的关系更为亲切自然，易于接受，进而达到宣传黑天、歌颂黑

1 参见黄宝生译:《梵语诗学论著汇编》上册，第47、48页。

天、虔信黑天的传播宗教的目的。

三

苏尔达斯在《苏尔诗海》中对于分离艳情味的展现主要集中在"乌陀[1]送信"部分。分离艳情味通过痛苦的爱恋被激发，痛苦的爱恋又通过诗歌中的情由、情态和不定情的结合被表达。其中，痛苦的爱恋这一常情好似国王，情由、情态和不定情都好似为国王服务的仆从，拥有仆从围绕的国王即好似"味"。[2]在每首诗歌中，为国王服务的仆从也分主次，有的诗歌以情由为主导，有的诗歌以情态为主导，有的诗歌则以不定情为主导。笔者以《〈苏尔诗海〉精选注释》[3]为蓝本，选取了其中"乌陀送信"部分的六首表现牧女忧虑焦灼的诗歌[4]。这六首诗歌分别以情由、情态和不定情为主导来表达常情，展现分离艳情味。

（一）《苏尔诗海》第4683首[5]

【原文】略[6]

【对译】

乌陀为我带封信

行礼触足语牛得[7]，将我所写来呈递。

何种妙色美德具，我可凭此悦牛护[8]？

---

1 原文Uddhava，此处音译为乌陀。乌陀原本是无形派的信徒，黑天故意施计将他派往伯勒杰，让他作为使者，代表黑天看望慰问伯勒杰人民并向当地人民传播无形派的瑜伽知识，实则黑天是让乌陀前往伯勒杰地区接受当地虔信有形黑天的人民的熏陶和感化。

2 参见黄宝生译：《梵语诗学论著汇编》上册，第54页。

3 Dhirendra Varma, *Sursagar Sara Satika*, Sahitya Bhavan Private Ltd., 1986.

4 本文选译的六首诗歌都是描述牧女托乌陀将她们的相思离苦转达给黑天的情形。

5 该诗歌编号为天城体推广协会（Nagaripracarini Sabha）出版的《苏尔诗海》中的编号，下同。

6 参见Dhirendra Varma, *Sursagar Sara Satika*, Uddhava Sandesa, No. 152, p. 322。

7 原文Gobinda，此处意译为牛得，黑天的名号之一。

8 原文Gupala，此处意译为牛护，黑天的名号之一。

望眼欲穿泪盈盈，胸前衣裳尽湿透。
仿若鱼儿与鹧鸪，无水焦灼渴不消。
心神不安惶恐极，勿忘我等苦别女[1]。
双目候望马图拉，凝神注视眼不眨。
无有诃利[2]在此地，饮鸩自尽伯勒杰。
苏尔达斯言，
何时方与胜尊[3]会，得见容颜把命活。

这首诗歌描写牧女与黑天分离后的焦灼与痛苦。此时牧女处于分离爱情十种状态中渴望和忧虑的状态。诗歌以普遍化的情由为主导。这里，牧女是所缘情由，是基本情由；与黑天的离别、离开水的鱼儿和渴望天空雨水的鹧鸪作为引发情由，它们是辅助的情由。牧女思恋黑天的情状以鱼儿与鹧鸪渴望水滴作比喻，情由占据诗歌的主要地位，对于常情的表达起主要作用。

诗歌依靠泪盈、泪湿衣裳这些描述呈现流泪的情态，依靠望眼欲穿、候望、凝神注视、眼不眨这些描述呈现渴望的情态，依靠焦灼、不安、惶恐这些描述呈现忧虑、慌乱和焦灼的不定情，这些情态和不定情对于常情的表达起辅助作用。

在品读此诗时，通过上述种种情由、情态和不定情的结合，读者能够直接感受到牧女与黑天离别的痛苦，这种痛苦的常情爱能够激发出读者内心的潜在印象。

（二）《苏尔诗海》第4687首

【原文】略[4]

---

1 原文Birahini，此处意译为苦别女，指深受离别之苦的女子。
2 原文Hari，“大神”之意，此处沿用国内通行的译法，音译为诃利，黑天的名号之一。
3 原文Prabhu，此处意译为胜尊，指至上大神黑天。
4 参见Dhirendra Varma, *Sursagar Sara Satika*, Uddhava Sandesa, No. 155, p. 323。

【对译】

无有牛护林成敌

彼时身觉藤蔓凉，而今却成烈火堆。
叶木拿河空自流，鸟蜂徒鸣莲徒绽。
樟脑草药风与水，月光炙烤如烈日。
乌陀你语摩图裔[1]，爱欲毁我失手脚。
苏尔达斯言，
为睹胜尊你容颜，望路眼成相思子[2]。

这首诗歌描写牧女处于分离爱情十种状态中渴望和烦恼的状态。诗歌以引发情由为主导。其中，牧女是所缘情由，是基本情由。与黑天的别离、藤蔓荫凉、叶木拿河流、鸟蜂嗡鸣、莲花绽放、樟脑草药香味、风水和月光的凉爽作为引发情由，占据诗歌的主要地位。牧女思恋黑天，爱欲的折磨使她们痛苦不堪，作为引发情由的那些美好的凉爽怡人的事物，反而让牧女更加烦恼，宛如火堆和烈日一般炙烤灼烧着牧女。

诗歌依靠失手脚、望路这些描写呈现痴呆和渴望的情态，依靠烈火堆、空自流、徒劳、烈日炙烤这些描写间接表现牧女焦灼的不定情，这些情态和不定情对于常情的表达起辅助作用。

整首诗表达的是分离艳情味中的烦恼与期望。其中，最后一句“望路眼成相思子”最为精妙。因日夜站立等待盼望见到黑天，牧女的那双眼睛通红不堪，诗人以相思子作比喻，一语双关。

（三）《苏尔诗海》第4692首

【原文】略[3]

1 原文Madhau，此处意译为摩图裔，黑天的名号之一。

2 相思子，原文Ghunjain，指红色的相思豆。

3 参见Dhirendra Varma, *Sursagar Sara Satika*, Uddhava Sandesa, No. 158, p. 324。

【对译】

蓬头垢面牛光女[1]

胸衣浸湿诃利汗，贪恋情爱不浣纱。
垂首不向别处顾，仿若输钱赌徒乏。
面容枯槁发凌乱，宛如莲花遭霜打。
闻诃利信即昏死，离女本苦蜂又蜇。
苏尔达斯言，
伯勒杰女忧伤苦，无有黑天怎存活？

这首诗歌描写罗陀与黑天离别后处于痴呆、几近死亡的爱情状态。诗歌以女主人公罗陀的情态为主导，罗陀表现出的情态占据诗歌的主要内容，对于常情的表达起主要作用。诗歌依靠蓬头垢面、垂首、枯槁面容、凌乱头发这些描写呈现罗陀痴呆、消瘦、疲倦和悲痛的情态。

诗歌的情由是罗陀周身和她所处的环境及周围事物。其中，罗陀是所缘情由，与黑天离别、诃利汗、留下黑天气味的纱丽、浸湿的胸衣、输钱的赌徒、遭霜打的莲花、蜇人黑蜂、关于黑天的音讯等是引发情由。诗歌依靠对面容枯槁、昏死的描写呈现罗陀虚弱、忧虑、忧郁的不定情和昏厥的真情。这些情由、不定情及真情对于表达罗陀的痛苦之情起辅助作用。

通过这些情态、情由和不定情及真情的结合，读者能够体会罗陀这位伯勒杰女子的忧伤之苦，从而品尝到分离艳情味。

（四）《苏尔诗海》第4722首

【原文】略[2]

---

1 原文Brsbhanu-kumari，此处意译为牛光女，指罗陀。

2 参见Dhirendra Varma, *Sursagar Sara Satika*, Uddhava Sandesa, No. 170, p. 329。

【对译】

黑子[1]且听别你后

黑子且听别你后，伯勒杰女皆成疯。
除却言说你故事，其他之事不再提。
时说诃利吃奶油，谁还会住这难村[2]。
时说诃利绑石臼，家家户户拿绳索。
时说望路目焦灼，伯勒杰主去林中。
时说彼之笛声中，声声呼唤我等名。
时说此地升明月，只因伯勒杰主伴。
苏尔达斯言，
现今不见胜尊你，她已化为黑雕像[3]。

这首诗歌描写牧女与黑天离别后，处于分离爱情十种状态中的疯癫的状态。诗歌以疯狂不定情为主导，依靠只言说黑天之事，不提其他事来呈现牧女疯狂的不定情。牧女因思念黑天，此时已进入疯癫，产生错觉，开始胡言乱语。她们认为黑天现在正与她们在一起行种种本事：偷吃她们的奶油，被绑在石臼上，去森林中放牧，吹奏竹笛呼唤牧女，陪伴牧女看明月升起。

诗歌中，牧女是所缘情由，是基本情由；与黑天的离别是引发情由，是辅助情由。诗歌通过描写思念成疯的牧女们言说黑天正在行种种本事，来呈现牧女胡言乱语的情态。诗歌中的这些情由和情态对于常情的表达起辅助作用。

诗歌最后一句特别表达了罗陀的情态和真情。最后一句“她已化为黑雕像”表现了罗陀四肢沉重、身体消瘦、变黑的情态，与诗歌中的“望路眼焦灼”一句应和。“雕像”表明罗陀身体消瘦，这一情态表现出

1 原文Syam，黑天的名号之一，多为牧区伙伴和牧女对黑天的称呼。
2 原文Katin Ganv，意译为难村，此处指牛村，黑天童年时期常常挨家挨户偷吃酸奶和奶油，牧女们向黑天养母耶雪达抱怨，如果黑天这样偷吃下去，她们就没办法在这个牛村待下去了。因此，她们说这牛村是个难村。
3 形容姑娘身体削瘦变黑。

了罗陀忧虑的不定情。同时，“雕像”也表明罗陀四肢沉重，这一情态表现出了罗陀焦灼的不定情。“黑”表现出了罗陀变色的真情。变色产生于罗陀等待黑天归来的疲倦和烦恼。

罗陀和牧女们的常情相思之苦，通过占据主导的疯癫不定情和上述种种情由及情态的结合而展现，读者由此获得了审美快感。

（五）《苏尔诗海》第4727首

【原文】略[1]

【对译】

难陀子[2]，且请再住伯勒杰

罗陀与你诃利别，她身灼烧成灰烬。
我瞧见她无妆饰，不安焦躁心慌乱。
多情女子反复念，只把一个情郎唤。
她眼充盈泪滴落，流淌宛若叶木拿[3]。
她之离别苦烈火，灼热能烧铁匠手。
无有其他之情状，反反复复叨叨念。
苏尔言，
胜尊你名之于她，即如盲人依拐杖。

这首诗歌描写了离别黑天的罗陀处于分离爱情中疯癫的状态。诗歌以罗陀表现出的情态为主导，依靠灼烧成灰烬的身体、无妆饰、不安焦躁、慌乱、唤情郎、充盈的泪眼等描写呈现罗陀焦灼和痛苦的情态，由此表现出女主人公罗陀的苦痛及对黑天的深深思恋。

诗歌中，罗陀是所缘情由，是基本情由；与黑天的离别、叶木拿河流、灼烧铁匠手的烈火、依赖拐杖的盲人作为引发情由。诗歌依靠离别之苦烈火、反复念叨胜尊名等描写呈现罗陀焦灼和疯癫的不定情。诗

1 参见Dhirendra Varma, *Sursagar Sara Satika*, Uddhava Sandesa, No. 171, p. 330。

2 原文Nandakumara，此处意译为难陀子，黑天的名号之一。

3 指叶木拿河。

歌以叶木拿河流作比喻，表现罗陀忧伤流泪的真情；以灼烧铁匠手的烈火作比喻，表现罗陀身受离别苦痛的焦灼不定情。罗陀反复吟诵，呼唤情郎黑天名字这一情态表现出了罗陀为爱疯癫；同时诗歌以盲人依赖拐杖作比喻，表达出黑天是罗陀唯一依赖的情由。

通过这些情由、情态和不定情的结合而展现出的痛苦的爱能够激发读者的内心，使读者对罗陀的相思苦痛感同身受。

（六）《苏尔诗海》第4736首

【原文】略[1]

【对译】

两季不离伯勒杰

无有诃利你不在，夏季雨季更长久。
叹息成风眼含云，雨水条件皆聚齐。
痛苦如蛙藏远处，大雨致使其现身。
剧烈别苦升心中，犹如日入金牛宫[2]。
苏尔言，
且听离别诃利足，身体煎熬谁祛除。

这首诗歌描写了牧女与黑天分离后感到忧郁、焦灼、痛苦，处于分离爱情十种状态中忧虑、烦恼、悲叹的状态。诗歌以引发情由为主导。其中，牧女是所缘情由，是基本情由；与黑天的离别、夏季雨季的长久驻留、大雨后现身的青蛙、进入金牛宫的太阳是引发情由。这些引发的情由占据诗歌的主要地位，这些自然界的事物刺激了牧女的相思之苦。夏季的炎热加剧牧女的焦灼，雨季的淋漓畅快反衬牧女的忧郁，大雨后纷纷现身的青蛙比喻雨后牧女的悲伤，太阳进入金牛宫时的炙热比喻牧女身受相思之苦的煎熬。

---

1 参见Dhirendra Varma, *Sursagar Sara Satika*, Uddhava Sandesa, No. 172, p. 330。

2 日入金牛宫，印度此时的太阳直射赤道，乃最为炙热之时。

诗歌依靠化成风的叹息、饱含泪水的乌云般的眼睛这些描写呈现牧女长吁短叹、流泪哭泣的情态，依靠雨水条件聚齐、剧烈别苦、离别诃利这些描写呈现牧女忧郁、焦灼的不定情。忧郁和焦灼产生于与黑天分离的情由。忧郁以牧女眼睛饱含泪水、长吁短叹这些情态表现；焦灼则以牧女忧虑和长叹的情态表现。这些情态和不定情对常情爱的表现起辅助作用。

诗歌中痛苦的常情爱，通过以上种种情由、情态和不定情得以表达，牧女身受离别相思煎熬的苦痛，这激发了读者心中的情感共鸣。由此，读者品尝到了此首诗歌的分离艳情味。

《苏尔诗海》中的分离艳情味，从属于虔诚艳情味，它所依赖的常情爱并非世俗男女之间的情爱，而是以大神化身黑天为情由的非凡超俗的情爱。作为印度中世纪诗歌文学代表作之一，相比于之前的印度古典文学作品，《苏尔诗海》中的艳情描写和艳情味所展示的目的与意义更具浓厚的宗教意味。其诗歌的虔诚艳情味以表达对大神黑天的虔爱为目的，其终极意义是通过与黑天亲近和与黑天发生情爱关系以超脱俗世轮回，最终获得解脱，实现梵我合一。分离艳情味极具印度传统美学特色，印度人民认为对离情的描写和对离别相思苦痛的描写更能展现炙热的情爱。因此，分离艳情在印度传统文学作品中被大量描写和展现，《苏尔诗海》可谓其中的代表作之一，它也对其后的印度文学乃至今天的印度文学文化产生了深远影响。

参考文献

中文参考文献：

A. L. 巴沙姆主编，闵光沛等译：《印度文化史》，商务印书馆，1997年。

C. N. E. 埃利奥特著，李荣熙译：《印度思想与宗教》，贵州大学出版社，2013年。

D. D. 高善必：《印度古代文化与文明史纲》，商务印书馆，1998年。

葛维钧：《毗湿奴及其一千名号》，《南亚研究》2005年第1期。

赫伯特·马尔库塞著，黄勇等译：《爱欲与文明：对弗洛伊德思想的哲学探讨》，上海译文出版社，2008年。

黄宝生：《印度古典诗学》，北京大学出版社，1993年。

黄宝生：《梵语诗学论著汇编》，昆仑出版社，2008年。

黄宝生译：《奥义书》，商务印书馆，2010年。

黄宝生编著：《梵语文学读本》，中国社会科学出版社，2010年。

黄宝生：《梵学论集》，中国社会科学出版社，2013年。

黄心川：《印度哲学史》，商务印书馆，1989年。

季羡林编：《印度文学研究集刊第一辑》，上海译文出版社，1984年。

季羡林、刘安武编：《印度两大史诗评论汇编》，中国社会科学出版社，1984年。

季羡林、刘安武选编：《印度古代诗选》，漓江出版社，1987年。

季羡林：《印度古代文学史》，北京大学出版社，1991年。

伽达默尔著，洪汉鼎译：《诠释学：真理与方法》，商务印书馆，2010年。

迦梨陀娑著，黄宝生译：《六季杂咏》，中西书局，2017年。

姜景奎：《一论中世纪印度教帕克蒂运动》，《南亚研究》，2003年第2期。

姜景奎：《印度宗教的分期问题》，《南亚研究》，2005年第1期。

姜景奎:《简论苏尔达斯》,《北大南亚东南亚研究》第一卷,中国青年出版社,2013年。
姜景奎:《〈苏尔诗海〉六首译赏》,《北大南亚东南亚研究》第一卷,中国青年出版社,2013年。
蒋忠新译:《摩奴法论》,中国社会科学出版社,2007年。
金克木:《梵语文学史》,江西教育出版社,1999年。
黎跃进:《东方文学史论》,昆仑出版社,2012年。
刘安武:《印度印地语文学史》,人民文学出版社,1987年。
刘安武:《印度两大史诗评说》,辽宁大学出版社,2001年。
刘安武:《印度两大史诗研究》,北京大学出版社,2001年。
刘建、朱明忠、葛维钧:《印度文明》,福建教育出版社,2008年。
龙达瑞:《大梵与自我:商羯罗研究》,宗教文化出版社,2000年。
马克斯·韦伯著,康乐等译:《印度的宗教:印度教与佛教》,广西师范大学出版社,2013年。
帕德玛·苏蒂著,欧建平译:《印度美学理论》,中国人民大学出版社,1992年。
毗耶娑著,张保胜译:《薄伽梵歌》,中国社会科学出版社,1993年。
毗耶娑著,金克木、黄宝生等译:《摩诃婆罗多》,中国社会科学出版社,2005年。
毗耶娑著,黄宝生译:《薄伽梵歌》,商务印书馆,2015年。
乔荼波陀著,巫白慧译释:《圣教论》,商务印书馆,2009年。
邱永辉:《印度教概论》,社会科学文献出版社,2012年。
商羯罗著,孙晶译释:《示教千则》,商务印书馆,2012年。
胜天著,葛维钧译:《牧童歌》,中西书局,2019年。
苏尔达斯著,姜景奎等译:《苏尔诗海》,中国大百科全书出版社,2020年。
孙晶:《商羯罗的解脱观及其思想渊源》,《哲学研究》,2008年第12期。
提兰德拉·伐尔马著,殷洪元译:《伯勒杰语语法》,手稿。
巫白慧:《印度哲学》,东方出版社,2000年。
西格蒙·弗洛伊德著,傅雅芳等译:《文明与缺憾》,安徽文艺出版社,

1996年。
西格蒙·弗洛伊德著，严志军等译:《一种幻想的未来：文明及其不满》，上海人民出版社，2007年。
徐梵澄译:《五十奥义书》，中国社会科学出版社，2007年。
薛克翘:《印度古代文化史》，中国大百科全书出版社，2016年。
薛克翘、姜景奎等:《印度中世纪宗教文学》，昆仑出版社，2011年。
扬·阿斯曼著，金寿福、黄晓晨译:《文化记忆：早期高级文化中的文字、回忆和政治身份》，北京大学出版社，2015年。
扬·阿斯曼著，黄亚平译:《宗教与文化记忆》，商务印书馆，2018年。
姚卫群:《古印度六派哲学经典》，商务印书馆，2003年。
姚卫群:《印度宗教哲学概论》，北京大学出版社，2006年。
叶舒宪编选:《神话——原型批评》，陕西师范大学出版总社有限公司，2011年。
叶舒宪编选:《结构主义神话学》，陕西师范大学出版总社有限公司，2011年。
郁龙余、孟昭毅编:《东方文学史》，北京大学出版社，2015年。

英文参考文献：

A. C. Bhaktivedanta Swami Prabhupada, *Teachings of Srila Prabhupada*, Mumbai: Mudrika, 2002.
Alain Daniélou, *The Myths and Gods of India: The Classic Work on Hindu Polytheism from the Princeton Bollingen Series*, Rochester: Inner Traditions Bear & Company, 1991.
Axel Michaels, *Hinduism: Past and Present*, Translated by Barbara Harshav, Princeton: Princeton University Press, 2004.
Barbara Stoler Miller, *The Gitagovinda of Jayadeva: Love song of the dark lord*, Delhi: Motilal, 2007.
Benjamín Preciado-Solís, *The Kṛṣṇa Cycle in the Purāṇas: Themes and Motifs in a Heroic Saga*, New Delhi: Motilal Banarsidass, 1984.
David R. Kinsley, *The Divine Player: A Study of Kṛṣṇa Līlā*, Delhi: Motilal,

1979.

Devdutt Pattanaik, *Seven secrets of Vishnu*, Airdrie: Westland, 2011.

Edwin Francis Bryant, *Introduction, Krishna: The Beautiful Legend of God*, London: the Penguin Group, 2003.

Edwin Francis Bryant edited, *Krishna: A Sourcebook*, New York: Oxford University Press, 2007.

Gavin Flood, *An introduction to Hinduism*, Cambridge: Cambridge University Press, 1996.

George M.Williams, *Handbook of Hindu Mythology*, Oxford: Oxford University Press, 2003.

Graham M. Schweig, *Dance of Divine Love: The Rāsa Līlā of Krishna from the Bhāgavata Purāṇa*, Princeton University Press, 2005.

Gudhartha Dipika, Swami Gambhirananda translated, *Madhusudana Sarasvati Bhagavad-Gita*, Kolkata: Trio Process, 1998.

James D. Redington, *Vallabhācārya on the Love Games of Kṛṣṇa*, Delhi: Motilal, 1990.

Jan Gonda, *Aspects of Early Visnuism*, Delhi: Motilal Banarsidass Publ., 1993.

John Stratton Hawley, *Three Bhakti Voices: Mirabai, Surdas, and Kabir in Their Times and Ours*, New Delhi: Oxford University Press, 2005.

John Stratton Hawley, *At play with Krishna: Pilgrimage dramas from Bridavan*, Delhi: Motilal, 2010.

John Stratton Hawley, *A Storm of Songs: India and the Idea of the Bhakti Movement*, Cambridge, Massachusetts: Harvard University Press, 2015.

Kenneth E. Bryant, *Poems to the child-God*, University of California Press, 1979.

Krishna Das Kaviraja, *Caitanya Caritāmṛta*, Calcutta: Haris Chandra Mazumdar, 1922.

Krishna P. Bahadur, *The Poems of Suradasa*, Delhi: Ashok Vihar, 1999.

Maurice Winternitz, *A History of Indian Literature*, Delhi: Motilal Banarsidass Publishers Private Limited, 2015.

M.G. Prasad, *Sudarshana Homa*, http://www.durvasula.com/Taranga/sudarshan_homa, 2016.1st. September.

M. Monier-Williams, *Sanskrit-English Dictionary*, 1899.

Charles Muller, *Digital Dictionary of Buddhism*, 1995.

Nagendra edited, *Suradasa: A Revaluation*, Delhi: National Publishing House, 1979.

Nanditha Krishna, *The Book of Vishnu*, Delhi: Penguin Books India, 2009.

Pratapaditya Pal, *Indian Sculpture: 700–1800*, Oakland: University of California Press, 1988.

Rama Nath Sharma, *The Aṣṭādhyāyī of Pāṇini*, Vol. Ⅳ, New Delhi: Munshiram Manoharlal Publishers Pvt. Ltd., 1999.

Ramesh Menon: Krishn, *Life and Song of the Blue God*, New Delhi: Rupa Co., 2007.

Romila Thapar, *A History of India*, Vol.1, London: Penguin Books Ltd., 1968.

R.S. McGregor edited, *Devotional literature in South Asia: current research, 1985–1988*, Cambridge University Press, 1992.

Sapasagroup, *The role of Conch in Hindu Gods*, https://sites.google.com/ site/sapagroup1/pujo/religion/the-role-of-conch-in-hindu-gods, 2016.1st. September.

Shahaabuddin Iraqi, *Bhakti Movement in Medieval India: Social and Political Perspectives*, New Delhi: Manohar Press, 2009.

Shrikant Prasoon, *Indian Saints& Sages*, New Delhi: Pustak Mahal, 2009.

Sunil Kumar Bhattacharya, *Krishna-cult in Indian Art*, New Delhi: M.D. Publications Pvt. Ltd., 1996.

Suresh Chandra, *Encyclopaedia of Hindu Gods and Goddesses*, Delhi: Sarup & Sons., 1998.

Wendy Doniger, *On Hinduism*, Oxford: Oxford University Press, 2014.

Wendy Doniger, *The Norton Anthology of World Religions: Hinduism*, New York: W. W. Norton & Company, 2015.

印地文参考文献

Abbāsa Alī Ke Tāī, *Hindī Kāvya Meṃ Kṛṣṇa Ke Vividha Rūpa*, Dillī: Virāṭa Pabliśiṅga Hāūsa, 1991.

Ācārya Rāmacandra Śukla, *Hindī Sāhitya Kā Itihāsa*, Vārāṇsī: Nāgarīpracariṇī Sabhā, 2001.

Ācārya Rāmacandra Śukla, *Mahākavi Sūradāsa*, Dillī: Kāntī Pablikeśansa, 2007.

Bhagavatsvarūpa Miśra, Viśvambhara Aruṇa, *Sūra Ki Sāhitya Sādhanā*, Āgarā: Śivalāla Agravāla Eṇḍ Kampanī, 1969.

Brajeśvara Varmā, *Sūrasāgara*, Vārṇasī: Jñānamaṇḍala Limiṭeḍa, 1988.

Brajeśvara Varmā, *Sūradāsa*, Ilāhābāda: Lokabhāratī Prakāśana, 2008.

Devendra Ārya, Sureśa Agravāla, *Sūrasāgara Sāra Saṭīka*, Nayī Dillī: Namana Prakāśana, 2008.

Dhīrendra Varmā, *Hindī Sāhitya Kośa*, Vārṇasī: Jñānamaṇḍala Limiṭeḍa, 1963.

Dhīrendra Varmā, *Sūrasāgara Sāra Saṭīka*, Ilāhābāda: Sāhitya Bhavana Limiṭeḍa, 1981.

Dīnadayālu Gupta, *Aṣṭachāpa Aura Vallabha-Sampradāya*, Prayāga: Hindī Sāhitya Sammelana, 1947.

Gokulanātha, *Caurāsī Vaiṣṇavana Kī Vārtā*, Mumbaī: Rakṣmīveṅkaṭeśvara Chāpekhānā, 1919.

Hajārīprasāda Dvivedī, *Sūra Sāhitya*, Nayī Dillī: Rajakamala Prakāśana, 1985.

Hajārīprasāda Dvivedī, *Hajārīprasāda Dvivedī Granthāvalī*, New Delhi: Rājakamala Prakāśana Prā. Lī., 1998.

Harabaśa Lāla Śarmā, *Sūra Aura Unakā Sāhitya*, Alīgaṛha: Bhārata Prakāśana Mandira, 1964.

Haradeva Bāharī, Rācandra Kumāra, *Sūrasāgara Saṭīka*, Ilāhābāda: Lokabhāratī Prakāśana, 1978.

Jagadīśa Bhāradvāja, *Kṛṣṇa-Kāvya Meṃ Līlā-Varṇana*, Nayī Dillī: Nirmalakīrti Prakāśana, 1972.

Jaya Nārāyaṇa Kauśika, *Kṛṣṇa Kathā Aura Loka Sāhitya*, Dillī: Hindī Buka Seṇṭara, 1995.

Kiśorī Lāla Gupta, *Saṃpūrṇa Sūrasāgara*, Ilāhābāda: Lokabhāratī Prakāśana, 2008.

Mainejara Pāṇḍeya, *Bhakti Āndolana Aura Sūradāsa Kā Kāvya*, Delhi: Vāṇī Prakāśana, 2011.

Manamohana Gautama, *Sūra Kī Kāvya-Kalā*, Dillī: Bhāratī Sāhitya Mandira, 1963.

Nadadulāre Vājapeyī, *Sūrasuṣamā*, Vārāṇasī: Nāgarīpracāriṇī Sabhā, 1973.

Nandadulāre Vājapeyī, *Sūrasāgara*, Vārṇasī: Nāgarīpracāriṇī Sabhā, 1964.

Praveśa Viramānī, *Hindī Santa Kāvya Meṃ Madhura Bhāvanā*, Ilāhābāda: Hindustānī Ekeḍemī, 1988.

Śāhīna jamādāra, *Sūradāsa Kā Vātsalya Bhāva*, Vārāṇasī: E. Bī. Es.Publication, 2012.

Satyaketu Vidyālakāra, *Bhārata Kā Prācīna Itihāsa*, Lakhanaū: Naśanala Harālḍa Presa, 1953.

Shandilya Rishi, *Sri Shandily Bhakti Sutra*, Madras: Sree Gaudiya Math, 1991.

Veda Prakāśa Śāstrī, *Śrīmada Bhāgavata Kā Sūradāsa Para Prabhāva*, Dillī: Sanmārga Prakāśana, 1979.

术语索引

后 记

当本书划上最后一个句点时，内心不禁感慨万千。21世纪之初，我于懵懂中初次踏入北京大学印地语专业的大门，经历了从本科、硕士到博士的求学之路，并在毕业后留校工作。其间，我一直沉浸在印地语语言和印度文学文化研究的广阔天地中，不断探索与遨游。时光匆匆如白驹过隙，转眼已是2024年，不知不觉，我已在燕园中与印地语语言、文学和文化相伴了整整二十四载。在此过程中，我逐渐积累了一些粗浅的认知与感悟。

千百年来，国人眼中的"佛国"印度，其主流文化乃是印度教文化。印度教对印度社会的影响广泛而深远，尤其在进入21世纪之后，印度教民族主义的影响已波及政治、经济及文化等领域；因此，若要了解印度社会及其民族性，积极有效应对中印交往中出现的各种情况，我们必须对印度教文化进行更加深入的研究。文学是文化的载体，印度教文化尤其如此。黑天作为印度教最具代表性和影响力的神祇，在印度教文化发展的历史进程中，起到了重要的引领作用。印度人民创作了无数文学作品来描写他，不断建构和强化印度教黑天信仰，并由此形成了极富印度宗教特色的黑天文学。黑天文学从古至今，源远流长，构成了印度文化和文学的重要部分。印度中世纪虔诚文学经典《苏尔诗海》则是黑天文学和黑天形象"现代化"的重要奠基石。探讨《苏尔诗海》黑天形象在印度古代与现代文学、文化融合与对接过程中的重要涵义与作用，并探究它在印度教社会中发挥作用的文化机制和途径，能够有助于我们进一步认识现代印度社会文化的"宗教性"与"世俗性"，有助于我们进一步把握文学、社会与宗教的联系；同时，本书所呈现的在研究过程中搜集、整理和翻译的文学史料，亦可为印度学和外国文学教学与研究提供重要参考资料。

一路走来，从初次尝试发出印地语天城体字母的“牙牙学语”，到流畅阅读印地语文学佳作，继而深入探索印度文学文化的斑斓世界，能够获得这样的成长，我首先要感激的是北京大学印地语专业的师长们。

求学期间，我有幸亲炙刘安武先生、金鼎汉先生、殷洪元先生的教诲。他们不仅耐心解答我的疑惑，还慷慨赠予我印地语语言文学研究领域的相关书籍，其殷切寄望溢于言表。难忘在未名湖畔的一次偶遇，师爷刘安武先生以他那特有的湖南常德口音，亲切询问我的博士论文进展及《苏尔诗海》中黑天形象的研究进度，他的鼓励如同春风化雨，疏解了我的写作焦虑，师爷叮嘱我说，学术研究切忌急功近利，需持之以恒，慢慢来，总会有结果。而今，这些可爱可敬的先生们已相继驾鹤西去，我的这部成果汇报终是与先生们缘悭一面，这是我学术生涯中永远的遗憾。谨将这本小书献给师爷刘安武先生，希望他的在天之灵能够看到，他所开创的《苏尔诗海》研究正被后辈继承和发展，或能有所慰藉。

更要感谢我的恩师姜景奎教授。二十四年来，无论是为学还是为人，恩师都对我谆谆教导。正是恩师将我引领进了印度文学文化研究的大门，正是他的带领与指引为我的学术研究之路做好了铺垫，让我对文学翻译和研究有了深刻的认识，使我习得了印度文学翻译和研究的具体方法，更让我领会到了甘坐冷板凳的不易与可贵。这期间，他对我既有如春风拂面般的循循善诱，又有当头棒喝，严词厉色；但无论是哪种形式的教导，我都能深刻感受和体会到恩师对我犹如慈父般的无私付出和悉心关照。

我的这本小书，实则是博士论文的深化与拓展之作。若无恩师的慧眼识珠与悉心指导，我无法深入遨游印度黑天文学经典《苏尔诗海》那浩瀚无垠的知识海洋。正是得益于恩师的提携，我有幸参与了由他主持的教育部人文社会科学重点研究基地重大项目——“《苏尔诗海》翻译与研究”的工作。恩师的选题建议与精心指导不仅让我得以深入接触并致力于这部作品的汉译与研究，更为我顺利完成博士学位论文奠定了坚实的基础，并最终产生了这份学术成果。回想起那段跟随恩师，与同门兄弟姐妹并肩作战，共同翻译、研读《苏尔诗海》的日子，心中充满了无尽的怀念与感激。那段时光成为了我人生中最充实、最宝贵、最难忘的记忆。在恩师的引领下，我们跨越了语言的障碍，更深刻理解了《苏尔诗海》中蕴含的深邃智慧与人文关怀，这些经历无疑为我日后的学术生涯注入了不竭的动力与灵感。这恩情温暖我心，给予我力量，却是难以回报！唯有通过自身不断努力精进，在今后的学习工作中取得优异的成绩，以慰恩师。

我还要将深深的谢意献给唐仁虎教授、郭童教授和姜永红副教授。三位老师是我的印地语授业恩师，无论是在工作、学习中，还是在日常生活中，他们都给予了我莫大的支持和鼓励。在承担繁忙的教研任务的同时，他们仍然抽出宝贵的时间认真、仔细地回答我的问题，并给我提出了许多可贵的建议和细致的意见，对此，我内心的感激溢于言表。

感谢社科院亚太研究所的薛克翘研究员。在他诙谐幽默地给我们讲授“印度文化”课程时，薛老师渊博的学识、严谨的治学风范令我折服，也使我深受启迪。薛老师毫无保留，无私地将自己尚未出版和发表的关于黑天故事的研究章节发给我参考，此举更是让我深受感动。感谢社科院外文所的石海军研究员。在书稿写作过程中，石老师在书稿框架、研究思路和材料运用等方面都给予了我许多有益的指点和无私的帮助。这使得我在写作中受益匪浅。同时，石老师独到的学术见解、严谨的学术风范和严格的治学态度，也给我留下了深刻的印象，这是我成长过程中一笔宝贵的财富。可惜命运无常，令人扼腕，石老师于2017年5月猝然长辞，这是中国印度文学研究界的巨大损失。

感谢印度专家萨米达教授（Prof. Smita Chaturvedi）、拉凯什教授（Prof. Rakesh Vats）和尼赫鲁大学陈霞博士（Dr. Usha Chandrana）对我热情和无私的帮助。他们在梵语、印地语、伯勒杰语文学和印度文化方面造诣深厚。没有他们的帮助，我的论文资料尤其是印度古代文献部分的搜集、整理和阅读工作是很难完成的。2013年，印度德里大学的阿尼尔教授（Prof. Anil Rai）在我实地考察印度黑天圣地时慷慨相助，为我寻获了宝贵的黑天教派传记等一手资料。2019年，我在韩国首尔访学期间，韩国外国语大学的金宇照教授（Prof. Kim Woo-jo）、林根东教授（Prof. Lim Geun-dong）及金赞浣教授（Prof. Kim Chan-wahn）亦对我的研究提出了诸多有益建议。此外，日本大阪大学的长崎弘子教授（Prof. Hiroko Nagasaki）也对我的研究提供了重要支持，她以深厚的学术底蕴和独到的见解，在研究方法和理论框架等方面为我提供了有益的指导和建议。在此向教授们表示由衷的感谢。

此外，我还要感谢北大的陈明教授、吴杰伟教授、王丹教授、湛如教授、王旭副教授等，他们时常关心我的工作、学习、写作进展和书稿出版情况，在此向他们致以衷心的谢意。就本书所涉及的印度古典文献及其他多语种文献及相关的专业问题，我亲爱的同事们如叶少勇、张幸、范晶晶、刘英军、陈飞、岳远坤、梅申友、章文等老师均曾予以帮助和提点。感谢邓兵教授、黎跃进教授、王春景教授、廖波教授、曾琼教授、王汝良教授、尹锡南教授等诸位老师，他们关注、鼓励和支持我的学术工作，对我的书稿中涉及的一些关键问题予以指点。感谢李亚兰、任婧、贾岩等同门兄弟姐妹，在我遇到困难的时候帮助我，在我陷入迷茫时宽慰我，给予了我亲人般的温暖和无私的支持与帮助。对我来说，你们的情谊弥足珍贵。在今后的日子里，愿继续与你们共同携手，行向远方。如此种种，曾给予我帮助和支持的人还有很多，此处所及不免挂一漏万，谨向所有帮助过和关心我的业内同行专家和前辈学者、学友一并表示衷心的感谢！

本书作为教育部人文社科项目“印度‘早期现代’黑天文学研究”的项目成果，其出版得到北京大学东方文学研究中心的慷慨资助和中西书局的大力支持，在此对各位领导老师和编辑老师们表以真挚的感谢！衷心感谢本书的责任编辑孙本初女史，是您的辛勤工作和专业指导，为本书的顺利付梓提供了坚实保障！本书完成后，我将继续专注于教学科研工作，在学术道路上不断前行。

感谢我的父母和家人，你们给予了我无限的爱与支持，是我力量的源泉。愿我的家人永远幸福平安！感谢这数十年来所有帮助和关心我的老师、亲友和同学们，你们的帮助和支持我将毕生难忘，祝你们永远健康、幸福、平安、喜乐！合十敬祝！

由于印度文学文化的多样性和复杂性，以及本人目前学识、能力与精力所限，书中所及，难免有所疏漏或不足，还望读者海涵。希望各位方家多予指正，也希望有更多的学者和有识之士能够加入到印度文学文化研究的事业中来，共筑中印交流平台。

在这个充满不确定性和诸多挑战的时代，唯愿世界和平，人人都能在纷扰中找到属于自己的心灵栖息地和精神归守处，收获内心的安宁与力量。

王靖

2024年10月8日于北大燕园